Über die Autorin

Faye Bilgett wurde 1998 in Saarbrücken geboren.
Bereits in jungen Jahren interessierte Sie sich für Bücher und die Welt, die dahinter steckte. Vor allem schreibt Faye in dem Genre ‚Romance & Drama', probiert sich allerdings auch gerne in dem Fantasy-Genre aus. Sie liebt das Gefühl, in einer Geschichte zu verschwinden, sie auszuleben, als wäre Sie selbst ein Teil davon.

Schreiben ist Faye's große Leidenschaft. Schon im Alter von 13 Jahren hat sie damit begonnen. Was als Zeitvertreib begann, wurde schnell zum Hobby und heute lebt Sie dafür.

Bisher erschienen:

Me! Reihe:

Kiss Me! Athan
Save Me! Jessica
Love Me! Zander & Rhage

Tjara

Erwählte des Schattens

Roman
by
Faye Bilgett

1. Auflage, 2023
©Faye Bilgett
Alle Rechte vorbehalten

Coverdesign: Isabell Bayer
Bibliografische Information der Deutschen Nationalbibliothek: Die Deutsche Nationalbibliothek verzeichnet diese Publikation in der Deutschen Nationalbibliografie; detaillierte bibliografische Daten sind im Internet über dnb.dnb.de abrufbar.

„Herstellung und Verlag: BoD – Books on Demand, Norderstedt".

ISBN: 9783739206097

Prolog

Damals

Der Himmel gab ein lautes, tiefes Grollen von sich, doch es war längst nicht so gefährlich wie das Schreien der Männer, die ihr dicht auf den Fersen waren und sie schon bald einholen.

Schmerzhaft verzog sie das Gesicht und stöhnte, als sie auf den Saum ihres langen, schwarzen Kleides trat und unsanft zu Boden fiel.

Keuchend wischte sie sich die Tränen von den Wangen, richtete sich auf und schaute erschrocken zurück. Ihr Name hallte erneut durch das Tal. Der wiederkehrende Donner vibrierte durch ihren Körper.

»Eos!«, brüllte der Ritter ein weiteres Mal.

Ihre Lungen brannten von dem eiskalten Wind, der seit Stunden durch sie hindurch fegte. Eos hämmerte das Herz bis in die Ohren. Begleitet von dem grauen Himmel über ihr, rannte sie wieder los. Vor ihr erstreckten sich die Montiara-Berge.

Erneut blickte sie zurück, wohlwissend, dass all das umsonst wäre, wenn sie sie einholen, bevor sie den heiligen Steinkreis Laventuras erreicht hätte.

Der Verlust ihres Geliebten zerriss ihr das Herz, doch sie durfte nicht aufhören zu laufen.

Es war, als umgebe sie ein schützender Schleier, kaum dass sie durch den Steinkreis trat und auf die Knie fiel. Schluchzend vergrub sie die Nägel in der feuchten Erde, schaukelte vor und zurück.

Wie hatte es nur so weit kommen können?

Seit Beginn ihrer Flucht stellte sie sich diese Frage und fand keine Antwort darauf. Erneut gab der Himmel ein Grollen von sich. Unbarmherzig prasselte der Regen auf sie nieder. Eos sog die Luft tief in ihre Lungen. Zusammenbrechen kam nicht in Frage. Sie erhob ihr Haupt in dem Moment, in dem die Männer des Königs den Steinkreis erreichten, und drehte sich zu ihnen herum.

Ihr Anblick ließ sie wütend werden. Sie waren der Grund, warum sie litt, das Unheil, welches ihrem Geliebten den Tod gebracht hatte. Ihre Augen richteten sich auf Johan, den Anführer des Ritterordens und einst ihr engster Vertrauter. Schon von klein auf waren sie ein Herz und eine Seele gewesen.

Der Ritter mit den liebevollen, hellbraunen Augen und dem braunen Haar hatte stets ein offenes Ohr für sie. Wenn es ihm auch dank seiner vollen Lippen und dem charmanten Lächeln an Verehrerinnen nicht mangelte, hatte er immer alles stehen und liegen lassen, wenn sie ihn gebraucht hatte. Eben dieser Mann stieg nun von seinem Pferd und kniete nieder, den Blick flehend auf Eos gerichtet. Gern wollte sie ihm glauben, dass der Schmerz, den sie in seinen Augen erkannte, echt war, doch nach allem, was geschehen war, weigerte sie sich.

»Prinzessin, ich bitte Euch, kommt mit mir zurück in den Palast«, flehte er.

»Wagt es Euch nicht, mit mir zu sprechen, als seien wir uns noch nahe!«, erwiderte sie knurrend und voller Abscheu. Sie zog die Klinge aus ihrem Halfter, welche sie zu ihrem fünfzehnten Geburtstag von ihrem Vater erhalten hatte, und hielt sie sich an die Kehle, als er aufstand und vorsichtig näher an sie herantrat. Mit weit aufgerissenen Augen trat er zurück, die Hände beschwichtigend nach oben gehalten.

»Ihr seid nun frei, Prinzessin Eos, bitte, tut das nicht, ich flehe Euch an.«

Zitternd schüttelte sie den Kopf, bemüht, ihren Tränen nicht erneut freien Lauf zu lassen. Die Wahrheit war, sie wollte nicht sterben. Eos genoss ihr Leben in vollen Zügen, es war ihr Wunsch, die Welt zu erkunden, doch was brachte ihr all das, wenn ihr Geliebter dabei nicht an ihrer Seite war?

»Ich flehe Euch an, ihn zu verschonen, mir nicht zu nehmen, was ich so sehr liebte, doch es war Euch egal«, sprach sie und führte den Dolch an ihre Taille.

»Ihr seid noch nicht vollständig genesen, Euch ist nicht klar, was Ihr sagt.«

»Euch ist nicht bewusst, was Ihr angerichtet habt, aber schon bald werdet Ihr es erfahren.«

Eos ließ den Blick über die Steine gleiten. Legenden von einem Wesen, das über Leben und Tod verfügen konnte, wie es ihm beliebte, wurden im Laufe der Jahre weitergetragen. Geschichten, in denen es hieß, der Steinkreis sei das Zentrum seiner Macht.

Eos' Glauben war weitläufig, doch Magie hatte nie dazu gehört, bis heute. Denn wenn diese Mythen in der Tat wahr waren, bestand die Chance, ihn wiederzusehen. Sie war überzeugt davon, dass Hunter in einer anderen Welt auf sie wartete.

»Ihr habt mir meinen Liebsten genommen und nun, nehme ich Euch mein Leben.«

Johan versuchte, durch den Kreis zu treten, doch etwas hinderte ihn daran. Selbst sein Schwert schaffte es nicht durch die unsichtbare Barriere. »Leid und Verdammnis soll über Euch hereinbrechen, das Land wird dem Untergang geweiht sein. Ich, Eos Tirathea, schwöre, dass ich in einer anderen Welt wiedergeboren werde, gemeinsam mit meinem Liebsten.«

»Prinzessin!«, brüllte Johan.

»Durch Blut sind wir verbunden, und durch Blut ...« Sie umfasste den Dolch so fest, dass es schmerzte, dann stieß sie zu. Das kalte Metall bohrte sich in ihre Eingeweide. »...werden wir sterben«, keuchte sie die letzten Worte.

Johans Schrei zerriss die Nacht.

Sie fiel auf die Knie.

Er wollte zu ihr, sie retten, doch die Macht des Steinkreises hielt ihn davon ab. Eos wusste, dass die

Legenden der Wahrheit entsprachen, als sich zwei Hände um ihren Körper legten.

Ihr Herz schlug nun entspannter. Geborgenheit schlang ihre Arme um sie. Es war, als würde all der Hass und die Trauer von ihr abfallen und ins bodenlose Nichts stürzen.

»Ich habe Euren Ruf empfangen, Prinzessin«, flüsterte die Frau. Sie erkannte sie nicht, ihre Augen versagten ihr den Dienst. Dennoch nahm sie die roten Locken wahr, welche sich an ihre Wange schmiegte. Die junge Frau lehnte ihre Stirn gegen Eos. Die Hände des Todes griffen nach ihr, doch sie hatte keine Angst.

»Ihr seid die Hüterin«, stellte sie fest und schloss die Augen. »Ich erflehe Euren Beistand. Gewährt mir diesen Wunsch.«

Bis sie und Hunter sich getroffen hatten, war Eos das Gefühl der Verbundenheit fremd geblieben. Der Hüterin war sie nie begegnet, dennoch verspürte sie zu ihr eine unerklärliche Nähe. Lag es an ihrer überwältigenden Macht?

»Ich kann Euch nur einen Wunsch erfüllen, welcher soll es sein?«

»Schenkt mir ein neues Leben, lasst mich meinen Geliebten finden und mit ihm leben.«

»Dann sei es so. Werdet ein Teil von mir, findet Eure Liebe und kehrt zurück ins Leben. Auf dass Eure Reise erfolgreich sein wird.« Sie murmelte Worte einer Sprache, die Eos nicht verstand. Tiefer sank sie in den Schlaf, wissend, dass Hunter in einem anderen Leben auf sie warten würde.

Etwa zweihundert Kilometer östlich der heiligen Steine, in deren Mitte Tiratheas Prinzessin ihren Körper verlassen hatte, zwang die Druckwelle, die ihr Tod entsandt, einen Mann auf die Knie.

Jede Faser seines Körpers, sämtliche Nerven zogen sich schmerzhaft zusammen und übernahmen die Kontrolle über sein Wesen. Scharfe Fänge fuhren sich vollends aus, seine Pupillen weiteten sich, ehe sie wieder klein wurden. Die Iris, welche sonst in lebendigem Grau schimmerte, nahm ein leuchtendes Silber an. Er brüllte in den Himmel hinauf.

Die Druckwelle schwappte über ihn hinweg und presste ihn in die nasse Erde. Trauer vermischte sich mit unbändiger Wut, als er sich wieder aufrichtete.

All die Jahre hatte er sich um ihretwillen zurückgehalten, die Ritter des Königs nicht bekämpft. Das Königshaus hatte sie ihm genommen. Seine Geliebte war fort.

Obwohl er sich jahrelang verboten hatte, diese Art der Gefühle zuzulassen, füllten sich seine Augen nun mit Tränen, die ihm über die Wangen rannen, ohne dass er sie aufzuhalten vermochte.

Die Macht ihrer Verbindung wog tonnenschwer, floss durch seinen Körper wie flüssige Lava. Als rausche ihr Blut durch seine Adern, spürte er ihre Wärme. Sie riss an ihm, zwang ihn auf die Knie.

Sein Blut geriet in Wallung, wehrte sich mit aller Macht gegen das Reißen. Der Schmerz war fürchterlich und zerriss ihn innerlich in tausend Stücke. Er brüllte in die Nacht hinaus und als er dieses Mal zu Boden sank, war sie vollständig aus seinem Leib verschwunden.

Der Schmerz, der mit dem Trennen ihrer beider Seelen einherging, würde niemals enden. Während er es sich für den Moment erlaubte zu leiden, schwor Hunter Rache für ihren Tod.

Sie hatten keine Ahnung, welche Bestie sie entfesselt hatten, aber sie würden es herausfinden.

1.

Heute

Hunter

Der Boden unter ihm war kalt, als er vor dem König kniete und den Kopf so tief senkte, dass er diesen berührte. Aber das war ihm egal. Der Regent räusperte sich und Hunter schaute auf.
»Chevalier«, sagte er mit tiefer, aber sanfter Stimme.
»Mein König?«
»Wie du weißt, hat Prinzessin Sora das Schloss verlassen. Deine Aufgabe ist es, sie zu finden und zurückzubringen.«
Hunter war über das Verschwinden seiner Prinzessin informiert. Sie war, selbst wenn sie sich bemüht hatte, nicht vorsichtig genug gewesen, vor ihm zu verbergen, dass sie beschlossen hatte zu türmen. Ihm hatte sie gesagt, dass sie in die Stadt wolle und ein paar Tage bei einer Freundin nächtigen würde.
Hunter hatte sie befohlen, im Schloss zu bleiben. Sie sagte ihm nicht, wie lange sie fortbleiben würde, und dass er ihr nicht folgen dürfe, somit widersetzte er sich nicht ihrem Befehl. Die Blutsverbindung zu ihr teilte ihm mit, wie sie sich fühlte. Dennoch verließ er sich auf die Nase des Tieres in ihm, um herauszufinden, wo sie war.
»Natürlich. Ich werde mich augenblicklich auf die Suche nach ihr begeben«, sagte er und stand auf.
In seinen Adern spürte er ihre Angst vor dem Ereignis, welches in drei Monaten stattfinden würde. Sie wehrte

sich zwar dagegen, doch ihr war klar, dass sie den Thron früher oder später besteigen würde, so wie auch all die anderen Prinzessinnen vor ihr.

Doch sobald man Sora die Krone aufsetzen würde, wären die Menschen hinter ihrem Leben her. Davor hatte sie solche Angst, dass sie aus dem Palast geflohen war und sich nun versteckte. Womöglich ahnte sie nicht einmal, dass sie sich damit in noch größere Gefahr begeben hatte, vor allem, da sie ihn zum Hierbleiben befehligt hatte. Sie wusste sich zwar durchaus durchzusetzen, trotzdem hatte sie gegen ihre Feinde nicht die geringste Chance.

Mit einem leisen Brummen schob Hunter die Gedanken beiseite, wandte sich von dem König ab und verließ den Thronsaal. Kinder, die ihre Gaben immerzu dem Palast schenkten, rannten lachend an ihm vorbei.

Die Sonne erleuchtete den Himmel, färbte ihn in sanftes Rosarot, ehe sie hinter dem Horizont verschwand und das Land der Dunkelheit überließ.

Ein Bataillon Ritter stand vor dem Schloss, als Hunter durch die Türen trat.

Sofort streckte er die Hand nach dem schwarz gebundenen Griff seiner Klinge aus, einem Katana, welches er nur einmal schwingen musste, um seinen Feind binnen Sekunden zu töten. Sie war sein ältester Freund ... und sein einziger.

»Hunter.« Johan VI trat vor. »Wir werden euch begleiten«, sagte er im Brustton der Überzeugung. Seine Männer stimmten ihm mit einem Murmeln zu. Mit einem einzigen Blick brachte er sie alle zum Schweigen.

»Das ist nicht nötig, Krieger«, versicherte er seinem Gegenüber, nickte ihm zu und lief um die Armee herum, da hielt Johan ihn zurück.

»Sie ist unsere Prinzessin«, setzte er zur Erklärung hinterher, als wäre das nötig und würde etwas an Hunters Meinung ändern.

»Ich werde ihr ausrichten, dass Ihr auf der Suche nach ihr wart. Dennoch werde ich allein aufbrechen«, erwiderte er und senkte den Blick auf die behandschuhte

Hand, welche auf seiner Schulter lag. Augenblicklich lösten sich die Finger von ihm.

»Wo werdet Ihr suchen? Wir brechen in die entgegengesetzte Richtung auf«, sprach er weiter.

Das Wort ‚aufgeben' kannten die Ritter nicht, vor allem nicht Johan, der wie Hunter jeden Tag seit ihrer Geburt an Soras Seite verbracht hatte. Hunter streckte die Nase in die Luft, um ihre Witterung aufzunehmen.

»Ich werde mich in Tirathea und Netare umsehen. Durchquert mit Euren Männern die Berge, den Wald und Lathia.« Ohne eine Antwort abzuwarten, lief er los.

Prinzessin Sora befand sich nicht in Tirathea, was Hunter nicht sonderlich überraschte. Hier würde man schließlich zuerst nach ihr suchen.

Blieb nur Netare, was hieß, dass sie ihm ihr Auffinden erschwerte. Dort würde er sie nicht vor Sonnenaufgang antreffen, bedachte man, dass die Stadt niemals schlief. Überall wurde gefeiert, getrunken und geraucht. Es stank nach Chemikalien und anderen Substanzen, die seinen Geruchssinn vernebelten.

Die Stadt war in Aufruhr. An jeder Ecke standen Menschen, die sich miteinander unterhielten.

Der Geruch von Alkohol und Dreck verpestete die Stadt und schnürte Hunter die Kehle zu, als er seine Nasenflügel weitete, um ihren Geruch auszumachen.

Ihm entgingen nicht die Blicke der Menschen. Jeder hier wusste, wer er war. Schon viele Male hatte er Sora hierher begleitet, beschützte sie, während sie sich dem Tumult und den Partys anschloss. Sie liebte das Nachtleben.

Hunter stellte schnell fest, dass er sie so niemals finden würde. Die Gerüche waren unmöglich zu sortieren, sodass er ihren nur schwer herausfiltern konnte. So suchte er nach einem geeigneten Ort und fand ihn wenige Meter weiter. Auf dem Hochhaus hätte er einen Blick über die ganze Stadt und die Luft war dort oben frischer.

Hunter verschwand in der dunkelsten Gasse, die er finden konnte, sah zu dem Gebäude auf, ehe er in die

Hocke ging und wenige Sekunden später auf dem Dach des Hauses zum Stehen kam.

Kühle Luft schlug ihm ins Gesicht, wehte um seinen Körper. Mit einem tiefen Atemzug schloss er die Augen und suchte nach seiner Prinzessin. All seine Sinne konzentrierten sich einzig auf diese Aufgabe und blendeten Bedeutungsloses aus.

Sobald das Blut in seinen Adern sich erhitzte, wusste er, dass er sie gefunden hatte. Zwar war der Geruch von Zimt und Gras nur leicht wahrzunehmen, doch es würde reichen, um sie zu finden.

Sobald er die Erde wieder berührte, lief er los. Das Getümmel um ihn herum war fast zu viel für seine Ohren, während er nach Soras Stimme suchte. Die Lippen zu einer dünnen Linie zusammengepresst, folgte er ihrem Duft.

Es führte ihn tiefer in die Stadt, mitten ins Partyviertel, wo laute Musik und Bässe seine Ohren füllten. In der Nähe eines Clubs blieb er stehen, und beobachtete die Leute, welche sich am Eingang tummelten, darauf wartend, hineinzukönnen.

Sora war nicht zu sehen, aber der leichte Geruch nach Zimt führte ihn definitiv in das Gebäude. Er wartete in sicherer Entfernung darauf, dass die Schlange kleiner wurde.

Er mochte den Geruch der Menschen nicht.

Plötzlich schnappte er einen anderen Geruch auf und fing an, nach der Person zu suchen, zu dem er gehörte.

Tjara

Ihre Beine brannten und das lag nicht an den fünfzehn Zentimeter High Heels, die sie trug, sondern den zwanzig Minuten, die sie vor dem angesagtesten Club Netares darauf wartete, dass es endlich vorwärtsging. Die Schlange vor ihnen schien nicht kleiner zu werden.

Tjara seufzte, wodurch sie Maras Aufmerksamkeit auf sich zog, welche die letzten Minuten damit verbracht hatte, den Türsteher anzuschmachten.

»Gleich sind wir drin«, sagte ihre Freundin jetzt schon zum dritten Mal an diesem Abend.

»Das hast du vor fünf Minuten bereits gesagt«, erinnerte sie sie. Mara fegte den Einwand mit einer schlichten Handbewegung beiseite, die Tjara schmunzeln ließ. Sie ließ den Türsteher nicht aus den Augen, zwinkerte ihm zu und senkte dann gespielt schüchtern den Blick, wenn sich seine Lippen zu einem Lächeln verzogen. Tjara dagegen stand neben ihr wie ein Mauerblümchen und hielt den Blick auf den Boden zu ihren Füßen gerichtet, nur selten hob sie den Kopf. Genau das war der Grund, warum sie hier gelandet waren. Mara hatte darauf bestanden, mit ihr auszugehen und sie einem Kerl vorzustellen, der, wie diese sagte, ihre Welt auf den Kopf stellen würde.

Wenn sie mit ansah, wie Mara und dieser Sicherheitsmann sich verhielten, konnte sie ehrlich gesagt darauf verzichten. Ihre beste Freundin war alles andere als schüchtern und es vorzutäuschen, war doch lächerlich.

Sie kamen ein großes Stück weiter, sodass sie nun direkt neben dem Mann standen. Exakt drei Minuten und vierzehn Sekunden sah Tjara sich das Schauspiel noch an, bis sie sich auf die andere Seite drängte und Mara mit dem Hintern näher an den Sicherheitstypen schob.

»Was soll das?«, flüsterte ihre Freundin ihr zu.

»Du willst mit ihm reden, also tu es«, grunzte Tjara genervt und verschränkte die Arme vor der Brust. Allmählich drangen die laute Musik und der Bass bis in ihren Körper vor.

Mara gab ihre gespielte Deckung auf und unterhielt sich mit dem schwarz bekleideten, jungen Mann, bis sie endlich den Club betraten.

Die Vibration hallte durch ihren Körper und brachte ihn zum Erbeben. Ein Gefühl, dem sie nicht oft nachspürte. Obwohl es ihr fremd war, genoss sie es.

Bunte Lichter flackerten wie wild durch den vollgestopften Raum. Die Hitze brachte sie augenblicklich zum Schwitzen.

»Na komm, zuerst zur Bar«, schrie Mara und zog Tjara an der Hand durch die verschwitzten Menschenmengen. Während ihre Freundin einen Marathon zur Theke hinlegte, sah sie sich um. Der Club war in verschiedene Abschnitte aufgeteilt. Auf ihrer Ebene gab es eine riesige Tanzfläche. Im hinteren Teil des Clubs, zumindest in dem Teil, den Tjara erfassen konnte, gab es Sitznischen. Einige davon waren durch einen Vorgang abgeschirmt. Oberhalb der Tanzfläche, getrennt durch eine mit Lichterketten besetzte Sperrvorrichtung, räkelten sich Frauen und Männer an Stangen. Tjaras Blick fiel auf einen blonden Tänzer. Sie glaubte zu sehen, wie er ihr zuzwinkerte, doch Mara lenkte ihre Aufmerksamkeit wieder auf sich, bevor sie sich sicher war.

Sie bestellte bei der Barkeeperin zwei Wodka und schob Tjara einen der Shots zu.

»Auf dich. Darauf, dass dieser Abend ein voller Erfolg für dich wird, und du endlich in den Genuss des Lebens kommst.«

Augenverdrehend stieß Tjara mit ihrer Freundin an. Damit Mara nicht jetzt schon etwas zum Meckern fand, setzte sie an und stürzte den Fusel herunter, wobei sie sich verschluckte und das Glas über die Theke schlitterte. Wie hätte es auch anders kommen können, fiel es natürlich zu Boden und zerbrach. Seufzend vergrub Tjara das Gesicht in den Händen, bis sie sich erinnerte, dass Mara eine halbe Stunde für ihr Make-up benötigt hatte. Sofort ließ sie sie wieder sinken und schaute zu dem Mann, der sich daran machte, ihren Saustall aufzuwischen.

»Es tut mir so leid«, plärrte sie über den Tresen, doch er winkte nur ab und lächelte.

»Gehen wir tanzen?« Mara schrie ihr direkt ins Ohr. Das war der Grund, warum Tjara Clubs hasste. Es war zu laut, zu heiß und definitiv zu stickig. Doch das interessierte ihre beste Freundin nur wenig. Stattdessen sprang sie von dem Barhocker auf, verschränkte ihre Hand mit Tjaras und führte sie direkt zur Mitte der Tanzfläche.

Ihr war unbegreiflich, wie Mara es schaffte, sich in dieser Bullenhitze so zu bewegen, dass ihr Körper hin und her schwang. Tjara fiel schon das Atmen schwer, hier würde sie sich keinen Millimeter rühren können, geschweige denn tanzen.

Nicht, dass es anders wäre, befände sich niemand auf der Fläche. Je mehr Zeit verging, desto voller wurde es, bis Tjara die Lust verließ. Da Mara vollauf damit beschäftigt war, mit einem der Männer rumzumachen, die sich ihr genähert hatten, lief sie allein zurück zur Bar, wo sie sich ein halbwegs freies Plätzchen suchte.

Das Dragns Heavn war überall für seine Partys bekannt, es war der angesagteste Club der Stadt, wenn nicht sogar des ganzen Landes. Wer sich einmal hier eingefunden hatte, kam nur schwer wieder raus.

Frustriert ließ sie sich auf den Hocker fallen und strich sich die losen Strähnen hinter die Ohren. Obwohl ihr Kleid genug Haut zeigte, war ihr heiß. Auf der Suche nach einem Abenteuer hatte Mara sie hierher verschleppt, doch hier sah niemand auch nur annähernd danach aus, als könne er ihr Interesse wecken und das einzige, worauf sie große Lust verspürte, war ein Brunnen voller Wasser, in den sie sich kopfüber stürzen konnte.

Sie bemerkte die Frau, welche sich ihr näherte, erst, als sie Tjara einen Drink hinschob. Ihre lockigen, rotschwarzen Haare waren zu einem undefinierbaren Knoten gebunden, aus dem sich die Strähnen von allen Seiten lösten.

Sie trug ein schwarzes Spaghettiträger-Top, das mehr Haut zeigte, als es verbarg. Ihre dunkle Jeans war an den Beinen zerrissen und auf jeder freien Hautstelle prangte ein Tattoo. Die Frau wirkte wie aus der Gothic Szene, aber sie war schön.

»Du siehst aus, als könntest du Mut gebrauchen. Der geht aufs Haus.«

»Ich hätte lieber ein Glas Wasser.«

»Das glaube ich dir, trotzdem gebe ich dir einen Whiskey. Danach wirst du dich besser fühlen, vertrau mir.« Grinsend legte sie den Kopf schief.

»Das ist wirklich nicht nötig.«

»Süße«, sie lehnte sich über die Theke und gewährte Tjara einen vollen Ausblick auf ihr Dekolleté. »Wenn du dich zurückziehen und lieber allein sein willst, ist das hier der falsche Ort. Dass du hier bist, verrät mir, dass du auf weit mehr aus bist als das. Also nimm mein Geschenk an.«

Eines musste sie ihr lassen, sie konnte überzeugend sein. Als Mara sie gefragt hatte, hätte sie auch ablehnen und zuhause bleiben können, stattdessen hatte sie sich dazu entschieden, aus ihrer Muschel zu kriechen.

Nachdem sie tief durchgeatmet hatte, hob sie das Glas an ihre Lippen und kippte den Inhalt in einem Zug runter. Ihr Körper schüttelte sich, sie musste lachen.

»Gott, dass ist widerlich!«

»Und gleich noch einen.«

Obwohl es genug Männer gab, die um ihre Aufmerksamkeit buhlten, unterhielt sich die Barkeeperin mit ihr, bis zwei Hände Tjara ablenkten. Dass es sich hierbei nicht um Mara handelte, merkte sie erst, als ein blonder Schopf sich neben sie schob.

Blaue Augen sahen sie an, geschwollene Lippen verzogen sich zu einem strahlenden Lächeln. Der Mann war hübsch, wenn auch nicht ganz ihr Geschmack.

»Hey Schöne. Du sitzt ja ganz allein hier, kann ich dir ein wenig Gesellschaft leisten?«

Tjara erinnerte sich an den Kerl. Er war der Stripper, der ihr zu Anfang zugezwinkert hatte. So selten, wie sie trank, musste ihr der Alkohol wohl schon zu Kopf gestiegen sein. Nur so ließ sich erklären, warum sie sich auf dem Hocker zu ihm herumdrehte, die Lippen zu einem breiten Grinsen verzogen und nickte. Er nahm neben ihr Platz. »Ich bin Jasper, wie heißt du?«

»Tjara«, kreischte sie und fing an zu lachen. Oh Gott, sie war nicht mehr sie selbst. Ihre Augen glitten an Jaspers Körper entlang nach unten. Mittlerweile trug er

Bluejeans und ein weißes Shirt. »Eben hast du mir besser gefallen«, kam es ihr über die Lippen. Schnell biss sie sich darauf. Jasper lachte. »Wenn du willst, gebe ich dir gern eine Privatvorstellung.«

Sie konnte nicht sagen, ob er es ernst meinte oder scherzte, also ignorierte sie die Aussage und deutete der Barkeeperin an, ihr einen weiteren Drink zu bringen. »Erzähl mir etwas über dich Tjara. Ich hab dich hier noch nie gesehen.«

»Das liegt bestimmt daran, dass ich normalerweise zuhause sitze und lese, statt mich in einem Club zu besaufen.«

»Es gibt immer ein erstes Mal. Dann solltest du diesen Abend richtig auskosten, komm.«

Jasper ließ ihr keine Zeit zum Antworten, stattdessen verschränkte er seine Hand mit Tjaras und führte sie zur Tanzfläche. Um sie herum schrien und sprangen die Leute zur Musik. Es war ein Auf und Ab schwitzender, stinkender Menschen, die keine Rücksicht aufeinander nahmen, und trotzdem störte es sie nicht. Jasper zeigte ihr, wie sie sich zu bewegen hatte und selbst, als sie ihm auf die Füße trat, hielt es ihn nicht davon ab, zu feiern. Seine gute Laune ging auf Tjara über. Bis sie sich plötzlich dabei ertappte, wie sie mit Jasper ein Lied nach dem anderen schmetterte, obwohl ihr die meisten Texte unbekannt waren.

Mara stieß zu ihnen. Tjara bemerkte, dass der Mann, welcher sie vorhin in den Club gelassen hatte, seine Hände um ihre Hüfte gelegt hatte und sich an sie schmiegte. Zum ersten Mal, seit Mara versuchte, sie in das Partyleben zu führen, fühlte sich Tjara dazugehörig. Sie stieß Jasper nicht von sich weg, als er es Mara und ihrem Verehrer nachtat und sich an sie schmiegte. Seine Hände führten sie. Tjara schloss die Augen, ließ die Musik ihren Körper vereinnahmen. Von allen Seiten kreischte man ihr ins Ohr, die Leuten feierten die harten, tiefklingenden Bässe.

Als sie die Augen öffnete, veränderte sich etwas. Statt Jasper gegenüberzustehen, starrte sie in ein Gesicht, das ihrem absolut identisch war. Die junge Frau sah ebenso überrascht aus wie Tjara, die schlagartig nüchtern wurde. Es war, als seien sie in der Zeit festgefroren. Sekunden verstrichen, wurden zu Minuten, bis sich Jaspers Gesicht wieder in Tjaras Blickfeld schob. Seine Hände, die sich eben noch so gut angefühlt hatten, wanderten jetzt wie Parasiten über ihren Rücken.

Sie erfasste die Menschenmenge um sich herum; Mara, die mit ihrem neuen Lover knutschte. Alles drehte sich, sie verlor das Gleichgewicht und taumelte. Bässe, die sie eben noch in eine angenehme Trance versetzt hatten, trieben sie nun runter von der Tanzfläche. Jemand rief nach ihr, Jasper, doch sie schaffte es nicht, zu atmen. Ihr Magen zog sich schmerzhaft zusammen. Gottverdammt, was trieb sie hier?

Bevor sie den Club verlassen konnte, zogen sie zwei Hände zurück. Jaspers besorgte Augen trafen auf ihre.

»Ist alles okay?«, wollte er wissen und zog sie an sich heran.

»Ich muss hier raus, ich kann nicht atmen!«

»Komm mit an die Bar, ich besorge dir etwas zu trinken.«

»Nein!«, sie riss sich von ihm los, als auch schon Mara angerannt kam. Es war so peinlich. Eben hatte sie noch genauso wild gefeiert und nun ekelte sie sich vor ihrem eigenen Körpergeruch.

»Willst du gehen?«, fragte ihre Freundin, doch sie sah in deren Gesicht, dass diese selbst keine große Lust dazu verspürte.

»Ich muss nur kurz an die frische Luft.« Sie lächelte ihr beruhigend zu und verließ den Club durch dieselbe Tür, durch die sie gekommen war.

Kühle Luft blies ihr ins Gesicht und ließ sie taumeln. Der Alkohol war ihr zu Kopf gestiegen und der immer noch kräftige Wind verbesserte ihre Lage keineswegs.

»Hey, ist alles in Ordnung?«

Jasper war ihr nach draußen gefolgt und beäugte sie voller Sorge. Tjara nahm einen tiefen Atemzug, zwang sich zu einem Lächeln. Auf keinen Fall würde sie wieder auf die Tanzfläche zurückkehren. Ja, für den Augenblick hatte sich diese Schwerelosigkeit himmlisch angefühlt, aber all das war nicht ihre Welt. Sie gehörte zu Mara.

»Bitte entschuldige. Das ist mir wirklich peinlich, aber ich denke, für heute bin ich fertig.«

»Du willst schon nach Hause?«

»Ich bin müde.«

»Okay, ich mache dir einen Vorschlag, wir gehen da wieder rein und setzen uns an die Bar. Wir werden uns einfach unterhalten und dann entscheidest du, wie dieser Abend zu Ende geht. Klingt das nach einem Plan?«

Obwohl es ihr widerstrebte, den Club ein weiteres Mal zu betreten, nickte sie und folgte Jasper bis an die Theke, wo er ihr ein Wasser orderte.

Zwar mussten sie sich anschreien, doch es tat gut zu reden, wobei ihr auffiel, dass er von Minute zu Minute näher an sie heranrückte.

Während Jasper ihr erklärte, warum er sein Geld mit Strippen verdiente, ließ sie ihren Blick auf der Suche nach Mara durch den Club streifen.

Ihre Aufmerksamkeit fiel auf eine in schwarz gekleidete Gestalt. In dem Moment, in dem der Mann aufschaute, hielt sie den Atem an. Er stand regungslos inmitten der tanzenden Menge und beobachtete sie mit einer solchen Intensität, dass sie sich nackt fühlte. Es war, als könne er in sie hineinsehen.

Tjara schaffte es nicht, den Blick abzuwenden. Obwohl sein Gesicht keinerlei Regung zeigte, entsandte seine Haltung eindeutige Signale. Er war gefährlich und eiskalt, ein unberechenbarer Krieger. Sie nahm sich die Zeit, ihn zu begutachten. Zwar konnte sie seine Augen inmitten der überfüllten Fläche und bunten Lichter kaum sehen, dennoch wusste sie, dass sie genauso fesselnd waren, wie seine gesamte Erscheinung.

Verlangen kroch durch ihren Körper, setzte sich fest und hielt sie im Griff. Es presste ihr die Luft aus der Kehle. Entgegen aller Vernunft zog der Fremde sie auf eine Art und Weise an, die sie bisher noch nie verspürt hatte. Als locke er sie allein durch die Macht seines

Willens zu sich, glitt sie von dem Hocker. Ihre Beine bewegten sich wie im Alleingang, steuerten auf das schwarze Mysterium zu, ohne dass ihr Verstand nur die Chance hatte, ihr zu folgen.

Der Bann brach in dem Augenblick, in dem jemand nach ihr griff, sie zurückzog und herumdrehte. Jasper sah wenig erfreut aus.

»Wenn ich dich langweile, sag es mir bitte, statt einfach wegzugehen.«

Erst jetzt erlangte sie die Fähigkeit zu denken zurück. Blinzelnd kam sie zu Verstand und schaute sich verwirrt um.

Was zum Teufel war mit ihr geschehen?

»Tjara?«

»Bitte entschuldige, ich muss gehen.« Sie lief sofort los Richtung Ausgang. Ihr Kopf begriff nicht, was mit ihr passierte. Sie spürte das Kribbeln in ihrem Körper. Es war befremdlich und gleichzeitig willkommen. Selbst die frische Luft half ihr nicht. Tjara fühlte sich in ihrem eigenen Körper wie eine Fremde.

»Tjara?«

Vor Schreck hätte sie fast aufgeschrien. Mara hatte die Arme von hinten um sie geschlungen und ihren Kopf auf ihre Schulter gestemmt. Ihre Alkoholfahne drehte Tjara den Magen um, obwohl sie selbst stank. Der Uhrzeit nach war es sechs Uhr morgens. Sie hatten mehr als genug Stunden im Dragns Heavn verbracht, es wurde Zeit, den Heimweg zu bestreiten.

»Ich werde dir ein Taxi rufen«, ließ sie Mara wissen. Diese wurde kreidebleich.

»Ich glaub, ich muss kotzen.« Sie hatte den Satz kaum beendet, schon senkte sie den Kopf. Tjara sprang rechtzeitig beiseite, schnappte sich Maras Haare und hielt diese zurück.

Ein seltsames Gefühl versetzte sie in Aufruhr, so als würde sie beobachtet. Ihre Augen scannten die Gegend, doch es war niemand zu sehen.

»Ich will nach Hause«, murmelte Mara schließlich mit schwacher Stimme.

Es dauerte eine halbe Ewigkeit, bis sie die Hauptstraße erreicht hatten. Der Taxifahrer, den Tjara herangewunken hatte, half Mara auf den Sitz. Nachdem sie ihm die Adresse genannt hatte, warf sie ihrer Freundin einen skeptischen Blick zu.

»Schreib mir, wenn du angekommen bist, damit ich weiß, dass es dir gut geht.«

»Klar doch«, säuselte sie und winkte ihr zu.

Tjara stieß ein Seufzen aus, sobald das Taxi losfuhr. Sie selbst war mittlerweile wieder halbwegs nüchtern. Der Alkohol und der stickige Club hatten ihren Hals ausgetrocknet. Das war der Grund, warum sie an dem Partyleben keinen Geschmack fand. Alkohol, der Kater am nächsten Morgen, und der zu lange Heimweg. Brummend hob sie die Hand, um sich selbst ein Taxi heranzuwinken, als sich von hinten ein Arm um sie legte und sie zurückzog.

Ehe sie schreien konnte, zerrte man sie in eine dunkle Gasse. Tjara spürte die kalte Wand hinter sich. Emotionslose, graue Augen begegneten dem Aquamarin ihrer eigenen und brachten sie zum Schweigen, ehe sie es schaffte, ihre Gedanken in Worte zu fassen. Ihr Herz hämmerte wie ein Presslufthammer, vor Panik und etwas anderem, das sich nicht benennen ließ.

Sie kannte diesen Mann, denn vor wenigen Minuten hatte er ihr schon einmal den Atem geraubt.

2.

Hunter

Das Erste, was ihm, dicht vor ihr stehend, klar wurde, war, dass es sich bei ihr nicht um Prinzessin Sora handelte. Das schwarze Haar reichte ihr bis zur Brust, der schlanke Körper glühte. Hunter trat näher an sie heran, schob einen Finger unter ihr Kinn und zwang sie, ihn anzuschauen. Ihre Wangen färbten sich rosa, ihr Herz schlug schneller, doch dieses Mal nicht vor Angst. Anders als Soras Augen waren ihre aquamarinfarben. Der Duft von Rosen und Meer breitete sich in seiner Nase aus. Seine Prinzessin roch nach Gras und Zimt.

Ja, sie sah Sora bis auf die wenigen Unterschiede zum Verwechseln ähnlich. Sie war nicht die Frau, die er suchte, wenn auch wunderschön.

Die Fremde starrte ihn an. Ihr Atem entwich ihr stoßweise.

»Bitte, habt keine Angst«, sprach er, als sie den Blick von ihm löste und zu Boden schaute. »Ich werde Euch nichts tun.«

Sie hob den Kopf und biss sich auf die Unterlippe.

»Wer sind Sie?«, wisperte sie.

Ihr Körper strahlte eine für Menschen unnatürliche Hitze aus, dennoch zitterte sie vor Kälte.

Verdammt, das hier hatte er nicht genug durchdacht. Sein Verstand hatte ihm bereits gesagt, dass es sich bei dieser Person nicht um Sora handelte, sichergehen wollte er trotzdem, wobei er sie erschreckt hatte.

»Niemand, den Ihr kennt. Bitte verzeiht meine Aufdringlichkeit.« Er ließ die Hand an ihrem Kinn sinken und trat zurück.

Das hier war reine Zeitverschwendung, mittlerweile konnte seine Prinzessin überall sein.

Hunter schaute nicht zurück, als er die Gasse verließ, um sich wieder auf die Suche zu begeben.

»Warten Sie!«, rief die weibliche Stimme.

Er dachte nicht daran, sich umzudrehen oder gar stehen zu bleiben, denn es galt, keine Zeit zu verschwenden. »Bitte, warten Sie!«, rief sie jetzt lauter und zog damit die Aufmerksamkeit einiger Umherstehender auf sich. Sie hatte keine Ahnung, in welche Gefahr sie sich begab.

In Gedanken hakte er die Orte ab, an denen er nicht nachzuschauen brauchte und kam zu dem Schluss, dass Sora nur in den Bergen sein konnte. Das hieß, die Ritter des Königs würden sie zuerst finden, wenn er nicht schnell genug war.

Scharfe Nägel bohrten sich in seinen Arm und zogen ihn zurück. Hunter drehte sich herum.

»Gehen Sie nicht einfach weg, bitte«, flehte die Frau verzweifelt. Ihr schmales Gesicht war leichenblass, zudem roch sie nach Alkohol.

»Folgt mir nicht«, sagte er in strengem Ton und löste sich aus ihrem Griff. Doch anstatt seine Hand loszulassen, umschlang sie diese.

»Sie drehen sich.«

Kaum hatte sie den Satz beendet, schlossen sich ihre Augen und sie fiel ihm in die Arme.

Hunter schnaubte genervt. Für derlei Zeitverschwendung hatte er keine Zeit. Andererseits konnte er sie auch nicht einfach auf der Straße liegen lassen, während die Menschen ihn anstarrten. Grummelnd legte er eine Hand an ihren Rücken, die andere schob er unter ihre Beine und hob sie auf seine Arme.

Er wusste nichts über diese Fremde, daher blieb ihm nur, sie in ein Hotel zu bringen, sodass sie für die Nacht geschützt war. Danach würde er sie ihrem Schicksal überlassen.

Zeit zu verschwenden, passte nicht zu ihm. Hunter arbeitete präzise und immer nach Plan. Er wusste, wo sein Ziel war und wie er dorthin fand. Bisher war ihm nie etwas in die Quere gekommen.
Bis heute.
Seine zufällige Bekanntschaft schlief tief und fest, als er sie in das Hotelzimmer brachte und ins Bett legte. Sobald er die Frau zugedeckt hatte, zog sie die Decke bis zu ihrem Hals und seufzte leise im Schlaf.
Obwohl er längst hätte weg sein sollen, stand er immer noch neben ihr an dem Bett und starrte auf sie hinunter. Alles an ihr irritierte ihn.
Hunter gelang es nicht, zu widerstehen, er nahm neben ihr Platz und schob behutsam die verwirrte Strähne aus ihrem Gesicht.
Seine Finger wanderten über ihr Ohr, zu ihrem Kinn und stoppten dann an ihren Lippen.
Wer war sie? Was entging ihm hier?
Sie bewegte sich, dabei stieß sein Finger gegen ihre Lippen. Er zuckte zurück, sprang auf und drehte ihr den Rücken zu.
Was zum Teufel passierte hier?
Knurrend machte er einen Schlenker Richtung Tür und lief los, da stöhnte sie und strampelte sich von der Decke frei.
Er sollte gehen, musste weg, doch statt dem Befehl zu folgen, den sein Kopf entsandte, trat er erneut an sie heran und bedeckte ihren Körper.
Alles an dieser Frau war ein einziger Widerspruch. Ihre Existenz konnte nur eine Illusion sein und doch berührte er ihre Haut, hörte ihren Atem.
Sie war real.
Hunter lehnte sich gegen die Fensterbank, das kalte Grau seiner Iris auf die wehrlose Frau vor ihm gerichtet. Ihn übermannte das Bedürfnis, sich um sie zu kümmern, obwohl er wusste, dass es ihm verboten war.

Tjara

Sie fühlte sich geborgen. Als würde sie bewacht und beschützt, während sie schlief. Tjara hatte so etwas bisher nie verspürt und sie genoss es, bis die ersten Sonnenstrahlen ihr Gesicht berührten und sie sanft aus dem Schlaf glitt.

Tjaras Augen öffneten sich einen Spalt. Sie fühlte sich, als wäre sie einen Marathon gelaufen, zudem war ihr kalt und ihr Kopf pochte. Müde richtete sie sich auf und rieb sich die Augen. Durch den Alkohol hatte sie wie ein Baby geschlafen. Sobald Tjara sich an das grelle Licht gewöhnt hatte, schweifte ihr Blick auf der Suche nach einer Uhr umher.

Die cremefarbenen Gardinen erweckten als Erstes den Verdacht, dass hier etwas nicht stimmte, die dunkelrote Bettwäsche verstärkte diesen noch, aber erst der Mann, den sie in diesem Moment erblickte, bestätigte ihre Angst.

Das hier war nicht ihr Zimmer.

»Ihr seid wach.«

Seine Stimme ließ sie zusammenfahren. Er war kein Traum oder ein Gespenst, sondern eine lebende, atmende Person. Schnell zog sie die Decke enger um ihren Körper und rutschte so weit wie möglich von dem fremden Mann weg.

Ängstlich wagte sie einen Blick unter die Decke und atmete erleichtert aus. Sie war angezogen.

»Wer zum Teufel sind Sie, und wo bin ich?«, fragte sie und gab sich Mühe, nicht allzu panisch zu klingen, während sie aus dem Bett stieg.

Er unternahm keine Anstalten, auf sie zuzugehen oder zu antworten. Stattdessen starrte er sie einfach nur an.

»Haben Sie mich entführt?«, sprach sie weiter und warf einen Blick aus dem Fenster. Ihr wurde schwindelig.

Tjara presste die Augen zusammen, als sie fiel. Statt jedoch Bekanntschaft mit dem Boden zu machen, wurde sie aufgefangen. Warme Hände legten sich um ihren Körper. Sie öffnete erst ein Auge, dann das andere, und sah sich nun dem Mann direkt gegenüber.

Geschehnisse der vergangenen Nacht spielten sich vor ihrem inneren Auge ab. Blitzschnell befreite sie sich aus seinem Griff und brachte so viel Abstand zwischen sich und den Fremden, wie der Raum es zuließ.

»Ihr müsst Euch nicht fürchten, ich werde Euch nichts tun«, versicherte er ihr mit ruhiger Stimme.

»Das würde jeder sagen. Sie haben mich ganz offensichtlich entführt und jetzt soll ich glauben, dass Sie mir nichts antun?«

»Ihr erinnert Euch an nichts mehr.«

Gab es noch etwas, woran sie sich erinnern sollte? Die Kopfschmerzen erschwerten es ihr, die vergangene Nacht vollständig heraufzubeschwören, aber sie erinnerte sich daran, Mara in ein Taxi gesetzt zu haben. Jemand hatte sie gepackt und in eine Gasse verschleppt, doch ab hier verblasste der Abend.

»Ihr seid ohnmächtig geworden«, ließ er sie wissen und kam näher, darauf bedacht, sich langsam fortzubewegen, als wäre sie ein verschrecktes Reh.

»Und Sie haben mich hierhergebracht?«

Es fiel ihr schwer, zu glauben, dass er ohne Hintergedanken den guten Samariter mimte. Doch sprach es für ihn, dass sie angezogen war und sich bis auf die dröhnenden Schmerzen in ihrem Kopf nichts anders anfühlte. Ihr Unterleib schmerzte nicht. Trotzdem schielte sie zu dem zerwühlten Bett und zwang ihren Kopf, sich an letzte Nacht zu erinnern.

»Ich habe Euch nicht angefasst.«

Erleichterung überfiel sie.

»Dann danke ich Ihnen für die Hilfe, aber das wäre wirklich nicht nötig gewesen.«

»Ihr habt recht.« Sein Blick wurde kalt. »Ich hätte Euch auch einfach in der Dunkelheit liegen lassen können. Allerdings erschien mir das nicht der richtige Ort für Euch zu sein. Das nächste Mal werde ich einfach weitergehen.« Er klang weniger freundlich als zuvor, sogar wütend. »Das Zimmer ist bis Ende des Tages bezahlt. Geht, wann es Euch beliebt.« Damit drehte er sich um und verließ den Raum schnellen Schrittes.

Tjara biss sich auf die Lippe, kurz überlegte sie, ihm zu folgen und sich zu bedanken, doch der Geruch um sie herum hielt sie auf. Sie stank nach Alkohol und Schweiß. Seufzend verließ sie die Ecke, in welche sie sich zurückgezogen hatte, und beschloss, eine warme Dusche zu nehmen.

Sie hätte ewig unter dem heißen Wasserstrahl stehen können. Während sie wieder in das Partykleid stieg, ließ sie den gestrigen Abend Revue passieren, doch es war ausweglos. Die Sonne hatte sich schon vor einer Weile verkrochen. Frische Luft wehte ihr um die Ohren, sobald sie das Hotel verließ.

Sie war nicht weit gekommen, als ihr abermals die schwarze Gestalt ins Auge fiel. An der Hauswand lehnte der Mann, der sie gerettet hatte und starrte den Boden an, als suche er dort nach Antworten.

Sie war eigentlich davon ausgegangen, dass er nach seinem gereizten Abgang längst über alle Berge war. Zum Glück hatte sie sich getäuscht, so konnte sie ihm wenigstens danken.

»Hallo.« Vor ihm blieb sie stehen, die Hände in die Hüften gestemmt. Er schaute sofort auf. »Wie ich vorhin reagiert habe, war ziemlich grob und unfair von mir, von daher würde es mich freuen, wenn Sie mir die Chance geben, mich zu entschuldigen.«

»Das ist nicht nötig.«

»Dennoch, bei der Gelegenheit möchte ich Ihnen auch danken. Die Kosten für das Hotel werde ich Ihnen selbstverständlich zurückerstatten.«

Schon wieder sah er genervt aus. Ohne ein Wort der Erwiderung lief er los und ließ sie stehen. Fassungslos starrte sie ihm hinterher. Was war sein Problem?

»Jetzt warten Sie doch mal!« Da die High Heels ihre Füße letzte Nacht ziemlich strapaziert hatten, konnte sie darin kaum laufen, geschweige denn rennen.

In Windeseile hatte sie die Schuhe ausgezogen und lief los. Sich ihm praktisch vor die Füße werfend, kam sie zum Stehen. »Ich kenne nicht einmal Ihren Namen«, keuchte sie und strich sich die Strähnen hinter die Ohren, dann streckte sie die Hand nach ihm aus. »Ich bin Tjara.«

Der missbilligende Blick, mit dem er ihre Hand betrachtete, schüchterte sie nicht ein. Einige Minuten starrte er diese an, ehe er um sie herumlief. War es denn so schwer, ihren Dank anzunehmen?

Mein Gott, war der Mann empfindlich. »Bitte warten Sie, soll ich Sie vielleicht zu einem Kaffee einladen?«

Er hatte sie gehört, da war sie sich sicher, trotzdem lief er weiter, schaute nicht einmal zurück. Unhöflicher Bock. Was hatte er denn erwartet, wenn er eine Fremde in ein Hotel schleppte, nachdem sie umgekippt war? Natürlich dankte sie ihm dafür, dass er sie nicht ihrem Schicksal überlassen hatte, aber er konnte auch nicht erwartet haben, dass sie ihm freudig um den Hals fiel.

Kopfschüttelnd ließ sie die Arme sinken und lief los.

3.

In weiter Ferne, völlig unentdeckt, hockte sie und schaute zu den Männern hinunter, welche die Wälder seit Stunden absuchten. Ihre Flucht war zu unüberlegt gewesen.

Weder wusste sie, wohin ihr Weg sie führen würde, noch, was als Nächstes geschehen sollte. Blöd, wie sie war, hatte sie ihr Handy zuhause gelassen und obwohl inzwischen Stunden, wenn nicht sogar Tage vergangen waren - sie hatte jegliches Zeitgefühl verloren - hatte er sie nicht gefunden.

Enttäuschung legte sich über ihr Gemüt, doch dafür blieb jetzt keine Zeit. Sie schob den mit reichlich Blättern bewachsenen Ast beiseite und beobachtete die Ritter.

»Sie ist bereits seit drei Tagen verschwunden und könnte überall sein!«, sagte einer der Krieger und stieß sein Schwert so fest in den Boden, dass die Klinge hin und her schwang.

Obwohl sie den Männern vertraute, schließlich war sie mit ihnen aufgewachsen, blieb Sora in ihrem Versteck. Die Ritter waren auf Befehl des Königs auf der Suche nach ihr, doch es waren nicht die Männer, um welche sie sich sorgte und wegen derer sie nicht herauskam, sondern die Menschen, die ihren Tod herbeisehnten. Der Thron hatte ihr Volk gegen sie aufgebracht, doch sie fürchtete sich vor allem davor, was passieren würde, sobald man ihr die Krone aufsetzte.

Bisher war es immer Hunter gewesen, durch den sie innere Ruhe gefunden hatte und die Kraft, all das durchzustehen.

Warum hatte sie ihn nur zurückgelassen? Das war mehr als dumm gewesen. Ihre Angst vor dem, was bald geschehen würde, hatte ihre Sinne benebelt und sie in diese verzwickte Lage gebracht.

Sora lehnte sich auf dem Stamm, den sie besetzte, zurück und seufzte. Diese verdammte Zeremonie hatte ihr Leben zerstört, dabei saß sie noch nicht einmal auf dem Thron. Sie betete darum, dass sie die Ausnahme aller bildete und nach der Krönung sie selbst bleiben würde, doch dafür bestand nur wenig Hoffnung. Ihre Familie war verflucht, anders ließ sich das Phänomen nicht erklären, und alles hatte mit Königin Zera angefangen.

Schon vor Monaten hatte Sora Aris angefleht, mit der Tradition zu brechen. Er sollte weiterhin herrschen. Das Volk liebte ihn. Doch er hatte ihr widersprochen, denn er war überzeugt davon, dass Sora eine ehrbare Königin werden würde.

Fest biss sie sich auf die Lippen, als ihr ein Schluchzen entkam und schloss die Augen. In Kindertagen hatte sie das Leben als Prinzessin Tiratheas genossen. Erst nach dem Tod ihrer Mutter hatte sich all das geändert. Ab jenem Tag hatte man sie zur rechtmäßigen Königin erzogen. Sie hatte gelernt zu stricken, zu reiten, zu herrschen, obwohl jedermann ahnte, dass sie nicht lange genug leben würde, um zu regieren. Das Volk würde nicht zulassen, dass eine weitere Regentin das Land in Chaos und Verderben stürzte.

Das Knacksen einiger Äste ganz in der Nähe riss sie aus ihren Gedanken.

»Teilen wir uns auf. Sucht den gesamten Wald ab, wenn nötig, klettert auf jeden Baum!«, befahl Johan direkt unter ihr.

Der Anführer der Ritterschaft stemmte die Hände in die Hüfte. »Jeder, der sich uns in den Weg stellt, wird auf seinen Platz verwiesen. Wir werden die Wälder erst verlassen, wenn wir sie vollständig abgesucht haben, habt ihr mich verstanden?«

Die Ritter pflichteten ihm bei und verstreuten sich. Erst als das letzte Knacken verklungen war, kam Sora aus ihrem Versteck. Hier würde sie nicht lange unentdeckt bleiben. Aris war in Kindertagen oft mit ihr auf die Jagd gegangen und sie erinnerte sich an den Wasserfall, welchen er ihr damals gezeigt hatte. Mit etwas Glück würde sie den Weg dorthin finden, einen Versuch war es wert. Zudem war es der einzige Ort, an dem sie sich immer sicher gefühlt hatte.

4.

Hunter

Selbst auf dem höchsten Haus Netares konnte er ihren Geruch nicht aufnehmen. Es war, als sei Sora vollständig verschwunden, doch das war nicht möglich. Somit stimmte seine ursprüngliche Theorie, dass sie sich in dem an die Berge angrenzenden Wald aufhielt. Dort lebten genug Tiere, sodass es unmöglich war, ihren Geruch zu erschnüffeln, obwohl der einmalig war. Er hatte zu viel Zeit verstreichen lassen und das war nun die Konsequenz.

Es wäre ein Leichtes, Tjara, wie sie sich ihm vorgestellt hatte, die Schuld daran zu geben, doch es blieb eine Tatsache, dass Hunter selbst sich dazu entschieden hatte, ihr nicht von der Seite zu weichen, und Sora hatte nun unter seiner Entscheidung zu leiden. Dazu kam, dass seine Gedanken jede Sekunde um Tjara kreisten. Nicht, weil er sich zu ihr hingezogen fühlte, sondern weil sie ein menschliches Wunder war.

Hunter schob die Gedanken beiseite und stieß eine Reihe von Flüchen aus. Sobald er Sora fand, würde er sie ins Schloss zurückbringen, wo sie ihren Pflichten nachkam, und all das hier wäre vergessen.

Sobald er wieder die Erde berührte, begab er sich auf den Weg in Richtung Wald. Stimmen drangen zu ihm durch. Es waren circa vier Personen, die sich aufgeregt unterhielten. Auch wenn er sich nicht für Gespräche anderer interessierte, kam ihm der Inhalt vertraut vor.

Die Menschen sprachen über einen Club. An sich nichts Außergewöhnliches, bis sie das Hotel erwähnten, in dem er Tjara untergebracht hatte.

»Ich schwöre euch, es war eindeutig Prinzessin Sora«, sagte ein Mann aufgeregt.

»Und ich sage dir, dass das Unsinn ist!«, widersprach eine Frau genervt. »Meinst du nicht auch, die Prinzessin hat besseres zu tun, als in Clubs zu gehen und es sich in einem Hotel gemütlich zu machen, wenn sie ein Schloss hat?«

»Ernsthaft, William, da gebe ich ihr Recht. Du hast sie bestimmt nur verwechselt.«

»Ich erkenne doch wohl unsere Prinzessin«, knurrte dieser William genervt. »Aber mir war schon klar, dass ihr mir nicht glauben würdet, also habe ich ein Bild gemacht.«

Er zeigte ihnen offenbar den Beweis, denn die anderen keuchten überrascht. Verdammt. Ihm hätte nicht entgehen dürfen, dass man sie beobachtete.

»Sie sieht aus wie die Prinzessin, das gebe ich zu, aber sie ist es nicht. Heißt es nicht, jeder Mensch hätte einen Zwilling?«

»Dann werde ich es euch eben anders beweisen müssen«, erwiderte er.

Hunter wandte sich um und lief los. Er konnte sich schon ungefähr vorstellen, wie der Mann gedachte, seinen Verdacht zu bestätigen, und das hieß, Tjara war in Gefahr.

Eigentlich sollte ihm das egal sein, an erster Stelle für ihn stand Sora. Trotzdem brachte er es nicht über sich, sie ihrem Schicksal zu überlassen. Dasselbe Gefühl hatte ihn schon die letzte Nacht davon abgehalten, sie zu verlassen. Alles in ihm schrie, dieser Frau näher zu kommen, und er verstand es nicht. Es musste an ihrem Aussehen liegen, eine andere Erklärung fiel ihm nicht ein.

Was immer ihn dazu brachte, er hatte sie in diese Gefahr gebracht und er würde nicht zulassen, dass sein Versagen ihr Verderben herbeiführte. Entschlossen streckte er die Nase in die Luft. Es verstrichen Minuten, bis er ihren Duft auffing und ihm entgegenlief.

Tjara

Zuhause angekommen, stieg sie aus dem Kleid und ließ sich auf ihr Bett fallen. Der mysteriöse Mann spukte auch weiterhin durch ihren Kopf.
Wenn er ihre Einladung, einen Kaffee trinken zu gehen, doch nur angenommen hätte. Mehr über ihn zu erfahren, wäre sicher aufregend geworden. Tjara drehte sich auf die Seite und schloss die Augen.
Sie erinnerte sich an sein markantes Gesicht und die dunklen Bartstoppeln an seinem Kinn. Wie seine grauen Augen, so kalt sie auch wirkten, sie besorgt musterten und seine Lippen sich fest zusammengepresst hatten.
Erinnerungen an die letzte Nacht blitzten auf und hielten an, als er in der Gasse dicht an sie gedrängt stand. Er war ihr dabei so nah gewesen, dass sie seinen Atem in ihrem Gesicht spüren konnte und obwohl sie erwartet hatte, Angst zu empfinden, hatte sie bloß das Verlangen gehabt, ihm noch näher zu sein.
Bevor die Erinnerung verblasste, riss Tjara die Augen auf. Sie war ihm in die Arme gefallen. Peinlich berührt drückte sie das Gesicht in die Laken und seufzte. Zum Glück würde sie ihn nie wieder sehen, denn sie wusste nicht, wie sie ihm jetzt, da sie sich erinnerte, in die Augen schauen sollte. Das Klingeln ihres Handys unterbrach ihre Gedanken. Dankbar griff sie nach dem Gerät.
»Ja?«
»Hey, na, wie geht es dir? Bist du gestern gut nach Hause gekommen?«, meldete Mara sich und klang alles andere als fit. Tjara erinnerte sich, dass ihre Freundin gestern ordentlich gefeiert hatte.
»Mir geht es wohl besser als dir. Ja, ich bin heil angekommen.« Sie sah keinen Grund, zu erzählen, dass

ein Fremder sie auf der Straße aufgegabelt und in ein Hotel gebracht hatte, bevor sie in ihrem eigenen Erbrochenen ... den Gedanken beendete sie nicht.

Dass es überhaupt so weit gekommen war, ekelte sie an. Einmal hatte sie es sich erlaubt, über ihre Grenze zu gehen, nochmal würde es nicht passieren.

»Ich kann mich nicht an alles erinnern, doch ich hoffe, dass es nicht so schlimm war?«

»Wir hatten Spaß, aber ich muss gestehen, dass diese Art von Feiern einfach nichts für mich ist.«

Letzte Nacht war es nur darum gegangen, einmal mit einem Mann zu flirten, um herauszufinden, ob sie dazu fähig war.

Sich begehrenswert und sexy zu fühlen, war ihr Ziel gewesen, stattdessen hatte sie Jasper sitzen lassen.

»Und was ist mit dem Kerl, den du kennengelernt hast?«

»Glaub mir, wenn ich dir sage, dass er mich nie wiedersehen will.« Es würde sie wundern, denn welcher Kerl ließ sich schon gerne ohne jedes erklärende Wort abservieren? Womöglich verfluchte er sie seit gestern Abend oder er hatte sie längst aus seinen Gedanken verdrängt.

»Also wirst du den Rest deines Lebens zuhause sitzen? Ich dachte, du willst etwas erleben? Mal rauskommen und jemanden kennenlernen? Du bist fast dreißig, Tjara.«

»Und nur deswegen soll ich es erzwingen? Ich denke, man muss den Dingen ihren Lauf lassen. Sei mir nicht böse, aber wenn ich mir anschaue, wie du es versuchst, sehe ich für mich nur wenig Hoffnung.«

»Wenigstens tue ich etwas für mein Glück.« Mara klang genervt.

Es war nicht ihre Absicht, sie zu verletzen, doch Tatsache war, dass ihre beste Freundin sich jedem Kerl an den Hals warf, auf der Suche nach der großen Liebe.

Wobei sie leider immer wieder auf solche traf, die nur eines im Sinn hatten. Für sich selbst wünschte sie sich jedoch mehr.

»Das möchte ich dir auch nicht vorhalten, aber so bist du, nicht ich. Bitte entschuldige, aber ich muss in den Laden.«

»Okay, wir hören uns später.«

Tjara fühlte sich schuldig, als sie auflegte, drehte sich auf den Rücken und starrte die Decke an. Hatte Mara recht? Womöglich war es tatsächlich an der Zeit, ihr Schicksal selbst in die Hand zu nehmen und um ihr Glück zu kämpfen.

Die Zeit verging nicht, die Kundschaft ließ heute auf sich warten. Mittlerweile war der halbe Tag vergangen und niemand kam herein.

Frustriert nahm sie auf dem antiken Sofa Platz, fuhr mit der Hand über den cremefarbenen Stoff und überließ sich ihren Gedanken, als die Türklingel endlich einen Kunden ankündigte. Schnell erhob sie sich.

Vor ihr stand ein Hüne.

Der Mann trug das dunkelblonde Haar kurz geschnitten und lächelte sie an.

»Hallo«, begrüßte er sie und sah sich um. Er wirkte fehl am Platz und weniger, als sei er auf der Suche nach etwas Antikem.

»Guten Tag, kann ich Ihnen helfen? Brauchen Sie was bestimmtes?«

Sie beobachtete ihn, wie er durch ihr Geschäft lief. Ab und zu nahm er einen Gegenstand in die Hand oder bewunderte die Möbel. Tjara gab sich Mühe, ihn nicht allzu intensiv zu beobachten. Etwas an ihm kam ihr seltsam vor. »Wenn Sie doch ...«

»Eigentlich bin ich nicht auf der Suche nach einem Gegenstand.«

Darauf erwiderte sie nichts, doch als er sich zu ihr herumdrehte, betrachtete sie ihn ein wenig genauer. Er war nicht sehr breit gebaut. Sein Gesicht wirkte eingefallen und seine braunen Augen machten ihr Angst.

»Was kann ich dann für Sie tun?«

Sobald er auf sie zukam, trat sie automatisch einen Schritt zurück.

»Ich möchte Ihnen keine Angst machen.« Er blieb stehen und lächelte. »Entschuldigen Sie, ich bin einfach ein wenig verwirrt.«

»Suchen Sie jemanden?«

»Nein, ich habe die Person bereits gefunden.«

Warum sprach er in Rätseln und sagte nicht, was er wollte? »Ihr Aussehen verwirrt mich«, gab er zu und lächelte. Tjara fiel ein Stein vom Herzen. Das hörte sie nicht zum ersten Mal.

»Da ergeht es Ihnen wie den meisten meiner Kunden«, erwiderte sie und gab ihre Deckung auf.

Sie führte ihr kleines Antiquitätengeschäft seit etwas mehr als zehn Jahren, und immer wieder traf sie auf Menschen, die sie für eine andere hielten. Um genau zu sein, für die Prinzessin des Landes, Sora Tirathea. Ihr Interesse daran war nie groß genug gewesen, um sich über diese zu informieren, stattdessen nahm sie es hin, dieser hochgestellten Persönlichkeit sehr ähnlich zu sehen. Hatte nicht jeder einen Zwilling? »Ich kann Ihnen versichern, dass ich nicht Prinzessin Sora bin.«

»Dann entschuldigen Sie bitte meine unverhohlene Art.«

»Natürlich, dann wünsche ich Ihnen noch einen schönen Tag.«

Mit einem Nicken verabschiedete der Mann sich und verließ den Laden, wobei er sich ein letztes Mal zu ihr drehte, ehe er verschwand.

Erst als die Sonne untergegangen war, verließ sie das Geschäft und schloss ab. Ihr Körper begann zu zittern, das Gefühl, beobachtet zu werden, ließ sie nicht los. Unentschlossen zog sie den Schlüssel aus dem Schloss und lief um das Haus herum. Direkt dahinter befand sich ihr kleines Häuschen.

Ihre Eltern hatten das Haus vor zwanzig Jahren gebaut, als Tjara noch ein Kind gewesen war. Später hatten sie es dann ihr überlassen, in der Hoffnung, sie würde es eines Tages mit ihrer Familie teilen. Doch diesen Wunsch hatte sie ihren Eltern nicht erfüllt. In dem kleinen Laden, ein Haus weiter, war vorher eine Bäckerei gewesen, doch die

Besitzerin hatte sie, aufgrund der Krankheit ihres Mannes, verkauft. Diese Chance hatte Tjara sofort genutzt, um ihr Hobby zum Beruf zu machen. Sie liebte es, Flohmärkte nach alten, aber wertvollen Gegenständen abzusuchen. Schon oft hatte sie wunderschöne Antiquitäten ergattert.

Tjara wagte es nicht, die Augen auf der Suche nach ihrem Beobachter umherschweifen zu lassen, als sie sich beobachtet fühlte, sondern sperrte schnell die Tür zu ihrem Heim auf und lehnte sich von innen dagegen, sobald sie geschlossen war. Ihr Herz schlug ihr bis zum Hals.

Sie ließ einige Minuten verstreichen, bis sie die Gardine am Fenster neben der Tür beiseiteschob und nach draußen lugte. Wie sie erwartet hatte, war niemand zu sehen und trotzdem war sie sich sicher, sich das nicht eingebildet zu haben.

Genervt ließ sie die Gardine los und setzte sich in Bewegung. Heute war sie zu müde, um sich in Gedanken darüber zu ergehen, wer sie beobachtete. Tjara schlich die Treppen hinauf, zog sich um und ließ sich auf ihr Bett fallen. Es dauerte nur Sekunden, bis sie einschlief. Kraftlos ließ sie zu, dass graue Augen sich in ihr Blickfeld schoben. Sanfte Hände legten sich um ihren Körper, streichelten ihre Beine. Sie hätte sich wehren und den Mann wegstoßen sollen, doch als er sie ansah, war es um Tjara geschehen. Ihr Retter legte seine Hände an ihre Wangen, ehe er sie ...

Ein Krachen riss Tjara unsanft aus dem Schlaf. Sie rieb sich über die Augen und gähnte. Das Geräusch war verklungen, dennoch lief sie zum Fenster und schaute hinaus. Erschrocken wich sie zurück, denn dort auf dem Haus ihrem gegenüber, stand eine schwarze Gestalt und beobachtete sie.

Sie lehnte sich an das Fenster, öffnete es vorsichtig. Die Person, wer immer sie war, rührte sich nicht vom Fleck. Unmöglich zu erkennen, um wen es sich handelte, und trotzdem hatte Tjara keine Angst. Die Silhouette kam ihr sogar seltsam bekannt vor.

Sie starrte die Person an, bis sie verschwand. Tjara streckte ihren halben Körper ins Freie, um besser sehen zu können, doch sie war verschwunden. Sie hätte zwar die Polizei rufen können, um von dem Vorfall zu erzählen, doch aus irgendeinem Grund empfand sie keine Furcht, er könnte ihr etwas antun. Im Gegenteil, sie glaubte zu wissen, um wen es sich bei dem schwarzbekleideten Fremden handelte.

Sorgte er sich etwa um sie? Oder spielten ihr ihre Augen vor Müdigkeit einen Streich?

Lächelnd schloss sie den Rollladen und kehrte zu ihrer warmen Decke zurück. Sie drehte sich Richtung Fenster und schlief ohne Verzögerung wieder ein.

5.

Hunter

Er hatte einen Fehler begangen und dieser ließ sich nicht rückgängig machen. Nachdem die Menschen am gestrigen Tag über Tjara als Sora gesprochen hatten, sorgte er sich um ihre Sicherheit. Sie erschien ihm nicht wie eine Frau, die sich selbst verteidigte, demnach war er der Spur ihres Geruchs gefolgt und vor ihrem Haus gelandet. Dort hatte er gewartet. Hunter hatte es nicht überrascht, als der Mann bei Tjara aufgetaucht war.

Nachdem er sein Gehör erweitert hatte, sah er einiges klarer. Sie schlug sich des Öfteren mit Menschen herum, die sie für Prinzessin Sora hielten. Dieses Mal war es anders, sie begriff es nur nicht. Denn Hunter war an ihrer Seite gewesen und die Menschen kannten ihn.

Sora verließ das Haus nie ohne ihn, mit Ausnahme ihrer übereilten Flucht. Somit konnte er sich nicht sicher sein, dass Tjara nicht ein weiteres Mal belästigt würde. Also blieb er bei ihr, aber sie hatte ihn bemerkt. In der Dunkelheit hatte sie ihn sicher nicht erkannt und trotzdem verspürte sie keine Angst.

Im Gegenteil, ihr Körper hing über dem Fenster, als müsse sie nur genau hinschauen, um ihn zu identifizieren. Die ganze Nacht wachte er über sie, bis der Tag anbrach.

Und auch dann folgte er ihr. Sie schlenderte über den Marktplatz, grüßte die Menschen freundlich und beugte sich über deren Schätze.

Ihm fiel auf, dass sie eine Frohnatur war. Obwohl einige der Menschen sie anstarrten, lief sie weiter, grüßte sie und unterhielt sich mit ihnen. Ihr Charakter unterschied sich von dem Soras wie Tag und Nacht, denn seit das Volk sich gegen die Prinzessin gewandt hatte, verließ sie das Schloss nicht mehr und sprach auch mit niemandem. Die Bürde, als Prinzessin geboren worden zu sein, zerstörte allmählich ihr zartes Wesen. All das erkannte er in Tjara wieder.

Hunter blieb in Deckung, sie drehte sich herum. Die Schatten umschlangen ihn und trotzdem schien sie ihn zu spüren. Ein Lächeln legte sich auf ihre Lippen, ehe sie sich wieder der jungen Frau vor ihr zuwandte.

»Dieses Armband ist wunderschön.«

Statt zu antworten, starrte die Verkäuferin sie fassungslos an. Tjara ließ sich davon nicht stören und nahm das silberne Kettchen in die Hand.

»Bitte, Prinzessin, nehmt es, ich schenke es Euch.« Die Frau verbeugte sich tief. Tjara legte das Schmuckstück seufzend auf den Tisch zurück. Ihr war anzusehen, dass ihr die Verwechslung unangenehm war.

»Bitte nicht. Ich bin nicht Prinzessin Sora.«

Als hätte sie ihr einen Schlag versetzte, taumelte die Frau zurück. Sie sah verwirrt aus, was durchaus verständlich war. Tjaras Ausdruck wurde traurig. Nachdem sie sich verabschiedete, lief sie weiter, die Augen der jungen Frau blieben weiterhin auf sie gerichtet.

Sobald Tjara verschwunden war, kam Hunter aus den Schatten und lief zu dem Stand, an dem Tjara das Armband bewundert hatte.

Man starrte ihn an, doch das interessierte ihn nicht. Stattdessen reichte er ihr drei Token und nahm das Kleinod mit sich. Es wog schwer in seiner Manteltasche, da es unüblich für ihn war, etwas zu kaufen, das nicht für Sora war.

Generell verhielt er sich gerade untypisch. Doch das würde aufhören, sobald er sich sicher war, dass Tjara nichts zustieß, redete er sich ein.

Diese Frau zog ihn auf eine Art und Weise an, die es ihm unmöglich machte, klar zu denken. So viele Fragen huschten durch seinen Kopf.

Doch statt nach ihren Antworten zu suchen, folgte er ihr über den Markt. Die, die sie nicht kannten, überzeugte sie davon, nicht die Prinzessin zu sein und mit jenen, die ihre Bekannten waren, führte sie lange Gespräche.

Hunter folgte ihr. Sie war so abgelenkt von den Gegenständen und Menschen, dass sie seine Anwesenheit nicht bemerkte.

»Sind Sie nicht Hunter?«

Er hatte nicht gemerkt, dass er angesprochen wurde, bis eine Hand nach seinem Arm griff und ihn am Weiterlaufen hinderte. Hunter wirbelte herum und sah sich einer kleingewachsenen älteren Frau gegenüber. Freundlich lächelte sie ihn an. »Doch, Sie sind es.«

Ihr Gespräch lenkte die Aufmerksamkeit umherstehender Passanten auf sich, das hatte er eigentlich vermeiden wollen. Tjaras Anblick hatte seinen Verstand benebelt. Die Schatten hätten seine Anwesenheit verborgen, doch konnte er sie nicht rufen, während die Menschen ihn allesamt anstarrten.

»Wo ist die Prinzessin?«, rief jemand aus den hinteren Reihen. Um sie herum bildete sich ein Kreis. Am liebsten hätte er sie alle mit einem Schlag niedergemäht, doch kam es ihm recht übertrieben vor, sie zu töten.

Dass Tjara der Tumult nicht lange unbemerkt bleiben würde, war ihm klar, er hatte allerdings nicht erwartet, dass sie zu ihm durchbrechen und ihn an der Hand wegführen würde. Wortlos machten die Menschen ihr Platz und tuschelten, sobald sie an ihnen vorbei traten.

Hunter hielt den Blick auf ihre verschlungenen Hände gesenkt, während sie ihn vom Markt führte.

Sobald sein Verstand sich wieder einschaltete, löste er seine Hand von Tjaras.

»Bitte entschuldige, ich dachte, du könntest etwas Hilfe gebrauchen.«

»Da irrt Ihr Euch.«

Sie zog die Braue nach oben und verschränkte die Arme vor der Brust.

»Das mag vielleicht sein, aber ich glaube, dass ich mich nicht irre, was die letzte Nacht betrifft«, erwiderte sie. Hunter wusste, wovon sie sprach, ließ sich aber nichts anmerken. »Du hast mich heute Nacht beobachtet, nicht wahr?«

»Ich weiß nicht, wovon Ihr sprecht.« Er wandte sich von ihr ab. Dieses Mal ließ sie nicht zu, dass er sich zurückzog. Sie lief hinter ihm her und lächelte wissend, was ihn nervte.

»Du kannst ruhig zugeben, dass du mich wiedersehen wolltest.«

Hunter blieb stehen und betrachtete sie aus kalten Augen. Lag es daran, dass er ihr gefolgt war? Weil sein Geist sie vermisste? Nein, das war nicht der Grund. Er fürchtete um ihre Sicherheit und jetzt, wo man sie zusammen sah, hatte er allen Grund dazu.

»Ihr solltet Euch nicht in meiner Nähe aufhalten.«

»Warum? Bist du gefährlich? Und warum so förmlich? Du darfst mich gern duzen«, entgegnete sie breit lächelnd und führte die Hände hinter ihrem Rücken zusammen. »Immerhin kennst du bereits meinen Namen, und hast mich sogar in ein Hotel begleitet.«

»Der Höflichkeit wegen werde ich es nicht tun, es gibt Menschen, denen es widerstrebt, einem anderen so vertraut zu begegnen. Zudem habe ich Euch nur in ein Hotel gebracht, weil Ihr Eure Grenzen offensichtlich überschritten hattet.«

Schmollend schob sie die Unterlippe vor.

»Und ich dachte, wir wären uns nähergekommen, als ich dich ebenfalls gerettet habe.«

Darauf erwiderte er nichts, es schien ihr zu gefallen, ihn zu ärgern.

»Trotzdem solltet Ihr Euch nicht in meiner Nähe aufhalten.«

»Das sagst du, nachdem du mich sogar bis auf den Markt verfolgt hast.« Kichernd lief sie weiter. Sobald sie einige Schritte gelaufen war, drehte sie sich zu ihm herum und legte den Kopf schief. »Gibt es einen guten Grund dafür, dass ich mich nicht mit dir abgeben sollte?« Sarkasmus und Witz waren vollständig aus ihrer Stimme verschwunden, stattdessen schaute sie ihn aus ernsten Augen an, wartete gespannt auf eine Antwort.

Wie viel konnte er ihr sagen, ohne sie damit zu verunsichern?

Hunter trat an sie heran, nahe genug, dass niemand der Umherstehenden ihr Gespräch belauschen konnte.

»Meine Anwesenheit könnte Euch in Gefahr bringen«

Der Wind blies ihm um die Ohren und wehte ihren Geruch in seine Richtung. Tief sog er ihn ein. »Euer Leben wäre in Gefahr.«

»Warum fürchte ich mich dann nicht?«

»Weil Ihr keine Ahnung habt, worum es hier gibt.«

»Du könntest es mir erklären.« Ihre Anziehung auf ihn war überwältigend. Das Monster in ihm griff fasziniert nach ihr, während das Tier sich darauf vorbereitete, zu spielen. Doch Hunter drängte sie beide zurück.

»Von jetzt an werde ich Euch in Ruhe lassen. Entschuldigt meine Aufdringlichkeit.«

Er wollte sich umdrehen und weiter nach Prinzessin Sora suchen, doch ihre Augen hielten ihn gefangen. Als lese sie seine Gedanken, seinen Körper, glitten sie über ihn, bis sie ihm wieder ins Gesicht schaute.

»Das finde ich sehr schade«, erwiderte sie nach einer halben Ewigkeit, drehte sich um und ließ ihn stehen. Hunter schaffte es nicht, sich zu rühren. Stattdessen sah er ihr hinterher, beobachtete, wie der Wind ihr schwarzes Haar hin und her wehen ließ. Je weiter sie sich von ihm entfernte, desto größer fühlte sich die Leere an, die sich plötzlich in ihm ausbreitete.

So stand er minutenlang inmitten des Marktplatzes, sah ihr selbst dann noch hinterher, als sie längst verschwunden war. Langsam kam er wieder zu sich und bemerkte, dass die Menschen ihn anstarrten. Sobald er sie ins Visier nahm, gaben sie sich große Mühe, sich auf etwas anderes zu konzentrieren. Ein ungutes Gefühl überkam ihn. Er würde ihr folgen, nur eine Weile, damit er sich davon überzeugte, dass sie nicht in Gefahr war. Danach würde er nie wieder an sie denken.

Tjara

Zum ersten Mal, seit sie denken konnte, hingen ihre Gedanken an einem Mann. Obwohl sie ihm erst vor kurzem begegnet war, seinen Namen nicht kannte und er ihr versicherte, dass seine Nähe Gefahr für sie bedeutete, schaffte sie es nicht, nicht über ihn zu grübeln.

Immer wenn sie die Augen schloss, sah sie seine kalte, graue Iris, hörte seine tiefe Stimme, wie er ihr sagte, es sei besser, wenn sie sich von ihm fernhielt. Heute hatte sie ihn zum ersten Mal ausführlich betrachtet. Ihr war aufgefallen, dass sein Mantel sich wölbte, als verstecke er darunter etwas. Es juckte sie zu erfahren, warum er nur schwarz trug und wieso er sich so beharrlich weigerte, sie zu duzen.

Was steckte hinter dieser kalten Fassade, worüber dachte er nach, wenn er sie anschaute?

Seufzend vergrub sie den Kopf im Kissen. Dieser Mann bestand aus lauter einzelnen Mysterien, es war zum verrückt werden.

»Tu dir das nicht an«, brummte sie und drehte sich auf den Rücken. In letzter Zeit starrte sie häufig die Decke an, doch von ihr konnte sie sich keine Antworten erhoffen. Genauso wenig wie von dem Fremden, der sich weigerte, ihr seinen Namen zu verraten. Zudem musste sie gestehen, jetzt, wo sie ihn nähergehend betrachtet hatte, kam er ihr seltsam bekannt vor. Als hätte sie ihn schon einmal gesehen, wenn auch nur aus der Ferne.

Aber das war unmöglich.

Ehe sie tiefer in sich hineinhorchte und die Antwort fand, läutete es an ihrer Tür. Heute hatte sie keine Lust mehr auf Besuch. Doch ihr Gast hatte nicht vor, aufzugeben, stattdessen klingelte es Sturm.

Schnell verließ sie den oberen Stock und stürmte die Treppen runter zur Tür. Mara ließ sie gar nicht erst zu Wort kommen. Sobald sie die Tür geöffnet hatte, kam sie hinein und sprach wie ein Wasserfall auf Tjara ein.

»Hast du heute schon Fernsehen geschaut? Das musst du dir unbedingt ansehen, es ist auf allen Kanälen!«, keuchte sie und lief schnellen Schrittes Richtung Fernseher.

Augenverdrehend folgte sie ihr. Wann immer Mara etwas als wichtig betrachtete, handelte es sich meist um irgendwelche Männer, die sie heiß fand, oder Frauen, über die sich andere die Mäuler zerrissen. Ihrer Freundin wäre ein Job bei der Klatschpresse sicher.

»Und als wäre das noch nicht genug, hat sich Prinzessin Sora doch tatsächlich in einem solchen Outfit in den beliebtesten Club Netare's getraut. Was sagt man denn dazu?«, erklang eine weibliche Stimme.

Tjara hatte keine große Lust, sich anzuhören, wie das Land die Prinzessin auseinandernahm.

»Mara ...«

»Schau hin!«

Da ihre beste Freundin nicht die Absicht hegte, sie in der nächsten Minute in Ruhe zu lassen, ergab sich Tjara ihrem Schicksal und schaute auf den Bildschirm.

Was sie da sah, ließ sie den Atem anhalten. Sie brauchte einen festen Halt, denn ihr wurde schwindelig. Fassungslos beobachtete sie das Geschehen.

»Vielleicht hat die Prinzessin eingesehen, dass es an der Zeit ist, das Amt der Königin aufzugeben. Was können wir auch schon von einer Königin erwarten, die sich derart gehen lässt und sich an einen Mann herausschmeißt?«

Auf dem Fernseher war Tjara zu sehen, die wie wild mit Jasper tanzte.

Doch niemand erkannte sie, die Medien hielten sie für Sora. »Ihr glaubt, wir lügen euch an? Es ist bloß eine Verwechslung?«

Das Bild wechselte, jetzt sah man das Hotel, vor dem ihr Retter und sie sich miteinander unterhielten. Zwar verstand man kein Wort von dem, was sie miteinander sprachen, doch das schien niemanden zu interessieren.

»Hier sehen wir Prinzessin Sora und ihren Chevalier, nur Sekunden, nachdem sie aus dem Hotel gekommen sind und Stunden, nachdem sie den Club verlassen hatte. Was geht hier vor sich? Führen die beiden eine Beziehung?«

Falsch, das war alles falsch.

Sie hasste die Nachrichten, niemand scherte sich darum, ob es sich um die Wahrheit handelte oder ob nur Lügen verbreitet wurden.

Aber was hatte die Nachrichtentante gesagt? Chevalier? Wovon zur Hölle sprach sie, was hatte dieser Mann mit Prinzessin Sora am Hut?

»Verdammte Scheiße!«, fluchte sie lauthals und sprang von dem Sofa auf. »Was zum Teufel soll das?«

»Sagst du mir, was passiert ist, nachdem du mich in das Taxi gesetzt hast?«, fragte Mara und sah genauso verwirrt aus, wie Tjara sich fühlte. Ihr Kopf drehte sich.

Ehe sie überhaupt zu Wort kam, wechselte das Bild erneut. Dieses Mal sah man sie und den Fremden auf dem Markt. Ihr war nicht einmal aufgefallen, dass sie gefilmt worden war. »Und hier sehen wir Prinzessin Sora und ihren Begleiter ein weiteres Mal. Da müssen wir uns doch die Frage stellen, ob Prinzessin Sora ihrer Aufgabe als künftige Herrscherin wirklich gewachsen ist. Nicht nur, dass sie das Tabu bricht und mit ihrem Beschützer offensichtlich eine Beziehung führt, auch scheint es sie nicht zu interessieren, wer sie zusammen sieht. Ich sage, die Prinzessin sollte ihr Amt aufgeben und König Aris weiterhin regieren lassen. Was meint das Volk dazu? Wollt ihr einer solchen Frau folgen?«

Die Bilder wechselten immer wieder, als wolle sie den Menschen beweisen, wie verantwortungslos die Prinzessin sich gab. All das war ein riesiges Missverständnis, warum erkannte das denn niemand? Maras Gesicht sprach Bände, als Tjara sie anschaute.

»Sie bringen es auf allen Kanälen. Ich habe mich ein bisschen über die Königsfamilie informiert, und es scheint, als sei das Volk schon seit geraumer Zeit gegen Prinzessin Sora. Ihnen hat nur noch der letzte Tropfen gefehlt.«

»Aber sie müssen doch erkennen, dass ich nicht die Prinzessin bin!«

Ihre Beine trugen sie den Raum rauf und runter. Wie, um alles in der Welt, sollte sie das wieder in Ordnung bringen?

»Das scheint niemanden zu interessieren. Auf dem Weg zu dir habe ich mitbekommen, wie beinahe jeder darüber gesprochen hat. Sie glauben wirklich, dass es sich hierbei um Sora handelt und ganz ehrlich? Wüsste ich nicht, dass du das bist, weil ich dabei war, würde ich es auch glauben. Diese Ähnlichkeit ist irre.«

»Das ist kein Witz!«, knurrte sie verärgert.

Mara war damals die Erste, die Tjara darauf hingewiesen hatte, dass sie Sora zum Verwechseln ähnlich sah. Das war mit ein Grund, warum Tjara nur selten das Haus verließ, doch dass es jemals solche Ausmaße annehmen würde, hätte sie sich nicht im Traum vorgestellt. Zudem verstand sie nicht, wie das Volk sich so leicht gegen seine zukünftige Königin stellen konnte. Aber all das war nebensächlich, denn nachdem diese Bilder veröffentlicht wurden, würde man sie nicht mehr in Ruhe lassen. »Ich muss irgendwas dagegen machen«, stöhnte sie verzweifelt und sah hilfesuchend zu ihrer Freundin. Normalerweise kannte Mara immer eine Lösung und dieses Mal war es wichtig.

»Vielleicht solltest du mit den Medien reden? Erklären, wen sie wirklich gesehen haben.«

Sie überlegte, aber was brachte das? Wie Mara gesagt hatte, wartete das Volk nur auf einen solchen Fehltritt, um Soras Illoyalität zu rechtfertigen, und Tjara hatte ihnen diesen unwillentlich geliefert. Niemand würde ihr glauben, wenn man sie überhaupt sprechen ließ.

Plötzlich machte es klick. Natürlich! Warum war sie nicht schon früher darauf gekommen?

»Wir werden uns an Prinzessin Sora wenden.«

»Was meinst du?«

»Wenn ich dort alleine auftauche und behaupte, nicht Sora zu sein, wird mir niemand glauben, stattdessen werden sie mich in der Luft zerreißen. Aber wenn ich mit Prinzessin Sora gemeinsam vor die Kamera trete und ihnen sage, dass wir zwei verschiedene Menschen sind, wird man all das als ein riesiges Missverständnis abstempeln und ihr Ruf wäre gerettet«, erklärte sie sich und ihr Plan war perfekt.

Wenn sie nebeneinander vor der Kamera standen, ließ sich nicht leugnen, dass es sich nur um einen fürchterlichen Irrtum handelte. Leider gab es nur einen Haken. »Die Frage ist nur, wie kommen wir an die Prinzessin heran?«

Sie zermarterte sich noch das Gehirn darüber, wie sie es wohl vollbringen konnten, eine Audienz im Schloss gewährt zu bekommen, als die Nachrichtentante ein weiteres Mal auf dem Bildschirm erschien.

»Gerade haben wir erfahren, dass Prinzessin Sora aus dem Schloss geflohen ist. Der Ritterorden ist auf der Suche nach ihr. Bereits vorgestern hat sie dem Palast den Rücken gekehrt.«

Was?

Das alles wurde von Sekunde zu Sekunde verwirrender. Wieso floh die Prinzessin aus dem Palast? Etwas Merkwürdiges ging hier vor sich und ihr mysteriöser Retter schien damit zu tun zu haben. Tjara achtete schon gar nicht mehr auf die Zeugen, die befragt wurden, sondern lief eilig zur Tür.

»Was hast du vor?«

»Ich werde nach Sora suchen.« Zwar war ihr nicht klar, wo sie die zukünftige Königin finden konnte, aber irgendwo musste sie anfangen. Hier drin würde sie nur verrückt werden.

»Du kannst nicht einfach da rausgehen!« Blitzschnell schoss Mara vor sie und hinderte sie am Hinausgehen.

»Sagst du mir, was das werden soll?«

»Wie hast du dir das vorgestellt, Tjara? Du gehst einfach da raus und suchst mal einfach so nach der zukünftigen Queen?«

»Hast du denn eine bessere Idee?« Genervt verschränkte sie die Arme vor der Brust.

»Bleib hier drin und versteck dich erstmal. Sie wird schon wieder auftauchen.«

»Und was, wenn nicht? Ich kann nicht die nächsten Tage, vielleicht Wochen, hier drinbleiben.«

»Du kannst auch nicht einfach vor die Tür gehen. Alle Welt hält dich für die Prinzessin und im Moment ist niemand gut auf sie zu sprechen. Sie werden dich fertig machen, vielleicht sogar schlimmeres.«

Mara hatte recht, aber sich zu verstecken war ebenfalls keine Option. Wer kannte schon Soras Beweggründe, die sie dazu gebracht hatten, unterzutauchen. Und niemand kannte ihren Aufenthaltsort.

»Hier werde ich auf jeden Fall nicht bleiben!«

»Wenigstens für die nächsten Stunden, okay? Ich werde schauen, was ich tun kann, aber versprich mir, dass du das Haus nicht verlässt!« Abwartend zog sie eine Braue hoch und tippte ungeduldig mit dem Fuß.

Gottverdammt, das konnte doch alles nicht wahr sein! Jetzt war sie die Gefangene in ihrem eigenen Zuhause. Doch Mara gab nicht nach. Kapitulierend wich sie zurück.

»Gut, ich bleibe vorerst hier, aber halte mich auf dem Laufenden! Melde dich jede Stunde!«

»Versprochen.«

Sobald die Tür ins Schloss gefallen war, stieß sie ein Seufzen aus und warf einen Blick auf den Fernseher. Immer wieder zeigten sie die Szenen, in denen sie sich mit dem in schwarz gekleideten Mann unterhielt.

War er der Schlüssel zu den Antworten, die sie so dringend benötigte?

Minuten, in denen sie überlegte, welcher Schritt am klügsten war, vergingen, ehe sie nach ihrem Schlüssel griff und das Haus verließ.

6.

Tjara

Seit Stunden lief sie jetzt schon durch die Straßen Tiratheas auf der Suche nach einem Mann, von dem sie weder den Namen kannte, geschweige denn wusste, woher er kam oder wo er wohnte.
Ihr Unterfangen war sinnlos, trotzdem weigerte Tjara sich, aufzugeben.
Mara hatte, wie versprochen, jede Stunde angerufen, um sie über ihre Schritte am Laufenden zu halten, doch bisher war nichts dabei rausgekommen.
»*Meine Anwesenheit könnte Euch in Gefahr bringen.*«
Erst jetzt verstand sie seine Worte. Er hatte geahnt, dass seine Gegenwart sie in eine solche Bredouille brachte, trotzdem war er ihr gefolgt.
Sie verstand nur nicht, warum. Wenn er der Beschützer der Prinzessin war, wieso zum Teufel hatte er sich dann mit ihr abgegeben? Weshalb hatte er nicht wie die Ritter des Königs nach ihr gesucht?
Das alles ergab keinen Sinn.
Tjara schien der Kopf zu platzen. Tausende Fragen geisterten durch ihre Gedanken, doch statt Antworten kamen immer nur noch neue Fragen hinzu.
Sie versuchte, sich auf die Wichtigste von allen zu konzentrieren: Wer war der Mann und warum hatte er sie aufgesucht?
Es war unmöglich ein Zufall gewesen, dass sie dem Begleiter der Prinzessin bewusstlos in die Arme gefallen

war, zumal er sie an dem Abend in eine Gasse verschleppt hatte. In dieser Nacht hatte er eine Absicht verfolgt und es galt herausfinden, worin diese lag.

Tjara stoppte in ihrer Bewegung.

Hatte er sie vielleicht genauso verwechselt wie alle anderen hier?

Stöhnend fuhr sie sich durch die schwarzen Locken. Verdammt, schon wieder eine neue Frage.

Sie bemerkte nicht, dass sie verfolgt wurde, bis man ihr den Weg abschnitt. Es blitzte und klickte. Benebelt wich sie zurück.

»Prinzessin, warum seid ihr aus dem Palast geflohen?«

»Prinzessin Sora, ist es wahr, dass Ihr und Euer Chevalier eine Beziehung führt?«

»Sagt, Prinzessin, was hat Euch dazu verleitet, einen Club in einem solchen Outfit zu besuchen?«

Ihr wurden so viele Fragen zugeschrien, dass die Welt um sie herum sich zu drehen begann. Tjara hatte keine Ahnung, wohin sie eigentlich lief, die Blitze der Kameras verwirrten sie. Körper drängten sich gegen ihren, während sie weiter bombardiert wurde.

»Stopp! Bitte, hören Sie auf!«, flehte sie, doch die Leute interessierte es nicht.

Stattdessen kamen sie ihr erneut näher, bis sie fiel. Scharfer Schmerz zischte durch ihren Körper, als sie den Halt verlor und sich ihr Fuß dabei verdrehte. Unsanft landete sie auf dem Hintern.

Schluchzend vergrub sie den Kopf in ihrem Schoß. Mara hatte recht, sie hätte zuhause bleiben sollen, wo sie in Sicherheit war.

»Habt Ihr denn nichts dazu zu sa ... wow!«

Die Luft um sie herum nahm plötzlich einen würzigen Geruch an und sie war sich sicher, ihn schon einmal gerochen zu haben.

Tjara wagte es nicht, aufzuschauen, bis sie eine Stimme vernahm, die ihr vertraut war.

»Wagt Euch noch einen Schritt näher und ich garantiere Euch den sicheren Tod!«, knurrte der Mann wütend.

Sie schaute auf und entdeckte ihre neueste Bekanntschaft. Schützend stand er vor ihr, in der Hand eine riesige Klinge. Er sah stinkwütend aus, zudem kampfbereit. Die Leute gewährten ihm Abstand, zischten angesichts der scharfen Klinge, welche auf sie gerichtet war.

»Wir wollten doch nur ...«

»Verschwindet!« Sein Tonfall duldete keinen Widerspruch. Ihnen war anzusehen, dass sie nur ungern nachgaben, doch niemand war mutig genug, gegen ihn anzutreten. Allesamt drehten sie sich um und verschwanden.

Angenehme Ruhe legte sich um sie wie ein Mantel. Das hier war jedoch noch lange nicht vorbei. Es würde nicht lange dauern, bis sie Tjara ein weiteres Mal aufsuchten, um sie zur Rede stellen.

Sie sah zu, wie er das Schwert zurück in seine Hülle gleiten ließ und kam nicht umhin, an einen Samurai zu denken. Wenn sie sich nicht täuschte, handelte es sich bei seiner Waffe um ein Katana.

Aber wen interessierte es schon, welches Schwert er bei sich trug! Dieser Mann war schuld daran, dass sie in diesem Schlamassel saß! Er und seine bescheuerte Prinzessin!

Besorgnis lag in seiner Miene, als er sich vor sie kniete und sie musterte.

»Geht es Euch gut?«

Stellte er ihr ernsthaft diese Frage? Wut erfasste ihren gesamten Körper. Blitzschnell sprang sie auf die Füße. Ein Fehler, denn bei ihrem Sturz hatte sie sich offensichtlich den Fuß verstaucht.

Tjara atmete tief durch, versuchte, den Schmerz zurückzudrängen, und ihre Wut war wie ein Ventil.

»Ist das ein Scherz? Sehe ich etwa aus, als würde es mir gut gehen?«, motzte sie. »Nur wegen dir und deiner Prinzessin sitze ich in dieser Scheiße! Du wusstest, dass ich in deiner Nähe ins Fadenkreuz gerate, und trotzdem hast du dich in der Öffentlichkeit mit mir sehen lassen! Das war rücksichtslos und unverantwortlich!«

»Lasst mich Euch helfen.«

»Fass mich nicht an!« Humpelnd wich sie vor ihm zurück. »Sag mir sofort, wer du bist, und was das alles zu bedeuten hat!«

Er schaute sich um, als traue er der Umgebung nicht und damit hatte er nicht unrecht. Die Menschen warteten womöglich nur darauf, dass sie unaufmerksam wurden. Vielleicht sogar darauf, dass er verschwand, denn allein richtete Tjara nichts gegen die Masse aus.

»Wir sollten nicht hier darüber sprechen. Lasst mich Euch helfen.«

»Du bleibst da stehen!« Sie humpelte zurück und hob warnend den Finger, nicht, dass sie ihn daran hindern könnte, näher zu kommen, wenn er es darauf anlegte. Ein Teil von ihr war davon überzeugt, dass er nichts täte, worum sie nicht selbst bat. »Du sagst mir auf der Stelle, wer du bist!«

Er war genervt. Fassungslos zischte sie.

War das sein verdammter Ernst? Sie wurde seinetwegen belästigt und ihn nervten ihre Fragen? Die Wut schoss ihre Kehle hinauf, doch ehe sie etwas hinzufügen konnte, gab er nach.

»Wie Ihr wünscht. Mein Name ist Hunter, ich bin Prinzessin Soras Begleiter.«

»Okay, also, Hunter, worein bin ich hier geraten?« Fragend hob sie die Brauen.

Sie würde sich keinen Zentimeter vom Fleck bewegen, solange er ihr nicht wenigstens eine verkürzte Erklärung gab.

»Das sollten wir nicht auf offener Straße besprechen.«

»Sehr schade, denn ich werde nirgends mit dir hingehen, solange du mir nichts erzählst!«

»Dafür bleibt nun wirklich keine Zeit.«

»Ich habe gesehen, dass die Menschen dich respektieren, also wirst du sie dir nehmen müssen.«

Ihr wurde kalt, als er sie direkt anblickte, doch sie würde nicht nachgeben.

»Ich verspreche, Euch alles zu erzählen, aber bitte vertraut mir, hier ist es nicht sicher.«

»Dir vertrauen? Du hast selbst gesagt, dass ich mich von dir fernhalten soll und jetzt soll ich dir folgen? Na los, raus damit, was wird hier gespielt, und wie komme ich da wieder raus?«

Ihm schien der Geduldsfaden zu reißen, denn plötzlich schritt er schnell auf sie zu und hob sie innerhalb eines Wimpernschlages auf seine Arme. »Hey, was soll das?! Lass mich sofort runter!«, kreischte sie zappelnd. Zischend stieß sie die Luft aus. Ihr Fuß schmerzte, je mehr sie ihn bewegte, diese Schwäche wusste er auszunutzen. »Wenn du mich nicht sofort ...«

»Wollte ich Euch etwas antun, hätte ich bereits reichlich Gelegenheiten dazu gehabt. Warum sollte ich Euch wohl vor dem Gefriertod retten, um Euch dann woanders etwas anzutun? Wenn Ihr wissen wollt, was hier geschieht, dann lasst mich Euch zuerst in Sicherheit bringen.«

»Und dann?« Obwohl sie durch ihn in Schwierigkeiten geraten war, vertraute sie ihm. Wie naiv sie doch war. Dennoch konnte sie nichts dagegen ausrichten.

»Werde ich Euch erzählen, worum es geht«, sprach er und sah sie an. Obwohl sie wütend war, schloss sie den Mund.

Hunter

Er hatte ihr Vertrauen verloren, trotzdem gehorchte sie, nicht, dass sie eine Wahl hätte. Nachdem sie ihn hatte stehen lassen, war er ihr bis nach Hause gefolgt. Eine Zeit lang hatte es so ausgesehen, als sei sie sicher, wonach er sich wieder auf die Suche nach Sora hatte begeben wollen, aber dann war diese Frau an Tjaras Tür erschienen.

Ab da hatte das Unheil seinen Lauf genommen und Hunter konnte nur sich allein die Schuld dafür geben. Als die Menschen sie mit ihren Fragen und dem Drängen zu

Fall gebracht hatten, wurde sein Eingreifen erforderlich. Damit hatte er ein noch größeres Chaos angerichtet. Tjara sich selbst zu überlassen, bedeutete womöglich ihren Tod, ihm blieb keine andere Wahl, als sie dazu zu bringen, ihn zu begleiten.

Fraglich war nur, wie er sie davon überzeugen sollte. Er betete, dass sie seiner Erklärung folgen und das Ausmaß dieser Situation verstehen würde.

Tjara schwieg, bis er sie nach Hause brachte, und ließ zu, dass er sie die Strecke trug. Hunter spürte ihren Schmerz sowie die Angst und das Misstrauen, welche sich in ihrem Herzen ausbreiteten.

Sobald er sie auf dem Sofa absetzte, verschränkte sie die Arme vor der Brust und musterte ihn eingehend. Sie verlangte es nach Antworten.

Wo fing er bloß an? Es gab vieles, was er selbst nicht verstand.

»Wie Ihr bereits wisst, ist Prinzessin Sora aus dem Palast geflohen.«

»Warum?«

»Das ist nicht von Bedeutung. Ihr müsst nur wissen, dass ich an ihre Seite gehöre. Ihr Befehl lautete, dass ich im Schloss zurückbleibe. Das habe ich getan und mich erst später auf die Suche nach ihr begeben.«

»Du bist ihr nicht gefolgt?«

»Während meiner Suche bin ich auf Euch gestoßen«, umging er ihre Frage. »Es lag nicht in meiner Absicht, Euch in diese Angelegenheit mit hineinzuziehen, doch als ihr ohnmächtig wurdet, war ich gezwungen, zu handeln.«

Tjara biss sich auf die Lippen. In ihrem Kopf herrschte ein unwahrscheinliches Chaos.

»Nachdem ich das Hotel verlassen hatte, musste ich Euch in Sicherheit wissen.«

»Woher wusstest du, dass ich in Gefahr sein würde? Dass uns jemand gesehen hat?«

»Ich wusste es nicht.« Und das war erst das Schlimmste daran. Trotz seiner geschärften Sinne hatte er nichts bemerkt, seine Konzentration hatte auf ihr gelegen und erst dadurch waren sie an diesen Punkt gelangt. Doch das konnte er ihr nicht sagen, ohne mehr zu verraten. »Es war nur eine Ahnung und wie Ihr seht, hat sie sich bestätigt.«

»Da ist noch mehr, nicht wahr? Warum will das Volk Sora tot sehen?«

»Derlei Fragen kann ich Euch nicht beantworten.«

»Aus welchen Gründen? Ich stecke bereits mit drin.«

»Meine Aufgabe ist es, Prinzessin Sora zu dienen. Mein Anliegen ist es, sie zu finden und zum Palast zurückzubringen, damit sie ihren Platz als Königin einnehmen und das Land regieren kann.«

»Was bedeutet das? Was wird aus mir?«

Er erinnerte sich an ihren Plan, gemeinsam mit Sora vor die Kamera zu treten und der Öffentlichkeit zu zeigen, dass es sich bei ihnen um zwei unterschiedliche Menschen handelte, die sich rein zufällig ähneln. Er hatte das Gespräch gehört, nachdem er ihr nach Hause gefolgt war.

»Ihr sagtet, dass das Volk Euch zuhört, wenn Ihr und die Prinzessin zusammen auftretet. Damit könntet Ihr richtig liegen, doch zuerst muss ich sie finden.«

»Woher weißt du das, und was versuchst du mir damit zu sagen? Sicher ist, dass ich nicht hier warten werde, bis du ...«

»Ihr werdet mich begleiten.«

Sie riss die Augen auf, als wäre sie nicht selbst schon auf diese Idee gekommen.

»Begleiten? Wohin?«

»Da ich bereits die Städte abgesucht habe, bin ich mir sicher, dass sich Prinzessin Sora entweder in den Bergen oder dem Wald aufhält.«

»Also schlägst du eine Wanderung vor?«

Sie verstand nicht, dass sie sich nicht in Sicherheit wiegen konnte, solange sie hierblieb. Er würde sie nicht zwingen. Wenn sie auf den Tod warten wollte, und der würde sie schnell ereilen, bliebe sie hier, dann würde Hunter sie in Ruhe lassen. Denn nicht jeder Mensch gäbe sich damit zufrieden, wenn Sora das Amt der Königin niederlegte, zumal das keine Option war. König Aris bestand auf ihre Krönung, weil er selbst ein hohes Alter erreicht hatte, und Herrschen ihm nicht mehr lange möglich war. Die rechtmäßige Erbin war Sora, dagegen ließ sich nichts ausrichten.

»Auch wenn Ihr keinen Grund dazu habt, bitte ich Euch, mir zu vertrauen. Allein Prinzessin Sora ist dazu in der Lage, Euch Eure Freiheit zurückzugeben, und ist es nicht genau das, was Ihr Euch wünscht? Euer Leben weiterzuleben?«

Sie ließ ihn nicht aus den Augen, dachte aber über seine Worte nach. Seufzend erhob sie sich und verzog schmerzhaft das Gesicht.

»Lasst mich Euren Fuß sehen.«

Tjara leistete keinen Widerstand, sondern nahm erneut Platz. Der Schmerz ließ sich vorübergehend nehmen, wenn auch nicht vollkommen auslöschen. Sie stieß ein Stöhnen aus, als er den verletzten Fuß bewegte. Am liebsten hätte er jeden einzelnen dieser widerlichen Mistkerle, die ihr das angetan hatten, abgeschlachtet, doch dann würde sie erst recht gejagt. Ein derartiges Massaker mutete er ihrem sanften Wesen nicht zu.

Verwundert lief Tjara hin und her.

»Was hast du gemacht?«

»Packt zusammen, was Ihr braucht, ich weiß nicht, wie lange wir unterwegs sein werden. Beeilt Euch, wir müssen los.«

Dass er ihr keine Antwort auf ihre Fragen geben würde, war ihr klar, denn sie drehte sich um, ohne zu hinterfragen, und lief die Treppen hinauf.

Hunter hielt an der Tür Wache, Tjara packte ein paar Habseligkeiten zusammen. Er hoffte nur, dass sie es nicht übertrieb.

Eine Frau, die auf das Haus zusteuerte, ließ seine Warnsignale anspringen, bis er sie erkannte. Vor wenigen Stunden war sie noch hier gewesen.

Mara war ihr Name.

Ehe sie die Chance hatte, anzuklopfen, öffnete er die Tür und stieß diese wieder zu, sobald Mara hindurchgegangen war. Erschrocken wich sie vor ihm zurück, die Hände über ihr Herz gelegt, und beäugte ihn misstrauisch und ängstlich.

»Wer sind Sie denn?«

Tjara kam in diesem Moment die Treppen hinunter. Sie sah über ihre Besucherin nicht überrascht aus.

»Mara, hey, hast du etwas rausgefunden?«

Sie stotterte einige Silben, Hunters Anwesenheit versetzte sie in Panik.

»Bitte entschuldige. Mara, das ist Hunter, ähm, ein Bekannter von mir«, stellte sie ihn vor. »Hunter, Mara, meine beste Freundin.«

»Okay? Freut mich, dich kennenzulernen.« Sie streckte ihm die Hand entgegen.

»Seid Ihr fertig?« Er wandte sich Tjara zu, die eine Tasche auf dem Rücken trug und in geschlossene Schuhe schlüpfte.

»Einen Moment. Mara, kommst du kurz?«

Tjaras Freundin ließ Hunter nicht aus den Augen, als sie ihr folgte. Er schärfte sein Gehör.

»Ich werde ein paar Tage weg sein, bitte sag niemandem, wohin ich gehe.«

»Wohin wirst du denn gehen?«

»Hunter und ich werden eine Zeit lang unterwegs sein.«

»Tjara, wer ist dieser Mann? Du hast ihn noch nie erwähnt, und ich bin deine beste Freundin.«

»Das ist gerade zu kompliziert, um es dir zu erklären, aber ich verspreche dir, dass du mir glauben kannst. Bei ihm bin ich sicher.«

Wie es schien, hatte er ihr Vertrauen doch nicht komplett verloren.

»Nimmst du dein Handy mit?«

»Das ist keine gute Idee. Was auch immer hier los ist, da steckt mehr dahinter, als wir vermuten. Aber ich werde mich melden, sobald ich kann.«

Die Frauen schlossen sich in die Arme. Hunter scannte die Umgebung vor dem Haus, um ihnen ein wenig Privatsphäre zu geben. Erst als Tjara zu ihm stieß, lenkte er seine Aufmerksamkeit wieder auf sie. Da die Tasche schwer aussah und ihr Fuß noch nicht vollkommen geheilt war, nahm er sie ihr ab.

Ein letztes Mal schlossen sich die Freundinnen in die Arme.

Damit sie so unauffällig wie möglich zu den Bergen gelangen könnten, hatte Hunter ein altes Auto herangeschafft, dass kaum Aufmerksamkeit auf sich zog. Während der Fahrt schwieg Tjara. Sie schaute aus dem Fenster, knetete ihre Hände und schien in Gedanken versunken zu sein.

»Königin Vienna, Prinzessin Soras Mutter, hatte in jungen Jahren in den Wäldern eine Hütte erbauen lassen«, erzählte er. »Dieser Ort bot Sora bis zum Tod ihrer Mutter immer eine Chance, sich zurückzuziehen. Seit Vienna diese Welt verlassen hat, ist sie dort allerdings nicht mehr hingegangen.«

»Du denkst also, dass sie die Hütte aufsuchen wird?«

Je näher sie den Bergen kamen, desto mehr schlug ihre Blutsverbindung an. Hunter fühlte Sora, sein Blut geriet in Wallung und in seinem Herzen breitete sich eine Wärme aus, die immer dann in Erscheinung trat, wenn er sich in ihre Nähe begab.

»Davon bin ich überzeugt. Wir werden etwa zwei Tage bis dorthin brauchen.«

»Warum? Können wir denn nicht mit dem Auto dorthin? Ich glaube mich erinnern zu können, dass es einen befahrbaren Weg gab.«

»So ist es, doch wir dürfen keine Aufmerksamkeit erregen. Die Ritter des Königs werden sich dort ebenfalls aufhalten und Prinzessin Sora suchen.«

»Arbeitet ihr denn nicht zusammen, wenn ihr alle derselben Person dient?«, fragte sie verwirrt und drehte sich zu ihm. Hunter hielt den Blick weiter auf die Straße gerichtet.

»Während die Ritter dem Palast dienen, gehöre ich Sora. Nur sie allein ist befugt, mich zu befehligen«, erklärte er und hoffte, dass sie verstand.

»Du bist also ihr Eigentum?«

Zur Antwort nickte er. Hunter war sicher, dass ihr einige Fragen dazu auf der Seele lasteten, doch statt sie zu stellen, schaute sie wieder in die Ferne. Da er selbst kein Mann vieler Worte war, machte es ihm nichts aus, zu schweigen, umso besser konnte er sich auf Sora konzentrieren.

7.

Vögel flogen im Schwarm über ihren Kopf hinweg und sie wusste, dass es nichts Gutes verhieß. Ihre Mutter hatte ihr beigebracht, dass alles ein Zeichen war, man musste es nur deuten.

So spürten Vögel, wenn Gefahr drohte, und zogen weiter. Es war der Fluchtinstinkt, der ihnen riet, Vorsicht zu wahren. Eben diesen Instinkt besaß auch der Mensch.

Der Körper prickelte, ein Gefühl der Unsicherheit wuchs stetig, die Nackenhärchen stellten sich auf. Jeder Nerv konzentrierte sich auf die Umgebung, und sobald Panik ausbrach, schoss der Adrenalinspiegel in die Höhe und man entwickelte ungeahnte Fähigkeiten.

Nur wenige Menschen kontrollierten diesen Instinkt und handelten entsprechend. Sie schafften es nicht, die Ruhe zu bewahren, wenn Tod oder Angst die Fühler nach ihnen ausstreckten.

Eine solche Impulskontrolle ließ sich antrainieren und es gab Menschen, die beherrschten sie.

Sora gehörte dazu.

Als der Schwarm sein Nest verließ, um anderswo Sicherheit zu suchen, schoss ihr Adrenalin in die Höhe. Sie schwitzte, trotz der Kälte, die ihren Körper umhüllte. Seit Tagen war sie bereits auf der Flucht, hatte kaum gegessen, geschweige denn geschlafen, und allmählich forderte dieser Mangel seinen Tribut. Panisch hob sie den Kopf, als das Knacken von Ästen zu vernehmen war. Ihre

Augen suchten, ihr Puls raste. Es waren keine Stimmen zu hören. War es ein Tier gewesen?

Sora senkte den Blick auf den selbstgebauten Bogen. Sie spannte die dünne Schnur, um sicherzugehen, dass sie auch hielt. Sie konzentrierte sich weiter auf ihre Umgebung, fing an zu schnitzen. Wenn sie eines in den letzten Jahren gelernt hatte, dann war es zu überleben.

Aris, ihr Bruder und König von Tirathea, unterrichtete sie darin, seit sie ein Kind war. Er kannte ihr Schicksal als künftige Königin und unternahm alles, damit sie sich schützte. Gemeinsam mit Hunter, ihrem Beschützer, hatte Aris sich stets um ihr Wohlbefinden bemüht. Damals hatte sie es als unnötig empfunden und es ihren Bruder täglich wissen lassen, heute jedoch dankte sie ihm dafür.

In Gedanken überlegte sie, wie sich Pfeil und Bogen ohne professionelles Werkzeug herstellen ließen. Sie hatte gelernt, mit dem Schwert zu kämpfen, Hunter unterrichtete sie auch heute noch darin.

Zum ersten Mal nutzte sie dieses Wissen. Mit Hunter an ihrer Seite war es nie nötig, sich zu verteidigen. Der Gedanke an ihn machte sie wütend, vor allem auf sich selbst. Sie hatte ihn angelogen, aus Angst, er würde sie zwingen, im Schloss zu bleiben. Mittlerweile musste er wissen, dass sie geflohen war, und wie sie ihn kannte, suchte er bereits nach ihr. Er würde sie finden. Wie immer. In der Zwischenzeit war es wichtig, dass sie am Leben blieb.

Sobald sie wieder vereint waren, würden sie zusammen fliehen. Sora war alle Möglichkeiten durchgegangen, die ihr blieben. Nach Tirathea zurückzukehren war keine davon. Netare kam ebenfalls nicht in Frage, dort liefen zu viele Menschen herum und sie würde sofort erkannt werden. In den Wäldern zu bleiben war keine Option, da die Ritter sie hier früher oder später finden würden.

Ihre einzige Chance bestand darin, nach Alt Tirathea zu fliehen. Die Menschen dort hatten sich von ihrem König abgewandt, nachdem die Mauern errichtet worden waren, die Alt und Neu Tirathea voneinander trennten.

Wenn auch unter Protest, ließen sie es doch zu, dass sie die Stadt betrat. Sie war die Prinzessin einer Blutlinie, welche die Menschen in Alt Tirathea im Stich gelassen hatte. Nur ein kleiner Teil der Bevölkerung hieß die damalige Entscheidung willkommen, heute waren sie unabhängig.

Land und Acker gehörten ihnen, sie bauten an, was sie für nötig erachteten und niemand verlangte Pacht. Aris hatte die Mauer vor Jahren einreißen wollen, doch die Menschen der Stadt hatten dagegen protestiert. Lange hatte er versucht, sie davon zu überzeugen, dass er nur das Beste für sie wollte. Leider ohne Erfolg.

Sora hatte es verstanden. Die Unabhängigkeit, der sie hinterher trauerte, würde sie bald spüren. Nur zu welchem Preis?

Ein Knacken brach durch ihre Gedanken. Erneut erhob sie den Kopf, den Pfeil zwischen den Fingern. Jemand war hier.

Ihre Hände bewegten sich schneller, je lauter das Geräusch wurde. Das war kein Mensch. Sie hörte die Pfoten, die sich leise voran tasteten und versuchte, Ruhe zu bewahren. Sora spannte den Pfeil in dem Moment, in dem das Tier zwischen den Gebüschen hervorsprang.

Sie ließ ihn los und schrie.

8.

Tjara

Das Echo eines Schreis hallte durch die Wälder. Vögel verließen ihre Nester, Eichhörnchen krabbelten zurück in ihre Höhlen.

Tjara schaute auf. Panisch drehte sie sich im Kreis, doch der Schrei kam von überall her. Ihr Herz schlug unregelmäßig vor Angst. Es handelte sich eindeutig um eine Frau, vielleicht sogar um Sora. Hunter schien genauso zu denken, denn er hielt an und versuchte herauszufinden, aus welcher Richtung der Schrei gekommen war. Eisiger Wind wehte um Tjaras Körper und ließ sie erzittern.

Als sie klein gewesen war, hatten ihre Eltern jeden Sommer eine Wanderung mit ihr unternommen. Niemand hatte den Wald je vollständig durchlaufen, aber auf ihrem Weg waren sie durch viele alte Ruinen und atemberaubende Orte gekommen. Dazu gehörten auch die Quellen der tiefen See.

Dabei handelte es sich um einen Wasserfall im Wald, der in einen See mündete. Das Wasser dort war so klar, dass man bis auf den Grund sehen konnte und dieser schien schier endlos. Man musste schon lange die Luft anhalten können, um bis zum Boden zu gelangen.

Das war einer ihrer Lieblingsorte, und bis zu dem Tod ihres Bruders waren sie immer wieder dorthin zurückgekehrt. Danach hatte sich alles verändert.

»War das ...«

»Ja«, erwiderte Hunter, ehe sie die Frage gestellt hatte. »Ich werde ihr folgen.«

»Und was ist mit mir?« Er hatte doch hoffentlich nicht erwartet, dass sie allein durch den Wald irren würde. »Wir gehen zusammen oder gar nicht.«

»Allein bin ich schneller«, erwiderte er. Tjara schnappte nach Luft, als er den Mantel zurückzog und Unmengen an Waffen freilegte. Hunter trug einen ledernen Gürtel mit mehreren daran befestigten Halftern, darin waren die verschiedensten Schusswaffen verstaut. Für einen Krieg war er definitiv gerüstet.

»Was hast du vor?«

»Ich werde Euch an einen sicheren Ort bringen, dort werdet Ihr auf mich warten.«

»Du willst mich wirklich allein zurücklassen?« Entsetzt versperrte sie ihm den Weg, die Arme vor der Brust verschränkt. Sie verstand seinen Drang, Sora so schnell wie möglich zu finden, und Tjara lag es ebenfalls am Herzen, denn Soras Anwesenheit würde einige Fragen lösen, aber sie hier ganz ohne Schutz zurückzulassen, während weiß Gott wer nach Sora suchte, kam überhaupt nicht in Frage. »Wag es bloß nicht, mich hier zu lassen!«

Lange musterte er sie, bis er schließlich leise seufzte. Tjara fiel auf, dass Hunters Blick kälter wurde. Ohne ein Wort lief er weiter und sie folgte ihm.

Er war kein gesprächiger Mann und wenn er doch mal den Mund öffnete, dann nur, um ihr zu sagen, sie solle schneller laufen.

Zwar glaubte sie ihm, dass er sich um ihre Sicherheit sorgte, doch sein Verhalten erzählte eine andere Sprache. Sie fühlte sich wie ein lästiges Anhängsel, als komme er nicht von ihr los.

»Seit wann dienst du der Prinzessin?« Wenn sie mehr über ihn in Erfahrung bringen wollte, musste sie ihre Distanz zueinander verringern. Hoffentlich ließ er es zu.

Minute für Minute verging und Hunter gab keinen Ton von sich. Er lief durch den Wald, als sei er allein, schaute nicht zurück oder fragte nach, wie es ihr ging. »Weißt du, ich frage mich, warum du nicht einfach zugelassen hast, dass diese Leute mich tottrampeln, wenn ich dir doch so offensichtlich im Weg bin.« Tjara blieb stehen.

Sie selbst war niemand, der leicht eine Beziehung zu anderen aufbaute, doch stundenlang, wenn nicht sogar Tage, schweigend durch den Wald zu marschieren, kam für sie nicht in Frage. Zumal sie beide dasselbe Ziel verfolgten.

Hunter machte eine Kehrtwende und beäugte sie.

»Du musst mir nicht deine ganze Lebensgeschichte aufs Auge drücken, wenn du das nicht möchtest, aber wenn wir schon Zeit miteinander verbringen müssen, könnten wir sie zumindest dazu nutzen, uns kennenzulernen.«

»Warum ist Euch das so wichtig? Lasst uns weitergehen und keine Zeit verschwenden.«

»Weil ich dich interessant finde.« Mist. Sie biss sich auf die Lippe, als seine Augen schmal wurden. »Tja, jetzt ist es raus. Ich will zumindest versuchen, aus dieser Wanderung etwas Positives mitzunehmen. Bringt es dich um, ein wenig über dich zu erzählen? Ich kann auch anfangen, wenn du möchtest.«

Seine Mimik verriet ihr, dass er darauf überhaupt keine Lust hatte.

»Was wollt Ihr wissen?« Er lief weiter, während Tjara überlegte, welche Fragen sie ihm stellen konnte und auf was er antworten würde.

»Also, wie lange bist du Sora schon zu Diensten?«

»Seit ihrer Geburt.«

»Und du dienst wirklich nur ihr? Was ist mit dem König?«

»Von Zeit zu Zeit richtet auch der König sein Wort an mich, doch ich bin nicht dazu gezwungen, ihm Folge zu leisten.«

Ein Mann allein für eine Frau. Sora konnte sich glücklich schätzen.

»Gibt es einen Grund dafür, dass du nur schwarz trägst?«

Die Antwort blieb er ihr schuldig, was kein Problem für sie darstellte, da Tjara mehr als genug Fragen durch den Kopf geisterten. »Wie alt bist du?«

Während ihres Fußmarsches durch den Wald fand Tjara einiges über Hunter heraus: Er stellte sich nie in den Mittelpunkt. Jeder auf ihn bezogene Frage war er geschickt ausgewichen. Sein Ausdruck änderte sich nie, als wäre er festgefroren. Jegliche Emotion blieb seinem Gesicht fern, nur ab und zu seufzte er. Prinzessin Sora war er bedingungslos loyal, über sie gab er so gar nichts preis.

»Hast du denn überhaupt keine Freizeit? Was ist, wenn du mal ausgehen willst, um jemanden zu treffen?«

»Das wird nie geschehen«, erwiderte er und blieb stehen. Als er sich zu ihr herumdrehte, sah er entschlossen und maximal genervt aus. »Der einzige Sinn meines Lebens besteht darin, Prinzessin Sora zu dienen. Ich bin nicht daran interessiert, jemanden kennenzulernen.«

»Das klingt einsam.«

War das überhaupt möglich? Zu existieren, nur um eine einzige Person zu beglücken? Das kam ihr sinnlos und verschwendet vor.

»Und dennoch ist es ehrenvoller und lohnender, als sich in einem überfüllten Club zu betrinken, und auf offener Straße einem völlig Fremden in die Arme zu fallen«, schoss es aus ihm heraus.

Ihre Fragerei nervte ihn, oder hatte sie vielleicht doch einen wunden Punkt getroffen, den er zu verstecken versuchte?

Verdammt, er war so schwer einzuschätzen.

»Immerhin kann ich behaupten, dass ich lebe, und meine Zeit nicht damit vergeudet habe, einem anderen gefallen zu wollen.«

»Hättet Ihr das auch gesagt, wenn es sich bei dieser Person um einen anderen gehandelt hätte?« Er legte die Hand um den Griff seines Schwertes und kam schnellen Schrittes auf sie zu. Tjara wich zurück. »Was, wenn der Mann, welcher Euch gefunden hätte, mehr tun würde, als Euch in ein Hotel zu bringen? Was, wenn Euch etwas zugestoßen wäre? Würdet Ihr auch dann noch sagen, dass Ihr lebt?«

Gegen seine Worte ließ sich nichts ausrichten, denn er hatte recht.

»Du liegst richtig, an diesem Abend habe ich die Kontrolle verloren und das bereue ich, aber kannst auch du von dir sagen, dass du etwas bereust? Fehler zu machen ist menschlich und jemandem immer gehorsam zu sein, für nur einen einzigen Menschen zu leben, ist meiner Meinung nach nicht der Sinn des Lebens.«

»Dann sagt mir, Tjara, was ist der Sinn des Lebens?«

Die Art, wie er ihren Namen aussprach, brachte sie zum Erzittern. Seine dunkle Stimme vibrierte durch ihren Körper.

»Sich zu verlieben, eine Familie zu gründen und in seinem Leben etwas zu erreichen. Für sich und die, die man liebt, einzustehen und ab und zu auch mal etwas bereuen.«

»Und habt Ihr schon einen Punkt auf Eurer Liste abgehakt?«

Er kam ihr ein Stück näher, als versuche er, sie einzuschüchtern.

Es gelang ihm.

Sein würziger Geruch stieg ihr in die Nase, während das stählerne Grau sie in die Knie zwang.

»Nein«, gestand sie.

Erst als er sich von ihr entfernte, schaffte sie es, wieder zu atmen.

Himmel, was war das?

»Zu dienen bedeutet, einen Zweck im Leben zu haben.«

Damit drehte er sich um, und lief weiter.

Schweigend folgte Tjara ihm.

Am Anfang ihrer Bekanntschaft hatte sie noch vermutet, dass er nicht so kalt war, wie er sich gab, doch je mehr Zeit sie mit ihm verbrachte, desto weniger glaubte sie daran, obwohl er sie gerettet hatte.

Wie schaffte es ein Mensch, so kalt und gleichzeitig so besorgt um einen anderen zu sein?

Hunter war ihr von Beginn an ein Rätsel.

Er setzte scheinbar alles daran, sie zu verunsichern und von sich wegzustoßen.

Hunter

Ihre Fragen waren ihm zu viel geworden, demnach hatte er das getan, was er immer tat. Mit Kälte reagieren. Ihm war nicht wichtig, dass sie ihn mochte - Alles, was zählte, war, sie am Leben zu erhalten, bis er Prinzessin Sora gefunden hatte. Weiteres würde sie entscheiden.

Hunter zwang sich dazu, geradeaus zu laufen, statt zurückzublicken. Er wollte nicht wissen, ob sein Verhalten sie verletzte.

Offenbar hatten seine Worte ihre gewünschte Wirkung erzielt, denn Tjara schwieg. Hin und wieder hörte er sie fluchen, ab und zu blieb sie sogar stehen, um etwas zu bewundern, aber sie sprach nicht mehr mit ihm. Hunter folgte den Gefühlen seiner Prinzessin. Genau wie er, musste sie sich an die Hütte erinnert haben, er hoffte es zumindest. Doch Sora war schlau.

»Ich sehe da was!«

Die männliche Stimme riss Hunter aus seinen Gedanken. Blitzschnell machte er kehrt und zog Tjara an sich, die erschrocken nach Luft schnappte. Ohne zu fragen, hob er sie auf seine Arme und verbarg sich mit ihr in den Schatten. Schritte erklangen, Äste knackten und die Stimmen kamen näher.

Die Dunkelheit würde ihn nicht lange verstecken, dafür erhellte zu viel Licht den Wald. Er zog sich zurück, soweit, dass er Tjara ungehindert in Sicherheit bringen konnte. Dafür suchte er sich einen niedrigen Baum mit ausladender Krone.

So leise wie möglich stellte er sie ab. Die Stimmen waren weit genug entfernt, sodass ihnen genügend Zeit blieb.

»Könnt Ihr klettern?«

Skeptisch betrachtete Tjara erst den Baum, dann ihren Fuß, und nickte kaum merklich. Während er sein Gehör weitete, um herauszufinden, wie nahe die Stimmen der Ritter ihnen kamen. Tjaras Körper bebte, als er ihr half, auf den Baum zu kommen. Sobald sie sicher verborgen war, ging Hunter in Deckung. »Verdammt, ich schwöre, hier war etwas!«, brummte einer der Männer.

»Für so etwas haben wir keine Zeit. Das war eindeutig Prinzessin Sora.«

Sie sprachen von dem Schrei.

»Einer von uns sollte sich auf die Suche nach Hunter machen. Wenn sie jemand findet, dann er.«

Hunter erkannte Leons Stimme.

»Mittlerweile muss selbst er herausgefunden haben, dass die Prinzessin in den Wald geflohen ist. Demnach werden wir ihm eh schon bald begegnen. Hört auf, Eure Zeit damit zu verschwenden, ihn lobzupreisen, und lasst uns weitersuchen«, unterbrach Johan genervt das Gespräch. Ihre Schritte verklangen allmählich und erst, als das letzte Knacksen verstummt war, verließ er seine Deckung.

Scheinbar hatten sie nichts von den Nachrichten gehört. Hunter war sich jedoch sicher, dass der König Meldung erhalten hatte.

Dieser würde einen seiner Soldaten schicken, der die Ritter darüber in Kenntnis setzt. Ihm blieb allerhöchstens ein Tag, ehe sie hinter ihm her waren. Da Tjara noch immer auf dem Baum saß, kehrte er zu ihr zurück. Sie hatte die Blätter vor sich geschoben und schaute auf ihn hinunter.

»Wer waren die?«

Vorsichtig kletterte sie herunter, wobei Hunter ihr auf den letzten Metern Hilfe leistete. Ihr Fuß war verletzt, auch wenn sie den Schmerz nicht spürte.

»Ritter des Königs«, erwiderte er.

»Sie sind also auf der Suche nach Sora. Was werden sie tun, sobald sie sie gefunden haben?«

»Sie zurück in den Palast bringen.«

Da es allmählich dunkel wurde, und die Wälder erst bei Nacht gefährlich wurden, mussten sie schnell einen Ort zum Nächtigen finden. Ihm selbst machte es nichts aus, weiterzulaufen, die Kälte störte ihn nicht, aber Tjara würde früher oder später müde werden.

»In der Nähe gibt es eine Höhle. Dort können wir rasten.«

»Okay.«

Sie erreichten die Höhle, als gerade die letzten Sonnenstrahlen verblassten. Ab diesem Moment hörte man das Schreien der Eulen.

Tjara schien in Gedanken versunken. Seit sie den Männern des Königs über den Weg gelaufen waren, schwieg sie. Statt ihre Fragen zu stellen, die durch ihren Kopf schwirrten, versuchte sie sich selbst Klarheit zu verschaffen.

»Ihr solltet schlafen. Bei Tagesanbruch ziehen wir weiter.«

»Und du?«

»Ich werde Wache halten.«

Darauf erwiderte sie nichts. Stattdessen ging sie neben ihm in Stellung, die Arme vor der Brust verschränkt und schaute in die Dunkelheit hinaus. Ihre Atmung war langsam, entspannt. »Was tut Ihr?«

»Mir dir herumstehen«, erwiderte sie achselzuckend.

»Das müsst Ihr nicht.«

»Ich werde nicht zur Ruhe kommen, bis all das nicht weit hinter mir liegt. Zudem ist der Boden hart.«

Ohne lange darüber nachzudenken, zog er sich den Mantel von den Schultern und reichte ihn ihr. Sie zitterte, versuchte es aber zu verbergen.

Minutenlang schwiegen sie. Hunter nutzte die Gelegenheit, um die Geräusche des Waldes zu erhaschen und auszusortieren. Er konzentrierte sich auf seine Verbindung zu Sora, als eine Berührung ihn ablenkte. Ihm war nicht kalt, sein Tier wärmte ihn von innen nach außen und trotzdem hatte Tjara ihm den Mantel über die Schulter gelegt. Ihre Augen begegneten seinen, als versuchte sie, ihn zu studieren.

»Ich verzichte auf deine Freundlichkeit, solange sie nur gespielt ist«, sagte sie in sanftem Ton, drehte sich herum und verschwand im Inneren der Höhle. Eine Weile schaute er ihr nach, bis er sich wieder der Dunkelheit zuwandte.

Hunter hatte nie groß darüber nachgedacht, wie er sich Menschen gegenüber verhalten sollte, es interessierte ihn nicht. Sora gegenüber war er bedingungslos loyal. Ob seine Art sie verletzte, wusste er nicht, es war für ihn nicht von Bedeutung. Zudem hatte sie sich nie bei ihm darüber beschwert, wie er sich verhielt.

Er wagte es nicht, zu Tjara zu gehen, um sich zu entschuldigen, denn es war nicht wichtig, dass sie sich miteinander verstanden. Früher oder später würden sich ihre Wege trennen. Ab diesem Moment wäre sie aus seinen Gedanken verschwunden.

Die halbe Nacht konzentrierte sich Hunter auf die Geräuschkulisse. Da draußen war sie und wartete darauf, dass er ihr zur Hilfe kam.

Sein Tier schnurrte angesichts der vielversprechenden Beute, die durch den Wald schlich. Es hatte Hunger.

Hunter verließ seinen Posten am Eingang der Höhle und ging tiefer hinein. Entgegen ihrer Aussage, hatte Tjara sich mitsamt ihrer Tasche in eine Ecke zurückgezogen. Über ihrem Körper hatte sie einen Pullover ausgebreitet. Den Kopf auf ihre Handtasche gebettet, schlief sie seelenruhig.

Die ganze Aufregung musste sie einiges an Energie gekostet haben. So hatte Hunter die Gelegenheit, sich zurückzuziehen, ohne dass es allzu schnell auffiel. In der Dunkelheit würde sie mit ihren menschlichen Augen nichts sehen, daher begab er sich auf die Suche nach Stöcken und Hölzern, um ein Feuer zu errichten.

Die Flammen stiegen empor, dennoch schlief sie weiter tief und fest. Wenn sie aufwachte, war ihr zumindest nicht kalt und sobald er von der Jagd zurückkehrte, würde er Holz nachlegen.

Jetzt hatte er genügend Abstand zwischen sich und Tjara gebracht, damit sie ihn nicht hörte, war aber nahe genug dran, um mitzubekommen, wann sie wach wurde.

Etwa einen Kilometer östlich ihres Standpunkts blieb er stehen und schaute sich um. Innerhalb einer Minute legte er sämtliche Kleidungsstücke ab und kniete sich zu Boden.

Der Schmerz fing in seinen Händen an und zischte durch seinen Körper. Fest biss er sich auf die Lippe. Kein Ton durfte darüber kommen. Doch je weiter der Schmerz kroch, über seine Arme, durch seinen Oberkörper, bis hin zu seinen Beinen, desto schwerer fiel es ihm. In seinem langen Leben hatte er sich schon so oft verwandelt, dass Zählen keinen Sinn mehr hatte, und dennoch schmerzte es. Seine Knochen zerbarsten, verformten sich, sodass das Tier in ihm die Kontrolle übernehmen konnte. Vor seinen Augen verschwamm alles.

Sobald die Verwandlung vollendet war, schüttelte er den Schmerz ab. Seine Pfoten gruben sich in die Erde. Leise schritt er voran, auf der Suche nach einer passenden Mahlzeit, die ihn für die nächsten Stunden sättigte.

Sein Geruch sowie sein Hörsinn waren auf das absolute Maximum geschärft. So hörte er Tjaras Atem und gleichzeitig das Krabbeln eines Kleintiers.

Rechts von ihm, etwa zwei Meter entfernt, entdeckten seine Augen ein Reh. Es spürte die Gefahr, hob den Kopf und schaute sich um.

Er wusste, dass diese Geschöpfe von Natur aus wendig waren. Nur ein Augenblick der Unachtsamkeit konnte ihm eine minutenlange Jagd bescheren, und dafür hatte er keine Zeit. Er schlich durch Büsche und Gras, blieb in Deckung, bis er ihm so nahe war, dass er in seine braunen Augen schaute.

Der schwarze Körper duckte sich. Das Reh war nicht dumm. Seine Aufmerksamkeit legte sich erst, als ein Knacken zu hören war. Diesen Moment nutzte das Tier, um aus seinem Versteck zu springen und seine Beute zu Boden zu reißen, ehe es die Möglichkeit zur Flucht nutzen konnte.

Mit einem gezielten Biss tötete er es.

9.

Tjara

Sie riss die Augen auf.

Etwas stimmte nicht. Tjara setzte sich auf. Ihr Körper schmerzte dank des unbequemen Bodens. Dass sie trotz der harten Steine eingeschlafen war, lag daran, dass die Wanderung ihr einiges abverlangt hatte. Ihre Energie war an einem Nullpunkt angekommen.

Gähnend richtete sie sich auf und rieb sich über die Augen. Ein Stück von ihr entfernt loderte ein Feuer. Hunter musste es entzündet haben. Apropos. Auf der Suche nach ihm scannte sie das Innere der Höhle, doch er war nirgends zu sehen. Somit musste er wohl draußen sein. Tjara beschlich das seltsame Gefühl, dass hier etwas vor sich ging, von dem sie nichts ahnte. Es war schwer zu beschreiben.

Kraftlos stand sie auf und streckte sich.

»Hunter?«

Da sie keine Antwort bekam, schlich sie Richtung Ausgang. Draußen war es stockdunkel, zudem hörte man das Schreien einer Eule und weitere Geräusche, die Tjara nicht kannte. Keine Spur von Hunter.

Ihr Herz stolperte. Wo war er? Hatte er sie hier zurückgelassen? Das würde er ihr nicht antun, oder?

»Hunter?«

Tjara schlang ihre Arme um ihren Körper. Keine Antwort. Verdammt. Angst breitete sich in ihren Eingeweiden aus und ließ sie schwer atmen. Sollte sie sich in die Dunkelheit hinauswagen?

Nein, lieber wollte sie am Lagerfeuer bleiben und auf seine Rückkehr warten, doch Tatsache war, dass sie ihn nicht wirklich kannte. Was, wenn er nicht mehr zurückkam? Wenn er genug davon hatte, sie zu beschützen, und sie ihrem Schicksal überließ? Augenblicklich schüttelte sie die Gedanken ab. Unmöglich. Er benahm sich zwar kaltherzig, aber er wäre nicht so unmenschlich, sie hier mitten im Wald allein zu lassen. Hätte er ihr sonst das Feuer gelassen?

Tjara biss sich auf die Lippe. Sie flehte innerlich, dass sie ihn gut genug kannte, um ihn richtig einzuschätzen. Seufzend nahm sie auf dem Stein Platz und gab sich Mühe, in der Dunkelheit etwas zu erkennen.

Erst als sie berührt wurde, erkannte Tjara, dass sie wieder eingeschlafen sein musste. Erschrocken wich sie zurück, doch starke Arme zogen sie nach vorne.

»Nein!« Zappelnd wehrte sie sich. Sie riss die Arme hoch, versuchte, sich vor dem fremden Angreifer zu schützen. »Loslassen!«, kreischte sie. Es klatschte. Sie hatte ihn im Gesicht erwischt. Die Sekunde seines Taumelns nutzte sie, um aufzuspringen, als man sie ein weiteres Mal packte. Fest wurde sie gegen einen Oberkörper gepresst. Ihr Herz pumpte so schnell, dass sie es in ihren Ohren hörte.

»Hört auf damit. Ich bin es.«

Die Macht, welche die Stimme über sie hatte, verwirrte sie. Hände legten sich auf ihre, schoben sie sanft zurück. Es war zu dunkel, um etwas zu sehen, doch jetzt erkannte sie Hunter. Besorgt sah er sie an, eine Hand wanderte über ihre Schulter zu ihrem Hals und ruhte auf ihrer Wange. »Habt keine Angst.«

»Wo warst du?«, fragte sie. Er führte sie zurück ins Innere der Höhle, scheinbar wenig erbost darüber, dass sie ihn soeben geschlagen hatte.

»Während Ihr geschlafen habt, habe ich mich etwas umgesehen und Feuerholz gesammelt«, erklärte er. Seine Hände hielten sie, als hätte er Angst, sie könne fallen. Und damit lag er gar nicht so falsch, denn ihre Beine wackelten jetzt doch ziemlich. Sie hatte gehofft, dass

Hunter sie nicht zurückließ, doch daran geglaubt hatte sie nicht ernsthaft. Und als scheinbar fremde Hände sie gepackt hatten, befürchtete sie, dem Tode nahe zu sein.

Sie bemerkte erst, dass Tränen über ihre Wangen liefen, als sie Salz schmeckte. Himmel Herrgott, das war zu viel für sie.

Ihr Körper zitterte.

»Geht es Euch gut?« Hunter klang besorgt.

Tjara schüttelte den Kopf und als seine Arme zu ihrer Taille wanderten, damit er sie besser halten konnte, schlang sie ihre um seinen Körper und vergrub den Kopf an seiner Brust.

»Bitte, geh nicht wieder weg«, flüsterte sie. Ihr war selbst nicht bewusst gewesen, dass sie dazu fähig war, eine solche Angst zu verspüren. Hunter ließ schweigend zu, dass sie ihn derart bedrängte.

Erst als ihre Tränen getrocknet waren, löste sie sich von ihm und wischte sich über die Wangen. Normalerweise war sie nicht die Art Frau, die sich anderen an den Hals schmiss. Weinte sie mal, und das kam selten vor, geschah das still und heimlich. Sie hasste es, wenn sich andere um sie sorgten. Allerdings glaubte sie nicht, dass Hunter sich in Gedanken über sie erging. So wirkte er nicht.

»Bitte entschuldige ...«

»Es gibt nichts, wofür Ihr Euch entschuldigen müsstet«, unterbrach er sie in sanftem Ton.

Darauf erwiderte sie nichts, um die Situation nicht noch peinlicher für sich zu gestalten. Stattdessen beobachtete sie ihn, wie er den Gürtel voller Waffen niederlegte. Seine Augen ruhten für den Bruchteil einer Sekunde auf ihr, ehe er sich den Mantel von den Schultern zog.

Tjara hielt den Atem an.

Ihr wurde bewusst, dass er um einiges größer war als sie selbst. Sie hob den Kopf, um ihn anzuschauen, und sowie er den Mantel um ihre Schultern legte, hörte sie auf zu frieren.

»Danke schön«, flüsterte sie. Ihre weichen Knie rührten sich nicht mehr, nicht wegen der Angst, die sie vorhin noch fest im Griff gehalten hatte, sondern aufgrund seiner Nähe. Die schwarze Kleidung ließ ihn unfassbar sexy aussehen.

»Legt Euch hin und schlaft, Ihr seht müde aus.«

Sie schob es auf ihre Übermüdung, dass sie nach seiner Hand griff, ehe er sich wieder von ihr entfernte. Vor ihrem inneren Auge flackerte ein Bild auf, wie er an ihr roch. Das war gleich zu Anfang ihrer Begegnung passiert und sie erinnerte sich, wie sie gedacht hatte, er sei ein Verrückter. Zwar war er ihr dieses Mal nicht so nahe, doch sie konzentrierte sich auf seinen Geruch. Die dunklen Gewürze, welche sie aufnahm, verschafften ihr eine Gänsehaut. Erneut zitterte sie.

»Ihr solltet Euch etwas Wärmeres anziehen, es wird noch kälter werden.«

Tjara hielt den Atem an, als Hunter ihr näher kam. Seine Haare streiften ihre Wange. Ob es der Mantel war oder Hunter selbst, der nach diesen undefinierbaren Gewürzen roch, konnte Tjara in diesem Moment nicht sagen. Seine Hände, die an ihrem Hals nestelten, lenkten sie ab. Er stellte den Kragen des Mantels auf, sodass die Kälte ihre Haut kaum mehr berührte, dann knöpfte er ihn zu.

Ihre Wangen wurden puterrot, sie spürte, wie die Hitze in ihrem Gesicht anstieg und sich in ihm verteilte.

Hunter selbst schien es nicht aufzufallen.

Schnell wandte sie sich von ihm ab und kehrte ans Feuer zurück. So würde sie den Rest der Nacht sicher nicht zu Schlaf kommen. Statt sich jedoch zu ihr zu setzen, blieb er stehen. Tjara fühlte seinen Blick auf sich ruhen.

»Wie lange brauchen wir noch?«, fragte sie, um auf andere Gedanken zu kommen.

»Wenn wir bei Tagesanbruch losgehen, sollten wir gegen Mittag bei der Hütte ankommen. Wenn wir keine Pause einlegen. Also legt Euch hin, ich werde Euch aufwecken.«

Er drehte ihr den Rücken zu, um den Ausgang im Auge zu behalten. Unwillkürlich stellte sie sich die Frage, ob er jemals schlief.

Eine Weile beobachtete sie ihn und bemerkte, dass er trotz der eisigen Kälte nicht einmal zitterte. Damit ihm nicht doch noch kühl wurde, tauschte sie seinen Mantel gegen einen dicken Pullover aus ihrer Tasche. Zum Glück war sie geistesgegenwärtig genug gewesen, sich diesen einzupacken, und erhob sich.

Das Glück stand nur selten zu ihren Gunsten. Deswegen überraschte es sie nicht, dass der Schmerz an ihrem Fuß in dem Augenblick zurückkehrte, in dem sie aufstand, um Hunter seinen Mantel zu überreichen. Alles geschah zu schnell, als dass sie sich hätte retten können. Ihr Fuß knickte um, sie hörte es knacksen. Ein Schrei verließ ihre Lippen. Hunter wirbelte in just diesem Moment zu ihr herum. Tjara fiel vorwärts, beide Hände gegen seine Brust gestemmt und riss ihn mit sich zu Boden. Hart stieß sie mit ihm zusammen.

Gottverdammte Scheiße!

Stöhnend richtete sie sich auf. Unter ihren Händen harte Muskeln und Haut. Langsam öffnete sie die Augen, davor drehte sich alles. Mist.

Tjara blinzelte mehrmals. Der Schmerz in ihrem Fuß war mit solch einer Wucht zurückgekehrt, dass sie es nicht schaffte, zu denken. Hatte er zuvor schon so wehgetan und wohin waren die Schmerzen in der Zwischenzeit verschwunden?

Sobald sie wieder klar sehen konnte, stoppten die Gedanken um ihren Fuß. Die Lage hatte sich um einiges verschlimmert.

Nicht nur, dass sie Hunter bei ihrem Sturz mit zu Boden gerissen hatte, nein, sie saß auf ihm, die Hände an seinen halbnackten Bauchmuskeln und ihr Schritt ...

Tjara schaffte es nicht, sich zu rühren. Ihre Augen nutzten die Gelegenheit, gegen die ihr Kopf sich zu wehren versuchte, und begutachtete das freigelegte Stückchen Haut. Hunters schwarzes Shirt war ein Stück nach oben gerutscht, sodass sein Bauchnabel und die darüberliegenden Muskeln sie dazu aufforderten, sie zu erkunden. Er zuckte zusammen, als sich ihre Hände darüber bewegten.

Was zum Teufel geschah hier? Sie musste augenblicklich von ihm runter und sich entschuldigen, statt ihn zu begaffen und zu begrabschen.

Aber ihre Hände gehorchten nicht.

Während sie ratlos über sein Fleisch wanderten, suchten ihre Augen die seinen und fanden darin ein Feuer, dass sie nicht zu entschlüsseln vermochte.

Sie hätte alles darauf verwettet, dass das kalte Grau seiner Iris sich gerade in ein leuchtendes Silber verwandelte.

Hunter

Niemals und unter gar keinen Umständen ließ er sich jemals von Menschen berühren.

Er hasste es.

Nicht nur, weil sie in seinen Augen eine widerliche und zutiefst verabscheuenswürdige Spezies waren, die seiner Aufmerksamkeit niemals würdig war, sondern weil sie sich nahmen, was sie wollten, und wann es ihnen passte.

Menschen waren die egoistischsten Lebewesen dieser Welt.

Dennoch unternahm er nichts gegen Tjara, die ihn anstarrte und streichelte. Er konnte sich nicht erklären, was ihn zurückhielt, doch es widerstrebte ihm, sie von sich runterzuwerfen. Zumal sie es nicht beabsichtigt hatte.

Es vergingen Minuten, in denen sie ihre Hand weiter über seine Haut wandern ließ. Langsam richtete er sich auf.

Sie wich nicht zurück oder zuckte zusammen. Stattdessen beobachtete sie ihn weiterhin interessiert. Hunter wusste, dass sie die Änderung seiner Iris bemerkt hatte, doch sie sagte nichts dazu. Womöglich hielt sie es für eine Illusion, schließlich war sie nicht unbedingt sanft gegen ihn geprallt.

Seine Augen wanderten nun über ihren Körper, suchten ihn nach Verletzungen ab und blieben an ihrem Fuß stehen.

»Der Schmerz ist zurückgekehrt, nicht wahr?«

Ihr Blick klärte sich nach mehrmaligem Blinzeln. Ihre Augen öffneten sich so weit, dass er den Verdacht hegte, dass sie erst jetzt begriff, in welcher Situation sie sich befanden. Sie ahnte ja nicht, dass er an solchen Gefühlen und Machenschaften keinerlei Interesse hegte.

Panisch wich sie von ihm zurück, wobei sie erneut abrutschte und fiel, dabei landete sie unsanft auf dem Rücken und keuchte.

»Verdammt nochmal!«, fluchte sie, die eine Hand auf ihrem Bauch ruhend, die andere über ihren Augen.

Hunter richtete sich auf, klopfte sich den Schmutz von den Kleidern und kniete sich zu ihr.

»Lasst mich Euren Fuß sehen.«

»Nein, geh einfach weg. Ich werde heute Nacht auf dem Boden schlafen, genau hier«, murmelte sie, die Augen noch immer mit der Hand verdeckt.

Er hatte durch Sora einiges über die Menschen gelernt, unter anderem, dass sie sich in verschiedenen Situationen schämten. In einer solchen Lage verweilten sie meist für einige Zeit.

»Bitte schämt Euch nicht meinetwegen.« Feingefühl war nichts, womit er groß prahlen konnte, doch wenn er nicht wollte, dass sie sich den Rest des Weges unbehaglich fühlte, galt es etwas zu tun.

»Tue ich nicht. Jedenfalls nicht deinetwegen.«

Es blieb keine Zeit für solches Theater. Ohne ihre Einwilligung packte er sie und hob sie auf seine Arme. Es dauerte nur wenige Sekunden, bis sie anfing, sich zu wehren.

»Lass mich sofort runter!«

»Beruhigt Euch, ich will nur Euren Fuß sehen.« Er legte sie in der Ecke ab, die sie sich selbst zurechtgemacht hatte, und kniete sich vor sie. Langsam zog er ihr zuerst den Schuh, dann die Socke aus. Der Knöchel war geschwollen und blau, wahrscheinlich verstaucht. Damit würde sie keinen Meter weit kommen, doch hier auf ihre Genesung zu warten, kam nicht in Frage. »Ich werde Euch den Rest des Weges tragen.«

»Nein! Das geht schon, wirklich, ich spüre kaum noch was!«

Sie wollte tapfer klingen, ihre Miene sagte ihm dagegen etwas völlig anderes. Sie litt. Er wusste, warum sie ihn auf Abstand hielt, also musste er ihr klar machen, dass das nicht nötig war.

»Macht Euch keine Sorgen, ich könnte mehr von Euch wollen als Euch zu beschützen. An solch menschlichen Gelüsten hege ich kein Interesse.«

In ihrem Gesicht veränderte sich etwas. Hunter konnte nicht bestimmen, was es war, und entschied, dass es nicht von Bedeutung war.

»Ich möchte jetzt schlafen«, murmelte sie, zog die Beine an, wobei sich ihr Gesicht schmerzlich verzog, und bedeckte sich mit einem ihrer Pullover.

Hunter war klar, dass er nichts mehr erreichen würde, demnach stand er auf und positionierte sich so, dass er sowohl Tjara sowie den Ausgang der Höhle im Blick hatte.

10.

Fluchend lehnte sie den Kopf gegen den dicken Ast und rieb sich die Arme.
Es war unmöglich, dass die Männer des Königs ihren Schrei nicht gehört hatten.
Während sie rannte, hielt sie sich den schmerzenden Arm und schaute zurück. Sie hörte keine Schritte oder dergleichen, dennoch stellten ihre Beine das Rennen nicht ein. Blut quoll aus der frischen Wunde. Mist!
Das verdammte Reh hatte sie derart erschreckt, dass sie geschossen hatte, dabei hatte sie ihr Bruder in all den Jahren Ruhe und Geduld gelehrt. Aris wäre stolz auf sie, wüsste er, dass sie ein Tier erlegt hatte, ihr selbst hingegen gefiel das überhaupt nicht. Es würde nicht lange dauern, bis das zarte Wesen von einem wilden Tier verspeist würde.
Doch das war nicht mehr ihre Sorge.
Sora nahm jede Abzweigung, die sich ihr bot. Zwar würde sie dadurch einen Umweg einlegen, doch das war besser, als Johan und seinen Männern direkt in die Arme zu laufen.
Sie nahm die nächste Linkskurve, als jemand aus der Ferne ihren Namen rief. Die Stimme war zu tief, um Johans zu sein.
Jetzt lief sie schneller. Zwar lagen die Ruinen von Eromey einige Kilometer vor ihr, doch sie waren weitläufig und dort würde sie niemand allzu bald

entdecken. Zudem gab es nicht weit davon einen See. Dort würde sie sich waschen und ab dann war es bis zur Hütte ihrer Mutter nicht mehr weit.

Blutstropfen füllten den Boden. Als das Reh aus dem Gebüsch gesprungen war und sie den Pfeil abgeschossen hatte, war sie gefallen. Dabei hatte sie sich den Arm aufgeschnitten und der Blutverlust würde sie früher oder später schwächen.

Sora stöhnte vor Schmerz, als sie einen Baum hinaufkletterte. Solange die Ritter sie verfolgten, war es zu gefährlich, in Richtung der Ruinen aufzubrechen. Der Weg dorthin war zu weit, als dass sie die Strecke in einem Stück hinter sich bringen konnte, zumal sie nicht sicher war, ob ihre Verfolger mit Pferden unterwegs waren.

Sie zerschnitt den Stoff ihres Kleides mit einer der geschnitzten Pfeilspitzen. Fest band sie sich einen Streifen davon um den Arm, um die Blutung zumindest halbwegs zu stillen.

Erschöpft lehnte sich Sora gegen den Baum. Ihre Augen brannten, ihr Körper schrie vor Protest. Ihre Kraft war fast vollkommen aufgebraucht. Nie hatte sie um etwas gebeten und alles hingenommen, was man von ihr erwartete.

Verdammt, sie hatte doch nur um ein normales Leben gewünscht!

Schluchzend zog sie die Beine an die Brust und schloss die Augen.

»Hunter«, murmelte sie.

In all den Jahren hatte sie nie gemerkt, wie wichtig er ihr war. Erst jetzt, wo es ohne ihn zu leben und vor allem zu überleben galt, erkannte sie die Wahrheit. Er hatte jede ihrer Launen still ertragen, dafür sollte sie sich ihm vor Dank zu Füßen werfen.

Ihr Chevalier hatte sie nie enttäuscht. Selbst wenn sie grundlos sauer wurde, ertrug er es schweigend.

Sora glaubte nicht, jemals eine ehrenvolle Königin zu werden, wenn sie schon als Prinzessin kläglich versagte.

Ständig hatte sie das Gefühl, als wehre sich ein Teil von ihr gegen Hunters Schutz.

Was er von ihr hielt? Es wunderte sie nicht, wenn er sie aus tiefster Seele hasste, doch würde er nie wagen, es ihr zu sagen.

11.

Tjara

»Macht Euch keine Sorgen, ich könne mehr von Euch wollen, als Euch zu beschützen. An solch menschlichen Gelüsten hege ich kein Interesse.«

Tjara hätte sich selbst geohrfeigt, wäre er nicht direkt vor ihr. Klar, dass er nichts von ihr wollte. Wieso auch? Weil sie zufällig auf ihn gefallen war?

Ihre erste Begegnung war nichts für den Anfang einer Liebesgeschichte, mal davon abgesehen, dass Hunter seine ganze Existenz Sora verschrieb. Trotzdem ließ sie zu, dass ihr Herz bei seinem Anblick schneller schlug.

In dem Augenblick, in dem sie auf ihm gelandet war, hatte sie eine Sekunde die Hoffnung, aus ihnen würde eines Tages mehr werden. Sie könnten füreinander etwas anderes als Fremde sein, die zufällig aufeinandergestoßen waren. Ihr hätte klar sein müssen, dass dem nicht so war. Hunters Worte hatten sie auf den Boden der Tatsachen zurückkommen lassen. Es traf sie härter, als es sollte, obwohl sie die Ablehnung von Männern längst gewöhnt war.

Tjara gab Hunter keine Schuld daran, er hatte von Anfang an klargestellt, dass sein Interesse rein professioneller Natur war. Hassen konnte sie nur sich selbst. Zudem kannten sie sich nicht einmal. Was zum Teufel, war nur los mit ihr?

Vorsichtig schaute sie unter dem Pullover hervor. Hunter stand am Eingang, die Arme vor der Brust verschränkt, von der sie wusste, wie hart sie war, und sah hinaus. Wie gern würde sie ihre Hände auf seine Haut legen.

Innerlich schalt sie sich selbst. War sie nicht erst vorhin deutlich an ihren Platz verwiesen worden?! Bescheuertes Herz!

Wieder verschwand sie unter dem Pullover und schloss die Augen.

Es war zu hell!

Tjara drehte sich von dem störenden Licht weg. Konnte sie nicht einmal in Ruhe ausschlafen?

»Wacht auf, wir müssen weiter.«

Innerhalb weniger Sekunden war sie hellwach und richtete sich so prompt auf, dass ihr schwindelig wurde. Gähnend rieb sie sich über die Augen, blinzelte, bis sie klarsah und erblickte Hunter vor ihr.

Er war in die Hocke gegangen und beäugte sie.

Dank der Geschehnisse der letzten Nacht schaffte sie es nicht, ihm lange in die Augen zu sehen. »Ich werde Euch tragen.«

»Das ist nicht nötig«, ließ sie ihn wissen und kam mit Mühe und Not auf die Beine. Sie hatte doch glatt ihren Fuß vergessen. Der Schmerz war von jetzt auf gleich wieder zurückgekommen, aber warum?

Doch das war erstmal nebensächlich. Wichtiger war es jetzt, Hunters besorgtem Blick auszuweichen.

Schnell packte sie ihre Sachen zusammen und hievte sich die Tasche über die Schulter. Vor ihnen lag ein gutes Stück Weg und sie wusste nicht, wie weit sie mit dem Fuß kam.

Tjara humpelte aus der Höhle. Es war lächerlich, dass sie seine Hilfe nicht annahm. Statt seine Abfuhr wie eine Erwachsene hinzunehmen, verhielt sie sich wie ein unreifer Teenager.

Anders als erwartet, beschwerte Hunter sich nicht. Schweigend lief er neben ihr hier, passte sich ihrem Tempo an und achtete sorgsam auf seine Umgebung. So würden sie nicht weit kommen. Schon jetzt fühlte sie sich, als wäre sie tausende Kilometer gelaufen, dabei waren sie erst seit etwa zwanzig Minuten unterwegs. Scheinbar dachte Hunter genauso, denn er stellte sich vor sie hin und hinderte sie am Weitergehen.

»Lasst mich Euch tragen. Ihr leidet, zudem muss ich Prinzessin Sora vor Anbruch der Dämmerung finden.«

Sie war sich im Klaren, dass er recht hatte. Wer wusste schon, wann die Frau das letzte Mal etwas gegessen oder getrunken hatte. Sicherlich litt sie, angesichts der Tatsache, dass man sie verfolgte.

Tjara musste nur über ihren Schatten springen, ihre Gefühle zurückdrängen und Hunter als das sehen, was er war. Ein fremder Mann, der sie nur aus Schuldgefühlen gerettet hatte und auf der Suche nach seiner Prinzessin war.

Und dennoch, sobald sie ihm in die Augen sah, begegnete ihr so viel mehr.

»Wie lange werden wir brauchen?«

»Wenn Ihr zulasst, dass ich Euch trage, werden wir bald ankommen«, erklärte er.

Sie hasste es, dass er seine Antworten so vage ausdrückte.

Bald war keine Zeitangabe. Es hieß, dass sie genug Zeit hatte, auf seinen Armen dahinzuschmelzen, nur um erneut abgelehnt zu werden.

Aber hier ging es nicht um sie. Eine Frau war in Gefahr und schlussendlich wollte sie wieder nach Hause.

»Na gut.«

Hunter ließ sich keine Zeit damit, sie auf seine Arme zu hieven. Quiekend schlang sie die Hände um seinen Hals. Ein gewaltiger Fehler.

Schon wieder war sie ihm so nahe, spürte seinen Atemzug an ihrem Hals. Keuchend schloss sie die Augen. Heiß traf sein Atem auf ihr Ohr.

Oh, verdammt.

Obwohl sie sich dazu ermahnte, nicht mehr in diese Situation hineinzuinterpretieren, schaffte sie es nicht. Schnell pumpte ihr Herz gegen ihren Brustkorb.

Hunter wirkte nicht, als trüge er einen siebzig Kilo schweren Menschen. Seine Atmung blieb auffällig gleich.

Trainierte er? Oder hatte er Sora schon oft auf seinen Armen getragen?

Stöhnend schloss sie die Augen und lehnte den Kopf gegen seine Brust. Er war unglaublich warm. Nur selten fühlte sie sich bei anderen Menschen geborgen, doch er strahlte eine Ruhe aus, die sie sorgsam einhüllte. Ihm zu vertrauen, war wie selbstverständlich.

Ihre Entspannung hielt leider nicht lange an. Es musste Einbildung sein, da war sie sich sicher, denn es war unmöglich, dass Hunters Finger sie streichelten.

Tjara bewegte sich nicht, obwohl sie es zu gern gewusst hätte.

Doch die Bewegung ließ ihren Körper vibrieren. Eine Gänsehaut breitete sich auf ihrem Körper aus, schoss geradewegs zwischen ihre Beine und betäubte ihre Entschlossenheit, ihn lediglich als Soras Beschützer anzuerkennen.

Die Luft schaffte es kaum durch ihre Lungen. Ihr war heiß, sie glühte. Zum Teufel nochmal, wie lange würde sie das aushalten müssen?

»Sind wir ... bald da?«, fragte sie, ihre Stimme bebte. Ihre Kehle wurde staubtrocken, als sein Daumen träge Kreise über ihre Haut beschrieb. Gleich würde sie sicher vor Hitze explodieren.

»Ich beeile mich«, erklang seine tiefe Stimme dicht an ihrem Ohr und ließ sie erzittern.

Ganz ruhig! Das hier ist nichts, nur ein Missverständnis!

Tjara schlang die Arme fester um seinen Hals, biss sich auf die Lippe, während ihr Herz so laut pumpte, dass sie es in ihren Ohren hörte.

Hunter

Ihr Atem ging unregelmäßig, ihr Herz schlug zu schnell, pumpte kräftig gegen sein eigenes. Ihm war schon, nachdem er sie auf die Arme gehoben hatte, aufgefallen, dass ihr Zustand sich veränderte, doch das war neu.

Das Tier in ihm wandt sich und schnurrte, das Monster versuchte, ihr näher zu kommen. Tjara hatte den Kopf auf seine Schulter gebettet, ihre Nägel gruben sich in sein Fleisch. Gut, denn so bekam sie nicht mit, wie seine Augen ihre Farbe wechselten. Jeden weiteren Schritt legte er mühsam zurück. Sie durfte unter keinen Umständen mitbekommen, wie er um seine Kontrolle kämpfte.

Unruhig bewegte sie sich auf seinen Armen, presste die Schenkel zusammen, während ihre Körpertemperatur weiter anstieg.

Hunter konnte nichts dagegen tun, als seine Fänge sich langsam ausfuhren. Wenn er es nicht augenblicklich zurückdrängte, würde das Monster an die Oberfläche gelangen.

Am liebsten wäre er in den Wäldern verschwunden, auf der Jagd nach Beute, deren Zweck allein seiner Ruhe dienen würde. Doch wie sollte er Tjara erklären, dass er sie abrupt und vollkommen unerwartet einfach so allein im Wald stehen ließ?

Nein, er musste sich beruhigen und den Wesen Einhalt gebieten, doch dafür galt es vor allem, Tjara von ihrer Unruhe zu befreien. Ihr war es geschuldet, dass Hunter allmählich ins Straucheln geriet.

Er diente den Prinzessinnen Tiratheas lange genug, um zu wissen, was menschliche Lust bedeutete und in welchen Formen sie auftrat. Eben diese verspürte Tjara gerade, nur verstand er nicht, wieso.

Um zu reden, war es erforderlich, die Fänge einzuziehen, doch ihr warmer Atem an seinem Ohr erschwerte es ihm.

»Bitte, lass mich runter«, murmelte sie. Sie löste ihre Hände von ihm. Hunter blieb stehen und stellte sie behutsam ab. Tjara schaute ihn nicht an, sondern glättete ihre Kleidung und fuhr sich durch die Haare.

Die Augen des Monsters beobachteten, wie sie auf und ab lief. »Entschuldige, das ist mir einfach unangenehm.«

In dem Augenblick, in dem ihr Körper seinen nicht mehr berührte und ihr Atem verschwand, ließen sich die Wesen zurückdrängen. Seine Augen färbten sich wieder grau, es war, als wäre nie etwas geschehen. Was immer sie in ihm auslöste, es verhieß nichts Erfreuliches. Diese Tatsache würde ihn aber nicht davon abhalten, sie schnellstmöglich zur Hütte zu bringen. Dort wäre sie in Sicherheit und er konnte sich endlich auf die Suche nach Sora begeben.

»Es sind nur noch wenige Meilen.« Ohne auf ihre Zustimmung zu warten, hob er sie erneut hoch und lief los.

Sie erreichten die Hütte gegen Nachmittag. Tjara war auf seinen Armen eingeschlafen. Ihr Kopf ruhte an seiner Brust. Hunter achtete darauf, sie nicht zu wecken, als er die Tür der Hütte aufsperrte und Tjara zum Bett trug. Glücklicherweise behielt er sämtliche Schlüssel immer an seinem Gürtel.

Sie schlief tief und fest. Hunter breitete seinen Mantel über ihr aus und schaute zur Tür. Wenn er jetzt verschwand, würde sie wieder in Panik verfallen, sobald sie wach wurde und ihn nicht vorfand.

Andererseits hatte er keine Zeit, darauf zu warten, dass sie aufstand. Da draußen wartete seine Prinzessin darauf, dass er sie fand. Er spürte es in seinem Blut, ihre Verbindung zog ihn zu ihr. Sie hielt sich in seiner Nähe auf.

Vor dem Bett stehend, beobachtete er sie. Zu gern wollte er erforschen, was an ihr das Monster und das Tier in ihm dazu brachte, sie zu begehren.

Sanft strich er ihr eine schwarze Strähne aus dem Gesicht. Ihr Körper hatte sich mittlerweile abgekühlt. Schlafend wirkte sie weniger verloren und ängstlich.

Es lag wohl an der Berührung, dass sie die Augen öffnete, doch anders als heute Morgen, schaute sie ihn nur regungslos an.

»Sind wir angekommen?«, fragte sie schlaftrunken, richtete sich auf und inspizierte den Raum.

»Vor wenigen Minuten«, bestätigte er und nahm neben ihr Platz. Die Verletzung an Ihrem Fuß sah schmerzhaft aus. Auch wenn er umfangreiches Wissen besaß, war er nicht sicher, wie er ihr helfen konnte. Nicht, ohne ihr sein Blut zu geben.

»Du wirst dich direkt auf die Suche nach der Prinzessin begeben?«

»Ich werde mich beeilen. Sie ist ganz in der Nähe.« Er konnte sie riechen, beziehungsweise ihre Angst.

»Dann werde ich hier warten. Mit dem Fuß bin ich dir leider keine große Hilfe.«

Nicht einer von beiden schaute den Fuß an. Ihre Augen hielten ihn gefangen. Wie war es möglich, dass sie seiner Prinzessin so ähnlich und doch völlig anders sein konnte?

Nie in seinem langen Leben hatte er ein derartiges Gefühl empfunden. »Darf ich dich etwas fragen?«

Wortlos nickte er. »Du sagtest, dass du alles für deine Prinzessin tun würdest. Meintest du das ernst? Gibt es denn gar keine Grenze?«

Darüber nachdenken brauchte er nicht.

»Ich habe mich nach ihrer Geburt an sie gebunden, ihre Worte sind mein Befehl und wenn es meine Prinzessin zufriedenstellt, würde ich jede Grenze überschreiten. Mein Leben gehört ihr.«

»Hast du denn keine eigenen Wünsche?«

»Was beabsichtigt Ihr mit Euren Fragen? Ich habe Euch bereits alles gesagt, was Ihr wissen wolltet. Welche Antworten stellen Euch zufrieden?«

»Keine«, gab sie zu und wandte den Blick ab. »Tut mir leid, ich hab keine Ahnung, was das werden soll.« Die Enttäuschung in ihrem Gesicht war deutlich erkennbar. Hunter verstand nicht, was sie von ihm hören wollte. Er besaß kein Recht, sich eigene Wünsche oder Träume zurechtzulegen. Er lebte, um zu dienen.

»Sollte ich es je wagen, mich meiner Prinzessin zu verweigern, so liegt es in ihrem Ermessen, mit mir zu tun, was ihr beliebt.«

Die Worte erweckten Tjaras Aufmerksamkeit. Auch wenn er immer in dem Wissen handelte, wohin ein Verrat führte, hatte er es doch nie laut ausgesprochen, geschweige denn jemandem erzählt. Weil es einfach undenkbar war.

»Wäre sie wirklich so grausam?«

»Ein Schwur darf niemals gebrochen werden.«

Die Erkenntnis traf sie unvorbereitet. Es veränderte etwas in ihr, doch sie sprach es nicht aus. Stattdessen legte sie sich hin.

»Mach dich auf die Suche nach Sora, ich werde hier auf euch warten und mich ein wenig ausruhen.«

Er war sich nicht sicher, ob sie das ernst meinte, doch seine Prinzessin noch länger warten zu lassen, kam gar nicht in Frage.

12.

Die Ruinen von Eromey waren riesig. Sora hatte sie das letzte Mal vor dem Tod ihrer Mutter aufgesucht. Das Schloss war vor über tausend Jahren gefallen und dennoch erkannte man es als das, was es einst gewesen war.

Da sie den Rittern erfolgreich entkommen war, betrat sie das alte Gemäuer und staunte. Man erkannte die Schnörkel an den gefallenen Mauern. Sie erinnerte sich an die Geschichte, welche ihre Mutter ihr erzählt hatte.

Vor langer Zeit lebte hier ein Königspaar. Sie waren die Herrscher über das Land, bevor die Tirathea Blutlinie die Regentschaft übernahm, alle hatten sie geliebt. Es wurden viele Feste gefeiert, zu denen sie sämtliche Bewohner einluden.

Zu dieser Zeit erlebte man Alt und Neu Tirathea als eine Stadt.

Soras Mutter glaubte nicht, die wahre Geschichte hinter dem Machtwechsel zu kennen, damals wurde viel erzählt. Nachdem das Königspaar seine Position verloren hatte, lebte es noch viele weitere Jahre.

Nach ihrem Tod war das Schloss jedoch seinem Schicksal überlassen worden, da das Paar keine Nachkommen hatte.

Heute, Tausende Jahre später, waren von dem prunkvollen Reich nur noch Ruinen übrig, über die kaum einer etwas zu erzählen vermochte.

Bis zur Hütte waren es nur wenige Meilen. Sie war sich sicher, dass Hunter sie dort suchen würde. Es galt, keine Zeit zu verschwenden.

Bevor die Nacht die Berge erreicht hatte, musste sie zur Hütte gelangen, anderenfalls wäre sie leichte Beute für die Kreaturen des Waldes.

Der Regen kam in diesem Moment völlig unvermittelt. Fluchend schaute sie gen Himmel.

»Auch das noch«, stöhnte sie. Selbst auf die Gefahr hin, dass sie sich erkältete, verließ sie den Schutz der Ruinen und lief los.

Ihre Eltern hatten das Häuschen gebaut. Es war einst die Zufluchtsstätte ihrer Mutter gewesen und nach ihrem Tod war es in die Obhut von Sora übergegangen. Immer wenn sie wünschte, allein zu sein, zog sie sich dorthin zurück.

Ab und zu in Hunters Begleitung und öfter ohne.

Manchmal verbrachte sie Stunden damit, zu zeichnen, bei anderen Besuchen las sie den ganzen Tag. Nicht selten legte sie sich in das weiche Bett und schlief. In dieser Hütte war ihr die Bürde ihrer Geburt fern, und sie konnte eine einfache Frau sein.

Doch seit dem Tod ihrer Mutter war die Hütte eine ständige Erinnerung daran, wen sie verloren hatte. Überall standen Bilder von ihnen. Wenn sie das Häuschen betrat, weinte sie oft stundenlang. Seitdem war sie nie wieder dorthin zurückgekehrt, doch ein Teil von ihr sehnte sich danach.

Zudem war sie sich sicher, dass Hunter ihre Erinnerungen bewahrte und die Hütte instand hielt.

Kälte hüllte ihren Körper ein.

Sora blieb stehen, ihr Haar schwang hin und her, als sie sich drehte. Ihre Verbindung zu Hunter machte sich schlagartig bemerkbar. Sie erspürte seine Sorge. Er war gekommen!

Trotz des Unwetters, dass sich über ihrem Kopf zusammenbraute, rannte sie los. Der Wasserfall war keine Meile mehr von ihr entfernt und kurz darauf würde sie die Hütte erreichen. Wartete er dort auf sie oder war er womöglich erst dorthin unterwegs, genauso wie sie selbst?

Tränen rannen aus ihren Augen, als sie weiterlief. Wo immer er auch war, sie würden sich finden.

Die Sonne wanderte, tauchte den Wald in Schatten. Nur wenige Stunden, dann würde sie erneut untergehen.

Das Unwetter hatte sich zurückgezogen, als Sora die Hütte endlich betrat. Sie sog den vertrauten Duft in ihre Lungen. Selbst nach all den Jahren fühlte sie die Präsenz ihrer Mutter.

Zitternd schloss sie die Tür hinter sich. Ihr Blick fiel auf das Bett. Hunter schlief nicht, dennoch waren die Laken zerwühlt.

Er war definitiv hier, sonst wäre die Tür verschlossen, doch wen hatte er bei sich?

Nach ihrem Verschwinden hatte er sich sicher sofort auf die Suche begeben. Es fiel ihr schwer, sich vorzustellen, dass er untätig herumsaß. Aber was benötigte er aus der Hütte?

Oder waren vielleicht doch Fremde eingedrungen?

Seufzend verließ sie das vertraute Heim. Der Wasserfall war nur wenige Meter entfernt, und ein Bad täte ihr sicher gut. Ihre Blutverbindung würde Hunter direkt zu sich locken, sie hoffte es zumindest.

Johan und seine Männer würden hier nicht allzu schnell nach ihr suchen. Bei einem Bild, dass sie und ihre Mutter zeigte, blieb sie stehen. Wehmütig nahm sie es in die Hand. Die Tränen, die ihr über die Wangen liefen, wischte sie weg, ehe sie das kleine Wohnzimmer betrat und sich vor den Schrank hockte. Sie zählte die Dielen ab: Sechs nach unten, vier rechts, fünf hinunter. Fest klopfte sie dagegen. Erleichterung überfiel sie, als diese nachgab. Darunter lagerten einige Papiere und Material, das ihre Mutter vor Jahren dort versteckt hatte.

Sora schob den Kram beiseite und griff in das Loch. Lächelnd packte sie das schwere Holz und zog den Langbogen, den ihr Vater für sie aus Eiche angefertigt hatte, heraus. Die passenden Pfeile folgten.

Nachdem ihre Mutter sie verlassen hatte, versteckte sie ihn bei ihren Wertsachen.

Schnell verstaute sie die Sachen ihrer Mutter wieder unter der Diele und schloss diese.

Erst jetzt bemerkte sie einen fremden Geruch. Es roch nach einer Frau. Sora folgte dem Duft bis an das Bett. Dahinter, versteckt, lag eine Tasche. Sie griff danach und zog Kleidungsstücke heraus.

War das möglich? Hatte Hunter eine Frau hierhergebracht? Niemals!

Wut mischte sich in ihre Trauer. Er hatte einen Schwur geleistet und kannte die Konsequenzen, wagte er es, sie zu verraten.

Verwirrt betrachtete sie die Kleidung.

Hatte er sich womöglich entschieden, ihr nicht mehr zu dienen?

Fest biss sie sich auf die Lippe. Hunter würde sie niemals derart hintergehen und schon gar nicht jetzt, nur Monate vor ihrer Krönung.

Tief atmete sie durch. Es war nötig, einen kühlen Kopf zu bewahren. Führte Hunter eine Fremde mit sich, hatte er dafür mit Sicherheit seine Gründe. Die Frage war nur, wo waren sie?

Sora schaute auf. Beim Rauschen des Wassers in der Nähe der Hütte, fiel es ihr wie Schuppen von den Augen.

Natürlich! Der Wasserfall!

13.

Tjara

Hunter hatte sich schon vor Stunden auf die Suche nach Sora begeben. Mittlerweile wurde es dunkel. Die Sonne tauchte den Himmel in ein dunkles Rot-Orange. Es war beruhigend, wie das Licht sich im Wasser spiegelte.

Tjara hatte nach Hunters Aufbruch nicht mehr einschlafen können, weshalb sie sich hinter der Hütte umgeschaut und, eine halbe Meile entfernt, den Wasserfall entdeckt hatte. Hart plätscherte das Wasser in den See. Tjara erinnerte sich an einen Ort, den sie mit ihren Eltern immer besucht hatte. Dieser sah genauso aus, nur dass man hier sogar den Grund des Sees sah.

Das Gras schlängelte sich neben dem Wasserfall die Steine hinauf, wuchs um den gesamten Teich, als wolle es ihn vor Eindringlingen schützen.

Sie schloss die Augen. Das Zwitschern von Vögeln leistete ihr Gesellschaft.

Erschrocken wich sie zurück, als etwas ihren Fuß streifte. Winzig kleine, orangene Fische schwammen um sie herum. Mindestens zwanzig. Zunächst kreisten sie um ihren Oberschenkel, stießen dagegen. Kichernd beobachtete sie, wie sich die kleinen Kerlchen an ihrem Bein nach unten schlängelten und um ihren verletzten Fuß kreisten.

Glücklicherweise gab es hier genug Steine, an denen es ihr möglich war, sich festzuhalten. Tjara biss sich auf die Lippe, als einer der Kleinen an ihrem Fuß zu knabberte.

Sobald sie ihn bewegte, schmerzte er. Das Knabbern tat nicht weh, obwohl seine Freunde es ihm nachmachten. Verblüfft beobachtete Tjara die Fische.

Etwa zehn Minuten lang ließen sie nicht von ihr ab. Erst als sie verschwanden, inspizierte Tjara ihren Fuß. Was hatten sie getan? Verwirrt bewegte sie ihn und hielt den Atem an.

Tjara ließ den Stein nicht los, das konnte unmöglich wahr sein! Zunächst kreiste sie erst langsam mit dem Fuß, dann schneller. Sie verstand nicht, was geschehen war. So wie bei Hunter tags zuvor, war der Schmerz auch jetzt verschwunden und sie hatte das Gefühl, als würde er dieses Mal nicht mehr zurückkehren, denn auch die Schwellung war weg. Hierbei musste es sich um ein Traum handeln.

Fische heilten nicht eben mal so einen verstauchten Fuß. Aber wie konnte sie leugnen, was sie mit eigenen Augen gesehen hatte? Um Tjara herum drehte sich alles, sie musste den See verlassen. In dem Augenblick, in dem sie aus dem Wasser steigen wollte, knackste es. Erschrocken wandte sie sich der Richtung zu, aus der es gekommen war.

Hatte Hunter seine Prinzessin gefunden?

»Hunter?« Es fiel ihr schwer, sich vorzustellen, dass er sie beim Baden beobachtete. Ihr Herz schlug ihr bis zum Hals. Es bestand immerhin die Möglichkeit, dass sich ein Tier an sie herangeschlichen hatte. Das beruhigte sie nicht, weswegen sie lieber darauf hoffte, dass Hunter zurückgekehrt war und sich verdeckt hielt, was jetzt, wo sie darüber nachdachte, unsinnig wäre. Er hätte ihr längst geantwortet. »Hunter, bist du das?«

So gelassen wie möglich verließ sie den See und zog sich ihre Klamotten über. Trotz der Kälte hatte sie auf ein Bad nicht verzichten wollen. Seit Stunden waren sie durch den Wald gelaufen und sie fühlte sich dreckig und verschwitzt.

Sie bemühte sich, ihre Gedanken zu beruhigen. Als ein weiteres Knacksen ihre Aufmerksamkeit auf sich zog, drehte sie sich im Kreis und glaubte, einen Schatten zu erkennen. Hierbei handelte es sich definitiv nicht um ein Tier. Jemand beobachtete sie.

»Wer auch immer Sie sind, wenn Sie sich nicht augenblicklich zu erkennen geben, werde ich ...« Sie hielt inne. Ja, was hatte sie dann vor?

Hier war weit und breit niemand, und Hunter sorgte sich um Wichtigeres als um Tjara. Wenn sie jetzt jemand umbringen oder entführen wollte, hielte ihn keiner davon ab. Der Gedanke deprimierte sie und hätte es nicht ein weiteres Mal geknackst, wäre sie womöglich in die Hütte zurückgekehrt. Stattdessen lief sie in die Richtung, aus der das Geräusch gekommen war.

14.

Bisher hatte Sora gehofft, sich in Hunter getäuscht zu haben. Er diente ihr seit ihrer Geburt. Sie hatte gefleht, dass er seinen Schwur nicht gebrochen und eine andere Frau an sich herangelassen hatte.

Wie konnte sie sich nur so täuschen?

Unmöglich! Das konnte doch nicht sein!

Der Schlafmangel forderte seinen Tribut, anders ließ sich das, was sie gerade sah, nicht erklären. So etwas war in den letzten Jahrhunderten nicht einmal vorgekommen, es war schlicht und ergreifend nicht möglich.

Was entging ihr? Und warum rief diese Frau nach Hunter?

Sora lief um die Büsche herum, achtete darauf, nicht erneut auf einen Ast zu treten, und beobachtete die Fremde. Sie war definitiv real, so etwas hätte sie sich nicht in ihren kühnsten Träumen ausgemalt.

War sie der Grund, warum Hunter sie nicht fand?

Hatte er überhaupt nach ihr gesucht, und wo war er jetzt?

Sora verspürte einen schmerzenden Stich, der sich nicht zurückdrängen ließ. Die ganze Zeit hatte sie gehofft, dass er sie endlich fand. Dauernd hatte sie an ihn gedacht, er war der Grund, warum sie diese schrecklich einsamen und kalten Nächte durchgestanden hatte, und er vergnügte sich mit dieser Frau?

Das war nicht mal das Schlimmste daran, sondern, dass er es mit einer trieb, die Soras Zwilling hätte sein können.

Wut wich dem Schmerz, als sie hinter der Fremden aus dem Busch hervorkam und einen Pfeil spannte.

»Wenn Ihr Euch bewegt, werde ich Euch binnen Sekunden töten«, warnte sie die Frau.

Ihre Warnung wurde ernst genommen. Sie bewegte sich nicht, atmete nur in flachen Zügen.

»I-Ich weiß nicht, wer Sie sind, aber ich ...«

»Hunter«, unterbrach Sora sie knurrend. »Wo ist er?«

»Sind S-Sie- e-eine Freundin von i-ihm?«

»Das geht Euch nichts an, sagt mir nur, wo ich ihn finde!«

Statt einer Antwort schien die Frau zu grübeln. Sie wollte ihren Körper drehen, unterließ es aber, als Sora den Pfeil etwas fester gegen sie stieß, gerade genug, damit die Fremde wusste, dass sie nicht scherzte.

»Sie sind Prinzessin Sora, oder?«

Verwundert entspannte sie die Arme ein wenig. Woher wusste die Fremde das? Sie erinnerte sich an jedes Gesicht, dem sie einmal begegnet war, und an dieses würde sie sich definitiv erinnern. Die beiden hatten sich nie zuvor gegenübergestanden.

»Und wer seid Ihr?«

Jetzt hielt sie sich nichts mehr davon ab, sich umzudrehen. Sora sah sich selbst ins Gesicht, es war zu irreal, um es verstehen zu können. Absolut unmöglich, und trotzdem sahen sie sich an.

»Mein Name ist Tjara de Mondforté. Ich bin eine Freundin von Hunter.«

Ihr Chevalier hatte keine Freunde. Selbst mit den Rittern unterhielt er sich nur dann, wenn es notwendig war, trotzdem log diese Person ihr dreist ins Gesicht.

»Warum seid Ihr mit ihm unterwegs? Wo ist er?« Sie hielt den Pfeil auf das Herz der Frau gerichtet.

»Bitte nehmen Sie das runter, ich bin unbewaffnet und ungefährlich. Ich möchte Ihnen nichts tun.«

»Dann beantwortet meine Frage: Wo ist Hunter und warum seid Ihr mit ihm unterwegs?!«

»Er ist auf der Suche nach Ihnen.«

Missmutig zog sie die Brauen zusammen. Aber wenn er sie suchte, warum umgab er sich dann mit dieser Frau? Mist, das ergab doch gar keinen Sinn.

»Ich weiß nicht, was Ihr getan habt, damit er Euch gehorcht, aber Ihr gebt ihn mir zurück, sofort!«

»Zunächst einmal habe ich überhaupt nichts getan. Dass ich hier bin, ist auf seinem Mist gewachsen, und jetzt nehmen Sie endlich den Pfeil runter, ich habe bereits bewiesen, dass ich kooperiere«, brummte Tjara genervt, als hätte sie vergessen, wem sie gegenüberstand.

Sora vertraute ihr nicht. Alles an dieser Frau war ein Widerspruch in sich.

»Setzt Euch«, befahl die Prinzessin. Erst als Tjara auf einem der Steine Platz genommen hatte, ließ sie den Bogen sinken. Sie spürte Hunter. Sora konzentrierte sich auf das Schlagen seines Herzens, seinen Puls, der sich in ihrem widerspiegelte und sein Blut, welches durch ihre Adern floss. Die Bindung ermöglichte es ihr, ihn zu sich zu rufen, wenn sie genug Kraft dafür aufbrachte und sich Ruhe bot.

Die Funken flogen über, bereit, sich auf seine Gegenwart einzulassen.

Sie fühlte, dass er da war, denn ihr Körper beruhigte sich. In dem Moment, in dem er vor sie trat, waren sie wieder eine Einheit.

Sora öffnete die Augen. Ihn zu sehen, erleichterte sie ungemein und wäre sie nicht so verwirrt und sauer, befände sie sich längst in seinen Armen.

Stattdessen trat sie schnellen Schrittes auf ihn zu. Der Schlag in sein Gesicht hallte durch den Wald.

Hunter stand regungslos vor ihr.

»Jede Sekunde habe ich gefleht, du mögest mich endlich finden. Doch statt deiner Pflicht nachzukommen, vergnügst du dich mit einer Frau!«, knurrte sie. Tränen rannen ihr über die Wangen, bei dem Gedanken daran, dass sie jede Nacht allein in den Wäldern verbracht hatte. Auf der Flucht vor den Menschen, denen sie normalerweise vertraute, hoffend darauf, dass der

Einzige, der immer für sie da war, sie endlich fand. Doch die Wahrheit war eine völlig andere. »Hier und jetzt, sollte ich dich deines Kopfes entledigen!«

So oft war sie schon verletzt worden, doch dieser Verrat saß tiefer.

»Bitte, lasst es mich Euch erklären, Prinzessin.«

»Was könntest du mir sagen, dass ich nicht bereits weiß? Spricht ihre Anwesenheit nicht bereits Bände?« Anklagend zeigte sie auf Tjara. »Erspare mir deine Ausreden!«

»Ihr habt recht«, flüsterte er und kniete, den Kopf gesenkt. Wortlos nahm er das Katana aus seiner Scheide und hielt es Sora entgegen. »Bestraft mich, wie es Euch beliebt.«

Erlag er tatsächlich dem Glauben, dass ihn zu töten ihre Absicht war?

Den einzigen Menschen, der sie nicht verließ, obwohl er wusste, wie schrecklich sie sein konnte und nach der Krönung werden würde?

»Hunter, was tust du da?«, keuchte die Frau, bewegte sich aber besseren Wissens nicht vom Fleck. Er hob den Blick, schaute Sora voller Ernst in die Augen.

»Wenn Ihr glaubt, ich habe den Tod verdient, dann tut es. Es ist nicht Eure Pflicht, mir zu vergeben oder mich anzuhören.«

Sora war sich im Klaren, dass er alles mit sich machen lassen würde, ob verdient oder nicht. Damals hatte sie darin keinen Nachteil gesehen, doch je älter sie wurde, desto mehr nervte sie seine Unterwürfigkeit. Er war kein Haustier, dass sie herumschubste. Hunter war schon vor langer Zeit zu einem Teil ihrer Familie geworden.

Dennoch nahm sie das Katana an sich. Fest umschlang sie den Griff, sodass ihre Fingerknöchel weiß hervortraten.

»Das ist doch absoluter Blödsinn!« Tjara stellte sich schützend vor Hunter, die Arme vor der Brust verschränkt. »Er hat wirklich nichts getan, zwischen uns läuft nichts!«

»Verschwindet, sofort!«, knurrte Sora wütend.

»Damit Sie ihn töten können? Nein! Wir sind uns nur zufällig begegnet.«

»Tjara, das ist nicht Euer Anliegen«, hörte sie Hunter streng sagen.

Sora schaute Tjara in die Augen. Auch wenn Hunter scheinbar nichts für diese Frau empfand, beruhte das nicht auf Gegenseitigkeit.

»Geht mir aus dem Weg.«

»Werden Sie ihm etwas tun?«

Darauf antwortete sie nicht. Tjara nahm sich einige Minuten lang Zeit, ehe sie aus ihrem Sichtfeld trat.

Sora hob das Schwert über Hunters Kopf. Erneut senkte er ihn, bereit, sich töten zu lassen, so wie es sein Schwur verlangte. Mit einem Ruck ließ Sora das Katana niedersausen.

»Nein!«

Tjaras Schrei hallte durch die Berge.

Das Schwert schwang schnell hin und her. Hunter rührte sich nicht, bis Sora vor ihm auf die Knie fiel.

»Wie kannst du auch nur eine Sekunde glauben, ich könnte dich töten?«, schluchzte sie und verdeckte ihr Gesicht mit den Händen. Endlich hatte sie ihn zurück. Hunter schaute auf, als sie die Arme um ihn schlang.

15.

Tjara

Sie hatte die Bindung zwischen Sora und Hunter nicht verstanden, bis sie es mit eigenen Augen erlebte. Nicht nur, dass er ihr gehorchte, nein, er *gehörte* ihr. Mit Haut und Haaren, so wie er es gesagt hatte.

Bis eben hatte sie seinen Worten keine allzu große Bedeutung beigemessen, jetzt war es mehr als deutlich.

Sora schmiegte sich schluchzend in seine Arme und er erwiderte die Umarmung unbeholfen.

Kraftlos ließ Tjara sich ins Gras fallen und beobachtete die Zwei. Was die beiden miteinander hatten, ließ sich nur schwer in Worte fassen und sie fragte sich, ob sie mehr füreinander empfanden.

Liebten sie sich?

Während die Frage ihr Herz stocken ließ und ihren Magen dazu brachte, sich schmerzhaft zusammenzuziehen, dachte sie über ihre Zukunft nach. Jetzt, wo sie Prinzessin Sora gefunden hatten, konnte sie sich wieder auf ihren eigentlichen Plan konzentrieren. Sobald die Menschen sahen, dass es sich bei ihnen um zwei verschiedene Personen handelte, konnte sie ihr altes Leben weiterführen.

Tjara versuchte, sich ihren Schmerz nicht ansehen zu lassen. Dass sie ihn überhaupt empfand, verblüffte sie. Sie und Hunter kannten sich nicht lange genug, als dass es logisch war, etwas für ihn zu fühlen.

Leise schlich sie davon, um den beiden ihre verdiente Ruhe zu lassen. Hunter würde ihr später alles erzählen.

Tjara erinnerte sich an den Rückweg zur Hütte. Auf dem Weg dorthin zerrupfte sie einige Blätter und verteilte sie zerkleinert auf dem Boden. Sobald sie das Holzhäuschen betrat, atmete sie tief durch. Ausgelaugt ließ sie sich vor dem Bett auf den Boden fallen und grübelte.

So herzlich und unterwürfig hatte sie Hunter bisher nicht erlebt. Bereit, sein Leben zu geben, als sei es nichts wert. In dem Moment, in dem Sora das Schwert hatte sinken lassen, glaubte Tjara fest daran, dass es Hunter den Kopf abtrennen würde.

Sie verbrachte eine Ewigkeit damit, sich über unnützen Kram Gedanken zu machen, bis die Tür aufglitt. Sora und Hunter betraten die Hütte schweigend, beide schauten sie Tjara an.

Diese hielt den Blick auf den Boden gesenkt. Sie konnte sie nicht anschauen, nur um festzustellen, dass sie perfekt füreinander waren.

»Tjara«, richtete Sora das Wort an sie und kam ihr näher. Neben ihr setzte sie sich auf den Boden. »Hunter hat mir erzählt, was geschehen ist.«

»Wie schön«, murmelte sie und spielte an ihrem Pullover.

»Zudem hat er mir gesagt, was Ihr vorhabt. Es tut mir leid, Euch sagen zu müssen, dass aus diesem Plan nichts werden kann.« Jetzt schaute sie auf.

»Was soll das heißen?« Dieses Mal wurde sie wütend. »Ich bin nicht tagelang durch den Wald gelaufen, um mir das anzuhören!« Da es ihr nicht gelang, stillzusitzen, sprang sie auf und lief umher. »Nur so kann ich in mein altes Leben zurückkehren.«

»Selbst wenn Ihr Euch mit mir der Öffentlichkeit offenbaren solltet, wird das die Menschen nicht davon abhalten, Euch zu belästigen.«

»Also, was dann? Soll ich einfach aufgeben?« Wofür hatte sie all diese Strapazen auf sich genommen, etwa, um sich diesen Mist anzuhören? Es war nicht die Entscheidung der Prinzessin, oder Hunters. »Ich werde wieder nach Hause gehen, noch heute!« Sie packte ihre Sachen zusammen, stopfte alles wütend in die Tasche. Sora kam auf die Beine.

»Bestimmt ist Euch aufgefallen, dass mein Volk nicht gut auf mich zu sprechen ist.«

»Das ist Ihr Problem.«

»Nein, es ist auch Eures. Mit Eurem Auftauchen wurden wichtige Fragen gestellt, die es bisher noch nie gab.«

»Das ist doch Schwachsinn!«

Das musste sie sich nicht anhören. Alles, was sie wollte, war, zu ihrer Familie zurückzukehren.

Ihre Eltern hatten bestimmt schon mitbekommen, was vor sich ging und wenn nicht, hatte Mira sich längst verplappert.

»Ihr könnt natürlich versuchen, zurückzukehren, doch ich befürchte, dass Euch das nicht gelingen wird. Vorher wird sich ein wildes Tier Eurer angenommen haben. Oder ... Ihr begleitet uns.«

»Was soll mir das bringen?«

»Ihr wäret in Sicherheit.«

»Der einzige Grund, warum ich es nicht bin, sind Sie und Hunter. Ich habe mich jetzt wirklich lange genug ...«

Tjara wollte zurückweichen, als Sora ihr plötzlich näherkam, doch diese hielt ihr Handgelenk fest und brachte ihre Lippen an Tjaras Ohr.

»Ich weiß, dass Ihr ihn mögt.«

Lächelnd ließ sie Tjara los, die durch den plötzlichen Haltverlust zurücktaumelte und auf dem Bett landete. *War es denn so offensichtlich?* »Ich kann Euch zwar nicht dazu zwingen, Euch uns anzuschließen, aber es wäre das Beste, glaubt mir.«

Tjara verstand nicht, was Sora damit bezweckte. Vorhin hatte sie Hunter noch bestrafen wollen, weil sie glaubte, zwischen ihm und Tjara wäre etwas gelaufen und jetzt forderte die Prinzessin sie auf, sich ihnen anzuschließen? Was bezweckte sie damit?

Den Blick auf Hunter gerichtet, dachte sie nach. Was würde passieren, wenn sie ohne Sora zurückkehrte? Die Prinzessin hatte eindeutig nicht vor, sie zu begleiten, demnach würden die Menschen sich erneut auf sie stürzen, sobald sie in die Stadt zurückkehrte, und womöglich verstauchte sie sich dabei nicht nur den Knöchel. Doch es widerstrebte ihr, mit den beiden zu gehen und mit anzusehen, wie sie ihre Bindung auslebten. Das ertrug sie nicht. Genauso wenig wollte sie aber sterben.

»Wohin werden wir dann gehen, und komme ich jemals wieder nach Hause?«

»Ich verspreche Euch, sobald ich alles geregelt habe, werde ich Euch sicher nach Hause geleiten und wir werden dieses Missverständnis aufklären.«

Tjara kniff die Augen zusammen. Sollte sie ihr vertrauen? Andererseits war sie auch Hunter gefolgt und ihn hatte sie nicht besser gekannt. Selbst jetzt umgab diesen Mann ein Geheimnis, das zu teilen er scheinbar nicht bereit war.

»Unser Ziel?«

»Habt ihr jemals von Alt-Tirathea gehört?«

Sie überlegte. Soweit sie sich erinnerte, drehten sich um die Stadt unzählige Legenden. Es hieß, die erste Königin Tiratheas habe das Land gespalten. Dort lebten die Verstoßenen und ältesten Menschen der Welt.

Andere Geschichten erzählten von Magie und Unsterblichen. Aber all das waren nur Erzählungen. Tjara glaubte nicht an die Kunst der Zauberei. »Was werden wir dort tun?«

»Bis ich weiß, wie ich meinem Schicksal entgehen kann, werden wir dort um Zuflucht bitten.«

»Die Krönung?«

Für einen Moment sah Sora traurig aus, doch dieser Eindruck verflog in Windeseile und sie wirkte eher gehetzt.

»Wir sollten uns sofort auf den Weg machen.« Ohne ein weiteres Wort verließ die Prinzessin die Hütte. Hunter folgte ihr.

Tjara hatte gehofft, dass die Wanderung durch den dichten Wald endlich ein Ende gefunden hatte. Seit Stunden liefen sie in eine einzige Richtung und als Hunter sie am Weitergehen hinderte, wusste sie, dass etwas nicht stimmte.

Sora ging sofort in Kampfstellung.

»Wer ist das?«, wollte Tjara wissen, bekam aber keine Antwort.

Die Prinzessin und Hunter hatten ihre Augen auf die Männer gerichtet, die allmählich auf sie zukamen. Sie sahen aus wie ... Ritter?

Sie gehörten zum Königshaus, vor ihnen hatten sie sich schonmal versteckt.

»Prinzessin, bitte kommt heraus.«

Sie waren gesehen worden.

»Was ist los?«, flüsterte sie. Von Sekunde zu Sekunde sah Sora panischer aus. Ihr Blick richtete sich auf Tjara.

»Sie wollen mich zurück in den Palast bringen.«

Es fiel Tjara schwer, zu verstehen, warum Sora sich mit Händen und Füßen dagegen wehrte, Königin zu werden, aber im Grunde konnte ihr das auch egal sein.

Es war Sora, die zuerst aus ihrem Versteck trat.

»Ihr bleibt hier, rührt Euch nicht vom Fleck!«, wies Hunter sie scharf an, ehe er ebenfalls hinter dem Baum hervorkam.

Tjara ließ sich auf die Erde fallen. Was zum Teufel wurde hier gespielt, und warum verheimlichten sie es vor ihr?

»Johan, kehrt zurück und richtet meinem Bruder aus, dass ich nicht folgen werde. Ich kehre dem Thron den Rücken.«

»Wie könnt Ihr so etwas sagen?! Und ihr! Es war Eure Aufgabe, die Prinzessin wohlbehalten zurückzubringen, nicht, sie vor uns zu verstecken!«

Der Mann sprach mit Hunter, doch dieser erwiderte nichts darauf.

»Bitte lasst das nicht in einem Kampf enden, Johan. Kehrt zu meinem Bruder zurück und überbringt ihm die Nachricht.«

»Also ist es wahr?« Er klang erschüttert. »Ihr habt Euch wirklich von Hunter berühren lassen?«

Tjara hielt den Atem an. Am liebsten hätte sie sich die Hand gegen den Kopf geschlagen. Gottverdammt, das hatte sie vollkommen vergessen. Die Medien hatten vor Beginn ihrer Flucht auf allen Kanälen verkündet, die Prinzessin und Hunter hätten ein Verhältnis.

»Wovon sprecht ihr?«, fragte Sora und ihrer Reaktion nach folgerte Tjara, dass Hunter ihr dieses eine Detail verschwiegen hatte.

»Ihr wurdet gesehen. Wie könnt Ihr Euer Erbe so einfach wegwerfen, ihm Euch einfach so darbieten! Ihr seid unsere Königin!«

»Dann hört jetzt auf mich und geht!«, erwiderte Sora aufgebracht. Für Tjara klang es nicht, als endete dieses Gespräch mit einer Versöhnung und Einverständnis.

»Es tut mir leid, Prinzessin, doch das kann ich nicht. Der Befehl Eures Bruders lautet, Euch zurückzubringen und Hunter zu eliminieren, sollte er uns nicht ebenfalls begleiten oder uns davon abhalten, Euch nach Hause zu geleiten.«

Tjara wusste, dass der Kampf begonnen hatte, als Schwerter aus ihren Scheiden gezogen wurden. In diesem Moment wurde ihr klar, dass sie hier nicht sicher war. Schnell richtete sie sich auf und lief los. Doch sie kam nicht weit. Abrupt rannte sie gegen etwas Hartes und landete unsanft auf dem Boden.

»Wohin des Weges?«

Erschrocken schaute sie auf. In dem Moment, in dem sie den Krieger ansah, wich ihr sämtliche Farbe aus dem Gesicht. Der Mann hockte sich vor sie und grinste höhnisch. »Interessant« murmelte er und legte den Kopf schief. Tjara kam nicht umhin, ihn anzustarren. Er sah fürchterlich aus. Eine riesige, gezackte Narbe zog sich quer über sein Gesicht und ließ die rechte Seite seiner Lippen hässlich nach unten fallen.

Es stand in krassem Gegensatz zu den kurzen, blonden Haaren. Gänzlich in Leder gekleidet, trug er, ebenso wie Hunter, einen Gürtel mit allerlei Waffen und sie war sich sicher, dass er jede davon einzusetzen wusste. Tjara sah auf, als er sprach. »Noch ehe Ihr den Versuch gestartet habt zu flüchten, habe ich Euch in zwei Hälften geteilt. Sagt mir Euren Namen.«

»Nein«, keuchte sie.

»Dann werde ich es eben aus Euch herausquetschen müssen.«

Tjara schrie auf, als er sie packte und mit sich riss. Der Kampf weiter vorne war bereits in vollem Gange. Sie wurde zu Boden gestoßen. Schmerz sauste durch ihren Körper. Keuchend richtete sie sich auf, hielt sich den blutenden Arm und begegnete Hunters Blick. Für einen Moment schien die Welt still zu stehen und dann erfassten seine Augen ihre Wunde.

Wut mischte sich in seine besorgte Miene und es war, als kontrolliere sie ihn. Ohne zu zögern, zückte Hunter sein Katana und stürmte auf den Ritter, der Tjara in seiner Gewalt hatte, zu. Dieser hingegen blieb an Ort und Stelle stehen und zog unbeeindruckt seine Waffe. Schüsse lösten sich daraus, doch Hunter wich ihnen in fast übernatürlicher Geschwindigkeit aus.

Dem Krieger stand die unbändige Wut ins Gesicht geschrieben. Achtlos ließ er die Knarre zu Boden fallen und zog sein Schwert, womit er Hunters erstem Schlag entgegenwirkte. Dem nächsten Hieb wich er jedoch nicht schnell genug aus. Das Katana traf ihn oberhalb des Armes und verschaffte ihm eine tiefe Wunde, die sich binnen Sekunden wieder schloss. Stünde ihm seine Arroganz nicht im Weg, hätte man von Glück sprechen können, dass er seinen Arm nicht verloren hatte. Doch wichtiger war die Tatsache, dass seine Wunde sich in Luft aufgelöst hatte! Wie war das möglich?

Tjara kauerte auf dem Boden, die Augen auf den Kampf gerichtet, der sich ihr bot. Sora, die sie auf die Beine zog und von dem Gefecht wegführte, befreite Tjara aus ihrer Trance.

»Bleibt hier und rührt Euch nicht vom Fleck!«

So schnell wie sie gekommen war, schloss sie sich wieder dem Kampf an. Schmerzvoll verzog Tjara das

Gesicht, als sie die Hand über ihre Wunde legte und fest zudrückte. Keuchend ließ sie sich an dem Baum hinabgleiten und inspizierte sie. Anfangs war ihr gar nicht aufgefallen, wie schlimm sie war. Bei ihrem Sturz hatte sie sich den Unterarm aufgeschnitten und blutete. Ihre Hand leistete nicht genug Widerstand, um die Blutung zu stoppen.

Vor ihren Augen verschwamm alles. Sie sah, wie Sora gegen die Ritter kämpfte, die sich mehr Mühe gaben, sie nicht zu verletzen. Das erleichterte ihr den Kampf ungemein. Jedem der Krieger verpasste sie zwei Pfeile, welche sie auf die Knie zwangen.

Sie hatte nicht vor, die Garde ihres Bruders zu töten, das wurde Tjara beim Zuschauen klar. Ihr Ziel war es lediglich, sie soweit außer Gefecht zu setzen, dass sie ihr nicht mehr folgen konnten.

Bei Hunter und dem Krieger sah das anders aus. Durch den Schleier, der sich allmählich auf ihre Augen legte, sah Tjara, wie der Blonde sich über Hunter beugte und versuchte, ihm die Klinge in die Brust zu jagen.

Hunters Hände bluteten bei dem Versuch, das glänzende Metall aufzuhalten. Wie eine Bestie riss er das Schwert beiseite, warf den Mann von sich und kam wieder auf die Beine. Schneller als sein Gegner bekam er die Klinge zu fassen und zerbrach sie. Er verpasste ihm einen Tritt in die Magengrube, die ihn mit einer unglaublichen Wucht gegen den nächsten Baum schleuderte.

Dennoch lachte der nur und zog einen Dolch. Statt jedoch erneut auf Hunter loszugehen, richteten sich seine Augen auf Sora, die gegen Johan einen unerbittlichen Kampf führte. Ehe Hunter reagieren konnte, war der riesige Krieger schon zu der Prinzessin geeilt, schloss sie von hinten in seine Arme und hielt die Klinge an ihren Hals gedrückt.

»Elay, nein!«, schrie Johan.

»Die Prinzessin kommt mit uns!«, verkündete er, sodass ihn jeder hörte. Tjara versuchte, sich aufzurichten und fiel wieder hin. Verdammt, sie verlor zu viel Blut.

Vor ihren Augen färbte sich die Welt immer dunkler. Sie durfte nicht einschlafen. Sämtliche Blicke richteten sich auf sie, als sie erneut den Versuch wagte, auf die Beine zu kommen.

Ihr Fuß rutschte und sie fiel vorwärts. Sie landete in Hunters Armen, erkannte es an seiner Wärme, die sie schon einmal gespürt hatte.

Keuchend sah sie auf. Die Farbe seiner Augen veränderte sich. Oder Tjaras Kopf spielte ihr erneut einen üblen Streich. Kraftlos lehnte sie sich gegen seine Brust. Sein Herzschlag war beschleunigt und er atmete unregelmäßig. Was als Nächstes geschah, bekam Tjara nicht mehr mit, die Welt färbte sich schwarz und sie fiel.

Hunter

Ohnmächtig lag sie in seinen Armen. Er hätte sie sofort in Sicherheit bringen sollen, doch Hunter war wie festgefroren.

Blut quoll aus der Wunde, die ihr zugefügt worden war, und benebelte Hunters Sinne.

Der Duft von Rosen schlich sich in seine Nase und entzog ihm die Kontrolle, die er so unbedingt benötigte, um Sora aus Elays Fängen zu befreien und die Frauen hier wegzubringen.

»Interessant«, gab der Mistkerl von sich. Hunter wusste, dass jeder ihn sehen konnte und sobald er sich ihnen zuwandte, würden auch sie das Monster sehen, dass er immer mit Mühe und Not zurückdrängte. Aber das war jetzt egal.

Er musste Prinzessin Sora retten.

Mit pochendem Herzen lehnte er die schlafende Tjara gegen einen Baum und drehte sich um. Er hörte, wie die Menschen den Atem scharf einsogen. Sora starrte ihn entsetzt an. »Endlich zeigst du dein wahres Gesicht, Monster!«, knurrte Elay.

Achtlos stieß er die Prinzessin beiseite. Sein Blick ruhte auf Tjara.

Sie war sein Ziel, ihr Blut.

Auch ihn ließ es nicht gänzlich kalt. Er leckte sich über die Lippen und grinste.

»Verschwinde, solange du noch kannst!«, stieß Hunter wütend hervor. Elay gab nichts auf die Warnung, stattdessen fuhr er seine eigenen Fänge aus.

»Nicht, ohne wenigstens einmal von ihr gekostet zu haben!« In übermenschlicher Geschwindigkeit kam er auf Hunter zu. Metall knallte auf Metall. Der ließ das Monster in sich frei. Gegen Elay hatte er nur eine Chance, wenn er dieser Seite von ihm erlaubte, ihn zu beherrschen.

»Du wirst nicht einmal in ihre Nähe kommen!«

»Wer will mich daran hindern, du etwa?« Er stieß Hunter zurück, ließ das Schwert fallen und zog die Sig aus ihrem Halfter. Die Geschosse trafen ihn in den Brustkorb, doch er blieb stehen. Wenn er sich rührte, würden sie Tjara durchbohren.

Hunter eröffnete ebenfalls das Feuer auf den Vampir. Dieser wich den Geschossen aus, so gut es ihm möglich war, und kam auf einem höher gelegenen Ast der umherstehenden Bäume zum Stehen. Entsetzt starrten die Ritter zu ihm auf.

Sie hatten sein wahres Gesicht bis heute nicht gekannt, genauso, wie ihnen Hunters Natur verborgen geblieben war.

»Ich werde dich jagen. Dich und jeden, der es wagt, sich dir anzuschließen. Und ich werde nicht ruhen, bis ich jeden einzelnen von Euch zerfleischt habe!«

Schneller als Hunters Augen es erfassen konnten, verschwand Elay zwischen den Bäumen.

Ruhe kehrte ein.

Hunter spürte, wie sein Fleisch den Versuch startete, sich selbst zu heilen, doch die Kugeln mussten vorher aus seinem Körper raus.

Keuchend schritt er auf Sora zu. Statt panisch vor ihm davonzulaufen, blieb sie stehen und starrte ihn an.

»Geht es Euch gut?«, fragte er, den Blick auf ihren Hals gerichtet. Elay hatte sie nur angeschnitten. Innerhalb weniger Tage wäre die Wunde wieder geschlossen. Sora ließ den Blick über seinen Körper wandern. Mit jedem Einschussloch, das sie erblickte, wurden ihre Augen größer, bis sie ihm wieder ins Gesicht schaute.

»Und dir?«

»Wir müssen hier weg«, überging er ihre Frage und drehte sich zu den Rittern, die ihn verängstigt anschauten. Nur Johan schien nicht allzu überrascht. »Ich werde jeden einzelnen von Euch in Stücke reißen, solltet Ihr es wagen, uns zu folgen«, sagte Hunter an den Anführer gewandt. »Richtet dem König aus, dass ich Prinzessin Sora zur gegebenen Zeit zurückbringen werde. Unversehrt und bereit, den Thron zu besteigen.«

»Hunter, wag ...«

»Ruhe!«, knurrte er sie an. Es war das erste Mal, dass er sich gegen sie auflehnte. Jetzt zählte nur ihre Sicherheit. Sora musste klar sein, dass sie vor ihrem Schicksal nicht fliehen konnte. Wieder schaute er zu Johan. »Mit Gewalt werdet Ihr nicht weit kommen, das sollte mittlerweile selbst Euch klar sein.«

»Wie lange werdet Ihr brauchen?«

»Am Tag der Krönung wird Prinzessin Sora anwesend sein, wann ich sie zum Palast führe, werdet Ihr geduldig abwarten müssen.«

Hunter sah Johan an, dass er dieser Abmachung nicht zustimmen wollte. Wahrscheinlich hätte er ihm für diese Frechheit am liebsten sofort den Kopf abgeschlagen.

»Wir erwarten Eure Ankunft. Diese Frau werdet Ihr mitbringen!« Er zeigte auf Tjara und sein Ton duldete keinen Widerspruch. Hunter antwortete nicht darauf, stattdessen kehrte er zu Tjara zurück und hob sie auf seine Arme.

16.

Hunter

Sie erreichten die Heilige Stadt gegen Mitternacht. Bis jetzt war Tjara nicht aus ihrer Ohnmacht erwacht. Sora hatte zwar einen Verband um die Wunde gelegt, um die Blutung zu stillen, doch Hunter roch, dass es nicht getrocknet war.

Jetzt blieb nur zu hoffen, dass die Magie dieser Stadt Tjara Linderung verschaffte und sie endlich aufwachte. Hunter hielt vor der Schutzmauer, welche die Stadt umgab. Ob sie eingelassen wurden oder nicht, lag an Sora. Nur sie konnte den Großmeister davon überzeugen, reine Absichten zu hegen.

Orion war der mächtigste und älteste Magier der Welt und schützte das Reich mit seiner großen Macht. Kaum ein Mensch schaffte es durch seine Barriere. Nur wer reinen Herzens war und die besten Absichten legte, dem wurde Einlass gewährt.

Hunter wusste, dass er nur hereinkam, wenn Sora sich für ihn verbürgte und Tjaras Ohnmacht schützte sie.

Als seine Prinzessin sich hinkniete, trat Hunter einige Schritte zurück, sodass die Magie des Großmeisters nur sie allein erfassen würde.

Die Hände überkreuzt auf ihren Oberschenkel gelegt, beugte sie sich so weit nach unten, dass ihre Stirn den Boden berührte.

Hunter hasste es, sie so zu sehen, doch wer um Einlass bat, musste dem Meister Respekt zollen. Ihm war egal, aus welchem Hause man stammte, ob arm oder reich, Bauer oder König. Für ihn zählte nur die Güte, die in den Herzen der Menschen regierte.

»Wer seid ihr?«, erklang die tiefe Stimme.

Sora blieb verbeugt.

»Ehrwürdiger Orion, mein Name ist Sora Tirathea, ich erbitte Euch um Einlass für mich und meine Begleiter.«

Die Barriere, welche vorher unsichtbar war, erstrahlte in kühlem Blau, ein Zeichen, dass er sie sah.

»Ihr wagt es, mich um Schutz zu bitten, wo es doch Eure Vorfahren waren, welche uns verbannten?!« Erbost wechselte die Barriere in ein dunkles Violet. Sie passte sich seinen Emotionen an.

»Und doch waren es meine Vorfahren und nicht ich, die Euch dieses Übel auferlegt haben. Ich flehe Euch an, uns hereinzulassen. Wir sind auf der Flucht vor den Männern des Königs.«

Hunter senkte den Blick auf Tjara.

Ihre Augen blieben geschlossen, doch ihr Körper rührte sich zaghaft.

Den weiteren Verlauf des Gesprächs bekam er nicht mit, er hörte nur, wie Orion sie herein lies. Die Tore öffneten sich einen winzigen Spalt. Sora kam sofort auf die Füße. Hunter folgte ihr in die Stadt.

Sobald sie durch die Barriere getreten waren, erblühte das Leben.

Überall liefen Menschen herum, Häuser erstreckten sich bis in den Himmel. Wo zuvor nur brachliegendes Land gewesen war, breitete sich Alt-Tirathea in seiner ganzen Pracht aus.

Hunter hatte die Geschichten, welche sich um die Stadt rangen, gehört, doch es mit eigenen Augen zu erleben, versetzte sogar ihn ins Staunen.

Die Magier-Gemeinschaft war einmal verstoßen worden, aus Angst, sie könnten sich gegen die Könige auflehnen. Doch Orion hatte sein Volk stets im Griff.

»Wir werden ein Zimmer mieten, damit Tjara sich ausruhen und wieder zu Kräften kommen kann«, wies Sora ihn an.

Schweigend folgte er ihr durch die Stadt. Je weiter sie vordrangen, desto mehr Blicke richteten sich auf sie. Jeder wusste, dass sie nicht hierhergehörten.

Etwa in der Mitte der Stadt hielt Sora an und betrat eine Taverne mit dem Namen *zum Phönix*. Krüge wurden aneinandergeschlagen, die Menschen unterhielten sich lautstark und lachten, bis sie Sora erblickten. Eine seltsame Ruhe legte sich über den Raum.

Sie ließ sich nicht beirren und lief auf den Barkeeper zu, der als Einziger so aussah, als hätte er hier etwas zu sagen.

»Was führt eine Prinzessin in unsere Stadt?«, fragte er, wenig erfreut darüber, sie zu sehen.

»Die Suche nach einer Unterkunft«, antwortete sie.

»Besitzt Ihr nicht ein ganzes Schloss?«

Die Umherstehenden lachten.

»Meine Freundin ist schwer verletzt. Wir brauchen dringend eine Unterkunft«, ignorierte sie sein Gespött und zeigte auf Tjara.

»Tut mir leid, unsere Zimmer sind voll.« Er wandte sich von ihr ab und bediente weiter seine Gäste. Hunter platzte der Geduldsfaden.

Wenn Tjara nicht schnell verbunden wurde, verlor sie noch mehr Blut und das bedeutete womöglich ihr Ende. Sorgsam darauf bedacht, sie nicht zu verletzen, platzierte er sie auf einem der Stühle und sprang in einem Ruck über die Theke.

Sora blieb derweil an Tjaras Seite, als er den Mann am Hals packte.

»Spielt keine Spielchen und gebt uns das verdammte Zimmer. Für derlei Unfug haben wir keine Zeit, oder wollt Ihr für den Tod einer unschuldigen Frau Sorge tragen?!«, knurrte er.

Männer erhoben sich, um dem Barkeeper zur Hilfe zu eilen, doch er hob die Hand und hielt sie damit zurück. Nicht dass er das hätte tun müssen.

Jeden einzelnen von ihnen konnte Hunter ohne großen Tumult töten.

»Lasst mich los.«

Er tat es und trat zurück. Der Barkeeper richtete seine Kleidung. Auf Hunter wirkte er nicht wie jemand, dem dieser Laden gehörte.

»Wo ist Euer Boss?«, verlangte er zu wissen.

»Beschäftigt.«

Ehe Hunter erneut auf ihn zutrat, hob er die Hände. »Ich gebe Euch ein Zimmer. Für diese Nacht könnt Ihr bleiben, und ich werde Euch einen Arzt schicken. Doch morgen müsst Ihr raus.«

»Wo ist der Wirt, wann werde ich mit ihm sprechen?«, verlangte Sora zu wissen.

»Vergesst es. Er wird Euch nicht länger Unterschlupf gewähren als unbedingt nötig.« Schnell kramte er in einer Schublade und warf Hunter einen Schlüssel zu. »Und jetzt geht.«

Der Arzt kam eine Stunde später und inspizierte die Wunde mit großer Sorgfalt, während Sora und Hunter ihn dabei mit Argusaugen überwachten.

Als er fertig war, erhob er sich und reichte Sora eine kleine Schatulle.

»Tragt das zwei Mal am Tag um die Wunde herum auf, dann sollte die Entzündung wieder vergehen.«

»Danke schön. Was hat sie?«

»Es sieht aus, als hätte sie sich an einem spitzen Gegenstand geschnitten. Die Wunde hat sich entzündet.«

»Sie hat viel Blut verloren.«

»Ich glaube weniger, dass der Blutverlust schuld an der Ohnmacht Eurer Freundin ist. Hatte sie in letzter Zeit viel Stress und wenig Schlaf?«

Hunter kam Sora zuvor und nickte.

»Das erklärt es. In den nächsten Tagen sollte sie Stress vermeiden und viel schlafen. Wenn die Entzündung durch die Kräuter nicht verschwindet, kontaktiert mich.«

Er verabschiedete sich von ihnen und verschwand durch die Tür.

Sora ließ sich auf das freie Bett fallen. Tjara würde es bald wieder gut gehen, doch wann würde sie aufwachen? Sie schlief schon seit Stunden.

»Ich stehe vor der Tür, solltet Ihr etwas benötigen.«
»Warte.«
Hunter war nicht erpicht darauf, Fragen zu beantworten. Er wusste, dass Sora so einige davon quälen mussten, doch er konnte ihr keine Antworten liefern. Also wünschte er ihr eine entspannte Nacht und verließ das Zimmer.

Tjara

Sie träumte von grauen, undurchdringlichen Augen, vollen Lippen und muskulösen Armen, als Stimmen sie daraus entführten. Tjara wehrte sich gegen den Griff, doch sie schaffte es nicht.
Grelles Licht ersetzte den Mann, dem sie in die Augen schaute.
Langsam blinzelte sie, versuchte, sich an die Helligkeit zu gewöhnen. Ihr Körper schmerzte, sie war so furchtbar müde. Jede einzelne Faser in ihr wehrte sich, als Tjara sich aufzurichten versuchte. Warme Hände halfen ihr sanft dabei. Ihr Kopf pochte, als wäre sie gegen eine Wand gelaufen. Nur bruchstückhaft erinnerte sie sich an die Geschehnisse.
Da war der Kampf gegen die Ritter des Königs gewesen. Auf Hunters Befehl hin war sie in Deckung geblieben, doch als es losgegangen war, hatte sie flüchten wollen. Tjara erinnerte sich an die riesige Gestalt, die vor ihr erschienen war, und riss die Augen auf.
Gott, ihr Kopf brachte sie um.
»Tjara, hey«, flüsterte eine weibliche Stimme. Sie schaute auf und blickte geradewegs in meerblaue Augen. Sora sah sie besorgt an.
»Was ist passiert?«
»Woran könnt Ihr Euch erinnern?«
Bei dem Versuch, ihre Erinnerungen abzurufen, machten sich die Kopfschmerzen erneut bemerkbar. Das

Letzte, woran sie sich erinnerte, war, dass Hunters Augen sich verändert hatten.

Erschrocken schaute sie auf und suchte nach ihm. Er stand an der Tür und beobachtete sie eingehend.

»Tut mir leid, ich weiß es nicht mehr«, log sie. Lieber stellte sie sich unwissend, als dass sie wie eine Verrückte klang.

»Ihr seid umgekippt. Der Arzt meinte, Eure Wunde habe sich entzündet und diese Kräuter hiergelassen. Ihr sollt sie zwei Mal täglich auftragen«, erklärte Sora und reichte ihr eine kleine Schatulle.

Tjara roch daran und hustete. Gott, wie das stank.

»Danke.« Sie ließ den Blick durch den Raum schweifen. »Wo sind wir hier?«

»Alt Tirathea«, gab Hunter von sich und stieß zu ihnen. Fest sah sie ihm in die Augen. Kein Anzeichen, dass sie sich veränderten, doch sie war sicher, es sich nicht eingebildet zu haben.

»Du sagtest, du suchst einen Weg, deinem Schicksal zu entkommen. Warum hast du solche Angst, den Thron zu besteigen?«

Plötzlich wirkte Sora bedrückt. Sie nahm neben Tjara Platz. Einen winzigen Moment sah es so aus, als öffne sie sich, doch sie zog die Mauern zu schnell wieder hoch, als dass sie auch nur einen Funken ihres Innenlebens preisgegeben hätte.

»Ruht euch noch ein wenig aus. Wir werden den Wirt der Taverne aufsuchen.«

»Ich habe wirklich mehr als genug geschlafen.«

Sora half ihr, sich aufzurichten. Es dauerte einige Zeit, bis sie, ohne zu wackeln, stehen konnte.

Sobald sie das Zimmer und das obere Stockwerk verlassen hatten, richteten sich etliche Augenpaare auf sie. Hunter und Sora schien es nichts auszumachen, doch Tjara hasste es, im Mittelpunkt zu stehen, nicht, dass sie davon ausging, die Menschen schenkten ihr die Aufmerksamkeit. Jeder von ihnen wusste, wer Sora war.

Sie hielten an der Bar. Tjara beobachtete den Barkeeper, wie er die Augen verdrehte und sich wenig begeistert zu ihnen herumdrehte. Er beäugte Tjara missmutig, ehe er zu Sora schaute.

»Offenbar geht es Eurer Freundin wieder gut, also tut Euch einen Gefallen und verschwindet.«

»Wo ist der Herr des Hauses? Wir wollen uns für die Gastfreundschaft bedanken«, überging Sora ihn und lehnte sich gegen die dunkle Theke.

»Das wird kaum nötig sein.«

»Dennoch bitte ich darum.«

Er sah nicht begeistert aus. Tjara hatte keinen Schimmer, was hier los war. Sie hatte erwartet, dass die Menschen dieser Stadt ihre Lage verstehen und ihnen helfen würden. Doch sie betrachteten Sora mit demselben Misstrauen, welches das Volk Tiratheas ihr entgegenbrachte.

Der Mann schien zu ahnen, dass sie ihn nicht in Ruhe lassen würde. Genervt legte er das Tuch beiseite, mit dem er die Gläser trocknete und kam hinter der Bar hervor. Eilig lief er an ihnen vorbei.

Er führte sie durch eine Tür unter den Treppen, einen langen Flur entlang. Erst jetzt vernahm Tjara laute Musik und Bässe. Der Mann klopfte gegen die Tür. Eine Luke öffnete sich.

»Ich muss zum Boss«, sagte er in hartem Tonfall.

Tjara erinnerte sich an das Dragns Heavn, in das Mara sie vor wenigen Tagen geführt hatte.

Bässe und Musik dröhnten ihr in den Ohren, schüttelten ihren Körper auf eine Art, die sie kannte. Doch die Stimmung hier war anders. Es wurde getanzt und wie sie sehen konnte, gab es männliche wie weibliche Stripper.

Die Musik hier war jedoch härter, gefährlicher.

Sie gab sich Mühe, mit den anderen mitzuhalten, doch das Geschehen fesselte sie. Dunkelrotes Licht flutete den Raum und verlieh den Ereignissen etwas Erotisches.

Menschen drängten sich an Tjara, Hände griffen nach ihr, während sie versuchte, vorwärtszukommen. Eine Frau stellte sich ihr in den Weg und schnitt sie von den anderen ab. Lächelnd schlängelte sie sich um Tjara.

Diese erschrak, als sich zwei Hände um ihre Hüften schlangen und sie von dort wegführten. Verwirrt schaute sie auf. Hunter sah wenig begeistert aus. Den Blick stur geradeaus gerichtet, lief er mit ihr weiter.

Sie verließen die Mitte und kehrten der tanzenden Menge den Rücken. Vor zwei hünenhaften Kerlen in schwarzer Kleidung blieben sie stehen. Eine Absperrung hinderte sie am Weitergehen.

Zu klein, um etwas zu sehen, lehnte Tjara sich zurück, wobei sie völlig vergaß, dass Hunter hinter ihr stand. Sogar mehr als das, seine Hände verweilten noch immer an ihrer Hüfte.

Sich plötzlich der Berührung bewusst geworden, begann ihr Körper zu glühen. Sie erinnerte sich an seinen Atem, der ihren Hals streifte. Die Wärme seiner Finger, seine Zärtlichkeit.

Röte legte sich auf ihre Wangen, zum Glück war sie in dem schummrigen Licht nicht zu sehen.

Nach einem Gespräch zwischen ihrem Begleiter und den Männern wurden sie hindurchgelassen. Gemeinsam traten sie durch den VIP-Eingang, wie sie bemerkte, und blieben vor einer großen, schwarzen Couch stehen. Um besser sehen zu können, trat Tjara beiseite.

Hunter folgte ihr.

Sie wusste nicht, was er beabsichtigt hatte, schließlich diente er Sora und war es nicht sie, die er beschützen sollte?

Die Musik war zu laut, als das Tjara ein Wort verstanden hätte, und die Gruppe sah das genauso, denn man führte sie aus der lauten Zone heraus in einen weiteren Raum. Sobald die Tür geschlossen war, drang die Musik kaum hörbar zu ihnen durch.

»So, so, wir werden von einer waschechten Prinzessin beehrt. Wie kommen wir zu dieser Ehre?«, vernahm sie eine raue Stimme. Hunter hielt sie zu fest, als dass sie hätte beiseitetreten können, um etwas zu sehen. Er versteckte sie.

Sora stand direkt vor ihr, als verfolgte sie das gleiche Ziel. War es, weil sie identisch aussahen?

»Vergebt mir mein Eindringen. Ich bitte Euch lediglich um eine Unterkunft für die nächsten Tage.«

»Tut Ihr das? Nach allem, was Eure Vorfahren getan haben, bittet Ihr uns um ein Zimmer? Warum kehrt Ihr nicht in Euer Schloss zurück?«

Tjara versuchte sich aus Hunters Griff befreien, doch er hielt sie ohne große Mühe fest. Wer immer dieser Mann war, der mit Sora sprach, er war genauso wenig begeistert von ihr, wie der Barkeeper.

»Die Ritter des Königs verfolgen uns. Alt Tirathea war unsere einzige Fluchtmöglichkeit.«

»Alt Tirathea«, spottete der Mann. Tjara legte die Hände um Hunters. Das hatte er nicht erwartet, denn plötzlich ließ er sie los, sodass Tjara hinter Sora hervorkommen und den Mann sehen konnte.

Lässig saß er auf dem ledernen Sessel, die Beine gespreizt und mit einer qualmenden Kippe im Mund. Seine Augen fielen sofort auf sie und nahmen an Größe zu. Er war nicht hässlich, überhaupt nicht. Seine dunklen Haare hatte er zu einem Zopf gebunden, er trug einen Dreitagebart und eine Narbe, beginnend in der Mitte seiner Stirn, zog sie sich über sein rechtes Auge. Selbst in dem dunklen Licht fiel ihr auf, dass eines seiner Augen dunkel war und das andere heller, fast weiß.

War er auf dem einen blind?

Sora schubste Tjara sofort wieder hinter sich, sobald sie merkte, dass der Fremde sie erfasst hatte. »Wer ist das?«

»Niemand, bloß eine Freundin.«

»Lasst sie mich sehen!«

»Hier geht es ...«

»Ihr wagt es, hier aufzutauchen und um Hilfe zu bitten, beschimpft meine Stadt und nun wollt Ihr Eure Freundin vor mir verbergen? Wieso sollte ich Euch geben, was Ihr wollt?«, knurrte er.

»Weil ich Euch höflichst darum bitte. Zudem wurde uns bereits Einlass gewehrt.«

»Jedoch nicht in meiner Taverne.«

Zwar sah der Mann gut aus, doch er war ein Arschloch durch und durch. Solche Kerle hasste Tjara am meisten.

Sie gaben sich, als regierten sie die ganze Welt. Dabei waren sie nicht mehr wert als jeder andere.

»Ich werde Euch nicht anflehen.«

»Wie schade.«

Tjara verstand nicht, worin das Problem lag. Warum machte er einen solchen Hehl daraus, ihnen das Zimmer zu geben, wo sie doch schon darin übernachtet hatten?

Wütend wollte sie sich vor dem aufgeblasenen Arsch aufbauen, als Hunter erneut seine Hände um ihre Hüfte schlang und sie an seinen Körper drückte. Hitze schoss durch sie hindurch. Ihr Herzschlag beschleunigte sich.

»Lasst Prinzessin Sora das regeln«, flüsterte er ihr ins Ohr.

Nein, nein, nein! Seine dunkle Stimme an ihrem Ohr ließ sie dahinschmelzen. Sofort vergaß sie ihren Widerstand und lehnte sich gegen ihn. Heiß entwich ihr der Atem.

»Ich mache Euch ein Angebot. Ihr zeigt mir Eure Gefährtin und ich gewähre Euch Unterschlupf.«

»Dann werden wir uns wohl um ein anderes Gasthaus bemühen müssen.«

Sora kehrte dem Mann den Rücken. Bevor sie sich komplett umdrehte, ließ Hunter Tjara los. Der intime Moment war verflogen.

»Ich gebe Euch eine Woche. Danach verlasst Ihr die Stadt und kehrt nie wieder zurück.«

Ein Lächeln legte sich auf Soras Lippen. Ohne sich umzudrehen, nickte sie. Sie verschränkte ihre Hände mit Tjaras und zog sie hinter sich her.

17.

Tjara

Nach den nervenaufreibenden Geschehnissen in dem Club im hinteren Teil der Taverne brauchte Tjara dringend etwas Ruhe, um ihre Gedanken zu sortieren. Nicht nur, weil Hunter sie wieder einmal ins Wanken gebracht hatte, sie verstand einfach nicht, warum Sora sie im Verborgenen hielt.

Sie liefen jetzt schon seit einer Stunde durch die Stadt und Tjara fiel auf, dass sie um einiges schöner war als Tirathea. Zwar betrachteten die Menschen sie misstrauisch, doch die Stadt selbst war sehr einladend. Überall erhellten Leuchter die Straßen. Die Einkaufsmeile zog sich durch das gesamte Reich.

Es war atemberaubend.

Ein Stück weiter gelangten sie an einen kleinen Park, in dessen Mitte ein Brunnen stand. Um den Gehweg schlängelten sich Blumen und Sträucher, und luden die Menschen zum Bleiben ein, das Spektakel und den Ausblick ein wenig zu genießen.

Tjara kapselte sich von Hunter und Sora ab, sie brauchte die Freiheit, für sich selbst zu denken, und lief um den Brunnen herum. Nicht nur sie bewunderte das Meisterwerk. Lächelnd verließ sie den Platz und trotz Soras Rufen lief sie weiter.

Über ihr färbte sich der dunkle Himmel blau, die Wolken verschwanden und ließen die Sonne hindurch. Es war warm. Tjara genoss die Strahlen auf ihrer Haut und nahm auf einer freien Bank Platz. Vorbeilaufende schenkten ihr Beachtung, doch das interessierte sie nicht. Sie glaubten wohl, sie sei Sora.

Müde schloss sie die Augen.

»Noch ehe Ihr den Versuch gestartet habt zu flüchten, habe ich Euch in zwei Hälften geteilt. Sagt mir Euren Namen.«

Die Stimme ließ ihren Körper erstarren. Das Bild eines Mannes erschien vor ihr. Seine Augen, die den Tod versprachen, seine Lippen, die höhnisch grinsten, als mache es ihm Spaß, sie zu ängstigen.

Keuchend riss Tjara die Augen auf.

Diese Begegnung würde sie niemals vergessen.

»Hattet Ihr einen Albtraum?«

Erschrocken sprang sie auf, wobei sie über ihre eigenen Füße stolperte. Der Mann packte sie an den Händen und zog sie zurück. Sie musste nicht lange überlegen, um ihn zu erkennen, er war der unhöfliche Kerl, der ihnen ein Zimmer gegeben hatte.

»Nein«, erwiderte sie und drehte sich um. Wenn er Sora hasste, dann wohl auch sie. Sofern er erkannte, dass sie nicht die Prinzessin war.

»Wartet, rennt nicht direkt weg«, sagte er beleidigt und erschien vor ihr, bevor sie es schaffte, zu verschwinden. »Ihr seid die Begleitung der Prinzessin, nicht wahr?«

»Wie kommen Sie darauf?« Nervös schob sie sich die Haare hinter die Ohren. Seine Anwesenheit schüchterte sie ein.

»Weil ich Euch gesehen habe, wenn auch nur für Sekunden. Wie heißt Ihr?«

»Sie sind kein Freund von Sora, also auch keiner von meinen. Entschuldigen Sie mich.« Damit machte sie kehrt und lief los.

Sie ging nicht davon aus, dass er ihr folgen würde, er wirkte nicht wie ein Mann, der auf jemanden wartete. Schnellen Schrittes verließ sie das Innenleben der Stadt und sah sich außerhalb des Trubels um. Dabei entdeckte sie etwas weiter weg einen See, der sich hinter den licht

gebauten Häusern erstreckte und eine Gruppe Musiker, die ihre Gesangkunst darboten.
Begeistert blieb sie vor den Jungs stehen.
Sie waren gut. Auch für die nächsten Lieder ließ Tjara sich begeistern, bis ihr Magen sich schließlich zu Wort meldete. Sie erinnerte sich nicht, wann sie das letzte Mal gegessen hatte.

Die Stadt war groß, doch wie riesig sie tatsächlich war, wurde Tjara erst klar, als sie sich verlaufen hatte. Mittlerweile war es am Himmel dunkel geworden und sie irrte immer noch durch die Straßen. Vieles sah hier gleich aus, nur die Menschen änderten sich.
Frustriert fuhr sie sich durch die Haare, schaute sich um und stellte fest, dass sie an dieser Stelle schon zweimal vorbeigekommen war.
Mist.
So etwas konnte mal wieder nur ihr passieren. Könnte sie wenigstens mit Sora in Kontakt treten und ihr sagen, wo sie war.
Wieso erkundete sie auch im Alleingang eine völlig fremde Stadt? Das war mehr als blöd. »Ihr seht verloren aus«, sagte eine ihr bekannte Stimme.
Augenverdrehend wandte sie sich zu dem Kerl um, die Arme vor der Brust verschränkt.
»Stalken Sie mich etwa?«
»Das würde ich niemals wagen. Ich versuche bloß, Euren Namen herauszufinden.«
»Dabei haben Sie sich noch nicht einmal selbst vorgestellt, bevor Sie versucht haben, uns aus ihrer Taverne zu schmeißen.«
Warum ließ er sie nicht einfach in Ruhe und verzog sich wieder in seinen Club?
»Dann entschuldigt meine Unhöflichkeit und lasst mich mich vorstellen. Mein Name ist Miron.« Sie sah ihm dabei zu, wie er sich verbeugte und grinste.
Eben hatte er noch größer gewirkt und sie verstand nicht, was er von ihr wollte. Als er wieder zu ihr aufschaute, versteckte sie ihr Lächeln.

»Freut mich für Sie.«

»Ich sehe schon, Ihr werdet es mir nicht einfach machen, Euch kennenzulernen.«

»Wieso sollten Sie das wollen? Es wird Sie Sora nicht näherbringen.« Schneller als ihre Augen es erfassten, stand er vor ihr, sein Gesicht so nah an ihrem, dass sie ihn in ganzer Pracht bewundern konnte, und seinen Atem auf ihrem Gesicht spürte. Tjara fühlte, wie seine Hand sich um ihre Taille legte und dort verweilte.

»Wollte ich der Prinzessin näherkommen, wäre ich dort, und nicht hier bei Euch. Ich nehme mir immer, was ich will.«

»Und was ist das, Miron?«

Ein unwiderstehliches Grinsen schmiegte sich an seine vollen Lippen. Er trat einen Schritt zurück, schnappte sich ihre Hand und drückte ihr einen Kuss auf den Handrücken, dabei ließ er sie nicht aus den Augen.

»Lauft noch zweihundert Meter geradeaus, dann zweimal rechts und einmal nach links. Ihr werdet ein Schild sehen, auf dem ‚*The Biss*‘ steht. Danach rechts rein und ihr seid mitten in der Stadt. Danach braucht Ihr nur noch geradeaus zu gehen, um zur Taverne zu gelangen«, erklärte er und sie verstand, dass er ihr den Rückweg schilderte. »Ich hoffe, wir sehen uns wieder ...«

Seine Augen hielten sie gefangen. Wie sie schon im Club bemerkt hatte, war das rechte Auge weiß, das andere braun. Obwohl er sich zu Beginn wie ein Arschloch verhalten hatte, ließ sich nicht leugnen, dass er durchaus charmant sein konnte.

»Tjara«, gab sie nach. Erneut legte sich dieses bezaubernde Lächeln auf seinen Mund.

»... Tjara. Ich wünsche Euch noch einen schönen Abend.« Erst als er verschwunden war, erlaubte sie es sich, zu lächeln.

Nie hätte sie geglaubt, dass bei seinen eiskalten Worten ein solcher Mann dahinterstecken könnte.

Der Wegbeschreibung folgend, fand sie schnell zurück zur Taverne und dankte ihm stumm dafür. Kaum war sie zur Zimmertür rein, da packten sie zwei Hände und hinderten sie am Weitergehen. Sie schaute geradewegs in meerblaue Augen. Sora sah überraschend besorgt aus.

»Wo wart Ihr?«

»Entschuldige, ich habe mir die Stadt angesehen und mich dabei verlaufen.«

»Warum seid Ihr allein losgelaufen?«

Tjara löste sich aus ihrem Griff und nahm auf dem Bett Platz. Tief atmete sie durch.

»Es ist in den letzten Tagen so viel passiert. Ich verstehe all das nicht, und von Euch kommen keine Erklärungen. Ihr sagt, ich darf nicht in mein altes Leben zurück, aber es folgen keine Gründe. Das ist einfach zu viel für mich«, machte sie ihren Gefühlen Luft und fuhr sich durch die Haare.

»Mir ist klar, dass Ihr Antworten braucht, doch im Moment muss ich vieles selbst erst verstehen.«

»Und das wäre? Ihr redet hinter meinem Rücken, sagt mir aber nicht, worüber.«

Wieder einmal warfen sich Sora und Hunter einen Blick zu, der alles und nichts bedeuten konnte. Tjara hatte keine Lust auf Geheimnisse. Enttäuscht stand sie auf. »So wird das nichts, tut mir leid. Wenn Ihr mir nicht einmal sagen könnt ...«

»Wartet, bitte!« Sora erhob sich. »Das ist nicht leicht.«

»Glaubst du denn, für mich wäre es das?«

»Ihr kennt mich nicht, Euer Misstrauen ist verständlich, aber gebt mir bitte noch ein bisschen Zeit.«

Sie hatte keine Wahl, so sehr sie es sich auch wünschte. Sora war ihre einzige Möglichkeit, Licht in das ganze Dunkel zu bringen. Ohne ein weiteres Wort stieg sie in ihr Bett und drehte sich um.

Hunter

Er hielt Wache, während seine Prinzessin und Tjara schliefen und die Stadt stündlich dunkler wurde. Bis nach

Mitternacht waren die letzten Lichter erloschen und es war bedeutend ruhiger als am Tag. Das einsame Rufen einer Eule erklang.

Hunter saß auf dem Dach des Gasthauses und beobachtete die Umgebung. Seine Augen sahen gestochen scharf. Ein paar einzelne Menschen liefen zu ihren Häusern oder zu den Tavernen, die noch geöffnet waren.

Magie erfüllte die Stadt bis in die letzten Ecken, niemand war das, was er zu sein schien.

Die Macht zog Hunter an wie einen Magneten, lud ihn ein, zu bleiben.

»Könnt Ihr nicht schlafen?«

Er bewegte sich nicht, sagte auch nichts, als der Magier neben ihm erschien, eine Zigarette zwischen den Lippen und die Hände lässig in den Taschen.

Minuten des Schweigens zogen sich dahin.

»Was wollt Ihr?«, gab Hunter nach. Er hatte kein Interesse daran, sich mit ihm zu unterhalten.

»Ihr wisst, dass Ihr hier nichts zu suchen habt, keiner von Euch.«

Hunter erhob sich, den Blick auf die Stadt gesenkt. Zwar hatte er ihn nur einmal angeschaut, trotzdem wusste er, mit wem er sich anlegte. Miron sah seinem Vater zum Verwechseln ähnlich. Orion hatte seine besten Tage bereits hinter sich, er war gealtert und seine Macht schwand mit jeder Sekunde. Hunter spürte es an der schwächelnden Barriere. Er würde bald abdanken und den Thron seinem Sohn vererben.

»Ihr seid uns schon sehr bald los.«

»Eure Prinzessin möchte meinen Vater darum bitten, sie aufzunehmen. Doch wir wissen beide, dass das nicht geschehen wird, denn sie gehört auf den Thron.«

»Was wollt Ihr, Miron?« Er drehte sich zu dem Magier um, der den Rauch in die Luft blies und zusah, wie er allmählich verschwand.

»Verschwindet, so schnell Ihr könnt.« Er richtete den Blick auf Hunter. »Wir leben hier in Frieden und haben den Krieg vor langer Zeit hinter uns gelassen.«

»Also glaubt Ihr, wir hegen die Absicht, Euch in ein Gefecht ziehen zu lassen«, stellte er nüchtern fest.

Die größte Schwäche der Magier: Sie glaubten immer, alles zu wissen. Sie waren eine mächtige Spezies, doch ihre Angst, zu kämpfen, saß seit jeher tief in ihren Knochen.

»Ich sorge mich nicht um meinetwillen, sondern um mein Volk. Der Krieg wird unweigerlich ausbrechen, die Truppen des Königs sind bereits auf dem Weg hierher.«

»Die Macht Eures Vaters schwindet. Ihr werdet seinen Platz einnehmen.«

»Noch nicht.« Miron ließ die glühende Asche zu Boden fallen, suchte Hunters Blick und hielt ihn gefangen. Die Pupille seines weißen Auges zog sich zusammen, formte sich zu einem winzigen, schwarzen Punkt. »Ich weiß genau, was Ihr seid. Ein Mischling, eine Abscheulichkeit, ein Mysterium.«

Es war nicht das erste Mal, dass er diese Worte zu hören bekam. Hunter war für die magische Welt ein Grund zur Sorge.

Als hätte sich die Natur einen Scherz erlaubt, indem sie ihm gestattete, zu leben. »Eure Prinzessin weiß nichts davon, liege ich richtig?«

»Worin besteht Euer Anliegen?«, knurrte Hunter wütend.

»Geht und kehrt nie wieder zurück, sonst werde Ich Euer Geheimnis lüften.«

Er hatte den Angriff erwartet, schon bevor Hunter seine Klinge gezogen hatte.

»Ihr droht mir?«

»Selbst ich wäre nicht dumm genug, mich mit Euch anzulegen. Aber ich spreche eine Warnung aus. Eure Anwesenheit bringt die Menschen hier in Gefahr!«

Klirrend glitten die Schwerter auseinander. Hunter ließ das Katana zurück in seine Scheide gleiten.

Der Magier verschwand, wie er gekommen war, während Hunter wieder die Stadt beobachtete. Es lag nicht in seiner Entscheidung, wohin sie gingen, und ihm war egal, wer sterben musste, damit seine Prinzessin den

Thron besteigen konnte. Er würde jeden töten, der sich ihr in den Weg stellte. Selbst diesen arroganten Magier.

Der Morgen brach in orange-rötlichem Licht herein. Hunter hatte die ganze Nacht den Atemzügen der Frauen gelauscht.

Tjara erwachte als Erste aus ihrem Schlaf. Sie entdeckte ihn vor der Tür, wechselte aber kein Wort mit ihm. Er wusste, dass sie wütend war. Hunter hatte sie aus ihrem Leben gerissen und in etwas mit hineingezogen, mit dem sie nicht umzugehen wusste.

Sora stand nur wenige Minuten später auf und rief Hunter ins Zimmer.

»Wir werden sofort aufbrechen. Weitere Zeitverschwendung können wir uns nicht leisten. Tjara wird hierbleiben.«

»Meint Ihr, es ist gut, sie aus den Augen zu lassen?«

Sora blickte aus dem Fenster. Missmutig verzog sie die Mundwinkel.

»Das weiß ich noch nicht.«

Er sah in ihrem Blick, dass ihr etwas überhaupt nicht zu gefallen schien, also erweiterte er die Frequenz seines Gehörs. »Sie stalken mich also doch?«, hörte er Tjara jemanden fragen.

»Das würde mir nie einfallen.« Die antwortende Stimme entfachte in Hunter ein Feuer. Er wurde wütend.

»Als Meisterführer der Stadt, erfülle ich meine Pflicht und führe Euch durch die Orte, die Ihr noch nicht erkundet habt.«

»Sehr aufopferungsvoll, doch ich glaube, dass ich das allein schaffe.«

»Wie Ihr wollt, dann werde ich Euch aufsuchen, wenn ihr Euch ein weiteres Mal verlaufen solltet.«

Verlaufen? War das gestern Abend geschehen? Nachdem Tjara sie am Brunnen verlassen hatte, wollte er sie suchen gehen, doch Sora hatte ihn zurückgehalten. Sie meinte, Tjara bräuchte Zeit für sich.

Bis zu ihrer Rückkehr hatte er nicht aufgehört, sich um sie zu sorgen.

Hatte dieser Kerl sie etwa zurückgebracht?
»Hunter?«
Soras Stimme schnitt die Verbindung zu dem Gespräch draußen ab. »Wir sollten los.«
Der Großmeister erwartete sie. Seine Männer hielten vor dem Tempel Wache. Allesamt Krieger mit ernstem Gesichtsausdruck.
»Ich werde bereits erwartet. Mein Name ist Sora Tirathea, Prinzessin und zukünftige Königin Tiratheas.«
Gleichzeitig gaben die Männer den Eingang frei, ohne sie eines Blickes zu würdigen.
Hunter blieb stets in Alarmbereitschaft. Als sie das Innere des Tempels erreicht hatten, entledigte sie sich ihrer Schuhe und des Bogens. Widerwillig legte auch Hunter alles ab. Zwar brauchte er sie nicht unbedingt, dennoch fühlte er sich nicht wohl bei dem Gedanken, sein Katana zurückzulassen.
»Tretet ein«, sagte die Stimme.
Der Saal war riesig, in der Mitte stand ein Thron. Wie zu ihrer Ankunft, kniete Sora, legte die Hände überkreuzt in ihren Schoß und verbeugte sich, bis ihre Stirn den Boden berührte. Hunter dagegen verneigte sich kurz, ehe er den Blick auf seine Prinzessin festigte. Dem Meister ungefragt in die Augen zu schauen, war strengstens untersagt.
»Eure Umgangsformen ehren mich. Ihr seid eine wahre Schönheit, Prinzessin.«
»Ich danke Euch«, flüsterte sie in dem Wissen, dass er es hörte.
»Hebt Euren Kopf und erläutert mir die Geschehnisse.«
»Natürlich.«
Sora begann mit ihrer Flucht aus dem Palast und erzählte, wie sie in den Wald und zurück zu Hunter gelangt war. Orion ließ sie sprechen, bis sie schließlich endete.
»Euer Schicksal ist es, den Thron zu besteigen und doch wehrt Ihr Euch mit aller Macht dagegen. Was erhofft Ihr Euch davon? Es gibt kein Entkommen.«
»Und dennoch möchte ich es versuchen.«

»Dann verzeiht mir meine Unverblümtheit, doch das ist nicht möglich. In dieser Welt herrschen Magie und Schicksal.«

Bei dem Wort zuckte sie kaum merklich zusammen. Sie hatte es geahnt, aber nicht zu hundert Prozent gewusst.

»Ihr wirkt überrascht.«

»Bitte verzeiht. Als Kind erzählte mir meine Mutter Geschichten über Alt Tirathea, ich war jedoch nie sicher, ob sie auch wirklich wahr waren.«

»Alt Tirathea«, wiederholte er wenig erfreut. »Wir sind keine Kopie Eurer Stadt, keine alten Gemäuer. Diese Stadt trägt den Namen Areya.«

»Bitte verzeiht.«

»Unser Schicksal wurde vor langer Zeit besiegelt, so auch Eures. Ihr könnt rennen so viel Ihr wollt, kämpft um Euer Leben, doch letztendlich lässt es sich nicht verhindern.«

Sie zitterte, wenn sie sich auch bemühte, es zu verbergen.

»Bitte erlaubt mir die Frage, Großmeister Orion, was kann ich tun? Soll ich einfach akzeptieren, dass ich mein Volk ins Chaos stürzen werde?«

»Was anderes wird Euch nicht übrigbleiben. Oder habt Ihr einen Plan, wie Ihr es verhindern wollt? Seid Ihr deswegen in Begleitung der jungen Frau, welche Euch so ähnlichsieht?«

Es war sofort klar, von wem er sprach. Hunter war sicher, dass Orion sie bemerkt hatte, sobald sie die Barriere erreicht hatten. Hegte Miron deswegen so ein großes Interesse an ihr? Verfolgte er einen Plan?

Hunter konnte sich nicht vorstellen, dass die Aufmerksamkeit, welche er Tjara schenkte, auf bloßer Höflichkeit beruhte.

»Ihr Name ist Tjara de Mondforté.«

»Wusstet Ihr, dass sie unwiderruflich mit Eurem Schicksal verbunden ist?«

Sora blieb stumm. Genauso wie Hunter, war ihr bewusst, dass Tjaras Existenz nicht nur eine Seltenheit, sondern vollkommen unmöglich sein sollte. Sie war nicht nur irgendeine unbedeutende Sterbliche, dahinter musste mehr stecken.

Der alte Mann erhob sich von seinem Thron und kam auf Sora zu. Seine kleine, zierliche Gestalt passte so gar nicht zu seiner Stimme. Er legte seine Finger unter Soras Kinn und erlaubte ihr, ihn anzusehen.

»Ich weiß, welche Frage Euer Herz erfüllt: Wie ist es möglich, dass Tjara de Mondforté genauso aussieht wie Ihr.«

»Großmeister ...«

»Zu gern würde ich Euch die Antwort darauf geben, doch das kann ich nicht. Es gibt nur eine Person, die befugt ist, dieses Geheimnis zu lüften.«

Sora biss sich auf die Unterlippe, um die Frage, um wen es sich handelte, zurückzuhalten, was den Ältesten sichtbar amüsierte.

Seine Spielchen konnte er mit seinen Leuten spielen, aber nicht mit seiner Prinzessin.

Es kostete Hunter einiges an Kraft, Ruhe zu bewahren, denn sollte er es sich erdreisten, den Großmeister anzufauchen, würde Sora dessen Zorn zu spüren bekommen.

Lächelnd ließ er sie los. »Wahrlich, Ihr gefällt mir.« Er schwebte zurück an seinen Thron. »Was Euren Chevalier anbelangt ...«

»Ich vertraute Hunter mein Leben an, und bis heute hat er mich nie enttäuscht.«

»Werdet Ihr noch genauso empfinden, wenn er sich mit Eurer Begleiterin im Blut vereint?«

Die Frage schien die gesamte Luft aus dem Saal zu nehmen. Hunter sollte sich mit Tjara verbinden? Was wusste dieser alte Mann darüber?

»Bitte?«

»Sie teilt Euer Schicksal, Prinzessin, wenn auch nicht mit demselben Ende. Wie mir scheint, wisst Ihr kaum etwas über Eure Aufgabe auf dieser Welt.«

»Meine Aufgabe?«

Hunter presste die Lippen zusammen, als der Alte zu lachen begann. Er verschwieg ihnen etwas und wäre er ein anderer, hätte Hunter es gewaltsam aus ihm herausgeprügelt. So allerdings ertrug er schweigend sein Lachen.

»Ihr seid ahnungsloser, als ich angenommen hatte. Nun denn, geht, ordnet Eure Gedanken. Ihr könnt eine Weile hierbleiben, doch nicht zu lange. Und was Eure Begleiterin anbelangt, so möchte ich sie kennenlernen.«

»Euer Ehren, Tjara weiß nichts über die Sitten unserer Welt, geschweige denn ...«

»Ich habe nicht um Euren Zuspruch gebeten. Bringt sie zu mir, lasst sie mich sehen!«

»Wie Ihr wünscht.«

»Jetzt geht.«

Das Gespräch war beendet. Sora verbeugte sich, ehe sie sich zurückzog, und zurück blieben Unmengen an neuen Fragen, darunter eine der wichtigsten: Warum sollte Hunter eine Blutsverbindung mit Tjara eingehen?

18.

Tjara

Ein ungewohntes Kribbeln schoss durch ihre Hand, als Miron danach griff und sie mit der seinen verschränkte, um sie vor dem Fall zu schützen. Geschickt zog er sie an sich heran, ein breites Lächeln auf den Lippen.

»Das wievielte Mal war das nun? Das dritte oder vierte Mal?«

»Bitte entschuldigen Sie, normalerweise bin ich nicht so tollpatschig.« Tjara löste ihre Hand von der seinen und rieb sie gedankenverloren. Dieser Mann brachte sie aus dem Gleichgewicht, wann immer er sie anlächelte. Tjara wusste nicht warum, und das jagte ihr eine Heidenangst ein. Nur weil Hunter sie links liegen ließ, seit Sora wieder in seinen Blickpunkt getreten war ... ach, wem wollte sie hier etwas vormachen? Auch vorher schon hatte er kein Interesse an ihr gezeigt.

Aber deswegen ließ sie sich trotzdem nicht auf den nächstbesten Mann ein, der ihr schöne Augen machte. Zudem beunruhigte sie das Gefühl, Miron verschweige ihr etwas.

Alt Tirathea, oder Areya, wie er sie eines Besseren belehrt hatte, war ein Paradies. Sobald die Menschen erfuhren, dass sie nicht Sora war, traten sie ihr freundlich gegenüber. Miron hatte die Hände hinter seinem Rücken verschränkt, während sie zusammen durch die Straßen schlenderten.

»Ihr seid plötzlich so still«, bemerkte er.

»Hier ist es einfach so wunderschön. Ich komme aus dem Staunen gar nicht mehr heraus«, sagte sie lächelnd und schob sich die Haare hinter die Ohren.

»Es freut mich sehr, dass Euch unsere Stadt gefällt.«
Ihre Knie wurden bei seinem Lächeln schon wieder weich. Miron wusste, wie er die Konversation am Laufen hielt, im Gegensatz zu Hunter.

»Müssen wir so förmlich sein?«, traute sie sich zu fragen und schaute zu Boden. Sie hasste dieses Getue.

»Wenn Ihr eine andere Umgangsform wünscht, werde ich sie Euch gern anbieten. Mir liegt es fern, unhöflich zu sein.« »Oh nein, das sind Sie nicht. Es passt nur einfach nicht zu mir«, erklärte sie. An Sora und Hunter war ihr schon aufgefallen, dass die beiden höflicher waren als sie. Das machte ihr nur überdeutlich bewusst, welche Position sie innehatten. Zwischen ihnen lagen Welten und auf irgendeine Weise waren sie aufeinandergeprallt.

»Dann werde ich dich ab jetzt so ansprechen, wenn du dich dadurch wohler fühlst.«

Sie grinste über beide Ohren, als er die Hände in die Hosentaschen schob. Das klang schon besser, vertrauter.

»Definitiv.«

»Was möchtest du als nächstes tun? Vielleicht eine Kleinigkeit essen?«

Ehe sie höflich ablehnen konnte, knurrte ihr Magen. Ihre Wangen färbten sich rosa. »Also dann.« Er schnappte sich ihre Hand, hakte sie bei ihm unter und lief schneller.

Gentlemen, der er war, interessierte es Miron nicht, ob Tjara Geld besaß oder nicht. Er bezahlte alles, was sie sich aussuchte, ohne sie zu Wort kommen zu lassen. Bis zur Abenddämmerung schlenderten sie durch enge Gassen, vorbei an dem langen See, der aus der Stadt herausführte. In seiner Gegenwart entspannte sie sich. Miron erzählte ihr von den Legenden, die wahr waren und entschlüsselte die Lügen. Er sprach über die Menschen, als seien sie ein Teil seiner Familie, und ihm dabei zuzuhören, öffnete Tjaras Herz. Er war eine anständige Seele.

»Darf ich mir die Frage erlauben, wie du zu Prinzessin Sora gefunden hast?«

Sie waren auf dem Weg zurück zur Taverne. Beide hielten sie ein Eis in der Hand, er Zitrone, sie Vanille.

»Das ist eine lange Geschichte.«

»Wir können langsamer gehen«, schlug er vor. Ihr war es unangenehm, darüber zu reden, nicht weil Sora sie bedroht hatte, sondern weil die Erinnerung an die letzten Tage nicht unbedingt die Besten waren. »Wenn du nicht möchtest, dann ...«

»Ich war mit einer Freundin in einem Club, als ich Hunter begegnet bin«, fing sie an, das Eis fest umklammert. »Nachdem ich zu viel getrunken habe, hat er mich in einem Hotel untergebracht und ist die Nacht über an meiner Seite geblieben. Danach sind wir uns auf einem Flohmarkt wiederbegegnet. Ich wurde schon davor oft für Sora gehalten, deswegen war ich nicht sonderlich überrascht, als ich erneut darauf angesprochen wurde. Stunden später hat meine beste Freundin die Nachrichten eingeschaltet und da hieß es, ich sei die Prinzessin. Hunter und ich waren fotografiert worden, wie wir uns miteinander unterhalten, und, typisch Medien, haben sie daraus gemacht, was sie wollten.« Die Vanillecreme war geschmolzen und lief über ihre Finger, doch sie spürte es kaum, zu sehr war sie in den Erinnerungen gefangen. »Meine einzige Chance, das Missverständnis aufzuklären, war, Sora zu finden und mit ihr gemeinsam zurückzukehren, aber als wir sie schließlich gefunden hatten, sind wir stattdessen hierhergekommen.«

»Warum? Was wurde aus deinem Plan?« Miron stellte sich ihr in den Weg.

»Keine Ahnung, er ist irgendwie im Sande verlaufen. Soweit ich das verstanden habe, möchte Sora ihre Krönung verhindern.« Sie zuckte mit den Schultern. Da ihr niemand etwas erzählte, stand sie, was das anging, im Dunkeln und wartete sehnlichst auf Licht, das ihr die Erleuchtung bringen sollte.

Miron trat näher an sie heran.

»Und was willst du? Du siehst nicht besonders glücklich aus.«

»Nach Hause. Ich möchte in mein Bett fallen und glauben, dass alles, was bisher geschehen ist, nur ein Traum war.«

»Auch, dass du mir begegnet bist?« Er legte seine Finger um ihre Hand und führte sie an seine Lippen. Langsam leckte er das Eis ab, welches von ihrer Hand tropfte.

Seine Pupillen weiteten sich, sodass die Iris kaum mehr zu sehen war.

Tjara schlug das Herz bis zum Hals. Was bezweckte er damit, ihr so nahezukommen? Warum war er so lieb zu ihr? Es verwirrte sie jede Sekunde mehr.

»Weshalb tust du das?«

»Weil ich dich sehr interessant finde.«

»Weil ich aussehe wie Sora?«

Sie spürte seine Zunge, die über ihre Hand glitt, nur allzu deutlich. Zitternd ließ sie zu, dass er den Streifen Vanilleeis auffing, der an ihrem Arm hinab rann. Keuchend ließ sie das Eis fallen.

»Nein, weil du Du bist, und ich dich unbedingt kennenlernen möchte«, erwiderte er flüsternd.

Langsam zog er ein Tuch aus seinem Hemd und trocknete ihre Hand. Seine Augen hielten sie gefangen.

»An mir gibt es nichts interessantes.«

»Du irrst dich. Alles an dir ist interessant.« Der Bann brach, als er auf die Uhr schaute. »Lass mich dich zurückbringen, es wird spät.«

Tief atmete sie durch und folgte Miron.

Bis sie vor der Taverne standen, herrschte Stille zwischen ihnen. Tjara war in Gedanken versunken, versuchte immer noch zu begreifen, was da eben geschehen war, und Miron hatte das Gespräch nicht wieder aufgenommen.

»Der Tag hat mir sehr gefallen«, sagte er zum Abschied und küsste sie auf die Wange. »Ich freue mich darauf, dich wiederzusehen.«

»Ich weiß nicht, wie lange wir bleiben werden.« Das war nicht gelogen. Er hatte Sora bis zum Ende der Woche Zeit gegeben, aber vielleicht reisten sie schon früher ab. Ein Teil von ihr hoffte es, ein anderer ...

Sie entzog Miron ihre Hand, als er danach griff, auch jetzt noch spürte sie die Wärme seiner Zunge.

Sein Blick sagte ihr, dass ihm das nicht gefiel. Sofort kam er näher, sodass seine Körperwärme auf sie überging. Er senkte den Kopf.

Die plötzliche Kälte zwischen ihnen verwirrte Tjara für wenige Sekunden. Sie sah zu, wie Hunter Miron zurück schubste und dieser taumelte. Zwei Hände griffen nach ihr.

»Hey, ist alles in Ordnung?«, wollte Sora besorgt wissen.

»Äh, ja.«

Deren Miene verwandelte sich in eine wütende, als sie zu Miron herumwirbelte.

»Wie könnt Ihr es wagen, Hand an sie zu legen?!«, keifte sie durch zusammengebissene Zähne, während Hunter Miron zurückhielt.

»Sah es für Euch so aus, als geschehe es gegen ihren Willen?«, gab dieser genervt zurück und befreite sich aus Hunters Griff.

Der Wind um sie herum war plötzlich eisig kalt.

»Wagt nie wieder, Finger an sie zu legen!«, knurrte Hunter.

»Was wollt Ihr sonst tun?«, gab Miron provozierend zurück.

»Eure Spielchen sind unerwünscht!«

Spielchen? Tjara verstand nicht, worum es hier ging, nicht, dass sie sich darauf konzentrieren konnte. Mirons Augen hielten sie gefangen, als wäre sie hypnotisiert.

»Ich spiele nicht, sondern meine es ernst.«

Hunter eskalierte.

Er stürzte sich auf seinen vermeintlichen Feind, doch Miron wehrte ihn geschickt ab. Während die Männer miteinander rangelten, kam Tjara allmählich wieder zu Sinnen.

Blinzelnd schlang sie die Arme um ihren Körper, Gott, war das kalt.

»Hunter, stopp!«, orderte Sora ihren Beschützer zurück. Dieser hörte sofort auf zu kämpfen und kehrte an die Seite seiner Prinzessin zurück. »Ich weiß, wer Ihr seid«, sagte Sora an Miron gewandt. »Auch wenn Ihr Euch meines Respekts gewiss sein könnt, werde ich nicht zulassen, dass Ihr Tjara für Eure Zwecke nutzt!«

»Was Ihr glaubt, ist nicht von Bedeutung!« Darauf bekam er keine Erwiderung. Sora riss Tjara mit sich, die nicht verstand, was dieser plötzliche Ausbruch zu bedeuten hatte. Erst als sie im Zimmer ankamen, beruhigten sich ihre Gefährten. Sora verschränkte ihre Finger mit Tjaras und schaute ernst.

»Bitte, haltet Euch von ihm fern.«

»Gibt es einen Grund dafür? Wir haben uns nur unterhalten.«

»Ihr könnt ihm nicht vertrauen.«

Sie hätte die Augen verdreht oder gelacht, doch Sora sah verdammt ernst aus. Stattdessen war sie genervt.

»Also soll ich dir und Hunter einfach vertrauen, aber ihm nicht? Wieso?«

»Das ist eine lange Gesch ...«

»Okay, weißt du was? Ich habe wirklich genug von diesem Unsinn. Entweder du sagst mir endlich, was hier los ist, oder ich verschwinde!«

»Tja ...«

»Sag es mir!«, unterbrach sie Sora. Jetzt durfte sie sich nicht einmal mehr mit einem netten Mann unterhalten? Was hatte das alles zu bedeuten?

»Also gut. In dieser Stadt existiert ein Großmeister und Miron ist sein Sohn.«

»Großmeister?« Sie musste aussehen wie eine Bescheuerte, so, wie sie das Gesicht verzog. Was zur Hölle war ein Großmeister?

Hilfesuchend schaute Sora zu Hunter.

»Der Großmeister ist der Älteste dieser Stadt. Er lebt seit sehr langer Zeit und ist der Herrscher des gesamten Reichs, und somit auch der Mächtigste.«

»Der Mächtigste? In was?«
Es war eindeutig, dass hierbei ein Detail fehlte, was verschwiegen sie ihr?
»Habt ihr jemals die Möglichkeit in Betracht gezogen, dass Magie existiert?«
Fassungslos starrte sie erst Sora, und dann Hunter an. Die beiden rührten sich nicht und offenbar war das hier kein Scherz.
»Magie? Ihr verarscht mich, oder? Hokuspokus ist was fürs Fernsehen.«
»Sie existiert, Tjara.«
»Und gleich sagst du mir, dass Miron einer von ihnen ist?«, kommentierte sie lachend und stand auf. Sora nickte. Ernsthaft? Das war ihre Antwort?
»Orion ist der älteste Magier der Stadt, wenn nicht sogar der Welt, und Miron ist sein Sprössling. Ich weiß nicht genau, wieso er sich an Euch ranmacht, doch er nutzt seine Magie, damit ihr ihm verfallt.« Stumm hörte sie ihr zu, wartete darauf, dass jemand ins Zimmer sprang und laut ‚verarscht' rief, aber die Tür blieb verschlossen und Sora sah so ernst aus, dass Tjara mulmig zumute wurde.

Ein Drink war genau das, wonach sie sich jetzt sehnte.

Magie.

Wie lächerlich!

Nach all dem Scheiß, wollte sie ihr allerernstens verklickern, dass Zauberei existierte? Diese Frau war ja sowas von verrückt! »Tjara?«

»Tut mir leid.« Sie wusste nicht, ob sie lachen oder schreien sollte. Die ganze Zeit war sie mit ihnen gegangen und hatte ihnen all den Mist abgekauft. Aber jetzt war sie sich sicher, dass man sie von vorne bis hinten veräppelte. »Ich dachte wirklich, gemeinsam mit dir vor die Medien zu treten, würde irgendwas an der Situation ändern, dass ich dann wieder frei wäre. Aber du bist verrückt.«

»Bitte, hör ...«

»Nein!«, schrie sie. »Nein!«, setzte sie tödlich leise hinterher. »Komm mir verdammt nochmal nicht mehr zu nahe! Du bist doch total verrückt, absolut irre! Ihr beide!

Lasst mich gefälligst in Ruhe und wagt es nicht, mir noch einmal zu nahe zu treten, sonst schwöre ich bei Gott, lernt ihr mich kennen!«

Hunter stellte sich ihr nicht in den Weg, als sie das Zimmer verließ und die Tür fest hinter sich zuknallte.

Hunter

Sora lief im Zimmer auf und ab, die Miene nachdenklich verzogen. Alle zwei Minuten schaute sie zur Tür, als hoffte sie, Tjara würde hindurchtreten. Doch Hunter hörte, wie sie die Treppen hinunterlief und die Taverne verließ.

Ihre Reaktion war verständlich, angesichts der Tatsache, dass sie schon genug durchgemacht hatte, um jetzt auch noch zu hören, dass Magie existierte, selbst, wenn es wahr war.

Seufzend ließ Sora sich auf das Bett fallen, den Arm über die Augen gelegt.

»Das ist ja sowas von nach hinten losgegangen.«

»Sie weiß nichts über diese Stadt oder ihre Magie. Lasst ihr Zeit.«

»Leider haben wir die nicht.« Sie richtete sich auf und schaute zu Hunter. »Was auch immer der Plan des Magiers ist, er wird ihn so schnell wie möglich umsetzen wollen, und das müssen wir verhindern. Tjara scheint die Schlüsselfigur in dieser Geschichte zu sein und wir tappen im Dunkeln.«

»Könnt Ihr nicht mit Orion sprechen? Er wird nicht zulassen, dass sein Sohn sie benutzt.«

»Das könnte funktionieren, doch dafür muss er sie erst kennenlernen. Wir müssen ihr irgendwie beweisen, dass die Magie existiert.«

»Der Großmeister wäre bestimmt bereit dazu.«

Da schien sie sich nicht so sicher zu sein. Seufzend fiel sie zurück in die Laken und schloss die Augen. Indes hörte Hunter, wie Tjara durch die Taverne lief und den Bereich des Clubs betrat.

Was hatte sie vor? »Wenn Ihr erlaubt, würde ich nach Tjara sehen.«

»Ich werde mich hinlegen, morgen wird ein langer Tag. Behalte sie im Auge, lass sie nicht in die Nähe dieses Hormongesteuerten.«

»Wie Ihr wünscht.«

Nachdem er sich verbeugt hatte, verließ er das Zimmer und den oberen Stock.

Bässe und laute Musik füllten seine Ohren, sobald man ihn in den Club ließ. So konnte er sich nicht auf sein Gehör verlassen und musste das Suchen seinen Augen überlassen.

Hunter brauchte nicht lange, um sie auszumachen. Ihre schwarzen Haare, der schlanke Körper und der Duft nach Rosen ließen sie aus der Menge herausstechen. Schnurstracks lief er auf sie zu.

Gerade kippte sie den nächsten Shot und knallte das kleine Glas auf den Tisch.

Ihre Augen erfassten ihn, sobald er neben ihr stand. Genervt verdrehte sie diese und murmelte etwas, das er nicht verstand, dann bestellte sie bei dem Barkeeper einen nächsten Drink.

Sich zu unterhalten war hier unmöglich und Tjara sah auch nicht aus, als lege sie darauf großen Wert. Also nahm er neben ihr Platz und beobachtete, wie sie ein Glas nach dem anderen in sich hinein schüttete.

Etwa eine Stunde später war sie voll genug, ihn nicht länger zu ignorieren. Wackelig drehte sie sich zu ihm herum.

»Vermisst dich nicht deine geschätzte Prinzessin?«, rief sie lallend.

»Sie sorgt sich um Euch.«

»Ohhh, also hat sie dich geschickt, um nach mir zu sehen. Wie überaus vernünftig für eine Irre.« Augenverdrehend glitt sie von dem Barhocker und hielt sich fest, um nicht zu fallen.

Hunter kam ebenfalls auf die Beine.

»Du musst mir nicht folgen. Ich bin mir sicher, dass schon an der nächsten Ecke ein heißer Typ auf mich wartet.«

Er verstand nicht, was sie damit bezweckte, und folgte ihr. Sie betrat die Tanzfläche, quetschte sich an den schwitzenden, tanzenden Menschen vorbei, und fing an zu schreien und zu hüpfen.

Hunter gefiel es nicht, inmitten der stinkenden Menschen zu stehen, doch sie auf seine Schulter zu hieven und aus dem Club zu tragen, kam nicht in Frage. Dann würde sie ihn erst recht hassen. Demnach stand er wie versteinert in der Menge und folgte ihr lediglich mit den Augen.

Es dauerte nicht lange, bis sie versuchte, ihn dazu zu animieren, es ihr nachzumachen. Doch er weigerte sich. Seine Aufgabe war es, sie zu schützen, nicht mehr und nicht weniger.

Selbst als sie ihm näherkam, die Arme um seinen Hals legte und ihre Lippen nah an sein Ohr brachte, wobei sie ihren Busen gegen seinen Brustkorb drückte, rührte Hunter sich nicht.

»Du bist so langweilig, dann werde ich mir wohl jemand anderen suchen müssen, um Spaß zu haben.« Damit ließ sie ihn stehen. Sie drängte sich vorbei an der Meute und Hunter wusste, in welche Richtung sie unterwegs war. Dort hinten war Mirons Terrain.

Ohne darüber nachzudenken, folgte er ihr. Sie wurde durch die Absperrung gelassen, als Hunter zwischen den Menschen hervortrat. Trotz der gedämmten Lichter konnte er gestochen scharf sehen. So sah er, dass Tjara sich grinsend zu Miron setzte. Der Magier roch den Alkohol, den sie zu sich genommen hatte, trotzdem wimmelte er ihre Versuche, ihn zu berühren, nicht ab. Stattdessen betatschte er ihre Wange, streichelte sie und Tjara schmiegte sich hinein.

Hunters Blut begann zu kochen, es machte ihn wahnsinnig, mitansehen zu müssen, wie sie sich an den Magier ranschmiss. Gänzlich ohne Scham und Zurückhaltung.

Ihre Augen suchten die Umgebung ab und blieben an ihm hängen. Nun schauten sie sich direkt an, doch statt zu ihm zurückzukehren, wandte sie sich wieder Miron zu. Sein Gesicht kam ihrem näher, er flüsterte ihr etwas ins Ohr, das sie zum Kichern brachte.

Hunter erweiterte sein Gehör, doch die Musik war zu laut, als dass er zu ihnen hätte durchdringen können.

Heiß brodelte die Wut in seinen Adern.

Plötzlich erinnerte er sich, wie er ihren Atem an seinem Hals gespürt hatte. Es war der intensivste Moment gewesen, den er je erlebt hatte.

So sehr er sich auch gegen sie wehrte, hatte sie eine Macht über ihn, die sich nur schwerlich beschreiben ließ, und offenbar wusste sie das.

Das sollte ihm Grund genug sein, sich umzudrehen und zu gehen. Hier ging es um seine Ehre, seinen Schwur!

Doch die Art, wie sie sich an Miron schmiegte, als wäre er ihr vertraut, ließ etwas in Hunter reißen.

Sein Verstand schaltete sich aus. Die Männer stellten sich ihm direkt in den Weg, doch er schlug sie ohne große Probleme nieder und riss Tjara von Miron weg.

Der Magier kam sofort auf die Beine.

»Für jemanden mit einem Ehrenkodex kommst du mir erstaunlich oft in die Quere!«, fauchte Miron. Obwohl seine Macht durchaus spürbar war, hatte er keine Chance gegen Hunter.

»Lass deine Finger von ihr, ehe ich sie dir breche!«

»Wie kommst du dazu, mir zu sagen, was ich zu tun habe? Du hast keine Ahnung, mit wem du dich anlegst.«

»Als hätte ich Angst vor einem selbsternannten König. Leg es ruhig darauf an, Magier.«

Zu gern hätte er ihn mit seinem Katana geteilt, dieser widerliche Mistkerl verdiente nichts anderes. Er benutzte seine Macht, um Tjara für sich zu gewinnen, und versuchte nicht einmal, es zu verstecken.

»Ich habe dich bereits einmal gewarnt, Vampir, du bist hier nicht erwünscht!«

»Versuch ruhig, mich loszuwerden, ich bin schon sehr gespannt darauf!«, knurrte er, drehte sich zu Tjara, die sich auf die lederne Couch zurückgezogen hatte, und hob sie auf seine Arme.

»Nein! Ich will noch nicht gehen, lass mich runter!«

Trotz ihrer Versuche, sich zu wehren, durchquerte er mit ihr den Raum. Sobald sie den Club hinter sich gelassen hatten, starrte man sie von allen Seiten an. Tjara gab sich keine Mühe, leise zu sein. Sie zappelte und schrie, doch die Menschen in der Taverne waren zu schlau, um sich ihm in den Weg zu stellen.

Schnellen Schrittes verließ er den *Phönix*. Der Schlag in sein Gesicht saß ordentlich. Wütend stellte er sie auf dem Boden ab und griff nach ihr, als sie zurück in den Club stampfen wollte. »Verdammt nochmal, fass mich nicht an!«, schrie sie und zog damit die Aufmerksamkeit Umherstehender auf sich.

Hunter hasste es, wenn er im Licht der Öffentlichkeit stand. Er packte sie ein weiteres Mal und zog sie in eine Gasse.

Ihre Versuche, sich zu wehren, gab sie erst auf, als er sie gegen die Mauer stieß, die Arme rechts und links von ihr, sodass es kein Entkommen mehr gab.

»Seid gefälligst ruhig! Klappe!«, knurrte er. Augenblicklich verstummte sie. Ihre Lippen schlossen sich und, wie hätte es anders sein können, fiel sein Blick sofort darauf.

Was stimmte nicht mit ihm?

Er hatte all die Jahre niemals das Bedürfnis verspürt, einer Frau näher zu kommen. Doch seit er Tjara begegnet war, hatte sich tief in ihm etwas geändert, er begann, Gefühle über sein Pflichtgefühl hinaus zu entwickeln, und er verstand nicht, wieso. Sie sah doch genauso aus wie Sora, bis auf ein paar kleine Unterschiede, und seine Prinzessin wirkte auf ihn nicht übermäßig anziehend. Sie war seine Königin, doch mehr würde sie nie für ihn sein.

Und Tjara?

Jedes Mal, wenn sie ihn anschaute, dachte er daran, wie sie geweint hatte. Wenn er ihrem Atem lauschte, erinnerte er sich, ihn selbst gespürt zu haben. Sie zu berühren, in ihrer Nähe zu sein, brachte ihn um den

Verstand. Er kämpfte um seine Selbstbeherrschung, weil ihm alles andere den Tod bringen konnte.

Doch von all dem wusste sie nichts.

Sein Herz pumpte so schnell, dass er befürchtete, es würde aufhören zu schlagen. Wobei das nicht einmal so schlimm gewesen wäre.

Genauso wenig wie seine Gefühle für Tjara, durfte sein schlagendes Herz existieren. Er war ein Monster, eine Abscheulichkeit.

Die Erkenntnis traf ihn hart. Seufzend ließ er die Arme sinken.

»Du bist ein Feigling«, murmelte Tjara. Trotz des Gestanks nach Alkohol überwog der Meeres- und Rosenduft, welcher von ihr selbst ausging. Wie machte sie das nur?

»Nennt mich nicht so!«, brummte er.

»Wie soll ich es sonst ausdrücken? Angsthase?! Schisser?! Waschlappen?!«

Sie zuckte zusammen, als er die Hand in die Wand rechts von ihr schlug. Gestein fiel zu Boden. Er hinterließ ein ordentliches Loch.

»Was zum Teufel wollt Ihr von mir?!«

»Dass du endlich aufhörst zu leugnen, dass zwischen uns irgendwas ist!«

»Das kann ich nicht! Denn dann würde ich meinen Schwur brechen. Mein Leben habe ich bereits vor langer Zeit meiner Prinzessin gewidmet!«

»Ach ja? Dann frage ich mich, mit welchem Recht du eifersüchtig wirst!«

»Auf diesen unterbelichteten Menschen? Ganz sicher nicht!«

»Ach nein? Na, dann kann ich ja auch zurück zu ihm, immerhin bin ich ja genauso unterbelichtet, nicht wahr? Für dich ist doch jeder gleich, der nicht deine beschissene Prinzessin ist!«

»Wag es nicht, so über sie zu sprechen!«, knurrte er.

»Aber du darfst über andere sprechen, wie immer es dir beliebt. Was glaubst du eigentlich, wer du bist? Du bist nichts Besseres als jeder einzelne von denen da drin!«

Sie trieb ihn zur Weißglut. Wütend zog er die Hand aus der Wand. Schon nutzte sie den Moment, um zu flüchten, doch Hunter war schneller. Erschrocken wich sie zurück.

»Lass mich verdammt nochmal durch! Hast du nichts zu tun? Musst du deiner heiligen Prinzessin nicht die Füße waschen oder so?!«

»Du wirst nicht zu diesem Mann zurückgehen.«

»Wer will das verhindern, du etwa? Pass mal auf, du kannst vielleicht deiner Prinzessin Vorschriften machen, aber über mich entscheidest du sicher nicht!«

Sein Geduldsfaden riss, als sie sich abermals an ihm vorbei quetschte. Binnen Sekunden hatte er sie gepackt und erneut gegen die Mauer gepresst, seinen Körper diesmal so nah an ihrem, dass ihre Hitze auf ihn überging.

»Wag es nicht, auch nur in die Nähe dieses Mistkerls zu gehen.«

»Wieso sollte ich auf dich hören?«

Hunter besaß kein recht, ihr etwas zu verbieten. Tjara war ein freier Mensch. Auch wenn er Miron am liebsten in Stücke gerissen hätte, war es ihr Wille, in seiner Nähe zu sein. Seine Berührungen waren ihr nicht unangenehm. Sie war eine erwachsene Frau und benötigte keinen Beschützer.

Aber Hunter war nicht so naiv, zu denken, dass er sie nur deswegen daran hindern wollte, zu dem Magier zurückzukehren.

Obwohl er sie noch nicht lange kannte, hatte sie etwas in ihm ausgelöst, sodass sowohl das Tier als auch das Monster in ihm nach ihr lechzten. Das machte sie um einiges gefährlicher für ihn.

Jede Faser in ihm wehrte sich dagegen, sie loszulassen, und als er es schließlich doch tat, nutzte Tjara die Sekunde, um zu verschwinden.

Hart und unnachgiebig pumpte sein Herz in seiner Brust. Er wollte schreien und etwas kaputtschlagen, am liebsten den verdammten Magier in Stücke reißen. Seine Iris färbte sich allmählich silbern, seine Fänge wuchsen.

Keuchend lehnte er sich gegen die Wand, lauschte ihrem davoneilenden Atem. Alles an ihr machte ihn wahnsinnig.

Und als er den nächsten Schritt tat, wusste er, dass die Hölle auf ihn wartete. Die übernatürliche Geschwindigkeit des Monsters nutzend, verließ er die Gasse. Er bekam sie zu fassen, als sie gerade den Knauf der Tür in die Hand nahm.

Wie schon zuvor wehrte sie sich, als er sie zurück in die Gasse trug.

»Schon wieder? Hast du nicht endlich mal ...«

Um ihn herum verschwamm die Welt, obwohl die Sinne des Vampirs geschärft und auf alles vorbereitet waren. Doch ihre Lippen auf seinen waren alles, was er brauchte, um seine Aufgabe zu vergessen. Er fing ihren Atem auf, als sie keuchte, drängte sie mit seinem Körper gegen die Mauer.

Tjara schlang die Arme um seinen Hals und vertiefte den Kuss, dabei rieb sie sich an ihm. Hunter verlor den Verstand. Seine Hände wanderten über ihren Körper, erforschten die herrlichen Rundungen, ehe sie an ihrem Hintern hielten. Ihr Keuchen hallte in seinen Ohren wider, als er sich enger an sie presste. Zwischen ihren Beinen herrschte eine Hitze, die sein Verlangen nach ihr um ein Vielfaches anfeuerte. Tjara schlang sie um seine Hüfte, als er sie hochhob. Sein Unterleib bewegte sich wie von allein. Während sein Leib weiterhin Druck auf Tjaras Mitte ausübte, führte Hunter seine Hände in ihre Haare. Er musste sie überall berühren, vorher würde er keine Ruhe bekommen.

Sie ließ zu, dass er sie den Hals abwärts küsste. Hunter hob sie höher, liebkoste die Haut zwischen ihren Brüsten. Hier war ihr Geruch am stärksten.

Ihre Finger gruben sich in seine Haare, zogen an dem Band, das sie zusammenhielt und entfernte es. Es war ihm egal. Seine Hände wanderten über ihre Seiten, sie zuckte unter der Berührung, keuchte, doch ihre Lippen lösten sich nicht voneinander.

Sobald er am Saum ihres Shirts angekommen war, fuhr er mit den Fingern darunter. Die Haut war warm und so weich, dass er sich darin verlieren wollte. Den Kopf an ihrem Hals verborgen, glitt er erneut über ihre Taille hoch zu ihren Brüsten.

Ein erstickter Laut verließ ihre Lippen. Er schob den Stoff beiseite und bekam eine der Knospen zu fassen. Es war, als wüsste sein Körper ganz genau, worauf es ankam, als er die andere Hand an ihre Wange legte und sie erneut küsste. Sie rieben sich aneinander, verloren sich im jeweils anderen.

Das hier fand keine Worte, um es zu beschreiben. Jede Faser seines Körpers verlangte ihre Nähe, ihren Geruch, ihre Wärme, wollte sie als einen Teil von ihm.

Und dann glitt die Tür der Taverne auf.

Binnen Sekunden hatte er sie auf dem Boden abgestellt. Er prallte so hart gegen die gegenüberliegende Mauer, dass es knackte. Sein Atem ging zu schnell, sein Herz pumpte wie verrückt und als er sie ansah, wusste er, dass Tjara dasselbe empfand.

Sie starrte ihn an, die Lippen geschwollen von seinem Kuss, die Wangen gerötet. Ihr Brustkorb hob und senkte sich. Das Shirt rutschte nur langsam über ihren Bauch hinunter.

Es dauerte Minuten, bis er es schaffte, wieder klar zu denken.

Was hatte er getan?

Fassungslos lehnte er gegen die Mauer. Seit Jahrtausenden diente er den Prinzessinnen der Tirathea-Blutlinie, nie hatte er sich einen Fehltritt erlaubt.

Bis heute. Diese Frau hatte es geschafft, dass er all seine Prinzipien über Bord warf und wofür? Einen Kuss in der Nacht, versteckte Berührungen. Er hatte sich selbst und seine Prinzessin verraten.

»Hunter ...«

»Nicht!« Er wandte sich von ihr ab. Wem wollte er hier etwas vormachen? Hunter konnte nur sich selbst die Schuld geben. Das Verlangen, das er für sie empfand, hatte es so weit kommen lassen. Selbst jetzt, wo er sich seines schrecklichen Fehlers bewusst geworden war, sehnte er sich zurück zwischen ihre Beine, an ihre Lippen.

Hunter schaffte es nicht, sie anzusehen, er wusste nicht, ob er es dann noch einmal schaffen würde, sich zurückzuhalten. »Ihr solltet zu Bett gehen.«

»Also sind wir wieder an diesem Punkt? Als wäre nichts geschehen?« Sie klang vollkommen klar, kein bisschen betrunken. Er musste sie ansehen, nur noch ein einziges Mal, bevor er sein Herz für immer vor ihr verschließen würde. Sie war so wunderschön. Ihre Lippen, ihre Augen, wie sie den Kopf schief legte. Zärtlich führte er die Hände ihre Wangen entlang. Tjara schmiegte sich in die Berührung und schaute zu ihm auf.

»Ich kann niemals dir gehören«, murmelte er, dann verschloss er ihre Lippen ein letztes Mal mit seinen.

In diesem Kuss steckte kein Verlangen oder Lust, sondern einzig und allein das Versprechen, ihr nie wieder zu nahe zu kommen. In Zukunft würde er sie aus der Ferne zu begehren. Alles andere war unmöglich, wollte er nicht sein Leben riskieren. Hunter schmeckte das Salz, ehe er sich von ihr löste. Tränen rannen über ihre Wangen, er fing sie mit den Daumen auf. »Das, was du suchst, wirst du von mir nie bekommen können. Verzeih mir.« Seine Stirn gegen ihre gelehnt schloss er die Augen. Ihre Schicksale waren miteinander verknüpft, auch wenn Hunter nicht verstand, inwiefern.

Doch der größere Teil in ihm, der für sein rationales Denken stand, erkannte, dass für sie beide keine Hoffnung bestand und als er sich erneut von ihr löste, sämtliche Mauern hochzog und sich verbeugte, fühlten sie beide, dass sie sich gegenseitig etwas genommen hatten.

19.

Wenn sich die Stimmung zwischen zwei Menschen veränderte, fiel es Sora meistens sofort auf. Schon früher hatte sie schnell erkannt, wenn eine gewisse Spannung herrschte, so wie jetzt. Hunter und Tjara ignorierten sich, das war offensichtlich. Schon in dem Augenblick, in dem sie ihr im Wald begegnet war, hatte Sora bemerkt, dass Tjara in Hunter mehr als einen Fremden sah. Auch jetzt noch nahm sie diese Gefühle wahr, doch etwas war anders. Als verlangten sie ihr mehr ab. Sie beschloss, mit Tjara darüber zu sprechen, doch jetzt wartete zuerst eine wichtigere Aufgabe auf sie und ihr war nicht klar, wie Tjara darauf reagieren würde.

»Wir werden heute vom Großmeister erwartet«, informierte sie ihr Ebenbild. Seufzend wandte sich die Frau zu ihr herum.

»Wird er mir auch etwas von Magie erzählen?«

»Nein.«

Erleichterung packte Tjara, Sora bemerkte es daran, wie ihre Schultern sich entspannten. »Er wird es Euch zeigen.«

Tjara setzte gerade zu einer Antwort an, als Sora ihr das Wort abschnitt. »Ihr wollt mir nicht glauben und das akzeptiere ich. Aber Orion kann Euch den Beweis liefern. Warum wehrt Ihr Euch so dagegen?«

»Warum willst du unbedingt, dass ich daran glaube?« Frustriert warf sie die Arme in die Luft. »Ich habe nichts mit deiner Welt zu tun, geschweige denn mit deinem Thron. Wieso kannst du mich nicht einfach gehen lassen?«

»Das habe ich bereits gesagt.«

Augenverdrehend ließ sie sich auf das Bett fallen.

»Du hast von irgendwelchen Fragen gesprochen. Aber was sind das für Antworten, die du brauchst?«

Etwas musste Sora ihr sagen. Tjara tappte komplett im Dunkeln, was das Leben der Prinzessin anging und wenn Orion recht behielt, war die junge Frau unweigerlich mit ihrem eigenen Schicksal verknüpft. Womöglich konnten sie gemeinsam Antworten finden.

»Okay, ich werde Euch etwas erzählen.«

»Endlich.«

»Eine der Fragen, die ich mir stelle, ist, warum wir genau gleich aussehen.« Abwechselnd zeigte sie auf sich und Tjara.

»Menschen können sich ähnlichsehen.«

»Ähnlich, aber wir sehen genau gleich aus. Zudem sagte Orion, Ihr seid mit meinem Schicksal verbunden.«

»Welches Schicksal?«

Wenn Tjara ihr das mit der Magie schon nicht glaubte, dann das erst recht nicht. Trotzdem war sie ihr eine Erklärung schuldig, nachdem Hunter sie durch die Berge und den halben Wald geschleift hatte.

Sie nahm neben ihr Platz und suchte nach den richtigen Worten.

»In meiner Familie tritt das Phänomen auf, dass jede Prinzessin genauso aussieht wie die andere. Wir Königinnen unterscheiden uns meist nur in kleinen Details, so wie Augenfarbe, Nasengröße oder Gesichtsform. Es sind zumeist Merkmale, die nicht direkt ersichtlich sind.«

»Ich gehöre aber nicht zu deiner Familie.«

»Und eben das macht es so unglaublich, dass Ihr mir bis auf die Augenfarbe so sehr gleicht. So etwas gab es in den fast zweitausend Jahren, die unsere Blutlinie bereits existiert, noch nie.«

»Zweitausend Jahre?«

»Unser Stammbaum reicht sehr weit zurück. Doch in jeder Generation wurde eine Tochter geboren, und sie sah immer genauso aus wie die letzte Prinzessin, welche gekrönt wurde. Eure Existenz sollte demnach nicht möglich sein.«

»Aber ich lebe.«

»Und wir müssen herausfinden, wieso.«

Soras Worte lösten etwas in Tjara aus. Ihr war anzusehen, dass sie darüber nachdachte, als die Prinzessin erneut das Wort ergriff.

»Zufälle existieren in meiner Familie nicht.«

»Aber das erklärt immer noch nicht, warum du gegen deine Krönung bist. Es kann nicht nur an mir liegen.«

»Das tut es auch nicht.«

»Ich sehe doch, dass du wahnsinnige Angst davor hast.«

Kurz schaute Sora zu Hunter, der leicht nickte. Sie konnte Tjara vertrauen. Wenn sie sie auch nicht lange kannte, spürte sie doch eine Verbundenheit zu ihr, die sich von der zu Hunter nicht allzu groß unterschied.

»Wenn eine Prinzessin gekrönt wird, verändert sich ihr Wesen«, begann sie und schaute zu Boden. Sie schämte sich dafür, obwohl sie wusste, dass sie nicht schuld daran war. Egal wie sehr sie sich dagegen wehrte, schon jetzt fühlte sie, wie sie sich veränderte. Prinzipien gerieten ins Schwanken, als schaltete sich ihr Verstand aus und sobald er wieder an war, wusste sie nichts mehr. »Ich kann nicht sagen, wieso, oder was in dieser Zeit passiert, weil es ist, als hätte ich in diesen Momenten einen Blackout, aber manchmal tue oder sage ich Dinge, die ich sonst niemals von mir geben würde.«

»Was meinst du damit? Welche Dinge?«

»Schreckliche Dinge.«

»Und du kannst dich danach an nichts mehr erinnern?«

»Nein.« Schnell wischte sie sich über die Wange, ehe die Tränen laufen konnte. Sie musste stark bleiben. »Manchmal fehlen mir nur wenige Minuten, ab und zu sind es aber auch Stunden.«

»Fehlen dir auch ganze Tage?«
»Bisher nicht.«
Tjara legte den Kopf schief und musterte sie eingehend.
»Bist du vielleicht krank? Hast du dich schon mal ...«
»Mein Bruder hat die besten Ärzte der Welt angeheuert, aber niemand konnte etwas finden.«
»Wurdest du während dieser Blackouts schon einmal untersucht?«
»Glaubt mir, da ist nichts, was man finden könnte. Körperlich bin ich vollkommen gesund.«
»Bist du deswegen hier? Weil du hoffst, dass dieser Großmeister dir die Antworten geben kann, nach denen du suchst?«
»Ja. Wenn jemand weiß, was mit mir passiert, dann er. Ich weiß, das alles ist schwer zu glauben, aber Orion ist der älteste Magier der Welt, und wenn er mir nicht helfen kann, dann wird es niemand können.«
»Dann gehen wir also zu ihm?«
»Ich war bereits dort, doch ich kann nicht auf Antworten hoffen, solange er nicht ...« Sie war sich nicht sicher, ob Tjara sich darauf einlassen würde.
»Solange er nicht was?«
»Er möchte Euch kennenlernen.«
»Mich?«
»Orion entgeht nichts. Er wusste, dass Ihr mit uns reist, nachdem wir die Barriere erreicht hatten, und als ich ihm einen Besuch abgestattet habe, bat er um Euer Erscheinen.«
Tjara sah überrascht und ein wenig verunsichert aus. Für jemanden, der nicht in diese Welt hineingeboren war, musste Sora sich anhören wie eine Verrückte.
»Was sollte er von mir wollen?«
»Das weiß ich leider nicht, aber wenn es nötig ist, dich zu sehen, damit er unsere Fragen klärt, sollten wir ihm den Gefallen erweisen. Wäret Ihr bereit dazu?«
»Angenommen, ich stelle mich diesem Mann gegenüber. Was passiert danach? Kann ich erst wieder nach Hause, wenn wir uns gemeinsam präsent ...«
»Ihr könnt nie wieder nach Hause gehen, Tjara.«

»Was?! Was soll das heißen?«

Wie sollte sie ihr nur verständlich machen, dass es Schicksal war, welches sie erst zu Hunter und schließlich zu Sora geführt hatte? Selbst wenn man sie zusammen sah, würde sie niemand in Ruhe lassen, am wenigsten Aris.

Soras Bruder wusste um die Phänomene der Familie, Tjara war geradezu ein gefundenes Fressen für jeden, der darüber Bescheid wusste. Man würde sie verfolgen, ihr tausende Fragen stellen, auf die sie keine Antworten hatte, und ihr Leben Stück für Stück auseinandernehmen.

»Lasst uns Orion aufsuchen und hoffen, dass er die Rätsel lösen kann, die Eure Existenz umgeben.«

Wenig begeistert nickte sie ihre Zustimmung.

»Doch zuvor müsst ihr Areyas Sitten und Gebräuche lernen.«

Die Wachen wussten, wer sie war. Dieses Mal wartete Hunter vor dem Palast. Sora war sich im Klaren, wie er es hasste, wenn er sich seiner Waffen entledigen musste, und sie war sich sicher, dass Orion weder ihr noch Tjara etwas antun würde.

Wie sie es Tjara gezeigt hatte, ging sie auf die Knie. Als sie beide den Kopf nach unten senkten, schwebte der Großmeister schon zu ihnen hinüber. Er legte seine Finger unter Soras Kinn und hob es an. Bei Tjara tat er dasselbe und schaute sie abwechselnd an.

»Fesselnd. Ihr gleicht Euch wie ein Ei dem anderen.«

Keine von ihnen sagte etwas. »Tjara de Mondforté, Ihr gleicht einem Scherz der Natur. Eure Existenz ist ein Umstand, der viele von uns verunsichert.«

»Was meinen Sie damit?«

Sora biss sich auf die Lippen. Sie hatte Tjara erklärt, dass der Meister es hasste, etwas gefragt zu werden, doch das schien sie vergessen zu haben. Sora hoffte nur, dass er Tjara den Fehltritt verzieh.

Seine Augen richteten sich auf Sora. Er war wahrlich nicht begeistert, eine Frage gestellt zu bekommen.

»Wie auch die Prinzessin, wisst Ihr nichts über Eure wahre Bestimmung.«

»Die da wäre?«

Er lachte, dabei sah er abermals nicht glücklich aus, als er sie losließ und vor ihnen zurückwich. Tjara schreckte zurück, als er ihr plötzlich näherkam, die Hand in ihren Nacken legte und seine Stirn an ihre brachte.

»Ihr seid ein Wunder, eine Verstoßene.«

Sobald er sie losgelassen hatte, schwebte er zurück auf seinen Thron. »Ich kann Euch nicht geben, was Ihr sucht.«, wandte er sich jetzt an Sora. »Es ist mir untersagt.«

Sora erhob sich. Sie hatte alles getan, was er verlangt hatte, und das bekam sie dafür? Nur noch mehr Rätsel!?

»Dann gebt mir zumindest einen Hinweis. Ich stehe im Dunkeln, weiß nicht, wohin. Da gibt es so viele Fragen, und Ihr wisst die Antworten.«

»Ihr vergesst Eure Manieren, Prinzessin.«

»Und Ihr führt mich an der Nase herum!«

Der Großmeister verschwand und tauchte Sekunden später dicht vor ihr wieder auf, sodass sie zurücktaumelte und fiel.

»Wie gern würde ich Euch helfen, Euch geben, wonach es Euch so sehr verlangt. Doch es gibt nur eine Person, die dazu fähig ist. Laventura.«

Der Name hallte in ihren Ohren wider. Sora wusste sofort, von wem er sprach. Aber das konnte unmöglich stimmen. Diese Frau existierte nur in Geschichten, sie konnte nicht real sein.

»Das kann nicht ...«

»Ihr schenkt meinen Worten keinen Glauben?«

Sie sah zu Tjara, die ebenso verwirrt aussah. Wie konnte Laventura existieren und wo? In ihrer Kindheit hatte sie unglaubliche Geschichten über die Frau in Schwarz gehört.

Es hieß, sie sei ein Schatten, das mächtigste Wesen dieser Welt, selbst Orions Kraft wäre nichts im Gegensatz zu der ihren. Aber all das waren doch Märchen. »Sie existiert und nur sie allein ist dazu bestimmt, Euch zu sagen, was Ihr wissen wollt. Doch dazu müsst Ihr bereit sein, ein Opfer zu bringen.«

»Ein Opfer?«

Er schaute ihr in die Augen und es fühlte sich an, als blicke er direkt in ihre Seele. Dann wandte er sich von ihr ab.

»Geht jetzt.«

Sora wusste, dass das Gespräch beendet war, obwohl sie noch so viele Fragen hatte. Wenn Orion ihr nicht sagen wollte, wo sie Laventura fand, musste sie es eben selbst herausfinden.

20.

Tjara

Sora wirkte bedrückt und wütend, doch sie sagte nichts. Seit sie den Tempel verlassen hatten, herrschte eine unangenehme Stille zwischen ihnen, die sich nicht überwinden ließ. Schweigend folgten Tjara und Hunter Sora bis ans Wasser.

Der klare See schien sie zu entspannen. Lange schaute sie darauf herunter, atmete tief durch. Tjara beruhigte der Anblick ebenfalls.

Sie sah bis auf den Grund, Steine, Muscheln, Fische. Er erinnerte sie an den Wasserfall und die kleinen Tierchen, die ihren Fuß auf wundersame Weise geheilt hatten. Es war wie Magie.

Während sie weiter das klare Blau fixierte, lief sie zu Sora.

»Als Hunter sich auf die Suche nach dir gemacht hat und ich auf den Wasserfall gestoßen bin, ist etwas Seltsames geschehen«, begann sie. Dieser Orion oder Großmeister, wie immer sie ihn nannten, war kein Mensch. Er hatte sich so rasch bewegt, dass Tjara ihn nicht kommen sah und dann stand er plötzlich direkt vor Sora.

Zudem schwor sie, dass Hunters Augen eine andere Farbe angenommen hatten, als sie in den Wäldern unterwegs gewesen waren. Als sie sich den Fuß verletzt hatte, hatte Hunter etwas gemacht, das den Schmerz verschwinden ließ.

Bis heute glaubte sie, sich geirrt zu haben, dass ihr Kopf ihr einen Streich gespielt hatte, doch was, wenn es real war?

Wenn Magie tatsächlich existierte?

Das klang lächerlich, dennoch ließ sich das Geschehene nicht leugnen. Sora hörte ihr schweigend zu. »Kurz bevor ich Tirathea verlassen habe, hatte ich mir den Fuß verstaucht. Mir war es kaum möglich, damit zu laufen, geschweige denn zu schwimmen, und dann waren da diese kleinen Fische. Sie waren wunderschön, sind um mich herumgeschwommen und plötzlich war der Schmerz einfach weg und mein Fuß verheilt.«

Sie spürte, dass Sora sie ansah. »Ich weiß nicht, was all das zu bedeuten hat, und es macht mir Angst, aber ich kann auch nicht leugnen, was ich bisher erlebt habe.« Jetzt drehte sie sich zu ihr. »Wir werden zusammen nach den Antworten suchen, aber du darfst mir nichts mehr verschweigen. Du sagst, es gibt einen Grund, warum wir uns begegnet sind, wieso ich genauso aussehe wie du und für alles andere, was bisher geschehen ist.«

»Nichts geschieht ohne einen Grund.«

Zum ersten Mal standen die beiden sich direkt gegenüber, frei von Vorurteilen. Sie vertrauten sich.

»Dann wird es Zeit, dass wir uns zusammentun.«

»Auf diesem Weg kann sehr viel passieren und leider nicht nur Gutes. Ich weiß, dass Ihr nach Hause wollt ...«

»Ja, ich will zurück in meine Wohnung, wo ich den ganzen Tag allein bin oder in meinen Laden, der am Tag vielleicht drei bis viermal besucht wird.« Tjara seufzte. »Weißt du, ehrlich gesagt ist mein Leben beschissen. Ich habe mit meiner Familie so gut wie keinen Kontakt, verlasse das Haus kaum, und meine einzige Freundin betrinkt sich beinahe jeden Tag, und schleppt einen Typ nach dem anderen ab.«

»Aber Ihr seid frei.«

»Nur nutze ich diese Freiheit nicht.« Sie musste lächeln. »Mara sagte einmal zu mir, ich solle die Abenteurerin in mir rauslassen, ... ich denke, jetzt bin ich bereit dazu.«

»Und auch wenn ich mich anfangs wie eine blöde Kuh verhalten habe, bin ich froh, Euch begegnet zu sein.« Sora schloss Tjara in die Arme. »Es ist, als hätte ich eine Schwester bekommen, obwohl ich sie nie gesucht habe.«

Schneller, als Tjara reagieren konnte, schob Sora sie von sich weg, die Augen weit aufgerissen.

»Was ist?«

»Wir sind wie Schwestern.«

»Naja, soweit würde ich vielleicht noch nicht gehen«, erwiderte Tjara. Sie kannten sich erst seit zwei Tagen und waren nicht besonders fürsorglich miteinander umgegangen.

»Nein, denkt doch mal nach«, unterbrach Sora sie. »Ihr seht genauso aus wie ich, obwohl das völlig unmöglich sein sollte.«

»Ich weiß ja wohl, wer meine Eltern sind.«

»Aber eine andere Erklärung gibt es nicht ...«

»Sora ...«

»Tjara, ausschließlich die Frauen meiner Blutlinie sehen so aus wie ich.«

»Vielleicht bin ich ja die große Ausnahme.«

Tjara glaubte nicht daran. Ungläubig schüttelte sie den Kopf. Dass sie Schwestern sein sollten, war doch ein bisschen übertrieben. Okay, sie sah zwar aus wie die Prinzessin, und das war bisher noch nie vorgekommen, aber dass sie von einer Blutlinie abstammen sollten, war doch Blödsinn.

Tjara und ihre Eltern waren immer ehrlich miteinander umgegangen, wäre sie adoptiert oder gar von königlichem Blut, hätte man ihr das gesagt. »Jedenfalls ist das Unsinn. Lass uns lieber den Fragen auf den Grund gehen, die wirklich von Bedeutung sind.«

»Ihr glaubt mir vielleicht nicht, aber ich werde die Wahrheit schon noch herausfinden.« Ohne ein weiteres Wort wandte Sora sich um.

Während Sora Geistern hinterherjagte und Hunter ihr aufopferungsvoll dabei half, beschloss Tjara, sich bei Miron zu entschuldigen. Sie erinnerte sich an die

Geschehnisse von gestern Abend, wie sie ihn dazu benutzt hatte, Hunter eifersüchtig zu machen. Zwar landete sie damit einen sensationellen Erfolg, jedenfalls für ein paar Minuten, aber es war unfair von ihr gewesen. Um Miron keine falschen Hoffnungen zu machen, nicht, dass er diese hätte, musste sie reinen Tisch machen.

Doch als sie zur VIP-Lounge gelangte, war er nicht da. Die Party war in vollem Gange, als hätte sich seit gestern Abend nichts geändert. Sie verließ den Club wieder und wandte sich an den Mann, der ihrer Meinung nach das Sagen hatte, wenn Miron nicht anwesend war.

Der Barkeeper, dessen Namen sie nicht kannte, bediente seine Gäste, als Tjara sich an die Bar setzte. Außerhalb des Clubs hörte man keine Musik, die Wände waren schalldicht. »Was kann ich Euch bringen?«

»Nichts, Danke, wissen Sie, wo ich Miron finde?«

»Der Boss ist im Moment nicht da.«

Somit hatte er das Offensichtliche preisgegeben, aber wo war er?

»Das habe ich bemerkt, doch wo finde ich ihn?« »Gar nicht, er findet Euch.«

Sollte ihr das etwas sagen? Warum sprachen hier alle in Rätseln? Sie lebten nicht im neunzehnten Jahrhundert. Mit der Antwort ließ sich nichts anfangen.

»Und was muss ich tun, damit er mich findet?«

Er fing an zu grinsen, stellte ein Glas auf die Theke vor ihr und füllte es mit einem weißen Getränk. Scheinbar war er nicht erpicht darauf, ihr zu helfen. »Danke.«

Genervt kippte sie den Drink runter und schüttelte sich. Da Sora und Hunter unterwegs waren, beschloss sie, sich ein wenig hinzulegen. Der Tag war anstrengend, obwohl sie nichts getan hatte. Der Besuch bei Orion ging ihr nicht aus dem Kopf. Er wusste etwas und doch gab er nichts preis. Es war alles so verworren. Tjara wurde das Gefühl nicht los, dass ihr etwas entging.

Frustriert lief sie die Treppen hinauf zu ihrem Zimmer. Beim Betreten setzte ihr Herz aus, als sie die Gestalt am Fenster wahrnahm und gab eine Sekunde später Entwarnung.

Miron saß an der Fensterbank gelehnt, ein Lächeln auf den Lippen, und beobachtete sie, als hätte er schon die ganze Zeit auf sie gewartet. Überrascht und genervt ließ sie sich auf das Bett fallen.

»Was tust du hier? Wie bist du hier reingekommen?«

»Das ist immerhin meine Taverne.«

»Also nimmst du dir einfach das Recht, und brichst in mein Zimmer ein?«

Er verließ den Platz am Fenster und ließ sich ihr gegenüber auf Soras Bett nieder.

»Ich habe gehört, dass du nach mir suchst?«

Hatte er das? Dieser Mann war genauso seltsam wie alles, was sie bisher erlebt hatte.

»Habe ich. Ich wollte mich wegen gestern bei dir entschuldigen.«

»Wofür? Du hast schließlich nichts getan.« Schon wieder trat auf seine Lippen dieses charmante Lächeln.

»Doch. Ich habe dein Interesse an mir genutzt, um einem anderen wehzutun. Damit habe ich ein schlechtes Licht auf mich geworfen und dir vielleicht falsche Hoffnungen gemacht.«

»Falsche Hoffnungen?«

»Bitte, versteh das nicht falsch, ich möchte dir nicht unterstellen, dass du irgendwas für mich empfindest. Ich meine, wir kennen uns kaum, ... ich möchte mich einfach nur entschuldigen. Ich bin zu weit gegangen.«

Er wirkte kein bisschen verärgert, eher vergnügt. Als sei all das nur ein Spiel für ihn. Hatte Sora recht? Konnte sie ihm trauen?

»Darf ich dir eine persönliche Frage stellen?« Er gesellte sich zu ihr auf das Bett, ließ die Finger über die weißen Laken gleiten, während er sie fixierte. Tjara schaffte es nicht, sich gegen seinen Blick zu wehren. Es hatte etwas Betörendes, wie er sie anschaute. Wie eine Hypnose.

»Ja.«

»Was empfindest du für diesen Mann?«

Er sprach von Hunter. An ihn wollte sie als allerletztes denken. Ihr ging der Kuss nicht mehr aus dem Kopf. Wie er sie berührt hatte, seine Hände an ihrer Brust, seine Lippen auf ihren. So intensiv und überwältigend, dass sie dafür keine Worte fand. Doch wie er bereits gesagt hatte, konnte er nicht ihr gehören und sie niemals ihm.

Das ließ sie traurig werden. Endlich war sie geküsst worden und dann ausgerechnet von einem Mann, der einer anderen verpflichtet war. Sollte Sora jemals dahinterkommen, was sie getan hatten, würde sie ihn umbringen. »Tjara?«, riss Miron sie aus ihren Gedanken.

»Tut mir leid. Ich kann nicht darüber reden. Du solltest jetzt besser gehen.« Sie stand auf, lief durch den Raum.

»Ist alles okay?«

»Nein, ich meine Ja. Bitte, geh einfach.«

Miron stand auf. Er wollte sie in den Arm nehmen, doch Tjara wehrte sich dagegen. »Du kannst mit mir reden, weißt du?«

»Das möchte ich aber nicht. Bitte, Miron, geh einfach.«

Er ließ sich nur schwer davon überzeugen, dass es ihr halbwegs gut ging. Nachdem er sich verabschiedet hatte, verließ er das Zimmer.

Derweil nahm Tjara den Platz an der Fensterbank ein. Sie beobachtete die Menschen, die durch die Stadt liefen. Sora und sie hatten sich absolute Ehrlichkeit versprochen, aber wie konnte sie das einhalten, wenn sie ihr das Wichtigste von allem verschwieg? Hunter zu küssen war falsch gewesen, so gut es sich auch anfühlte.

Tjara konnte nicht schlafen. Sie versuchte es viele Male, doch die Ruhe kam nicht. Immer wenn sie die Augen schloss, spürte sie Hunters Lippen auf ihrem Mund, ihrem Hals, seine Hände auf ihrem Körper. Ihr wurde glühend heiß.

Keuchend strampelte sie die Decke von sich, drehte sich nach rechts, dann nach links. Ihr Herz bebte bei dem Gedanken an ihn. Sie wollte ihn erneut küssen, gleichzeitig plagte sie das schlechte Gewissen, ihre neugewonnene Freundin zu belügen.

Frustriert setzte sie sich an den Rand des Bettes und umklammerte das Holz so fest, dass es schmerzte. Tjara wurde schlecht, so heiß war ihr. Was sollte sie jetzt tun?

Ihr Verlangen ließ sich nicht mehr unterdrücken, seitdem sie wusste, wie mächtig es war.

Die Luft im Zimmer wurde unerträglich stickig. Gott, ihr war so heiß.

Während alles vor ihren Augen verschwamm, kämpfte sie sich zum Fenster und riss es weit auf. Kühle Luft drang in ihre Lungen, aber es half nicht.

Was zum Teufel war hier los?

Nach Luft schnappend, zog sie sich den Pullover über den Kopf und feuerte ihn in die Ecke. Ihr Brustkorb zog sich schmerzhaft zusammen. Keuchend drehte sie sich um, sie wollte zurück zum Bett, doch ehe sie es erreichte, wurde alles schwarz. Das Letzte, woran sie sich erinnerte, war der Geruch dunkler Gewürze.

Hunter

Er hätte sich dafür verfluchen können, nicht bei der Sache zu sein. In seinem Kopf existierten nur noch Tjara und der Moment, in dem er sie geküsst hatte. So sehr er sich auch dagegen wehrte, schaffte er es nicht, die Erinnerungen zu verdrängen.

Sora stand inmitten der Bücher und durchblätterte sie in Windeseile. Sie hatte Hunter nicht gesagt, wonach sie suchte, so konnte er nur tatenlos neben ihr stehen und sich in Gedanken daran ergehen, wie er Tjara ein weiteres Mal küsste.

»Ich glaube, ich habe etwas gefunden«, ließ Sora verlauten. Hunter gab sich große Mühe, ihren Worten zu folgen, als sie ihm ein Bild zeigte. Darauf war eine Frau mit mittellangen roten Haaren zu sehen. Um sie herum waren verschiedene Symbole gezeichnet. Es sah aus, als stände sie inmitten eines Bannkreises. Hunter kannte sich nicht gut genug mit Magie aus, um eine Antwort auf das zu finden, was er da sah. Die Überschrift lautete ‚Mythen und Legenden der Laventura.'

»Wer ist sie?«, fragte er.

Sora las die Zeilen im Stillen. Ihre Augen wurden immer größer. Schnell blätterte sie weiter. Mit jedem Abschnitt, den ihre Augen überflogen, schien sie überraschter zu sein, bis sie das Buch zuschlug.

»Wir müssen sofort zurück.«

Hunter fragte erst gar nicht nach, sondern folgte ihr.

So aufgebracht hatte er seine Prinzessin schon lange nicht mehr gesehen. Die Bibliothek Areyas bot ein beeindruckendes Sortiment an Geschichte und Legenden. Er stellte sich niemals sinnlose Fragen, doch plötzlich überlegte er, ob er in dieser Bibliothek auf Antworten über seine eigene Herkunft stoßen könnte.

Sora rannte praktisch durch die Stadt zurück zur Taverne. Sie nahm immer zwei Stufen auf einmal und schloss hektisch die Tür zu ihrem Zimmer auf.

Plötzlich ließ sie den dicken Wälzer fallen und rannte los.

»Tjara?!«, rief sie und warf sich auf die Knie.

Tjara lag mitten im Zimmer auf dem Boden. Sie hatte den Pullover ausgezogen und trug nur ein Shirt. Ihrem Atem nach war sie am Leben, ihr Herz schlug nur zu schnell. Hunter hob sie auf seine Arme und legte sie ins Bett. Ihr Körper entsandte Gerüche, die Hunter nicht bekannt waren, doch sie roch erkrankt.

»Was ist mit ihr?«

Einer Ahnung nachgehend schaute er sich im Zimmer um und entdeckte das kleine Kästchen, das der Arzt ihnen hinterlassen hatte.

»Womöglich hat sie vergessen, ihre Medizin zu benutzen«, gab er zu bedenken und öffnete die Schatulle. Sora löste den Verband an ihrem Oberarm. Die Wunde sah übel aus. Das war Elays Schuld. Der verdammte Mistkerl hatte ihr das angetan!

Während Sora die Wunde mit der Medizin bestrich, überlegte Hunter, wie er diesen Wahnsinnigen loswerden konnte.

Der Vampir war ein ernstzunehmender Gegner. Hunter hatte keine Angst vor den Menschen. Sie waren zu schwach, um ihn zu töten, zu langsam, doch Elay hatte eine Chance, sein Ziel zu erreichen. Dessen Schwur nahm Hunter nicht auf die leichte Schulter. Er würde sie jagen, wenn nötig bis ans Ende der Welt, denn das, was Hunter ihm einst genommen hatte, hatte ihn rachsüchtig werden lassen. Elay war kaum mehr Herr seiner Sinne, das machte ihn unberechenbar.

»Sie wacht nicht auf.«

»Dann lasst sie schlafen.«

»Wir müssen mit den Leuten reden, herausfinden, ob irgendjemand etwas über Laventura weiß.«

»Das werden wir, sobald Tjara wieder auf den Beinen ist und auch Ihr Euch etwas Ruhe gegönnt habt.« Er hob das Buch vom Boden auf.

»Wir haben keine Zeit dafür.«

Als sie versuchte, danach zu greifen, hielt er es hoch.

»Euch bleibt noch mehr als genug Zeit. Seid nicht so stur und tut, was ich sage.«

»Du bist in letzter Zeit seltsam«, erwiderte sie. »Was ist los? Liegt es an Tjara?«

»Ich habe Euch Tagelang gesucht. Ihr habt in den Wäldern geschlafen, Euch gefürchtet, und ich war nicht da, um Euch zu beschützen. Seitdem seid Ihr nicht einmal richtig zur Ruhe gekommen. Ich spüre Eure Kräfte schwinden.«

»Mir geht es gut.«

»Euch wird es noch besser gehen, wenn Ihr Euch ausgeruht habt. Jetzt legt Euch schlafen, in der Zwischenzeit werde ich schauen, was ich herausfinden kann.«

Prinzessin Sora war niemand, der schnell nachgab, dennoch legte sie sich seufzend ins Bett und starrte zur Decke. Sie hatte recht, das ließ sich nicht leugnen. Hunter veränderte sich, er begann zu empfinden.

Er fühlte Soras Angst, ihre Unsicherheit, den Unmut. Tausende Fragen schwirrten durch ihren Kopf. Schon vor ihrer Flucht war dem so gewesen und es wurden von Tag zu Tag mehr. Seit Tjaras Erscheinen auf der Bildfläche wuchsen sie weiter.

»Ihr macht Euch zu große Sorgen.«

»Findest du es nicht seltsam, dass sie Jahrelang in derselben Stadt wohnt, wir aber noch nie von ihr gehört haben und plötzlich begegnen wir ihr?«

»Ihr kennt viele Menschen Eures Volkes nicht.«

»Aber niemand von ihnen sieht genauso aus wie ich.« Ihre Augen erfassten Hunter.

»Glaubt Ihr, dass sie Eure Schwester ist, weil Ihr Euch eine wünscht, oder weil Ihr hofft, so Eurem Thron zu entkommen?«

Es war eine durchaus berechtigte Frage und dem Blick nach zu urteilen, den sie Tjara zuwarf, stellte sie sich diese ebenfalls.

»Macht es mich zu einem schlechten Menschen, mir zu wünschen, ich könnte ihren Platz einnehmen?«

»Nein, es macht Euch menschlich.«

Er war sich im Klaren darüber, dass sie ihre Aufgabe auf dieser Welt hasste, doch egal wie sie sich anstrengte, ihrem Schicksal konnte sie nicht entkommen. Es stand ihr zu, es zu versuchen, doch letztlich war es in etwas mehr als zwei Monaten so weit. Der König wartete nicht auf ihre Rückkehr. Seine Ritter waren auf dem Weg hierher.

»Apropos menschlich«, erneut nahm sie ihn in Augenschein. »Was ich da im Wald gesehen habe, war keine Illusion, oder?«

Ihm war sofort klar, wovon sie sprach. Tjaras Blut hatte sein eigenes in Wallung gebracht und dem Monster erlaubt, an die Oberfläche zu gelangen. Seither hatte er zwar die Kontrolle behalten, doch in diesem Augenblick war sie ihm mit einer Wucht entrissen worden, die er nicht erwartet hatte.

»Habt Ihr Angst?«

»Du beschützt mich schon mein Leben lang. Jeder andere hätte mich vermutlich längst umgebracht, trotzdem gehorchst du mir. Warum hast du es mir nicht gesagt?«

Er stand an der Tür, den Blick auf seine Prinzessin gerichtet. Es gab so vieles, das sie nicht über ihn wusste.

Einiges, das er selbst nicht verstand. Wie zum Beispiel sein schlagendes Herz. Wie konnte er ihr etwas erklären, von dem er keine Ahnung hatte, wie es möglich war?

»Weil ich nicht wusste, wie Ihr darauf reagieren würdet.«

»Dachtest du, ich würde dich verabscheuen?«

»Tut Ihr das denn nicht?«

Ein Lächeln legte sich auf ihre Lippen.

»Du bist der Einzige, auf den ich mich all die Jahre verlassen konnte. Es gibt niemanden, dem ich mehr vertraue. Ich könnte dich nie hassen, oder verabscheuen.«

Darauf wusste er nichts zu erwidern. Es war das erste Mal, dass sie sich so offen gegenübertraten.

»Dann verzeiht mir mein Geheimnis.«

Sie nickte und schloss die Augen.

Hunter wartete, bis ihr Atem sich beruhigte und er sicher war, dass sie schlief. Das Tier wälzte sich, während das Monster nach Blut lechzte. Er hatte zu lange keine Nahrung mehr zu sich genommen, es wurde Zeit, wieder zu jagen.

Da er die Stadt nicht verlassen durfte, musste er sich anderweitig darum kümmern, Nahrung zu finden. Leider gab es hier nicht genug Möglichkeiten dazu und er hasste es, sich von Menschen zu ernähren.

Der Vampir hielt nicht mehr lange durch, Hunter spürte, wie er die Fänge ausfuhr.

Wenn er sich nicht beeilte, würde die Bestie die Kontrolle übernehmen.

Die Berge hatten die perfekte Gelegenheit geboten. Dort gab es genug Beute.

Kurzerhand machte er sich auf den Weg zu Orions Tempel. Er hoffte nicht darauf, dass der Großmeister ihn hinausließ, doch den Versuch wagte er dennoch. Sicher war der Magier nicht scharf darauf, dass Hunter sein Volk anfiel.

Die Wachen ließen ihn nicht hinein, ohne dass er die Waffen ablegte und das kam nicht in Frage. In

Anwesenheit seiner Prinzessin hatte er es nicht gewagt, ihm zu nahe zu kommen, doch ohne sie war es nur eine Frage der Zeit.

»Legt Eure Waffen nieder, sonst wird Euch der Großmeister nicht empfangen«, sagte der stämmige Kerl zum vierten Mal.

Hunter erwägte, ihm den Kopf abzuschlagen, doch das wäre zu übertrieben. Dennoch transformierten sich seine Augen und die Fänge wuchsen. Mit jeder Sekunde wuchs sein Hunger. Der Mann zog sofort sein Schwert. »Hört auf damit!«

»Lasst mich hindurch«, knurrte er.

Die Türen glitten auf, ohne dass die Männer sich rührten, was bedeutete, dass Orion seine Anwesenheit bemerkt hatte. Er betrat das Gemäuer.

»Ich habe Euch bereits erwartet, Hunter.«

Er erwiderte nichts. Der alte Mann war nirgends zu sehen, aber seine Sinne erfassten ihn. Er war in diesem Raum, nur zeigte er sich nicht. Etwa aus Angst? »Ihr wollt hinaus ins Tal, nicht wahr?«

»Ich brauche Nahrung.«

»Um Euren Hunger zu stillen, doch glaubt Ihr wirklich, dass Ihr ewig so weitermachen könnt?«

»Seit über tausend Jahren lebe ich mit dieser Bürde.«

»Und Ihr wollt auch die nächsten tausend Jahre in Demut verbringen?«

Hier ging es um weit mehr als Hunters Hunger.

»Spart Euch Eure Lehren für die Menschen auf.«

»Auch Ihr könnt noch so einiges von mir lernen.«

Der alte Knirps erschien direkt vor seinen Augen. Er schwebte auf einer Wolke der Magie, die golden schimmerte.

»Daran hege ich kein Interesse.«

»Es gibt so viel, was Ihr nicht wisst.«

»Eure Rätsel langweilen mich. Lasst mich die Stadt verlassen, bevor einer Eurer Untertanen meine nächste Mahlzeit wird.« Er verzichtete auf Freundlichkeit, wenn seine Prinzessin nicht anwesend war und offenbar schien das dem Magier nur wenig auszumachen.

»So sei es, Ihr seid frei zu gehen.«
Nachdem er sich zum Dank verbeugt hatte, wandte er sich um.
»Vergesst niemals, dass auch Eure Zeit auf dieser Welt begrenzt ist, jedenfalls für einen Teil von Euch.«
»Was wollt Ihr damit sagen?«
»Eure Zeit hat begonnen abzulaufen. Ihr verändert Euch. Plötzlich fühlt Ihr, der Hunger ist stärker als jemals zuvor.«
Damit hatte er nicht unrecht. Nicht nur, dass er sich zu einer Frau hingezogen fühlte, die er nicht kannte, ebenso kämpfte die Bestie gegen ihn an, stärker als je zuvor. Als wolle sie ihm etwas zeigen.
»Wenn Ihr mir nicht sagen könnt, woran das liegt, ist dieses Gespräch beendet.«
»Ich könnte Euch diesen Gefallen tun, aber wärt Ihr bereit, mir etwas dafür zu geben?«
Er hatte schon geahnt, dass der Meister dafür eine Gegenleistung erwartete. Aber Hunter war niemandem außer Sora unterstellt.
»Ich verzichte.« Er ließ ihn zurück, lief an den Wachen vorbei und verließ den Tempel. Selbst, wenn es ewig dauern sollte, würde er herausfinden, warum er sich veränderte und was das zu bedeuten hatte, dafür brauchte er den alten Krüppel nicht.

21.

Hunter

Seine Knochen knackten, das schwarze Fell zog sich zurück in seine Haut und die Augen veränderten ihre Farbe von schimmerndem Gold zu leblosem Grau.

Hunter schaute auf die Stadt hinunter, in der seine Prinzessin und Tjara tief und fest schliefen, während er sich die Kleidung überzog. Er befreite sich von Erde und Blättern, dann band er die Haare zu einem Zopf.

Beide Wesen in ihm waren vollständig befriedigt und würden sich hoffentlich nicht mehr allzu schnell bemerkbar machen.

Nachdem er seinen Waffengürtel umgebunden hatte, verließ er den Wald.

Orion bemerkte ihn, bevor er die Barriere erreicht hatte. Die Wand schimmerte in friedlichen Farben und öffnete sich, sobald Hunter davor trat. Er hatte schon erwartet, dass der alte Mann ihn nicht mehr reinlassen würde.

So früh am Morgen, war ein Großteil der Magier noch nicht unterwegs. Miron erwartete ihn vor der Taverne, die Hände in den Hosentaschen.

»Du warst also Jagen?«

Er hatte vor, direkt an ihm vorbeizulaufen, er schuldete ihm keine Antwort, doch heute Morgen setzte der Magier wieder auf einen Streit und wenn er ihn weiter nervte, würde er diesen auch bekommen.

»Was ich wann tue, geht Euch nichts an.«
»Tun wir doch nicht so, als könnten wir uns in irgendeiner Form leiden oder würden uns respektieren. Ich kann dich nicht ausstehen und du mich nicht.«
»War das alles?«
Wenn Hunter eines hasste, dann, von Abschaum berührt zu werden. Miron schien zu ahnen, dass er sich auf gefährlichem Terrain bewegte und nahm die Hand von seiner Schulter.
»Wie geht es Tjara?«
Hatte er mitbekommen, dass sie umgekippt war? Natürlich, schließlich gehört ihm der *Phönix*, wahrscheinlich hatte er seine Augen und Ohren überall.
»Das geht dich nichts an.«
»Ich habe sie gestern besucht. Sie hat sich eigenartig benommen.«
Ihm fiel auf, dass Miron sich ernsthaft sorgte. Wenn Hunter auch nicht klar war, was er damit bezweckte, Tjara näher zu kommen, lag ihm allem Anschein nach doch etwas an ihr.
»Vielleicht kann sie dich einfach nicht leiden«, gab er genervt zurück und betrat den *Phönix*. Miron folgte ihm. So schnell ließ er sich nicht abspeisen.
Hunter ignorierte ihn, er musste zurück zu seiner Prinzessin, ehe sie sein Verschwinden bemerkte. Auch wenn sie den Vampir sah, so hatte sie keine Ahnung, womit sie es wirklich zu tun hatte. Es würde sie nur in Gefahr bringen.
Stumm lauschte er den Herzschlägen im Zimmer. Eine der beiden erwachte. Leicht klopfte er.
»Ja?«
Tjara saß aufrecht im Bett, das Gesicht in die Hände gestützt und schaute zu Boden. Sie sah müde aus.
»Wie geht es Euch?«, fragte er ernsthaft besorgt. Ihr Geruch war verändert.
Sie roch weniger kränklich.
»Besser als gestern. Was ist passiert?«
»Ihr seid umgekippt. Könnt Ihr Euch nicht mehr daran erinnern?«

Sie massierte sich die Schläfen.

»Ich weiß noch, dass Miron im Zimmer war, als ich zurückgekommen bin. Mir wurde plötzlich ganz heiß und schwindelig, dann wurde irgendwann alles schwarz.«

»Die Wunde an eurem Arm ist daran schuld. Denkt immer daran, eure Medizin zu benutzen.« Er deutete auf die Schatulle auf dem Tisch neben ihr. »Sie verhindert, dass die Entzündung der Wunde schlimmer wird.«

Nickend rieb sie sich den Arm. Hunter spürte ihre Unruhe, ebenso nahm er eine Veränderung an ihrem Geruch wahr. Besorgt lief er zu ihr. Musste sie die Wunde ein weiteres Mal einreiben? Er ging auf die Knie und berührte ihren Arm, da schaute sie auf. Ihre Augen glänzten. »Geht es Euch gut?«

»Nein.« Ihr Atem wurde schwer. Hunter bemerkte die Erweiterung ihrer Pupillen. »Wollt Ihr an die frische Luft?«

Ohne zu antworten, sprang sie auf. Er folgte ihr nach draußen, wo sie unruhig hin und her lief, sich über die Stirn rieb und fluchte. Unschlüssig blieb er vor der Taverne stehen und beobachtete sie. Ihre Körpertemperatur stieg rasant an, obwohl es kalt war.

»Ich muss einfach hier weg«, brummte sie, als führe sie einen inneren Monolog. Sie ging weiter, ohne sich nach ihm umzusehen. Er konnte sich nicht daran erinnern, etwas getan oder gesagt zu haben, demnach lief er ihr hinterher. Sobald sie es bemerkte, setzten sich ihre Beine schneller in Bewegung.

»Tjara, redet mit mir.«

»Kannst du mich nicht einfach in Ruhe lassen?!«, knurrte sie.

»Nicht, wenn Ihr erneut umkippt. Wenn es Euch schlecht geht, solltet Ihr Euch wieder hinlegen.« Sora brauchte immer Schlaf, wenn sie erschöpft war, darum verstand er nicht, warum sie vor ihm wegrannte.

»Mir geht es gut.«

»Das glaube ich nicht. Eure Temperatur ist angestiegen, ihr atmet schwer, die Pupillen sind geweitet, zudem hat sich Euer Geruch verändert.«

Prompt blieb sie stehen und drehte sich zu ihm herum.
»Woher weißt du das?«
»Ich bin aufmerksam.«
Sie schaute zu Boden, als schäme sie sich für etwas, dabei gab es überhaupt keinen Grund dazu. Wieso sagte sie ihm nicht, was das Problem war, sodass sie es aus der Welt schaffen konnten?
»Wenn ich Euch wütend gemacht haben sollte, mit was auch immer, tut es mir ...«
»Wütend«, wiederholte sie leise und schaute auf. Ihre Pupillen füllten die Iris jetzt vollkommen aus. Hunter verstand erst, was sie vorhatte, als ihre Lippen auf seinen lagen. Sein Kopf riet ihm, das hier augenblicklich zu beenden, doch sein Körper geriet in Wallung. Das Blut in seinen Adern kochte. Seine Augen transformierten sich binnen Sekunden. Schnell hob er sie auf die Arme und trug sie aus dem Sichtfeld der Umherstehenden.

Tjara

Was zum Teufel tat sie hier? Hunter hatte ihr klipp und klar gesagt, dass zwischen ihnen nie mehr sein würde, und dennoch konnte sie nichts dagegen tun, als sich ihm hinzugeben. Tjara wusste nicht, wohin er sie brachte, aber das war egal, alles, was jetzt zählte, war, dass sie ihr Verlangen befriedigte.
Kurz bevor sie umgekippt war, hatte sie genau dasselbe verspürt. Sie wollte ihn, so sehr, dass es schmerzte. Jede Faser ihres Körpers sehnte sich nach ihm, flehte um seine Berührung. Es raubte ihr den Atem, bis sie ihn geküsst hatte. In diesem Moment war sämtlicher Druck von ihren Schultern gefallen. Die Lust schoss heiß durch ihren Körper bis zu ihrem Unterleib.
Keuchend fuhr sie mit den Händen in seine Haare. Tjara konnte sich nicht erklären, woher es kam, warum sie vor Lust zerging, und Hunter fragte nicht nach.

Stattdessen schob er seine Hände unter ihr Shirt, umfasste ihre Brüste. Hinter sich spürte sie die harte, kalte Mauer, doch Hunters Unterleib an ihrem raubte ihr jegliche Sinne. Fest stieß er gegen sie, während seine Lippen sie den Hals hinab küssten.

Wimmernd schob sie die Finger zu seinem Kinn. Sie brauchte seine Lippen auf ihren. Der Drang war so überwältigend, dass es wehtat. Hunter wusste, was er zu tun hatte. Fest küsste er sie und schob seine Zunge zwischen ihre Lippen, als sie keuchte.

In ihrem Kopf drehte sich alles, als er ihre Brüste in demselben Tempo knetete, wie sein Unterleib gegen sie stieß. Stöhnend schlang sie die Arme um seinen Hals. Ihr wurde schwindlig, so gut fühlte es sich an.

Der Druck baute sich zu schnell auf und ließ nicht nach. Unnachgiebig rieb Hunter sich an ihr, während sein Mund jetzt wieder ihren Hals liebkoste. »Hunter«, keuchte sie ihm ins Ohr.

Seine Hand wanderte in ihre Haare, zog sie sanft daran zurück, sodass er sie erneut küssen konnte. Die andere hielt sie, als wöge sie nicht mehr als eine Feder. Ihr Körper explodierte.

Tjara verstand nicht, was da mit ihr vorging, doch es fühlte sich fantastisch an. Hunter fing ihr Stöhnen mit seinen Lippen auf, rieb sich noch härter an ihr, als ginge es um Leben und Tod, sie glaubte sogar, ihn knurren zu hören.

Ihre Körper stoppten gleichzeitig in der Bewegung. Das unbändige Verlangen war verschwunden, zurück blieb nur die Scham.

Fest umschlang sie seinen Hals, in ihren Augen bildeten sich Tränen. Sie keuchten beide. Jetzt konnte sie ihn nie wieder anschauen.

»Tjara.« Hunters Stimme klang weicher als je zuvor. Seine Hand verweilte in ihren Haaren, kraulte sie.

»Es tut mir so leid«, wimmerte sie.

»Sieh mich an.«

»Nein«, schluchzend barg sie das Gesicht in seiner Halsbeuge. Warum hatte er nicht auf sie gehört und war ihr gefolgt? Wenn er doch umgekehrt und zu Sora zurückgegangen wäre!

»Tjara, schau mich an, jetzt.«

Nur langsam löste sie die Finger von seinem Mantel und sah ihm in die Augen. Es war dieselbe Farbe wie immer und doch wirkte sie um so vieles freundlicher. Sanft fuhr er ihr über den Kiefer zu ihrem Kinn. Er sah aus, als könne er sich selbst nicht erklären, was gerade geschehen war. Fest biss sie sich auf die Unterlippe, als er darüberstrich.

Minutenlang sagten sie beide nichts, bis er sie langsam auf dem Boden abstellte und seine Stirn gegen ihre lehnte.

»Hunter ...«

»Was machst du nur mit mir?«, murmelte er so leise, dass sie es fast nicht verstanden hätte.

»Ich weiß nicht, was mit mir los ist«, wisperte sie. »Es tut mir so unglaublich leid. Das war unverzeihlich.« Sie löste sich aus seinem Griff und ging zu ihm auf Abstand. Jedes Mal, wenn sie ihm zu nahekam, ihn berührte oder schlimmer noch, ihn küsste, brachte sie ihn dem Tod ein Stück näher.

Sollte Sora jemals von ihren beiden Ausrutschern erfahren, war er ein toter Mann. »Wir sollten nicht mehr miteinander allein sein, nie wieder.«

Statt einer Erwiderung schaute er sie nur an. In diesem Moment wünschte sie, seine Gedanken lesen zu können. Für Tjara war alles gesagt. Sie machte kehrt und rannte, so schnell es ihre Beine zuließen.

Ihr Körper fühlte sich so ungewohnt an. Immer zwei Stufen auf einmal nehmend rannte sie die Treppen hoch. Sora saß auf dem Bett, die Augen auf ein Buch gerichtet. Tjara ignorierte sie, stürzte ins Bad und knallte die Tür so fest zu, dass es mit Sicherheit von den alten Wänden der Taverne widerhallte.

In Windeseile hatte sie sich aus den Klamotten befreit und stieg unter die Dusche. Heiß prasselte das Wasser auf sie nieder. Sie betete, dass es ihr Weinen übertönte.

Mehr als zwanzig Minuten verbrachte sie unter dem Strahl, ehe sie das Wasser ausschaltete und sich in ein Handtuch wickelte. Ihr Spiegelbild erschreckte sie. Gerötete Augen, geschwollene Lippen. Man sah ihr sofort an, dass sie geweint hatte.

Tief atmete sie durch, trocknete sich ab und zog sich obenrum an. Die Unterhose konnte sie keinesfalls mehr anziehen und sie flehte, dass Hunter nicht wieder im Zimmer war.

Vorsichtig öffnete sie die Tür und spähte durch den Schlitz. Es sah leer aus. Langsam kam sie aus dem Bad und stellte fest, dass Sora weg war. Blitzschnell lief sie zu ihrer Tasche, zog sich eine frische Unterhose heraus und bedeckte ihren Unterkörper. Im richtigen Moment ging die Tür auf. Sora sah besorgt aus und zu Tjaras Leidwesen war auch Hunter zurück.

»Hey, ist alles okay?«

»Ja, tut mir leid, mir war nur kalt.«

Auf ihre geröteten Augen ging sie zum Glück nicht ein.

»Wenn Ihr das sagt.« Seufzend nahm sie vor Tjara Platz, den Wälzer in der Hand, in dem sie eben noch gelesen hatte. »Während Ihr geschlafen habt, habe ich mich ein bisschen durch die Bibliothek gearbeitet.« Sie schlug die gesuchte Seite auf.

»Sora«, seufzte Tjara und verdeckte den Text mit ihrer Hand, sodass die Prinzessin sie fragend anschaute. »Können wir das mit der Höflichkeitsfloskel nicht endlich lassen?«, bat sie, doch Sora verstand nicht. »Wir werden wohl noch eine Zeit lang zusammen sein, also bitte duz mich.«

Die Prinzessin sah aus, als wolle sie widersprechen, trotzdem nickte sie. Tjara gab den Text frei und betrachtete das Bild.

»Wer ist das?«

»Kennt Ihr ... du, zufällig die Legenden über Laventura?«

»Nein, wer soll das sein?« Tjara musste grinsen.

»Meine Mutter sagte, dass sie die mächtigste Zauberin der Welt sei, allerdings sei sie nicht real. Dabei handle es sich um einen Mythos, den man sich erzählt. Es heißt, Laventura sei die Hüterin über Leben und Tod.«

»Hüterin?«

Tjara blätterte durch die Seiten. Hunter stellte sich hinter sie, um einen Einblick zu bekommen, was ihr überhaupt nicht passte. Nach allem, was geschehen war, sollte er auf Abstand bleiben, hatte sie das nicht klar gesagt?!

»Naja, sie ist sowas wie eine Göttin. Laventura bestimmt darüber, wer lebt, und wer stirbt«, erklärte Sora weiter.

»Aber sie ist ein Mythos?«

»Jedenfalls erzählt man sich das. Aber gestern meinte Orion, dass nur sie uns weiterhelfen könne.«

»Sie muss real sein. Warum sonst sollten diese Bilder existieren?«

Hunter nahm das Buch an sich.

»Weil Menschen sich von allem ein Bild machen, erfunden oder nicht. Aber Laventura existiert, wir müssen sie nur finden.«

»Und wie willst du das anstellen? Einfach hingehen und die Leute fragen?«

»Nein. Wir wenden uns an die Person, die es am ehesten wissen könnte.«

Tjara wusste sofort, von wem Sora sprach. Das konnte nicht ihr Ernst sein!

»Nein, vergiss es!« Sie erhob sich. Manipulativ zu spielen, kam überhaupt nicht in Frage.

»Es ist unsere einzige Chance. Alle anderen halten sie für einen Mythos, aus denen werden wir nichts rausbekommen.«

»Sora, ich habe mit sowas überhaupt keine Erfahrung. Ich habe noch nie geflirtet, geschweige denn jemanden manipuliert.«

»Niemand sagt, dass du das musst. Miron mag dich bereits, er ist dir verfallen, du musst es nur zu deinem Vorteil nutzen.«

Auch bei Hunter fiel jetzt der Groschen. Er sah überhaupt nicht begeistert aus, dennoch schwieg er.

»Du hast leicht reden.«

»Tjara, es ist ganz leicht. Du wirst dich einfach mit ihm treffen, ihr redet und irgendwann sprichst du ihn einfach darauf an. Sag ihm, dass du die Bibliothek gesehen hast und auf das Buch gestoßen bist.«

»Er wird mich sofort durchschauen. Außerdem ... sagtest du nicht, dass ich ihm nicht vertrauen darf?«

Das war doch unsinnig! Miron würde sofort hinter ihre Absichten kommen.

»Du darfst ihm nur nicht zu lange in die Augen sehen.«

»Was meinst du damit?«

»Miron hat die Macht, die Gefühle seines Gegenübers zu verstärken. Wenn du dich zu ihm hingezogen fühlst, sei es auch nur ein kleines bisschen, kann er das um ein Hundertfaches erweitern.«

Hatte er das bei ihr gemacht? Tjara fand ihn nicht hässlich, er war charmant, und wenn man sich ein wenig mit ihm unterhielt, fiel auf, dass er kein schlechter Mensch war. Sie konnte sich nicht vorstellen, dass er so herzlos war. Zudem wirkte er wie eine ehrliche Person.

»Deswegen hast du mich an dem Abend von ihm weggezogen.«

»Ja, ich glaube, dass er dich manipuliert hat, schließlich warst du kurz davor, ihn zu küssen.«

»Blödsinn, dass hatte ich nicht vor.«

Achselzuckend verschränkte Sora die Arme vor der Brust. Na gut, sie war schon nicht abgeneigt gewesen. Aber es hatte sich bei weitem nicht so angefühlt wie bei Hunter.

Dass ihr Verlangen so hochkochte, dass sie es nicht mehr aushielt. Als er sie geküsst hatte, war es, als beruhige er nicht nur ihren Körper, sondern auch ihre Nerven. Es hatte sich so richtig angefühlt und war gleichzeitig so falsch.

»Tjara?«

»Was?«

»Wirst du es tun?«

Es fiel ihr schwer, sich vorzustellen, dass Miron an ihren Gefühlen gerüttelt hatte. Selbst jetzt kam ihr das

ganze Gerede über Magie zu unrealistisch vor. Aber es war egal, ob sie Sora glaubte oder nicht. Diese Laventura war womöglich die Einzige, die Ihnen weiterhelfen konnte, und Miron war ihr einziger Anhaltspunkt. Sie hoffte nur, dass er nicht ebenfalls in Rätseln sprach.
»Na gut. Aber ich werde ihn nicht anlügen.«
»Wie du an die Sache rangehst, ist dir überlassen.«
Wenn das mal nicht gründlich nach hinten losging.

Sie fand den vermeintlich Bösen in seinem Club. Allerdings nicht auf seiner gemütlichen Ledercouch, sondern an der Bar, wo er Partygäste bediente.
»Wie kann es sein, dass es hier ständig so überfüllt ist?«, schrie sie über die Musik hinweg. Miron schenkte ihr ein bezauberndes Lächeln, das sie dahinschmelzen ließ.
»Auch dir wünsche ich einen schönen guten Morgen.«
Das hier konnte auf keinen Fall funktionieren. Schon jetzt zitterten ihre Beine und sie wusste nicht, wo sie beginnen sollte. »Kann ich dir etwas zu trinken anbieten?«
»Ich würde viel lieber spazieren gehen, die frische Luft genießen.«
Entgegen ihrer Erwartung wurde Miron die Schürze los, verabschiedete sich von dem Barmann und kam um die Theke. An der Hand führte er Tjara aus dem Club durch die Taverne nach draußen. Hier war die Luft wesentlich angenehmer und sie mussten sich nicht anschreien, um einander zu verstehen.
Sie liefen seit einer halben Stunde durch die Stadt, ohne miteinander zu reden. Tjara wusste, dass sie anfangen musste, schließlich hatte sie ihn gebeten, sie zu begleiten.
»Ich möchte mich bei dir entschuldigen.«
»Erneut? Wofür dieses Mal?«
»Dass ich gestern so komisch war. Mir ging es einfach nicht gut.«
»Geht es dir heute besser?«
»Ja, ich hab meine Medizin benutzt und mal ordentlich geschlafen.«

»Du bist krank?« Sofort stellte er sich ihr in den Weg. Tjara senkte den Blick. Ihm in die Augen zu sehen war zu gefährlich, wenn Sora recht behielt.

Allerdings war es doch Unfug, sich zu entschuldigen und trotzdem weiter komisch zu sein. Seufzend schaute sie auf.

»Ich habe mich vor kurzem verletzt. Nichts allzu Schlimmes, die Wunde hatte sich allerdings entzündet.«

»Lass mich mal sehen.«

»Es ist wirklich alles gut. Jedenfalls war das der Grund, dass ich mich so schlecht gefühlt habe und eigenartig war. Das tut mir wirklich sehr leid.«

»Dafür brauchst du dich nicht zu entschuldigen. Solange es dir gut geht, bin ich beruhigt.«

Ihr kam es nicht vor, als sei seine Sorge gespielt. Tjara brannte es auf der Zunge, zu fragen, warum er sich mit ihr abgab. Zwar hatte er gesagt, aus Interesse, aber wenn Sora recht hatte, steckte weit mehr dahinter. Würde er ihr wahrheitsgemäß antworten? Tjara war sich nicht sicher.

»Bist du das wirklich?«

»Was?«

Spielchen zu spielen war nicht ihre Welt. Tjara hasste es, nicht zu wissen, ob sie reingelegt wurde oder ob es jemand ernst meinte.

Schon alleine das, was zwischen Hunter und ihr vorging, verwirrte sie, doch das ließ sich erstmal nicht klären.

Wenigstens hinter Mirons wahre Absichten wollte sie kommen. Mit ihm zu reden, unterwegs zu sein, gab ihr ein Gefühl von Geborgenheit. »Ich komme einfach nicht umhin, mich zu fragen, warum du mit mir redest. Du sagtest, um meinetwillen, aber mir fällt es schwer, das zu glauben.«

»Weil ich Prinzessin Sora nicht leiden kann?«, brachte er es auf den Punkt und sie nickte. »Ihr seid zwei unterschiedliche Menschen.«

»Aber du kennst sie überhaupt nicht.«

Er wirkte genervt. Tjara folgte ihm, als er weiterging.

»Halten wir uns nicht mit solchen belanglosen Themen auf.« Er versuchte, dem Thema auszuweichen, doch heute würde ihm das nicht gelingen.

»Du möchtest, dass ich dir vertraue und mir geht es genauso. Bitte, sei ehrlich zu mir.«

Miron drehte sich zu ihr herum, schob die Hände in die Hosentaschen und betrachtete sie eingehend.

»Deine Frage war, warum ich mich mit dir unterhalte, diese habe ich dir bereits beantwortet.«

Sora musste ihm etwas angetan haben, worüber er nicht sprechen wollte, aber wie konnte das möglich sein? Sie war ihm doch gerade erst begegnet. Oder hatte sie gelogen?

Tjara schaffte es nicht, den Blick von Miron zu lösen.

»Sag mir, warum du sie so hasst.«

»Das hat nichts mit dem zu tun, was ich dir gegenüber empfinde.« Er trat an sie heran. Seine Hand war warm und weich, strich sanft über ihre Wange. Tjara fiel es zunehmend schwerer zu atmen. Was ging hier vor sich? Miron beugte sich zu ihr herunter. Sie spürte seinen Körper an ihrem. Er war fast genauso groß wie Hunter und Tjara hob den Kopf, um ihn anzusehen. Beide Hände streichelten nun ihre Wangen. Sein Gesicht kam ihrem gefährlich nahe. Die Grenzen verwischten immer mehr mit jedem Zentimeter, den er ihren Lippen näherkam. Tjara schloss die Augen.

»Bitte, sag es mir«, wisperte sie.

Einige Sekunden standen sie so, bis seine Hände von ihren Wangen verschwanden. Erst als seine Wärme vollständig verschwunden war, traute sie es sich, die Augen zu öffnen. Er seufzte, dann begann er zu erzählen.

Selbst nachdem sie den halben Tag damit zugetan hatte, Miron von seiner Vergangenheit abzulenken, wurde sie die Wut nicht los, welche sich immer mehr in ihren Kopf fraß. Als sie in die Taverne zurückkehrte und Sora mit Hunter an der Bar entdeckte, wie sie sich bedienen ließ, drehte etwas in ihr durch. Unaufhaltsam stapfte sie auf die Prinzessin los und riss sie herum.

»Wir müssen reden!«, knurrte sie und verschränkte die Arme vor der Brust.

»Was ist los? Hast du nichts aus ihm rausbekommen?« Sora wirkte nicht wie jemand, der Schuldgefühle bekam. Sicherlich hatte sie von Mirons Vergangenheit gewusst und es Tjara absichtlich verschwiegen, weil sie wusste, dass sie ihr sonst nicht geholfen hätte.

»Wie herzlos kann man eigentlich sein? Du schickst mich los, obwohl ich gesagt habe, dass ich es nicht möchte, du manipulierst mich, damit ich dir Informationen beschaffe, sagst mir, er wäre ein schlechter Mensch, dabei bist du doch die Heuchlerin! Du und deine Familie!« Sie spürte, wie die Wut größer wurde.

Am liebsten wäre sie auf Sora losgegangen.

»Tjara, ich habe wirklich keine Ahnung …«

Es interessierte sie nicht, dass die Aufmerksamkeit der Menschen um sie herum sich auf sie beide richtete. Jeder sollte erfahren, wer Sora war. »Können wir bitte hochgehen?«

»Ich könnte mich dafür ohrfeigen, dir überhaupt vertraut zu haben!«

»Tjara, beruhigt Euch«, schritt Hunter nun ein.

»Natürlich beschützt du sie, schließlich bist du ihr Schoßhündchen! Aber ich bin keine von Euch, und ganz sicher spiele ich nicht nach deinen Regeln! Wir hatten uns auf Ehrlichkeit geeinigt und ich war blöd genug, darauf reinzufallen!«

»Kannst du mir bitte sagen, was los ist? Ich verstehe nicht, wovon du sprichst!«

»Ich rede davon, dass du mich auf einen Mann ansetzt, der leidet, deinetwegen! Du erzählst mir, er würde mich manipulieren, dabei bist du manipulativ!«

»Du sprichst also von Miron? Was hat er dir erzählt?«

»Die Wahrheit! Er hat mir die Augen geöffnet.«

»Glaub mir, alles, was er dir erzählt hat, war eine Lüge. Er verstärkt deinen Hass!«

»Ach Blödsinn! Er hat mir nur endlich gezeigt, auf was für ein Biest ich mich beinahe eingelassen hätte!«

»Was hat er dir erzählt?«

Soras Gelassenheit trieb Tjara an den Rand des Wahnsinns.

»Wir sollten nicht hier darüber sprechen«, unterbrach Hunter die hitzige Diskussion.

Tjara hasste ihn dafür. Nachdem sie sich näher als je zuvor gekommen waren, wagte er es nun, sich ihr in den Weg zu stellen.

»Mit euch gehe ich nirgends mehr hin, nie wieder!«

Sie stürmte die Treppen hinauf. Im Zimmer packte sie ihre Sachen zusammen. Mit diesen Menschen wollte sie keine Sekunde länger verbringen. Schon, dass sie in den Wäldern gegen ihre eigenen Verbündeten kämpften, hätte Tjara die Augen öffnen müssen.

»Was tust du da?« Sora betrat direkt nach ihr die Stube. Hunter ging vor der Tür in Stellung, die Arme verschränkt.

»Ich verschwinde!«

»Und wohin willst du? Etwa zu Miron?«

»Das ist dein Problem, nicht wahr? Dass er mich mag, und dich nicht ausstehen kann!«

»Was dieser Mann von mir denkt, ist mir absolut egal! Mir geht es hierbei um dich.«

»Ach, wirklich? Wenn es das wirklich täte, hättest du mir die Wahrheit gesagt!«

»Die Wahrheit worüber?!«, knurrte Sora. Tjara platzte der Kragen, die Wut erreichte ihren Höhepunkt.

»Dass deine Familie schuld am Tod seiner Mutter ist!«, gab sie zurück.

Sora taumelte, starrte sie entsetzt an, als könne sie nicht glauben, was sie gerade gehört hatte.

Sobald die Worte über ihre Lippen gekommen waren, fiel die Wut wie ein Stein von Tjaras Schultern.

Kraftlos sank sie auf das Bett, in ihrem Kopf drehte sich alles. Sora starrte fassungslos zu Boden.

»Seine Mutter?«, murmelte sie.

Allmählich erlangte Tjara die Kontrolle über ihr Empfinden zurück. Erst jetzt wurde sie sich des Ausmaßes ihrer Worte bewusst und musste erkennen, dass Sora nichts davon gewusst hatte. Ihr Gesicht war so bleich, dass Tjara Angst hatte, sie kippe gleich um.

»Verzeih mir, ich weiß wirklich nicht, was da in mich gefahren ist, ich ...«

»Miron hat seine Wut wohl irgendwie auf dich übertragen«, erklärte sie leise.

Sie wollte es leugnen, doch eine andere Erklärung gab es nicht, oder? Es war, als steuere jemand Fremdes ihren Körper.

»Bitte entschuldige, ich konnte nichts dagegen tun.«

»Du sagst also, meine Familie hat den Tod seiner Mutter zu verschulden?«

Der sonstige Glanz ihrer Augen war verschwunden, als Sora Tjara diesmal anschaute. In all ihrer Wut hatte sie vollkommen vergessen, dass diese ebenfalls ihre Mutter verloren hatte. Der Schmerz über ihren Verlust war deutlich zu sehen. Wie hatte sie nur glauben können, dass Sora einen Mann benutzen würde, dessen Mutter durch ihre Vorfahren getötet wurde? Aber so weit hatte sie gar nicht gedacht, die Wut in ihr war viel zu mächtig gewesen.

»Miron hat mir erzählt, dass Orion versuchte, sie zu retten, aber er kam zu spät. Man hatte sie bereits getötet. Das war zu der Zeit, als Areya von Tirathea abgespalten wurde«, erzählte sie.

»Ich schwöre, das wusste ich nicht. Wenn ich gewusst hätte, was ihm angetan wurde, dann hätte ich nie ... ich ...«

Als ihr Tränen über die Wangen liefen, setzte Tjara sich zu ihr und nahm sie in den Arm.

22.

Tjara

Sora schlief tief und fest.

Ihre Augen waren noch gerötet, doch sie hatte endlich Ruhe gefunden. Erleichtert sank Tjara in sich zusammen und bettete Sora auf das Kopfkissen. Hunter stand an der Tür, die Arme vor der Brust verschränkt und fixierte sie.

Es war wichtig, dass sie noch einmal mit Miron sprach. Verdammt, dabei hatte sie es doch tunlichst vermieden, ihn allzu lange anzuschauen. Seufzend stand sie auf. Hunter wich nicht von der Tür.

»Lässt du mich bitte durch?«

»Und was wirst du tun?«

»Ich glaube nicht, dass dich das etwas angeht.« Sie wollte an ihm vorbei, doch das würde ihr so nicht gelingen. Wenn er eine Entschuldigung erwartete, würde er in hundert Jahren noch hier stehen. Sie hasste ihn dafür, dass er eine Macht über sie hatte, die ihr unverständlich war.

»Lass mich endlich durch!«

»Nicht, wenn du zu ihm willst.«

»Du hast mir nicht zu sagen, wohin ich gehen darf!«, knurrte sie. Das brachte doch nichts. Selbst wenn sie sich hier und jetzt an die Kehle gingen, waren damit ihre Probleme nicht gelöst. »Ich könnte ihr sagen, dass wir uns geküsst haben«, wagte sie den Versuch und verschränkte demonstrativ die Arme. Hunter wirkte unbeeindruckt. Mistkerl! »Wenn du mir nicht sofort aus dem Weg gehst, werde ich das auch tun!«

»Tu dir keinen Zwang an. Ich fürchte den Tod nicht.«
Boar!!
Sie wollte ihn umbringen. Wie konnte ein Mensch nur so arrogant sein?
»Geh mir, verdammt nochmal, aus dem Weg!«
»Was willst du dann tun? Selbst, wenn Miron dir zuhören würde, könnte er nichts mehr daran ändern. Zudem gehe ich nicht falsch in der Annahme, dass diesem Mann irgendwas versehentlich passiert.«
»Das ausgerechnet aus deinem Mund zu hören, kommt mir vor wie ein schlechter Witz. Wahrscheinlich würdest du Sora irgendeinen Unsinn verklickern, wie, dass du gestolpert bist und mich versehentlich geküsst hast.« Ja, das konnte sie sich gut vorstellen.
Völlig in Gedanken versunken, merkte sie nicht, dass Hunter ihr näher gekommen war, bis er so dicht vor ihr stand, dass sie seinen Atem in ihrem Gesicht spürte.
»Dich zu küssen, war kein Versehen. Genauso, wie es kein Versehen war, als du mich geküsst hast.« Er zog sie so plötzlich an sich, dass sie aufkeuchte.
»Auch wenn ich keine Ahnung habe, was hier vor sich geht, ändert das nichts an der Tatsache.«
»Welcher Tatsache?«
Die Luft um sie herum erhitzte sich. Wieder wurde ihr heiß, doch es fühlte sich nicht an wie vorhin. »Dass du mir niemals gehören kannst?«, wiederholte sie seine Worte. Sie waren ihre ständigen Begleiter. »Ja, das habe ich kapiert, danke.« Verletzt befreite sie sich. Hunter gab seufzend die Tür frei.
»An meinem Schicksal kann ich nichts ändern, genauso wenig wie du, oder sie.« Er sah zu Sora, dann schaute er wieder Tjara an. »Aber wir können versuchen, das Beste daraus zu machen.«
»Und wie sieht das Beste für uns aus? Mich nach dir zu sehnen, obwohl ich weiß, dass es völlig unmöglich ist und immerzu gegen das Verlangen anzukämpfen?« Wie erwartet, erwiderte er nichts darauf. Sie brauchte Abstand zu Hunter, so viel wie nur irgend möglich. Auch Mirons Nähe würde sie jetzt nicht ertragen, also

beschloss sie, die Bibliothek aufsuchen, um mehr über Laventura in Erfahrung zu bringen.

Die Bibliothek von Areya war nichts gegen Tiratheas Bibliothek, aber dennoch wunderschön. Markante Bögen schmückten den Raum. Die Regale waren etwa zwei Meter hoch und mit Exemplaren aller möglichen Genres bestückt.

Tjara beschritt staunend den Gang. Als sie unter den Bögen hindurchgeschritten war, stand sie am Ende des Raums. Eine Wendeltreppe führte hinauf in ein zweites Geschoß, darunter waren sechs Tische aufgestellt mit jeweils zwei Bänken zu jeder Seite. Es war atemberaubend und Tjara vergaß für einen Augenblick, warum sie hier war.

Gehörte all das Wissen zu Orion? Sie fragte sich, ob er all diese Bücher gesammelt und hier aufgebaut hatte.

»Kann ich Euch helfen, Miss?«

Erschrocken wandte sie sich zu der Stimme um und drückte die Hand gegen ihr Herz. Der Mann trug einen schwarzen Frack. Seine Haare waren schlohweiß, er sah aus wie um die fünfzig. Die kleine runde Brille vollendete sein Outfit, dahinter verbarg er grüne Augen.

»Entschuldigen Sie, ich wusste nicht, dass hier jemand arbeitet.« Wobei sie das eigentlich hätte ahnen müssen.

»Kein Problem. Wie kann ich Euch behilflich sein?«

Sie wollte in jedem einzelnen Buch blättern, nur um das Gefühl zu genießen, aber das hier war kein Spielplatz und sie hatte eine Mission.

»Kennen Sie sich mit den Legenden von Laventura aus?«

Der Mann lief sofort los. Tjara folgte ihm schnellen Schrittes zwischen die Regale. Mannomann, war das verwirrend. Vor einem Regal mit gebundenen Büchern blieb er stehen und nahm einige heraus.

»Laventura ist die Hüterin über Leben und Tod. Die einzige ihrer Art und die mächtigste Zauberin, die die Welt je gesehen hat«, erklärte er und drehte sich mit den Büchern im Arm zu ihr herum. »Sie hält die Natur im

Gleichgewicht, und fällt die Entscheidung darüber, wer lebt und wer stirbt.«

»Sie sagen das so, als existiere sie wirklich.«

»Aber natürlich«, sagte er fast schon schockiert und übergab ihr die ersten Bücher. »Laventura ist überall. Sie ist die Führerin der Natur, die Retterin der Menschen, der Regen, die Sonne. Überall, wo Ihr Euch bewegt, auf allem, worauf Ihr steht, ist Laventura.«

Er sprach nicht von ihr als Person, also konnte sie nicht darauf hoffen, von ihm zu erfahren, wo sie sich befand.

»Glauben Sie, dass Laventura in einem menschlichen Körper existiert?«

»Es heißt, die Göttin habe die Fähigkeit, in den Körper einer Frau zu schlüpfen.« Er nahm weitere Bücher aus den Regalen. Für einen alten Mann war er schnell unterwegs. Tjara hatte Mühe, ihm zu folgen, vor allem mit den Büchern in den Händen. Unter der Wendeltreppe nahm sie Platz, als er eines aufschlug. Die Seite zeigte eine Frau in Schwarz gehüllt. »So kann sie sich unter den Menschen bewegen, ohne, dass sie erkannt wird.«

»Angenommen, sie wandelt in einem menschlichen Körper, was würde passieren? Könnte sie das lange überleben?«

Der Mann überlegte eine Sekunde.

»Mit so viel Macht in sich, würde sie auf Dauer erkannt werden. Der Körper würde, von Magie zerfressen, verfallen und ihren Geist freigeben«, sagte er.

Tjara wollte gar nicht wissen, woher er das wusste.

»Ihr stellt spannende Fragen.«

Den Kopf im Buch versenkt, begann sie zu lesen.

»Dann wünsche ich Euch viel Erfolg bei der Suche nach ihr.«

»Da ...« Als sie aufschaute, war der alte Mann schon verschwunden. Seltsamer Kauz. Erneut steckte die den Kopf ins Buch.

Laventura galt nicht nur als die Mächtigste, sondern auch als Schönste. Es gab Menschen, die behaupteten, sie gesehen zu haben. Ihr Haar sei Schwarz wie die Nacht und wellte sich. Andere berichteten, es sei rot. Manche bestritten sogar ihre Existenz und taten es als Unsinn ab. In jedem Buch bekam sie etwas anderes zu lesen. Für die einen war sie eine Göttin, für manche eine Sklavin der Dunkelheit, eine Hexe.

Frustriert lehnte Tjara sich zurück. Aber was davon konnte sie glauben und wohin war der alte Mann verschwunden?

Vielleicht konnte er ihr noch ein bisschen helfen.

»Hallo?« Sie stand auf und lief durch die Gänge. Es war verwirrend hier. Da sie ihn im unteren Teil des Gebäudes nicht fand, stieg sie die Treppen hoch. Auch hier oben war alles voller Bücher.

Die Geschichte ganzer Leben, zu finden in einem Raum. Das war faszinierend. »Hallo, sind Sie hier irgendwo?« Da war sie schön blöd gewesen, ihn nicht nach seinem Namen zu fragen. »Ich könnte nochmal Ihre Hilfe gebrauchen.«

Es blieb still und das bereitete ihr Angst. Der Mann war keine Einbildung gewesen, wo zum Teufel war er bloß?

Tjara suchte die gesamte Bibliothek ab, doch der Alte war nirgends zu finden. Was, wenn er bereits Feierabend hatte? Mist! Demnach würde sie wohl allein weitersuchen müssen.

Sie lief die Treppen schnell wieder hinunter, um die Bücher wieder einzusortieren, und musste feststellen, dass diese verschwunden waren.

»Was zum Teufel?«

Irgendjemand erlaubte sich einen Spaß mit ihr, was sie überhaupt nicht witzig fand. Langsam wütend werdend, schaute sie sich um. »Wer auch immer hier ist, das ist nicht witzig!«, brummte sie.

Um sie herum herrschte unangenehme Stille. Minutenlang drehte sie sich, hier war jemand, das spürte sie. Plötzlich begann es zu krachen und zu knacksen. Es kam definitiv von oben. »Kommen Sie sofort heraus!«, rief sie, da wurde wieder alles stumm.

Angst breitete sich in ihren Knochen aus, lähmte sie. Verdammt, was war hier los?

Über ihren Körper legte sich eine Gänsehaut, als etwas ihre Haut streifte. Ein Klopfen ertönte und es klang, als käme es von weiter weg.

Ihre Füße setzten sich erst in Bewegung, als sie von hinten gepackt und zurückgezogen wurde. Kreischend wehrte sie sich gegen den Griff und rannte in Richtung Ausgang.

Sie krachte so heftig durch die Tür, dass sie irgendjemandem mit zu Boden zog. Schluchzend hielt sie sich an dem Jemand fest.

Sowas geschah doch eigentlich nur in Horrorfilmen!

Der Duft von dunklen Gewürzen drang durch ihre Nase und sie war sich sicher, ihn zu kennen. Verwirrt schaute sie auf und blickte geradewegs in eisig graue Augen.

Räuspernd stieg sie von Hunter herunter und richtete sich auf. Er kam ebenfalls auf die Beine und sah überrascht und genervt aus.

»Bitte entschuldige.« Ihr Pensum an Peinlichkeiten war für heute wirklich erreicht.

»Was ist los?«

»Ich wollte ein bisschen recherchieren und plötzlich wurde es gruselig. Mich hat jemand verfolgt, glaube ich.«

Ihre Hände griffen nach seinen, als er den Knauf umfasste. »Nein! Wir sollten da wirklich nicht reingehen.«

»Du wurdest angegriffen, lass mich nachsehen.«

»Besser nicht. Wer immer das gewesen ist, er war stark.«

Hunter schob seinen Mantel beiseite und zückte eine seiner Waffen. Na gut, überzeugt. Ängstlich folgte sie ihm in die Bibliothek. Ihr Körper erzitterte. Gott war das unheimlich!

»Wo genau wurdest du angegriffen?«

»Vor der Treppe.« Sie hielt sich an Hunters Mantel fest, während er lässig vorwärtsging. Mit tausend Waffen hätte sie sich auch wohler gefühlt. Dieser Angeber! Er hob den Kopf und ... roch? »Na, schon was erschnuppert? Vielleicht eine Ratte?«

Seine Augen richteten sich auf sie hinab.

Das hier war eine perfekte Szene für einen Horrorfilm. Gleich würde es anfangen zu poltern und zu krachen, dann kam jemand mit einer riesigen Axt auf sie zu und würde sie niedermetzeln.

Nach weiteren zehn Minuten, die Hunter den Raum mit ihr an seiner Seite absuchte, stellte sich heraus, dass niemand hier war. Aber das hatte sie sich doch nicht nur eingebildet? In seiner Anwesenheit fühlte sie sich wenigstens ein bisschen wohler. Sie lief den Weg entlang, den auch der alte Mann gelaufen war, und gelangte zu den Büchern. Sie waren ordentlich einsortiert, jedes stand an seinem Platz.

»Du hast wirklich niemanden gesehen?«, fragte sie verwundert.

»Nein.«

»Diese Bücher haben vorhin noch auf dem Tisch gelegen. Irgendjemand hat sie zurücksortiert, bevor ich heruntergekommen bin, danach ist dieser Albtraum losgegangen.«

»Lass uns gehen.«

Immer noch verwundert folgte sie Hunter, bis ihr Soras Worte wieder einfielen. Jene, bei denen sie behauptete, Tjara sei ihre Schwester. Bis dato hatte sie das total verdrängt.

»Warte.«

Diese Bibliothek war groß und sie würde wetten, dass es über die Tirathea-Blutlinie genug Einträge gab.

»Was machst du?« Hunter folgte ihr, während sie die Regale eins nach dem anderen absuchte. Worunter würde man Tirathea einsortieren?

Dem Buchstaben?

Sie wusste nicht, in welcher Reihenfolge die Bücher standen, und so konnte das Tage dauern, bis sie fand, was sie suchte. Wenn doch nur dieser alte Mann wieder da wäre.

»Ich suche ein Buch über Tirathea. Die Familie reicht so weit zurück, da muss es mindesten einen dicken Wälzer geben«, *oder hundert,* fügte sie in Gedanken hinzu.

Diese Familie hatte womöglich mehr Tode zu verschulden als nur den von Mirons Mutter und einiger Mitglieder ihres Volkes.

Seit einer halben Stunde lief sie die Regale ab. Das war doch sinnlos. Vielleicht befand sich Tirathea in den oberen Reihen. Oder ...

Tjara trat von den Regalen zurück und nahm die Bücher ins Visier. Sie waren peinlichst genau von groß nach klein sortiert.

Was, wenn es hier um Magie ging und sich die Bücher, die man suchte, nur so finden ließen?

Ach, Blödsinn, Sora hatte ebenfalls gefunden, was sie gesucht hatte. Außer der alte Mann hatte ihr geholfen. Mist! »Aber wie würde man eine so große Bibliothek sortieren?«

Unbeteiligt stand Hunter neben ihr, die Arme vor der Brust verschränkt und beobachtete sie.

»Du kannst mir gern helfen.«

»Das ist Zeitverschwendung.«

»Sehr hilfreich, danke.«

»Du wirst nicht finden, was du suchst, solange du dich nicht für die Magie öffnest.«

Genervt sah sie ihn an. Was hatte das zu bedeuten?

»Hat der weiße Mann auch einen Tipp, wie ich das mache?«

»Schließ die Augen.«

In seiner Gegenwart? Sicher nicht, viel zu gefährlich. »Schließ deine Augen!« Er stellte sich vor sie und bedeckte ihre Augen mit seiner Hand. »Stell dir vor, dein Geist bringt dich dorthin, wo du sein musst. Du weißt, wo das Buch steht, und musst es dir nur holen.«

»Haben wir nicht schon festgestellt, dass ich keine A ...«

»Du musst daran glauben, dass die Magie dich führt.«

»Ich bin aber keine Zauberin.«

Seine andere Hand berührte ihre, strich sanft darüber und lenkte sie von ihren Gedanken ab. Wenn er sie anfasste, war es so leicht, an nichts zu denken oder zu fühlen, außer ihn.

»Magie umgibt dich überall, du musst sie dir nur zunutze machen. Du weißt, wohin du musst«, wisperte er ihr ins Ohr. Ein Schauer überfiel ihren Körper. Ohne ihr Zutun bewegte sie sich, während Hunter ihr weiter die Augen verdeckt hielt. Sie blieb stehen und schaute auf. Trotz Hunters Hand sah sie das Buch, nach dem sie suchte. Es schimmerte golden, als wolle es sich bemerkbar machen.

Hunter nahm die Hand weg.

Grinsend stieg sie auf die Leiter und zog es aus dem Regal, da bewegte sie sich, als schiebe sie jemand weiter und Tjara stürzte.

»Hunter!«, kreischte sie und landete in seinen Armen.

»Geht es dir gut?«

Sie nickte.

»Hast du die Treppe verschoben?«

»Nein.«

Hier drin war definitiv etwas, das nicht wollte, dass Tjara herumschnüffelte. Panisch zog sie Hunter hinter sich her und verließ eilig die Bibliothek. Hierher würde sie nie wieder kommen!

23.

Sora dachte in aller Ruhe über das nach, was Tjara ihr erzählt hatte. Sie wusste, dass der Beginn der Herrschaft ihrer Blutlinie Opfer gefordert hatte, auch wenn es niemand laut aussprach. Doch dass Mirons Mutter dabei einen frühen Tod gefunden hatte, war ihr nicht klar gewesen. Nun verstand sie, warum er sie hasste.

Sie wollte mit ihm reden, sich für alles entschuldigen, was ihre Vorfahren ihm angetan hatten, doch war es nicht ihr eigenes Verschulden gewesen.

Wusste Aris davon?

Hatte er das absichtlich vor ihr verheimlicht?

Mittlerweile wartete sie seit einer Stunde auf Hunter und Tjara, doch die beiden kamen nicht zurück. Was trieben sie nur?

Sie erwischte sich bei dem Gedanken, Miron aufzusuchen. Würde er ihr überhaupt zuhören? Aber das war egal. Wenigstens hätte sie dann einen Versuch gewagt. Mehr, als sie wegschicken, konnte er nicht, also begab sich Sora auf die Suche nach dem Magier und fand ihn an seiner Bar im *Phönix*.

Dort sprach er mit dem Barkeeper, Anakin, wie er sich ihr vorgestellt hatte. Wie erwartet, war er nicht begeistert darüber, sie zu sehen. Sora nahm auf dem Hocker neben ihm Platz.

»Es sind mehr als genug Sitzplätze frei«, sein abweisender Tonfall sprach Bände.

»Ich möchte mit Euch reden.«

»Das beruht nicht auf Gegenseitigkeit.« Er leerte sein Glas in einem Zug, klopfte auf die Theke und verabschiedete sich von Anakin mit einem Nicken. Sora sah zu, wie er nach draußen verschwand.

Seufzend stützte sie den Kopf in die Hände. Das war ja super gelaufen.

»Nicht aufgeben«, ermunterte Anakin sie. Er hatte sie zu Anfang ebenfalls gehasst, doch sie wurde das Gefühl nicht los, dass er ihr die Chance gab, zu beweisen, dass sie nicht wie ihre Vorfahren war. Nur wie konnte sie das Miron begreiflich machen und war es ihm überhaupt wichtig?

Seine Mutter war tot, egal was Sora tat, zurückbringen konnte sie ihm nicht, was er sich wünschte. Wenn einer die Macht dazu hätte, dann Laventura.

Es frustrierte sie, nicht zu wissen, was sie tun konnte, und das kam nur selten vor.

»Sein Hass auf mich wird nie vergehen.«

Grinsend warf er das Handtuch über seine Schulter.

»Das dachtet Ihr auch über mich.«

»Aber Euch wurde durch meine Familie kein Schaden zugefügt.« Er hob die Brauen. »Keiner, der ein Leben forderte.«

»Egal was er sagt, Miron weiß, dass Ihr nicht für die Taten Eurer Vorfahren verantwortlich seid.«

»Das macht es aber nicht besser oder erträglicher. Meine Anwesenheit erinnert ihn ständig daran.«

»Dann bringt ihn dazu, sich an etwas anderes zu erinnern, wenn er Euch begegnet.«

Das war ein guter Rat, aber was konnte sie tun? Als die Türen der Taverne aufglitten und Tjara als auch Hunter hindurchschritten, kam ihr die Idee. Miron war an Tjara interessiert. Es bestand zwar die Möglichkeit, dass er etwas im Schilde führte.

Doch Tatsache war, dass sein Interesse an ihr groß war. Wenn sie ihm beistand und Tjara in seine Nähe lockte, könnte er dann etwas anderes in ihr sehen, als die grauenhaften Taten ihrer Vorfahren?

Es war nicht sicher und Sora wusste nicht, was daraus entstehen konnte, aber den Versuch war es zumindest wert.

»Wir müssen dir etwas zeigen«, sagte Tjara vollkommen ernst und verwies mit einem Nicken auf das Buch, das unter ihrem Arm klemmte. Sora verabschiedete sich von Anakin und folgte den beiden nach oben. Ihr wurde das Buch gereicht. Fragend sah sie Tjara an. »Versuch es zu öffnen.«

»Was zum ...?« Sie gab sich alle Mühe, doch die Seiten öffneten sich nicht.

»Ich habe es auf dem Weg hierher die ganze Zeit versucht, sogar mit einem von Hunters Dolchen, es lässt sich nicht öffnen, ankratzen oder kaputt machen, als wäre es geschützt.«

Sora probierte es ein weiteres Mal, aber der Wälzer blieb fest verschlossen, als wären die Seiten miteinander verschmolzen. Als sie mit den Fingern darüberfuhr, fühlte es sich glatt an.

»Du warst in der Bibliothek?«

Dass sie überhaupt gefunden hatte, wonach sie suchte, war verwunderlich. Das hatte sich tatsächlich nur durch den Glauben an Magie bewerkstelligen lassen.

»Ich hatte ein bisschen Hilfe«, erwiderte sie, auf Hunter zeigend.

»Und was jetzt? Habt ihr eine Idee, wie wir es aufbekommen?«

»Können wir diesen Großmeister fragen?«

Orion? Das war eine Möglichkeit. Doch seine Antwort wäre nur wieder „Laventura" und das war wenig hilfreich. Alles, was Sora über sie wusste, half ihr nicht dabei weiter, herauszufinden, wo sie sich befand. Miron war ihre einzige Chance, aber dafür musste er sich auf ein Gespräch mit ihr einlassen.

»Wir könnten seinen Sohn um Rat bitten«, schlug sie vor. Tjara war anzusehen, dass sie sich bei dem Gedanken unwohl fühlte.

»Muss das sein? Ich glaube, für heute hat er wirklich genug durchmachen müssen.«

»Dann werden wir nach einem anderen Weg suchen, etwas anderes wird uns nicht übrigbleiben.«

»Oder wir versuchen, Laventura zu finden. Ich habe mit dem alten Mann in der Bibliothek über sie gesprochen und thematisiert, ob es möglich wäre ...«

»Warte, was?«, unterbrach Sora sie. »Welcher alte Mann?«

»Dem Mann, der dort als Bibliothekar arbeitet? Er hat mir einige Bücher gezeigt, in denen es um Laventura geht.«

»Tjara, dort arbeitet niemand. Die Magier finden sich selbst zurecht, genauso wie jene, die glauben.«

»Aber ich sage dir, da war ein Mann. Er trug einen schwarzen Frack und eine Brille. Seine Haare waren weiß und die Augen grün. Wir haben uns unterhalten.«

Sora hatte der Bibliothek selbst einen Besuch abgestattet und dort niemanden gesehen, der auf Tjaras Beschreibung passte. Konnte es sich dabei vielleicht um Orion gehandelt haben, der seine Form verändert hatte?

Eine andere Möglichkeit fiel Sora nicht ein.

»Du sagtest, ihr habt etwas thematisiert?«

»Genau. Zuerst meinte er, Laventura sei alles, worauf wir gehen oder stehen, alles, was wir sehen und spüren, aber was, wenn sie kein Etwas ist, sondern eine Person?«

»Eine Sterbliche?«

»Der alte Mann meinte, dass der Körper, den sie sich zu eigen macht, früher oder später, von Magie zerfressen, verfallen würde. Aber was, wenn er es nicht tut? Sie ist doch angeblich so mächtig, ... was, wenn sie ihren eigenen Körper erschaffen hat?«

»Ist das möglich?« Sora schaute zu Hunter, denn ihr fiel keine Antwort darauf ein. Er war nicht menschlich, womöglich kannte er sich damit aus. Doch er schien genauso planlos zu sein.

Wenn sie herausfinden wollten, was hier gespielt wurde, mussten sie entweder mit Orion oder mit Miron sprechen, und wenn sie den Magier zur Rede stellen musste!

Sie stürzte an den beiden vorbei nach draußen.

Miron war schwer zu finden. Wen sie auch fragte, ständig hieß es, er sei woanders oder nicht vorbeigekommen, als hätte er jeden darauf angesetzt, sie zu verwirren, sollte sie nach ihm fragen. Er hatte wohl schon erwartet, dass sie ihn nicht in Frieden ließ. Womit er jedoch nicht rechnete, war, dass sie hartnäckig blieb.

Die Sonne war seit einer halben Stunde am Horizont verschwunden, als Sora den See entlanglief und ihn im letzten Winkel der Stadt entdeckte, wie er ein paar Eichhörnchen fütterte. Ihre Anwesenheit blieb nicht lange unbemerkt.

»Hatte ich nicht gesagt, Ihr seid unerwünscht?«

»Eure Worte waren, dass Ihr nicht mit mir sprechen würdet. Wohin ich gehe, ist meine Sache.«

Sie nahm neben ihm Platz und verscheuchte ungewollt die kleinen Männchen. Als er sich erhob, um wegzugehen, lief sie ihm hinterher. Genervt schnalzte er mit der Zunge und drehte sich zu ihr herum. Prompt blieb sie stehen, ehe sie in ihn hineinlief und damit verärgerte.

»Belästigt mich nicht weiter.«

»Dann erlaubt mir, mit Euch zu reden.«

»Verzichte.« Eiskalt drehte er um und ließ sie stehen.

»Was meine Vorfahren Eurer Mutter angetan haben, ist nicht meine Schuld!«, rief sie laut genug, damit er es hörte. Welche Wut sie mit ihren Worten bei ihm heraufbeschwor, bemerkte sie erst, als er auf sie zukam und seine Hand ihre Kehle umfasste. Er drückte nicht fest genug zu, um sie zu töten, aber ausreichend, dass es schmerzte.

»Wagt es nie wieder, von ihr zu sprechen!«, knurrte er.

»Dennoch ist es wahr. Ich wusste nicht, was Euch angetan wurde, und es tut mir so unglaublich leid.«

Seine Hand schloss sich fester um ihren Hals. Es kam kaum mehr Luft durch ihre Lungen.

»Seid ruhig! Ihr habt kein Recht, so etwas zu sagen!«

Tränen füllten ihre Augen, doch sie hielt sie zurück. Der Schmerz in seinen eigenen hätte gereicht, ihr den Atem zu rauben. Er litt Höllenqualen, obwohl schon so viele

Jahrzehnte vergangen waren. So wie Sora um ihre Mutter trauerte, als hätte sie sie erst gestern verloren.

»Ich weiß, ... wie es ist, ... die Mutter ... zu ... verlieren«, keuchte sie. Die Tränen liefen über ihre Wangen. Mirons Miene war vor Wut verzogen. »Dieses Leid ... kann nie ... wieder ... rückgängig gemacht werden ...«

»Haltet endlich Eure verdammte Klappe!«

Sie spürte seinen Zorn, seine Wut und Verzweiflung, als wäre es ihre eigene, und wenn er sie jetzt tötete, würde sie es mit Freuden zulassen. Seit dem Tod ihrer Mutter hatte sie kaum mehr gelebt.

Sie existierte, um den Thron zu besteigen und von ihrem Volk ermordet zu werden. Zeit ihres Lebens war es ihre Mutter gewesen, die sie auf ihr Schicksal als Königin vorbereitet hatte. Es gab gute und schlechte Tage, dass Volk hatte sie gehasst, und dennoch hatte sie nie die Hoffnung verloren.

Bis man sie erschossen hatte.

Sora erinnerte sich daran, als wäre es erst eben geschehen. Wie jeden Morgen war sie in das Gemach ihrer Mutter geschlichen, um sich an sie zu kuscheln, und hatte sie ermordet vorgefunden. Ein Schuss direkt in die Stirn. Sie war sofort tot. Der Schuldige war nie gefunden worden.

»Tötet mich, ... wenn es ... euch ... dann besser ... geht.«

Fassungslos starrte er sie an, während vor ihren Augen langsam alles verschwamm. Schon oft hatte sie darüber nachgedacht, ihr Leben zu beenden, doch nie hatte sie sich getraut.

Miron schien sich nicht weiter zu trauen als bis hierhin. Plötzlich ließ er sie los und Sora fiel zu Boden wie ein nasser Sack. Keuchend und hustend lag sie in der Erde.

»Im Gegensatz zu Eurer Familie und Euch, bin ich kein Mörder!«

»Woher wollt ihr wissen, ... dass ich getötet habe?« Hustend kam sie auf die Beine und gab sich Mühe, die Kontrolle über ihren Körper wiederzuerlangen. Ihr war schwindelig, alles drehte sich.

»Schließlich seid Ihr eine Tirathea.«

»Und was, wenn ich Euch sage, dass auch Tjara eine sein könnte?«

Seine Augen weiteten sich. Offensichtlich wusste er nichts darüber, er sah genauso überrascht aus wie sie, als sie die Möglichkeit zum ersten Mal in Betracht gezogen hatte. »Das könnt Ihr nicht glauben, nicht wahr?«

»Sie ist keine von Euch!«

»Das glaubt Ihr, aber es besteht die Möglichkeit. Gebt zu, dass auch Ihr schon darüber nachgedacht habt!«

»Das ist Unsinn!«

»Euer Vater sagte, sie sei unweigerlich mit meinem Schicksal verknüpft, zudem sieht sie mir nicht nur ähnlich, sie könnte mein Zwilling sein! Also sagt mir, seht Ihr in Tjara dieselbe Mörderin, die Ihr glaubt, in mir zu sehen?«

Er kam erneut auf sie zu. Sora richtete sich auf. Vor ihm hatte sie keine Angst. Respekt und Mitleid, ja, aber niemals Angst. »Wollt ihr mich wieder zum Schweigen bringen? Versucht es, doch das schafft Ihr nicht!«

»Gebt gut auf Euch acht, bevor Euch in der Nacht noch etwas Schreckliches passieren sollte!«, knurrte er.

Flashbacks vom Tod ihrer Mutter spielten sich vor ihrem inneren Auge ab.

Die Magier waren ein friedliches Volk, zum Morden nicht geschaffen. Aber was, wenn sie sich rächten? Hatten sie womöglich ihre Mutter auf dem Gewissen? »So wie Ihr meine Mutter ermordet habt?«, kam es ihr über die Lippen.

»Wir sind nicht wie Ihr und Euresgleichen!«

»Und dennoch bereit dazu, Gewalt einzusetzen, solltet Ihr sie benötigen. Also was unterscheidet Euch von meinen Vorfahren?«

»Ich würde niemals jemanden töten!«, schrie er.

»Gleiches gilt für mich!«, plärrte sie zurück.

So kämen sie niemals weiter.

Jemand musste den ersten Schritt machen und vergeben. Ob er ihre Mutter hatte ermorden lassen oder nicht, feststand, dass sie für die Fehler ihrer Vorfahren nicht verantwortlich waren.

Sora wischte sich die Tränen von den Wangen. »Was Eurer Mutter angetan wurde, war unrecht. Auch wenn es nicht mein eigenes Verschulden war und ich sie Euch nicht zurückgeben kann, möchte ich mich aus tiefstem Herzen dafür entschuldigen. Beendet diesen sinnlosen Streit, ich bitte Euch.«

»Niemals werde ich vergeben, was ihr angetan wurde! Das kann ich nicht!«

»Dann wird es Euch früher oder später auffressen! Wollt ihr wirklich für den Rest Eures langen Lebens mit diesem Hass leben? Damit werdet ihr Tjaras Herz nie für Euch gewinnen!«

Die letzten Worte erweckten seine Aufmerksamkeit.

»Was wollt Ihr damit sagen?«

»Ich weiß um Eure Macht, die Gefühle anderer Menschen zu kontrollieren. Dasselbe habt ihr mit Tjara gemacht, ob Ihr es nun wolltet oder nicht. Ihr habt Euren Hass auf sie projiziert.«

Er schien nicht überrascht davon zu sein, dass sie es wusste, sondern eher, dass es Tjara erwischt hatte. Es war offenbar keine Absicht gewesen.

»Weiß sie davon?«

»Ja.«

Seufzend rieb er sich übers Gesicht.

»Sie hasst Euch nicht, keine Angst.«

»Was wollt Ihr von mir? Warum könnt Ihr mich nicht in Ruhe lassen?«

»Weil wir Eure Hilfe benötigen und außer Euch niemanden fragen können.«

»Fragt meinen Vater!«

»Er spricht in Rätseln und sagt uns nicht, was wir wissen müssen.«

»Und das wäre?«

»Wer Laventura ist und wo wir sie finden können.«

Die Hände in die Hüften gestemmt, schaute er auf den See. Sie sah, dass er sich Mühe gab, sich zu beruhigen. All das hatte nicht nur seine schlimmste Seite zum Vorschein gebracht. Erst heute hatte Sora erkannt, wie zerbrochen sie selbst innerlich seit dem Tod ihrer Mutter war. »Ihr müsst es nicht des guten Willens wegen machen, ich bin bereit, Euch etwas für eure Hilfe zu geben.«

»Nichts, was Ihr besitzt, könnte ich wollen.«

»Ihr wollt Tjara.«

Seine Augen trafen auf ihre. »Versprecht mir, dass Eure Absichten ihr gegenüber rein sind, dann werde ich sie in eure Richtung lenken.«

Miron dachte darüber nach. Sora konnte ihm natürlich nicht versprechen, dass Tjara sich in ihn verliebte, aber einen Versuch war es wert. Er war er kein hässlicher Mann und wenn er wollte, konnte er durchaus charmant sein. Sie hatte schon genug Frauen in der Stadt über ihn sprechen hören. Für Tjara war er eine gute Partie, jetzt musste er ihnen nur helfen und er konnte auf Sora als Verbündete zählen.

24.

Hunter

Seit Stunden suchte er nach seiner Prinzessin und noch immer keine Spur von ihr. Etwas überdeckte ihren Geruch, denn außer Tjara nahm er nichts wahr.

Warum war sie gegangen und hatte ihn hier zurückgelassen?

»Ihr wird es schon gut gehen. Sie brauchte wahrscheinlich nur etwas Zeit für sich«, versuchte Tjara ihn ein weiteres Mal zu beruhigen, doch es half nicht. Wenn er sie wenigstens durch ihre Bindung aufspüren könnte. Aber da war nichts. Nur Tjara.

Hunter verstand nicht, was mit ihm los war und allmählich drehte er durch.

Was, wenn ihr unterwegs etwas passiert war?

Vor dem *Phönix* lief er auf und ab. »Du machst dich nur selbst wahnsinnig.«

»Das ist nicht ...«

»Hunter?«

Die Stimme war wie eiskaltes Wasser für seine erhitzte Haut. Er drehte sich um und entdeckte Sora, die geradewegs auf ihn zukam, hinter ihr lief Miron. Sie wirkte anders, irgendwie erleichtert, lebendiger.

Moment mal ...

Sein Blick fiel auf ihren Hals. Rote Striemen zogen sich darüber. Blitzschnell rannte er auf den Magier zu und riss ihn von den Füßen, die Hand um seinen Hals gelegt.

»Was hast du ihr angetan, Mistkerl?!«, knurrte er.

»Hunter, nicht!«, schrie Sora und versuchte, ihn von Miron loszureißen.

»Sag mir sofort, was du getan hast!«

»Ich hab gesagt, du sollst ihn loslassen, sofort!«

Obwohl jeder Nerv in ihm dagegen war, das Arschloch freizulassen, kam er dem Befehl seiner Prinzessin nach und ließ ihn los, dabei schleuderte er ihn so hart zurück, dass er in der Erde zum Liegen kam.

»Wenn du es noch einmal wagst, Hand an sie zu legen, mache ich kurzen Prozess mit dir!«, drohte er und wandte sich von ihm ab.

Miron kam schnell weder auf die Beine.

»Ist alles okay?«, fragte nun Tjara Sora und warf dem Magier einen vernichtenden Blick zu.

»Es ist alles in Ordnung, macht euch bitte keine Sorgen. Miron und ich haben lange über alles gesprochen und einen Waffenstillstand ausgehandelt.«

»Ach ja?« Tjara sah genauso wenig davon überzeugt aus wie Hunter. War sie etwa die ganze Zeit mit Miron unterwegs gewesen, ohne ihm Bescheid zu sagen?

»Ihr seid bei ihm gewesen, während ich nach Euch gesucht habe?!«, kam dieser nicht umhin zu fragen und hielt sich dabei nicht zurück.

»Ich bin immer noch deine Prinzessin!«, knurrte sie und seufzte. »Glaub mir, es ist alles gut. Gerade gibt es wichtigeres. Wir müssen immer noch Laventura finden.«

»Und er hilft uns dabei?« Tjara nickte Miron misstrauisch zu, der keine Zeit verschwendete, sich bei ihr einzuschleimen.

»Wenn du mich lässt, würde ich das sehr gerne tun.«

»Wo wir jetzt alle auf derselben Seite stehen, möchte ich eine Antwort von dir. Du wirst wissen, dass Sora mir von deiner Kraft erzählt hat.« Zustimmendes Nicken. »War es deine Absicht, mich auf sie zu hetzen? Ist das der eigentliche Grund, warum du dich mit mir abgibst?«

»Ich schwöre dir, dass mir nicht klar war, dass ich meine Gefühle auf dich projiziert habe. Es lag nicht in meiner Absicht, dich zu benutzen und auch jetzt noch möchte ich dich nur um deinetwillen kennenlernen.«

»Ehrlich gesagt, es fällt mir schwer, das zu glauben.«
»Muss es nicht, denn ich werde es dir beweisen.« Er drückte ihr einen Kuss auf die Handfläche und lächelte.

Hunter wäre am liebsten direkt wieder auf ihn losgegangen.

»Wir sollten nach oben gehen«, warf Sora ein, ehe das geschehen konnte.

Im Zimmer brachte Hunter so viel Abstand zwischen Miron und die beiden Frauen, wie möglich. Er hielt den Magier zurück, als er ihnen ans Fenster folgte und knurrte zur Warnung.

Sein Glück, dass er nicht weiterlief. Egal, was Sora sagte, sollte er den Frauen nur einmal ungewollt zu nahetreten, würde er ihm den verdammten Kopf von den Schultern trennen.

»Also ... Laventura. Was wisst Ihr über sie?«, wollte Miron wissen.

»Dass sie real ist«, erwiderte Tjara achselzuckend.

»Aber ganz sicher sind wir uns da nicht, es gibt keine Aufzeichnungen darüber, was wahr ist und was nicht«, fügte Hunter hinzu,

»Wart ihr in der Bibliothek?«

»Ja, aber das hat nicht viel gebracht. Es gibt viele Legenden und Mythen über sie, aber keinen Anhaltspunkt zu ihrem Aufenthalt«, erklärte Tjara weiter.

»Zuerst mal müsst ihr wissen, dass man Laventura nicht einfach findet«, begann Miron. »Ihr könnt sie nur finden, wenn sie das möchte.«

»Was soll das heißen?«

»Dass wir ihr eine Nachricht zukommen lassen müssen, in der steht, dass wir sie treffen möchten.«

»Das heißt, wir müssen ihr einen Brief schreiben?«, fragte Sora nach und legte den Kopf schief.

»So ähnlich. Sie empfängt Nachrichten nur per Feuerpost, daher ist es Menschen unmöglich, sie zu finden. Das wird mein Part sein.«

»Also hatten wir recht damit, dass sie in einem menschlichen Körper existiert.«

»Nein« widersprach Miron sofort. »Ihr Körper ist genauso magisch wie sie selbst. Laventura existiert seit über Tausenden von Jahren, ein menschlicher Körper wäre inzwischen längst verfallen.«

»Seid Ihr ihr schon einmal begegnet?«, fragte Sora nach.

Die Art, wie sie miteinander umgingen, ließ darauf schließen, dass sie wirklich über alles gesprochen hatten, trotzdem vertraute Hunter ihm nicht. Dieser Mann verfolgte ein Ziel.

»Einmal, vor langer Zeit. Ein paar Jahre, nachdem Areya erschaffen wurde, hat sie uns besucht. Ich wusste nicht, wer sie war, erst nachdem sie uns verlassen hatte, erzählte mein mir Vater von ihr.«

»Kannst du dich erinnern, wie sie ausgesehen hat?«

Er schwieg eine Weile.

»Ich weiß nur noch, dass eine Hälfte ihrer Haare schwarz war, die andere rot. Außerdem war sie eine Frohnatur. Sie wirkte nicht wie jemand, der genauso alt ist, wie die Welt selbst.«

Tjara senkte den Kopf.

Hunter sah ihr an, dass sie über etwas nachgrübelte.

»Ich erinnere mich, dass mein Vater sagte, sie würde ein eigenes Etablissement leiten und dass die Menschen, die dorthin gehen, manchmal tagelang bleiben. Sie ist eine Meisterin der Manipulation, doch ich habe mich nie selbst davon überzeugt.«

»Hat er auch erwähnt, wie dieses Etablissement heißt?«

»Ich glaube nicht.«

»Woran denkt Ihr?«, erkundigte Hunter sich. Offensichtlich erinnerte sie sich an etwas.

»Ich überlege nur, in Netare gibt es einen Club, das Dragns Heavn. Meine beste Freundin geht dort fast jeden Abend hin und hat mich einmal mitgenommen. Bis dato war ich nie aus gewesen und dort war es, als hielte mich etwas davon ab, den Ort wieder zu verlassen. Die Musik, die Lichter, die Menschen. Es war, als hielte mich all das dort fest.«

Ihre Augen fixierten den Boden.

»Du glaubst also, dass sie dort sein könnte?«

»Da gab es diese Barkeeperin. Ihren Namen weiß ich nicht, aber ich glaube irgendwie, dass sie die Chefin war. Ihr Auftreten war so selbstbewusst. Ich weiß nur noch, dass sie schwarz rote Haare hatte, die zu einem Knoten gebunden waren und überall auf ihrer Haut waren Tattoos. Im ersten Moment war es seltsam, aber je länger ich geblieben bin, desto normaler fühlte es sich an.«

»Das ist sie!«, redete Miron plötzlich dazwischen.

»Aber wenn sie die Hüterin ist, muss sie Tjara erkannt haben. Warum hat sie nichts gesagt?« Sora sah verwirrt aus.

»Weil sie nicht in das Schicksal eingreifen darf. Sie macht die Regeln nicht, sondern setzt sie nur durch, sollten sie aus dem Gleichgewicht geraten. Es gibt einen Grund für alles, was an diesem Abend passiert ist.«

»Also auch, dass Hunter und ich aufeinandergetroffen sind?«

»Ich erinnere mich, dass du mir erzählt hast, in dem Club gewesen zu sein, aber warum warst du eigentlich dort?«, verlangte Sora zu wissen.

»Weil Euer Geruch mich dorthin geführt hat«, erzählte er. »Ich erinnere mich, kurz dort gewesen zu sein, aber nicht lange. Warum bist du mir nicht gefolgt?«

»Weil wir uns kurz darauf über den Weg gelaufen sind«, warf Tjara ein und dreht sich zu Sora. »Genauso wie wir beide.«

»Was meinst du damit?«

»Jetzt fällt es mir wieder ein! Erinnerst du dich denn wirklich nicht? Wir hatten uns angerempelt. Es müssen nur Sekunden vergangen sein, vielleicht eine Minute, in der wir uns angeschaut haben, aber ich weiß, dass du es warst, weil ich das Gefühl hatte, in einen Spiegel zu schauen. In diesem Moment war es, als hätte die Welt angehalten.«

»Doch, daran kann ich mich erinnern«, stimmte Sora ihr zu. »Ich hatte keine Zeit, dich anzusprechen, irgendwas hat mich an diesem Tag furchtbar durcheinandergebracht, weshalb ich auch aus dem Palast geflohen bin, aber ich kann mich einfach nicht mehr daran erinnern, was es war.«

»Wovon sprecht Ihr?« Hunter schaute von Tjara auf. »Seid Ihr nicht aus dem Palast geflohen, weil Ihr den Thron nicht besteigen wollt?«

»Doch, aber ich kann mich beim besten Willen nicht erinnern, warum ich so plötzlich geflüchtet bin. Ich glaube, etwas gehört zu haben, Menschen, die miteinander reden.«

Ihr Gesicht verzog sich schmerzhaft. »Aber wenn ich versuche, mich daran zu erinnern, bekomme ich Kopfschmerzen.«

Hunter wusste sofort, was das zu bedeuten hatte, Miron dachte dasselbe, die beiden schauten sich zeitgleich an. Jemand hatte Soras Erinnerungen manipuliert, ohne dass sie oder Hunter es mitbekommen hatten, und dabei konnte es sich nur um einen Magier handeln.

Tjara

Sie hatte ihre erste Begegnung mit Sora vergessen. Der Abend war von so vielen Ereignissen geprägt gewesen.

All das war zu verworren, aber sobald sie Laventura endlich trafen, hoffte Tjara auf Antworten.

»Dann lasst uns keine Zeit mehr verschwenden und sofort aufbrechen. Bis nach Netare ist es ein weiter Weg.« Sora begann, die Betten herzurichten.

»Wir werden eines unserer Autos benutzen, zudem muss ich erst mit meinem Vater sprechen«, hielt Miron sie auf. »Ruht euch noch aus, dass wird ein ...« ein Schreien unterbrach ihn abrupt. Sofort eilte er zum Fenster. »Verdammt nochmal!«, knurrte Miron und lief zur Tür.

»Was ist los?« Hunter stellte sich ihm in den Weg.

»Jemand greift die Barriere an, und ich bin mir ziemlich sicher, zu wissen, wer das ist«, brummte er und schaute auf Sora. Ihr Blick veränderte sich, Panik durchflutete ihn.

»Das muss Aris sein. Die Ritter haben ihm erzählt, was im Wald geschehen ist.«

»Sie sind hier, um Euch nach Hause zu bringen.«

»Das können sie vergessen! Sobald ich zurück im Palast bin, werden sie mich nicht mehr aus den Augen lassen!«

Miron schien für eine Sekunde seine Möglichkeiten abzuwägen, dann seufzte er und trat aus dem Zimmer.

»Ihr bleibt hier!«

Sobald die Tür ins Schloss gefallen war, konnte Sora nicht mehr stillstehen. Sie lief ein Loch in den Boden, während sie leise vor sich hinmurmelte.

»Miron wird das regeln, Sora.«

»Er kann nichts tun! Die Waffen meines Bruders mögen nicht stark genug sein, um durch Orions Barriere zu kommen, aber früher oder später müssen wir weiter. Aris wird einfach davor auf uns warten.«

»Dann müssen wir sie eben umgehen«, warf Hunter ein und machte sich auf zum Fenster. Vor der Taverne herrschte reges Treiben.

»Aris wird seine Ritter rund um die Stadt aufgestellt haben, wir sind umzingelt.«

Das war nicht gut. Sora geriet in Panik und Hunter kannte keinen anderen Weg. Jetzt blieb ihnen nur Miron.

»Warum kann König Aris nicht einfach weiter regieren?«, fragte Tjara.

»Weil es in der Tirathea Blutlinie üblich ist, dass die Frauen herrschen. Daran hat niemand jemals versucht, etwas zu ändern, und Aris wird es nicht zulassen.«

»Was geschieht, wenn du am Tag deiner Krönung nicht zurückkehrst?«

»Ich weiß es nicht. Darüber haben wir nie gesprochen, weil es für meinen Bruder nicht in Frage kommt. Er besteht darauf, dass ich die Tradition fortführe.«

»Du sagtest, in etwas mehr als zwei Monaten sei es so weit, warum so spät?«

»Weil ich dann Achtundzwanzig werde. In diesem Alter werden alle Prinzessinnen gekrönt.«

»Wann hast du Geburtstag?«
»Am zwölften September.«
Das war nicht möglich, bloß ein Zufall. Wie von selbst wanderten ihre Hände zu ihrer Brust und verweilten über dem seltsamen Mal, welches sie seit ihrer Geburt trug und mit ihr zusammen wuchs. Dabei handelte es sich, wenn man ihm genauere Beachtung schenkte, um eine Blüte.

Fest strich Tjara darüber.
»Dann muss ich dir etwas zeigen.«
Soras Blick richtete sich auf Tjaras Brust. Ihre Augen verengten sich und als hätte sie es gewusst, löste sie langsam die Schnüre ihres eigenen Kleides.

»In meiner Familie wird ausschließlich die nächste Generation mit diesem Mal geboren. Jede Königin gebärt eine Tochter und einen Sohn, ohne Ausnahme. Zu Anfang regieren die Männer, bis die Tochter Achtundzwanzig wird«, erzählte Sora, während sie den Reißverschluss ihres Kleides öffnete. Es schien ihr völlig egal zu sein, dass Hunter sich ebenfalls im Raum befand. Warum dem so war, darüber wollte sich Tjara lieber nicht weiter den Kopf zerbrechen.

»Wir werden auf unser Leben als Regentin vorbereitet, erlernen die Kunst des Kämpfens und des Handelns. Doch das Wichtigste, was wir mit auf den Weg bekommen, ist, dass wir all das alleine tun werden.« Sie zog das Kleid herunter, entblößte ihre Haut und drehte sich zur Seite.

Tjara schnappte nach Luft.

Sie musste nicht näher heranrücken, um zu sehen, dass es sich hierbei um das exakte Ebenbild zu ihrem Mal handelte, nur an einer anderen Stelle an Soras Körper.

»Das muss ein ...«
»Zufall sein? Ich habe nie wirklich daran geglaubt, dass es so etwas wirklich gibt, und heute kann ich mit hundertprozentiger Sicherheit sagen, dass ich mich nicht getäuscht habe.«

Ihre Augen brannten und ehe sie es zurückhalten konnte, flossen Tränen über ihre Wange. »Es gibt keine andere Erklärung, Tjara, wir sind Schwestern, so muss es einfach sein!«

Schon eine Weile hatte sie darüber nachgedacht. Es als einen Zufall abzutun, war leichter, so musste sie sich nicht damit auseinandersetzen und die Möglichkeit in Betracht ziehen, dass sie ihr gesamtes Leben lang angelogen worden war. Doch Sora die Worte laut aussprechen zu hören, ließ es real werden.

In diesem Moment betrat jemand das Zimmer, aber Tjara konnte nicht aufsehen. Sora zog ihr Kleid in Windeseile hoch.

»Könnt Ihr nicht klopfen?!«, knurrte sie.

»Entschuldigt, aber dafür bleibt keine Zeit. Wir müssen sofort hier weg!« Es herrschte Stille. Tjara sah Miron im Augenwinkel. Er stellte sich neben sie. »Was ist hier los?«

»Das erkläre ich Euch später, zuerst müssen wir aus der Stadt raus.«

»Das ist unmöglich. Die Soldaten haben uns umstellt. Mein Vater wird sie zwar nicht hereinlassen, aber sie werden auch nicht kampflos gehen.«

»Areya wird nicht unseretwegen kämpfen!«

»Da stimme ich Euch ausnahmsweise zu. Ich werde Euch mittels Magie herausbringen. Aber dafür müsst Ihr in meiner Nähe bleiben!«

Erst als jemand nach ihrer Hand griff, schaffte sie es, aufzusehen. Miron lächelte sie an.

»Wohin werden wir gehen?«, fragte Sora.

Da Hunter schon eine ganze Weile nichts mehr gesagt hatte, schaute Tjara in seine Richtung und begegnete seinem Blick, aus dem die gleiche Erschütterung sprach, wie aus ihrem eigenen.

Er hatte es nicht gewusst, nicht einmal in Erwägung gezogen.

Doch was bedeutete das für sie beide?

»Wir werden uns erstmal nach Henat zurückziehen, um dort unsere weiteren Schritte zu planen.«

Die Worte rissen Tjara aus der Starre. Sofort befreite sie sich von Miron und trat zurück.

»Tjara, wir müssen los!«, forderte Sora, doch das war ihr egal.

»Nein, ich werde nach Hause zurückkehren.«

»Was? Das geht nicht! Aris wird nicht zulassen ...«

»Das ist mir egal!«, knurrte sie. »Für dich mag sich vielleicht nichts geändert haben, aber für mich ändert es alles!«

»Und ich verspreche dir, dass wir all dem auf den Grund gehen werden, aber jetzt ist nicht die Zeit dazu!«

»Dann werden wir sie uns nehmen! Ich möchte mit meiner Mutter sprechen, verstehen, warum sie mir das all die ganzen Jahre über verheimlicht hat!«

»Tjara, bitte, lass uns erst einmal von hier verschwinden.«

»Ich werde nicht mit euch nach Henat gehen!«

Genervt warf Sora die Hände in die Luft. Lange schaute sie Tjara an, ehe sie sie in den Arm nahm und sanft über ihre Haare strich.

»Dass du all das so erfahren musstet, tut mir leid, aber ich verspreche dir, dass wir so schnell wie möglich nach Netare weiterreisen.« Sie drückte ihr einen Kuss auf die Wange und schob sie sanft von sich weg. »Wir stehen das zusammen durch.«

»Okay, ich verstehe immer noch nicht, was hier los ist, kann mich bitte mal jemand aufklären?«, mischte Miron sich ein.

»Wir sind Schwestern«, platzte es aus Sora heraus. Über diese Neuigkeit sah er nicht überrascht aus. Zwar auch nicht erfreut, aber auf keinen Fall so erschüttert wie Hunter.

Miron seufzte.

»Also doch.«

»Wir sollten zuerst mit Laventura reden, um allen Zweifeln Einhalt zu gebieten. Danach werden wir uns mit Tjaras Mutter in Verbindung setzen. Doch mein ... Aris darf uns auf keinen Fall in die Quere kommen.«

»Nur in Henat sind wir sicher, durch die Mauern kommt er nicht.«

»Aber wir können nicht dort bleiben.«

»Warum nicht? Ihr wollt den Thron nicht und in der Stadt bietet sich Euch die Möglichkeit, ein normales Leben zu führen!«

»Dass Tjara meine Schwester ist, hat einfach alles geändert. Doch zuerst müssen wir mit Laventura sprechen. Danach kann ich Aris gegenübertreten. Es gab noch nie Zwillinge, nur eine von uns kann herrschen. Somit wird er das Amt weiter beziehen und ich bin frei.«

»Wie sieht also Euer Plan aus?«

»Wir werden in den Club gehen und sie ansprechen. Danach kehren wir zum Palast zurück.«

»In den Klamotten?« Miron lachte und Tjara stimmte ihm zu. In diesen Outfits kämen sie nicht einmal in die Warteschlange. Sie waren zu underdressed. Tjara kannte die beste Person, um daran etwas zu ändern.

»Bring uns zu mir nach Hause.«

»Tjara, wir können ...«

»Wenn du in diesen Club willst, müssen wir uns umziehen. Meine beste Freundin kann uns dabei helfen. Miron hat recht, anders werden wir nicht ins Dragns Heavn reinkommen.«

Seufzend gab sich die Prinzessin geschlagen.

Es war, als erschüttere etwas die gesamte Stadt. Unter ihnen bebte die Erde. Der König hatte angefangen, die Barriere anzugreifen. Wenn Tjara auch keine Ahnung hatte, was es mit der Magie auf sich hatte, war sie nicht sicher, ob der alte Mann sie lange genug aufrechterhalten konnte. Sobald die Männer des Königs eingedrungen waren, würde er als Erstes nach ihnen suchen, darunter würden viele Unschuldige leiden. Das galt es zu verhindern.

»Na gut, bringt uns hier raus.«

25.

Tjara

Sie kamen, umgeben von einem weißblauen Schimmer, in Tjaras Wohnzimmer zum Stehen. Vor ihren Augen drehte sich alles. Sie ließ sich auf der Couch nieder und seufzte.

Die Teleportation kam ihrem Magen nicht zugute. Er grummelte und beschwerte sich lautstark.

»Das machen wir nie wieder«, murmelte Sora ebenso benommen.

Der Schwindel hielt zum Glück nicht lange an. Tjara suchte sofort nach ihrem Handy und fand es dort, wo sie es zurückgelassen hatte. Schlau, wie sie war, hatte sie es ausgeschaltet.

Vor ihrer Abreise war unklar gewesen, wie lange sie weg sein würde. Sobald sie es einschaltete, hörte es nicht mehr auf zu vibrieren. Ihre Familie hatte sich um sie gesorgt. Über fünfzig verpasste Anrufe allein von ihrer Mutter.

Jeder hatte ihr geschrieben, sie gefragt, was los war, außer Mara.

Ihre beste Freundin war die Einzige, die wusste, dass Tjara weg war. Nachdem ihr Handy sich beruhigte, wählte sie ihre Nummer.

»Oh mein Gott, na endlich! Ich dachte du wärst längst tot!«, schniefte ihre Freundin.

»Tut mir leid. Ich bin gerade erst nach Hause gekommen. Es gab keine Möglichkeit, mich zu melden.«

»Gab es dort, wo du warst, kein Telefon?!«, brummte sie. »Deine Familie hat mich durchlöchert und ich wusste nicht, was ich sagen soll.«
»Das spielt jetzt keine Rolle. Kannst du zu mir kommen?«
»Äh klar, gib mir eine Stunde.«
»Beeil dich, und bring bitte alles mit, um mich zurecht zu machen.«
»Was meinst du?«
»Ich muss wieder in den Club, das Dragns Heavn.«
»Verstehe. Dann bis gleich.«
Dass ihre Freundin verwundert klang, war nur verständlich, sie war gerade erst zurückgekehrt und verlangte nun, herausgeputzt zu werden. Etwas, wozu man sie sonst erst nach tagelangem Betteln und unter Aufbringung sämtlicher Überredungskünste bringen konnte. Mara würde alles verstehen, sobald sie hier war. Tjara war sich nur nicht sicher, was genau von dem, das sie erlebt hatte, sie ihr erzählen durfte.
Apropos.
Sora sah sich entspannt im Erdgeschoss um, während Miron sich ebenfalls nicht davon abhalten ließ. Die beiden liefen staunend durch das Haus. Um an den Ort seiner Wahl zu gelangen, brauchte Miron eine bildliche Vorstellung davon.
So hatte sie ihm von den hohen Decken, den dunklen Rundbögen und den beigen Wänden erzählt. Sie hatte ihr kleines Wohnzimmer beschrieben, so gut es ihr möglich war.
Zum Glück hatte es gereicht, so dass er sie hierher teleportieren konnte.
Hunter stand reglos an die Tür gelehnt und schaute zu Boden. Während die anderen beiden den oberen Stock betraten, lief Tjara zu ihm. So mürrisch hatte sie ihn bisher noch nicht erlebt.
»Können wir reden?«
»Was sollte es da zu sagen geben? Du ... Ihr seid eine Tirathea.«
»Bitte, tu das nicht.«

»Was?« Als er aufschaute, waren seine Augen eiskalt. Es lief Tjara kalt den Rücken runter, sie schüttelte sich.
»Du hast keine Ahnung, wie das alles verändert!«
»Nicht nur für dich! Denkst du wirklich, ich wollte das? Wenn ich gewusst hätte ...«
»Aber du hattest eine Ahnung, nicht wahr? Genauso wie Prinzessin Sora. Wusstest du es, bevor ich dich geküsst habe? Bevor du mich geküsst hast?«

Sobald die Worte raus waren, erinnerte sie sich an den Moment zurück, in dem ihre Lippen aufeinandergeprallt waren. Plötzlich sammelte sich die Hitze zwischen ihren Beinen, ihr fiel das Atmen zunehmend schwerer. Jetzt war nicht der Moment, den Kopf zu verlieren.

»Ich war mir nicht sicher und habe es als Zufall abgetan. Glaub mir, ich habe gefleht, dass es nicht wahr ist.« Hunter war wütend und das ließ er sich nicht nehmen. »Womit hast du es gerechtfertigt, dass Sora und ich uns so ähnlich sind?«

Darauf antwortete er nicht. Hatte er daran denn keinen Gedanken verschwendet? Aber wenn nicht, worüber grübelte er dann die ganze Zeit?

»Wann erscheint deine Freundin?«, ertönte eine Stimme hinter ihr.

Tjara drehte sich um. Sora hatte die Hände in die Hüften gestemmt.

»In einer Stunde ungefähr. So lange können wir uns ausruhen.«

»Ist es mir erlaubt, dein Bad zu nutzen?«

»Natürlich. Links an den Treppen vorbei ist die Dusche, im Obergeschoss die Badewanne.« Da Hunter zu wütend war, um ein Gespräch mit ihr zu führen, begleitete sie Sora. Sie zeigte ihr die Handtücher und Hygieneartikel, falls sie etwas benötigte. »Nutz alles, wie du es brauchst, fühl dich wie zuhause.«

»Danke schön.«

Im Begriff, das Bad zu verlassen, griff Sora nach ihrer Hand.

»Ich weiß nicht, was zwischen dir und Hunter los ist, aber du musst etwas wissen.«

»Was?«
»Ich sage das nicht aus Kaltherzigkeit, sondern weil ich nur das Beste für euch möchte.«
»Worum geht es?«
»Hunter ist mir unterstellt. Ihm ist es untersagt, Gefühle für eine andere zu entwickeln, Schwester oder nicht. Was auch immer zwischen euch ist, darf nicht sein.«

Sobald Sora ihre Hand losgelassen hatte, verließ sie das Bad und lehnte sich gegen die geschlossene Tür. Über all das war sie sich bereits im Klaren, nur änderte es dennoch nichts an ihren Gefühlen, die von Tag zu Tag wuchsen.

Miron und Tjara unterhielten sich auf der Couch, Sora blätterte durch ein Buch und Hunter verweilte an der Tür, als es klingelte. Die Tür war kaum geöffnet, da fiel Mara Tjara auch schon in die Arme.

»Ich könnte dich schlagen und umbringen, gleichzeitig bin ich so froh, dass du noch lebst!«, murmelte sie und drückte Tjara fest an sich. »Das machst du nie wieder mit mir, hörst du!?« Seufzend ließ sie ihre Freundin los. »Ich habe alles dabei, um dich ...«

Sobald Tjara beiseitegetreten war, setzte Maras Atem aus. Sie stoppte mitten im Satz, den Blick auf Sora gerichtet.

Diese trug einen grauen Pullover und eine schwarze Jeans von Tjara. Die Füße steckten in dunklen Socken. Ihre Haare hatte sie zu einem Pferdeschwanz gebunden. Somit sah sie genauso aus wie Tjara. Sie unterschieden sich nur in der Farbe ihrer Augen.

Maras verwirrter Blick glitt zwischen den Frauen hin und her.

»Mara, darf ich dir Prinzessin Sora vorstellen? Sora, das ist Mara, meine beste Freundin.«

Maras Blick stoppte bei Tjara.

»Die Prinzessin?«, flüsterte sie. Nach einem Nicken fiel Mara so plötzlich auf die Knie, dass Tjara es knacksen hörte. »H-hallo Prinzessin!«

»Bitte nicht, erhebt Euch«, bat Sora. Ihr war anzusehen, dass sie es hasste, wenn jemand vor ihr auf die Knie fiel. Tjara half ihrer Freundin auf, die nicht aufhörte zu starren.

»Ich träume, oder? Zwar hab ich es schon im Fernsehen gesehen, aber ihr seht wirklich identisch aus.«

»Das ist kompliziert«, erwiderte Tjara augenverdrehend und schob ihre Freundin Richtung Treppen. Da erblickte sie Miron und stoppte.

»Wow«, kam es ihr über die Lippen. »Wer ist das?«, nuschelte sie.

Miron wartete erst gar nicht darauf, dass er vorgestellt wurde, sondern kam direkt um die Couch herum und reichte Mara die Hand. Sie erwiderte die Geste, und er drückte ihr einen Kuss auf den Handrücken.

»Wenn ich mich vorstellen darf, mein Name ist Miron, und Ihr seid?«

»Mara.«

Sie war hin und weg von ihm. Zu ihrem Pech wusste sie nicht, dass er ein Magier war und die Macht beherrschte, ihre Gefühle zu kontrollieren, wobei das bei ihr kaum nötig wäre.

»Wir sind oben«, informierte sie die Männer und schob Mara Richtung Treppen. Nur widerwillig ließ sie sich von Miron wegschleifen.

»Der Typ ist ja mal mega heiß!«, keuchte sie, sobald sie Tjaras Zimmer erreicht hatten. Sora machte es sich auf dem Bett bequem, während Mara die Tasche auf das Bett stellte, »Wo findest du die nur alle?«

»Können wir uns bitte auf das Wesentliche konzentrieren?« Sie wollte nicht über Kerle reden, denn dann musste sie sofort an Hunter denken.

»Na gut. Also, du willst ins Dragns Heavn?«

»Wir beide. Da bist nur du mir eingefallen.«

Sie schaute zu Sora. Tjara gab sich Mühe, ihr Grinsen zu verstecken, denn Mara schaffte es nicht, ihr Pokerface aufzusetzen.

»Tut mir leid, das verwirrt mich. Ihr seht absolut identisch aus.«

»Ein Umstand, an den man sich schnell gewöhnt«, erwiderte Sora und lächelte. »Aber lasst Euch bitte nicht davon abhalten.«

Wenn sie nur wüsste. Mara nickte und widmete sich wieder Tjara.

»Wirst du mir sagen, wo du warst, und was du gemacht hast?« Sie zog ein paar Kleidungsstücke aus der Tasche und breitete sie auf dem Bett aus, dann folgten ihre Schminkutensilien.

»Auf viele Fragen habe ich leider selbst noch keine endgültige Antwort, deswegen werde ich mir mit Erklärungen noch etwas Zeit lassen.«

»Verstehe. Aber du solltest wissen, dass deine Mom krank war vor Sorge. Ich habe ihr gesagt, dass du Zeit für dich bräuchtest und deswegen ein bisschen durch die Gegend fährst.«

»Die unzähligen Anrufe können nur bedeuten, dass sie dir nicht geglaubt hat.« Tjara entschied sich für das weiße Crop Top mit Neckholder und einer schwarzen Jeans. Es war eines der schlichtesten Outfits, die Mara mitgebracht hatte. Nicht, dass es nötig wäre. Tjara besaß mehr als genug Kleidung.

Sora wählte ein dunkelrotes Crop Top und behielt ihre Jeans an. Dass sie es nicht gewohnt war, Hosen zu tragen, ließ sich erkennen, doch die Kleider, die Mara mitgebracht hatte, reichten mit Mühe und Not über den Hintern.

Da sie und Sora dieselbe Statur besaßen, würde ihnen der Stoff immer wieder darüber hochwandern und darauf konnten sie gut verzichten.

Hunter

Er kam nicht umhin, sich zu fragen, warum er nicht längst auf die Idee gekommen war, dass es sich bei Tjara und Sora um Schwestern handelte. Gleichzeitig gestand er sich ein, dass er seit dem ersten Kuss mit Tjara nur noch daran dachte und an nichts Anderes.

Ständig folgte er ihr mit den Augen, erwischte sich dabei, wie er versuchte, herauszufinden, was sie fühlte und ob sie genauso verrückt nach ihm war, wie er nach ihr.

Sobald er sie erblickte, galten seine Gedanken nur noch ihren Lippen. Er wollte sie küssen, sie berühren, wie zuvor schon, obwohl er sich im Klaren war, dass es ihm strengstens untersagt war und sich das vor Sora nicht ewig geheim halten ließ. Jetzt, wo er wusste, dass sie Soras Schwester war, änderte es alles. Nichts an seinen Gefühlen, sondern an dem Ausmaß seines Verrats.

Er hatte Sora betrogen und verheimlichte es ihr weiterhin. Dieses verworrene Netz würde ihn früher oder später gefangen nehmen.

»Hunter?«

Soras Stimme ließ ihn aufschauen.

Er hörte, wie der Magier nach Luft schnappte, doch selbst konnte er die Frauen nur anstarren. Vor allem Tjara. Obwohl sie identisch aussahen, schaffte er es nicht, die Augen von ihr zu nehmen. Sie war wunderschön. Das brachte sein Tier zum Schnurren und stachelte den Vampir an, an die Oberfläche zu kriechen.

»Seid ihr endlich so weit?« Bemüht, lässig und eiskalt zu wirken, drückte er sich von der Tür weg und verschränkte die Arme vor der Brust.

»Ja. Wie sieht der Plan aus?«, frage Tjara nach und fummelte sich an den gelockten Haaren herum.

»Nachdem wir reingelassen wurden, werden wir uns direkt zur Bar begeben und hoffen, dass Laventura dort steht«, klärte Sora sie auf.

»Was, wenn sie nicht dort ist?«

»Damit Laventura in ihrem Körper existieren kann, und die Macht nicht irgendwann doch überhandnimmt, braucht sie einen Anker«, erklärte Miron. »Sie trägt schließlich die Last der gesamten Welt auf ihren Schultern. Selbst für eine so mächtige Zauberin, wie sie es ist, kann das mit der Zeit sehr belastend werden. Damals begleitete sie ein weißhaariger Mann. Sein Name war Vailan.«

»Was ist ein Anker?« Tjara legte den Kopf zur Seite.

»Sobald sie merkt, dass der Druck zu groß wird und sie ihn nicht mehr tragen kann, überträgt sie einen Teil ihrer Gefühle auf diesen Mann. Dadurch teilt sie ihre Macht kurzzeitig auf. Gleichzeitig ist er wie ein Schutzwall. Er verbirgt ihre Aura, sodass sie für uns Magier schwerer zu erkennen ist.«

»Aura? Magier?«, erklang jetzt Maras helle Stimme hinter ihnen.

Hunters Augen fixierten die kleinere Gestalt hinter Tjara. Ihre Freundin Mara sah verwirrt aus, was durchaus verständlich war. »Worüber redet ihr bitte?«

»Tut mir leid, Mara, ich werde dir alles zu gegebener Zeit erklären, aber gerade passt es wirklich nicht. Vielen Dank für deine Hilfe, ich bin dir etwas schuldig!« Tjara führte die junge Frau zur Tür.

»Warte, ist das dein Ernst? Gib mir wenigstens einen kleinen Anhaltspunkt, ich bin schließlich deine beste Freundin!«

»Entschuldige, aber ich kann dir gerade nichts dazu sagen. Hab dich lieb, ich rufe dich an.«

Schneller als Mara zu antworten vermochte, schloss sie die Tür und lehnte sich seufzend dagegen.

»Das ist schwer, ich verstehe das, aber gerade ist es so am besten«, stand Sora ihr bei.

»Ich weiß. Also weiter. Wenn wir Laventura nicht antreffen, dann werden wir wahrscheinlich auf diesen Vailan treffen?«

»Da ich innerhalb des Gebäudes ihre Aura wegen all der Menschen nicht ausmachen kann, muss ich es außerhalb versuchen. Dann kann ich euch ungefähr sagen, wo sie sich befinden«, erklärte Miron.

»Den Rest werden wir erledigen.« Sora richtete ihren Blick auf Hunter. »Mit all den Waffen an deinem Körper werden sie dir keinen Zutritt gewähren.«

»Ich lasse euch nicht allein in das Gebäude!«, grummelte er. Die Ritter waren hinter ihnen her und früher oder später würde man sie finden. Elay hatte ihre Witterung schon aufgenommen und führte sie geradewegs hierher. Ihnen blieben höchstens ein oder zwei Stunden, bis der Vampir hier aufkreuzen würde und dann käme es zu einem erneuten Kampf.

»Du wirst sie dann aber ablegen müssen.«

»Nein.« Ohne sie würde er kaum etwas gegen die Ritter oder Elay ausrichten können, wenn er nicht sein wahres Wesen offenbaren wollte.

»Dann wartest du am besten hinter dem Gebäude«, schritt Tjara ein. »Soweit ich mich erinnere, gibt es hinter der Bar einen Durchgang.«

Nur widerwillig ließ er sich darauf ein. Ihm blieb keine andere Wahl.

26.

Tjara

Die Schlange vor dem Club war länger als die vor einer Woche. Tjara und Sora standen jetzt bereits seit zehn Minuten inmitten der vielen Frauen. Jede darauf bedacht, genug Haut zu zeigen, drängelten sie, um schneller vorwärtszukommen, wobei die Türsteher sie genauestens im Blick behielten.

Hunter und Miron waren hinter dem Gebäude in Stellung gegangen. Laventura war auf jeden Fall heute Abend hier.

Tjara zog die Jacke enger um ihren Körper. Sie hatte vergessen, wie kalt es mittlerweile war.

»Dauert das immer so lange?«, wollte Sora wissen.

»Vor einem der angesagtesten Clubs der Stadt? Ja, normalerweise schon.«

Augenverdrehend schloss sie die Jacke und verschränkte die Arme vor der Brust. Einer der Türsteher beobachtete sie, also öffnete sie ihre Jacke wieder und lächelte ihn an.

Da sie unheimlich schlecht darin war zu flirten, überraschte es Tjara, als er sie herbeiwinkte. Sie bedankte sich mit einem breiten Lächeln und biss sich auf die Unterlippe.

Sobald sie den Club betraten, hämmerten direkt wieder die Bässe durch ihren Körper. Die Vibration brachte sie zum Erbeben. Sora war ihr dicht auf den Fersen und zwängte sich mit ihr durch die Menschenmasse bis zur

Bar. Bingo. Es dauerte nur wenige Minuten, bis die Barkeeperin sie erkannte.

»Da hinten ist sie.« Sie zeigte Sora die Schönheit mit den rot-schwarzen Haaren. Heute Abend trug sie einen langen eleganten, schwarzen Mantel, der ihr vor dem Körper bis über die Oberschenkel reichte. Silberne Manschetten hielten das Kleidungsstück zusammen und hoben ihre Brüste perfekt hervor. Der schwarze Ledergürtel um ihre Taille sowie die dunklen Handschuhe rundeten das Outfit ab. Dazu trug sie hohe Stiefel, die direkt beim Saum des Mantels endeten. Wie auch beim letzten Mal bediente sie ihre Gäste voller Elan. Dabei schwang der schwarzrote Dutt hin und her, was die losen Locken erklärte, die aus ihm heraushingen. Sie war in ihrem Element.

»Ruf sie her, wir müssen mit ihr sprechen«, schrie Sora über den Lärm hinweg.

»Ich glaube nicht, dass sie auf ihren Namen hören wird, wenn wir ihn durch den halben Club schreien. Wir gehen zu ihr nach vorne.« Sie verschränkte ihre Hand mit Soras und führte sie an der Bar vorbei, weiter in die Mitte, wo Laventura einem Mann gerade ein Glas überreichte. Sie stießen an und kippten den Shot in einem Zug.

Tjara lehnte sich über die Theke, als der Blick der Frau schon auf sie fiel, als Nächstes erfasste sie Sora.

»Was kann ich euch bringen, meine Damen?«, fragte sie freudig und stellte Shot Gläser auf. Tjara lehnte sich über die Theke, sodass nicht jeder mitbekam, was sie sagen würde.

»Wir müssen mit dir reden, Laventura.«

Sie wusste, dass es sich um die richtige Person handelte, als sie sich zurücklehnte und den Ausdruck in ihrem Gesicht bemerkte. Für den Bruchteil einer Sekunde verrutschte ihr Grinsen.

»Ich weiß leider nicht, wovon du sprichst.« Sie legte es darauf an. Jetzt lehnte sich Sora über das dunkle Holz der Theke.

»Draußen steht ein Magier, der eure Aura identifiziert hat, und ein ziemlich wütender Chevalier. Wir können gerne beide hereinbitten, wenn Ihr es vorzieht, Spielchen zu spielen«, sagte sie in entspanntem Ton.

Mehr brauchte es nicht, damit sie die beiden hinter die Theke winkte.

»Stacy, kümmerst du dich bitte um die Herren?«, wies sie die schlaksige Blondine an und führte Sora und Tjara nach hinten, wo sie durch die Tür traten.

Der hintere Abschnitt des Clubs war komplett schalldicht isoliert. Kein einziger Ton drang durch die Wände hindurch. »Ich habe nicht erwartet, dass Ihr mich so schnell findet«, wandte Laventura sich nun an die Prinzessin,

»Schnell? Schließlich hat es nur fast achtundzwanzig Jahre gedauert, herauszufinden, dass Ihr tatsächlich existiert«, stieß Sora zwischen zusammengepressten Zähnen hervor. »Und jetzt wollen wir ein paar Antworten!«

Langsam lief die mächtige Magierin zuerst um Sora herum, berührte ihre Haare, ihren Nacken, ehe sie um Tjara tänzelte.

»Aber Ihr kennt die Antworten bereits, nicht wahr?«

»Also ist es wahr? Wir sind wirklich Schwestern?«

Als sie wieder vor ihnen stand, seufzte sie.

»Durch Mal und Blut sind sie verbunden, Schicksale werden gebunden. Verknüpfung der Seelen, kräftig an Macht, welches das Herz der Prinzessin erwacht«, reimte sie. Erneut lief sie um Sora herum und blieb nun hinter Tjara stehen. »Doch nur eine kann gewinnen, schnell am Rad der Erinnerungen spinnen. Und gewiss sei Euch zu dunkler Stund, dass die Wahrheit tut Lüge kund.« Sie lief um Tjara herum und drückte ihr Kinn mit der Hand sanft nach oben. »Aus einem Kind, da wurden zwei, Vergangenheit ist einerlei.«

Tjara verstand nicht, was die ersten Sätze zu bedeuten hatten, doch wie es um die letzten beiden stand, war offensichtlich.

Laventura ließ keinen Zweifel daran, dass Sora und Tjara Zwillingsschwestern waren, und damit änderte sich alles.

Schon vor Stunden hatte sie der Wahrheit ins Auge gesehen. Es gab kein Entrinnen mehr. Schwindel ergriff Tjara, sie taumelte zurück.

»Wisst Ihr, warum wir getrennt aufgewachsen sind?«, wollte Sora wissen und hielt Tjara fest.

»Auch wenn ich Euch gern helfen würde, ist dies nicht meine Aufgabe. Nun geht.«

»Wir sind noch nicht ...«

Ehe Sora ihren Satz beenden konnte, wurde die Tür geöffnet und ein junger Mann mit mittellangen weißen Haaren stolperte herein.

»Geliebte, wir werden angegriffen.«

Draußen herrschte Panik. Durch die geöffnete Tür drangen laute Schreie. Schüsse hallten bis zu ihnen und ersetzten den Bass und die laute Musik. Für wenige Sekunden war es, als hätte jemand auf Pause gedrückt. Es herrschte kurz Stille, bis der nächste Schrei die Luft zerriss. Ab diesem Moment war es vorbei mit Laventuras Ruhe. Sie griff Tjaras Arm, ihre Nägel gruben sich schmerzhaft in ihr Fleisch.

»Wer ist Euch gefolgt?«, forderte sie in barschem Ton zu wissen.

»Die Ritter des Königs.«

»Ihr müsst gehen, jetzt sofort!«

»Nicht, solange wir nicht alle Antworten haben!« Sora schlug ihre Hand weg und stellte sich schützend vor Tjara, in dem Moment erklang der nächste Schuss. »Wie kann ich meinem Schicksal entgehen?«

Laventura lachte, als hätte Sora einen Witz gemacht, ehe sie todernst wurde.

»Euer Schicksal stand bereits Jahrzehnte vor Eurer Geburt fest und daran werdet Ihr nichts ändern können, so sehr Ihr es auch versucht.«

Die Antwort war klar und deutlich, ließ keinen Raum mehr für Zweifel. Sora würde den Thron besteigen.

»Wir wollen Sora Tirathea, oder wir töten einen nach dem anderen!«, erklang eine tiefe Stimme. Tjara lief es eiskalt den Rücken runter, denn sie erkannte sie sofort.

Sie gehörte dem Krieger mit der grässlichen Narbe!

Hunter

Die Schreie der Menschen hallten in seinen Ohren wider. Obwohl er am liebsten direkt in den Club gestürmt wäre und einen Ritter nach dem anderen getötet hätte, ließ er sich von Miron zurückhalten. Noch hatten sie Sora und Tjara nicht entdeckt.

Hinter dem Club hatte er die Stimmen der Frauen ausgemacht. Nachdem er sich auf sie konzentriert und alles Unwichtige ausgeblendet hatte, verfolgte er das Gespräch zwischen ihnen und der mächtigen Zauberin.

Tjara und Sora waren Zwillinge, daran gab es keinen Zweifel. Dies brachte Hunter in eine missliche Lage.

Sie mussten taktisch vorgehen. Er hörte Elay, der den Menschen drohte. Sora war nicht so dumm, sich zu stellen.

»Wir wissen nicht, wie viele Zivilisten noch da drin sind. Wenn wir jetzt dort reinstürzen, könnten Unschuldige verletzt werden«, versuchte Miron, ihm ins Gewissen zu reden, doch das Argument zog bei Hunter nicht. Hier ging es um seine Prinzessin und um Tjara. Da würde er kein Risiko eingehen. Doch Miron hielt ihn erneut zurück. »Denkst du wirklich, Tjara oder Sora würden wollen, dass Unschuldige sterben?«

»Hast du einen besseren Plan?«, grummelte er, denn die Besserwisserei des Magiers war nur wenig hilfreich. Sobald Elay die beiden erblickte, würde es einen heftigen Kampf geben, das war sicher.

»Wir müssen uns anschleichen.«

Hunter richtete sich auf dem Dach auf.

»Elay ist ein Vampir, wahrscheinlich hat er unsere Witterung eh längst aufgenommen.«

»Was schlägst du also vor, außer dass wir uns da reinzustürzen und jedem einzelnen den Kopf abzuschlagen?«

»Ich werde sie ihnen ganz einfach wegschießen!«, erwiderte er genervt und stieg vom Dach. Leichtfüßig kam er auf dem Boden zum Stehen, Miron direkt neben ihm. Er zog die Sig und die Glock 18 aus ihren Halftern.

»Das ist keine gute Idee.«

»Greif nach deinen Waffen, Magier, wir warten nicht länger«, gab er zurück und betrat den Club in Windeseile. Die Schnelligkeit des Vampirs erlaubte es ihm, ungesehen an den Rittern vorbeizuhuschen und hinter der Bar in Deckung zu gehen, wo niemand ihn sah. Da er Miron nicht mehr im Blick hatte, kannte er die nächsten Schritte des Magiers nicht und es war ihm auch egal. Stattdessen benutzte er das Glas hinter der Bar, um sich mit der Situation vertraut zu machen. Es waren zu viele Zivilisten im Raum. Einer davon hing in Elays Armen. Der hielt ihm die Knarre an die Schläfe.

»Ich zähle bis drei, danach werde ich den ersten Unschuldigen töten, bis Ihr herauskommt, Prinzessin«, ließ er sie wissen.

Hunter spürte Sora nah an seiner Seite und er witterte Tjara. Sie waren beieinander, nur eine Tür entfernt.

»Eins«, zählte der Vampir los und entriegelte die Waffe.

Die Flaschen hinderten Hunters Sicht, doch er konnte etwa zwanzig Zivilisten ausmachen, die sich an den Treppen zusammenkauerten. »Zwei.«

Hunter fühlte, wie der Boden sich bewegte. Jemand rührte sich, seine Prinzessin. Sie und Tjara durften ihm auf keinen Fall unter die Augen treten, denn Elay war herzlos. Selbst wenn sie sich offenbarten, würde er den jungen Mann in seinen Armen abknallen, bevor sie auch nur einen weiteren Schritt taten. Seine einzige Chance bestand darin, dem Vampir zuvorzukommen, ehe der abdrückte. Die Ritter töteten keine Unschuldigen. Hunter und Miron verstanden sich nicht, aber trotzdem vertraute er darauf, dass der Magier einen Plan hatte. »Drei.«

Bevor er den Abzug betätigte, erschien Hunter hinter ihm und hielt beide Waffen an seine Schläfen.

»Fallen lassen, oder von deinem Kopf sind nur noch Reste übrig!«, knurrte er.

Elay sicherte die Waffe und hielt sie hoch, sodass der Mann zu den anderen Menschen flüchten konnte. »Nur

235

ein Schritt oder einen Ton, und ich puste dir das verdammte Ding vom Hals! Fallen lassen!«

Wie befohlen ließ er die Knarre los. Schon erschien Miron neben ihnen, nahm das Teil an sich und richtete sie ebenfalls auf den Vampir.

»Und jetzt bleiben wir alle ganz ruhig«, knurrte er den Rittern zu, die ebenfalls ihre Waffen gezogen hatten. Elay war brutaler als sie alle zusammen, dennoch hielten sie zu ihm. Selbst jetzt, nachdem sie sein Geheimnis erfahren hatten. Das bedeutete, dass der König darüber in Kenntnis gesetzt worden war. Doch Aris war nicht dumm, er hatte wohl schon längst geahnt, dass in seinen Reihen nicht nur Menschen dienten.

Wusste er auch über Hunter Bescheid?

Womöglich.

Die Frauen erkannten den richtigen Zeitpunkt, um aufzukreuzen. Sora und Tjara griffen sich sofort die Unschuldigen und führten sie aus dem Club.

»Ich bin überrascht, dass Ihr Euch zurück in die Stadt getraut habt, Hunter.« Elay scherte es nicht, was mit den Menschen geschah, oder mit Sora. Hierbei ging es um etwas völlig anderes.

»Ich habe keine Angst vor Euch.«

»Nun ... das solltet Ihr aber.« Er drehte sich so rasch um, dass Hunter wenig Zeit blieb, zu reagieren. Mit den Händen stieß er ihn so fest zurück, dass er durch die Luft segelte und hinter sich in die Wand krachte.

Um seine Kehle legten sich raue, kalte Finger und hoben ihn hoch. »Ich habe lange darauf gewartet, mich an Euch zu rächen.«

»Ich enttäusche Euch nur ungern!« Er legte die Finger um Elays Hände und löste sie mit Leichtigkeit von seiner Kehle. Der Vampir verzog keine Miene, als Hunter seine Finger in alle Richtungen spreizte. Das Knacken der Knochen hallte durch seine Ohren.

Das Monster in ihm fand Gefallen daran. Es dauerte nicht lange, bis es die Kontrolle übernahm. Binnen Sekunden transformierten sich seine Augen. Sein Gegenüber lächelte dreckig und richtete die Knochen wieder. Hunter wartete nicht, bis er damit fertig war. Er holte aus. Seine Stirn krachte mit voller Wucht auf Elays Nase. Blut lief ihm in Strömen über den Mund und tropfte auf sein schwarzes Shirt.

Die Ritter beobachteten die Szene und bereiteten sich auf einen Angriff vor. Sie waren nicht so dumm, sich in den Kampf zweier übermenschlicher Wesen einzumischen, deshalb warteten sie ab. Elay wischte sich das Blut vom Gesicht und leckte sich kurz über die Lippen, dann stürmte er auch schon auf Hunter zu. Hart packte er ihn am Kragen seines Mantels und wirbelte ihn durch den Club.

Im Fallen riss Hunter Tische und Stühle mit sich. Das Holz zerbrach, splitterte zu Boden. Gerade so schaffte er es, die Theke zu nutzen, um sich festzuhalten, dabei fielen einige Gläser.

Krachend landeten sie auf dem Marmor. Elay war ihm bereits wieder auf den Fersen. Mit übernatürlicher Geschwindigkeit kam er auf Hunter zu und schoss über die Theke, sodass sie beide in die gestapelten Flaschen hinter sich krachten. Neben ihnen zerschellten sie in tausend Scherben.

Scharfer Schmerz bohrte sich durch Hunters Schulter. Der Mistkerl hatte ihm eine Klinge hindurch gejagt und drehte sie, um den Schmerz zu verstärken.

»Ich sollte dich auf der Stelle töten, doch ich genieße es lieber, dich leiden zu sehen.«

»Dann solltest du dich aber mehr anstrengen!«, knurrte er, zog den Kopf des Vampirs zu sich heran und ließ ihn geradewegs gegen den Spiegel hinter sich krachen. In diesem Moment stürmte Sora wie ein Tornado durch die Tür. Pfeile flogen durch die Luft direkt auf die Krieger zu, sodass diese keine Chance hatten, sich ebenfalls gegen Hunter zu stellen.

Elays Gesicht war überall aufgeschürft, als er sich wieder aufrichtete. Hunter nutzte die Schwäche, um sich aus seinem Griff zu befreien, und rammte ihm die Klinge direkt durch den Unterbauch. Es folgte ein Tritt in die Eingeweide, der den Vampir gegen die Theke schleuderte.

Das Holz zerriss. Erneut griff er nach dem Dolch, drehte ihn. Elay stöhnte vor Schmerz.
»Mich besiegst du nicht, Vampir«, presste er hervor.
Darauf antwortete Hunter nichts, stattdessen zog er die Stichwaffe heraus und hielt sie ihm an die Kehle.
»Du hast keine Chance gegen mich, wann wirst du das endlich kapieren?«
»Ich unterbreche nur ungern«, mischte Miron sich ein. Der Magier gab sich Mühe, das Chaos vor sich nicht zu beachten. »Ich brauche eine Waffe, irgendwas, womit ich mich verteidigen kann.«
»Nicht jetzt!«
»Ich habe nur meine Magie.«
»Dann benutz die!«, knurrte er. Das war jetzt wirklich der falsche Zeitpunkt für nervtötende Diskussionen.
»Ich will niemanden töten.«
Brummend griff er um seinen Gürtel und reichte ihm seinen Dolch. Elay nutzte den kurzen Moment der Ablenkung, um sich zu befreien. Er verpasste Hunter eine Kopfnuss und sprang über den Tresen, direkt auf Sora zu.

Es galt, keine Zeit zu verschwenden. Die Prinzessin sah den Mistkerl nicht kommen, zu beschäftigt war sie damit, den Rittern Einhalt zu gebieten und sie bewegungsunfähig zu machen. Sie wusste, welche Punkte sie treffen musste, um sie zu lähmen.
Nur selten brachte er seinen ältesten Freund zum Einsatz. Die Hand um den Griff seines Katanas gelegt, zog er es aus seiner Scheide. Er nutzte die Fähigkeit des Vampirs, blitzschnell bewegten sich seine Beine, ließen ihn förmlich über den Marmor fliegen.
Sein Gegner lief geradewegs in die Klinge hinein und fiel Hunter in die Arme. Es handelte sich zwar um Vampirblut, trotzdem vernebelte es ihm allmählich die Sinne. Seine Fänge fuhren vollends aus. Ehe er etwas Fatales tat, zog er die Klinge aus dem Körper heraus und beförderte Elay mit einem saftigen Tritt in die andere Ecke des Raumes. Dabei krachte der durch einige Tischreihen.

Hunter schob das Katana zurück in seine Scheide. Schnell rannte er zu seiner Sig, die bei dem ersten Angriff mit der Glock zu Boden gegangen war.

Elay war jedoch niemand, der sich durch die paar Kratzer aufhalten ließ. Stattdessen kam er mit der Kraft des Vampirs zurückgeschossen.

Gerade noch rechtzeitig griff Hunter seine Waffe. Der feindliche Vampir feuerte eine Salve Schüsse auf ihn ab. Die Kugeln flogen geradewegs durch ihn hindurch. Er spürte, dass sie seine Organe zerfetzten. Wenn es auch nichts war, dass ihn töten würde, sank er doch erst mal zu Boden.

Zu seinem Glück verhinderte Sora mit einigen gut gezielten Pfeilen, dass Elay seine Chance ergriff, ihm den Kopf abzuschlagen. Er wich aus, fokussierte sich dadurch aber wieder auf seine Prinzessin.

So schnell es ihm möglich war, richtete Hunter sich auf und stürmte auf Elay zu. Der Vampir sah ihn nicht kommen, als er auf ihn zusteuerte und mit seinem gesamten Körpergewicht zu Boden riss.

Derweil kümmerte sich Miron um die übrig gebliebenen Ritter. Er verletzte sie genug, damit sie nicht weiterkämpfen konnten, jedoch nicht tödlich. Sora dagegen wich den beiden Männern aus und blieb auf Abstand.

Sie bekämpften sich mit Fäusten, landeten beide harte Treffer. Die Miene vor Wut verzerrt, stieß Elay Hunter von sich und richtete sich auf.

Erneut standen sie sich gegenüber, gefährlicher und tödlicher als je zuvor.

»Ich werde dich in Stücke reißen.«

»Nicht heute«, erwiderte Hunter. Er ließ den Mistkerl nicht aus den Augen, doch aus dem Augenwinkel erkannte er eine schwarze Gestalt. Sie stand an einer Tür neben dem Tresen und kam heraus.

Als Elay seinen nächsten Angriff startete, feuerte sie eine Energiekugel auf ihn. Der weiße Ball schleuderte den Vampir geradewegs gegen die Mauern des Clubs und ließ das Gebäude erbeben.

Sirenen erklangen. Verdammt. Schon bald wären sie nicht mehr allein. Jemand hatte sich um Verstärkung gekümmert. »Wie könnt Ihr es wagen, hier aufzutauchen und Euch so aufzuführen!«

Laventuras Wut war durchaus verständlich, genauso wie die Tatsache, dass sie sich nicht in den Kampf eingemischt hatte. Innerhalb von Sekunden hätte sie all das beenden können, doch wie Miron schon sagte, mischte sie sich nicht in das Schicksal ein, außer es war unbedingt nötig. »Verschwindet!«

»Laventura ...«

»Ihr habt Eure Antwort!«, unterbrach sie Sora. Um sie herum tobte ein Machtstrom, der ihre Kleidung und ihre Haare aufwirbelte. Sie alle wurden Zeugen, wie der Club sich Stück für Stück wieder zusammensetzte. Ihre Augen glühten weiß, bis alles wieder stand, als wäre nie etwas geschehen. Allmählich beruhigte sich die Luft um sie herum, die düstere Aura verschwand. Laventura wandte sich an Sora. »Nun geht.«

»Was zum Teufel ist hier gerade passiert?«

Hunter drehte sich herum und erblickte Tjara. Sie stand zwischen Tür und Angel, erstaunt und erschrocken zugleich. Jetzt war es unmöglich für sie, nicht mehr an Magie zu glauben. Langsam kam sie herein und blieb neben Hunter stehen. Sora gesellte sich zu ihr. Miron nahm Abstand zu den Rittern.

»Ich werde Euch nicht sagen, wo Euer Weg Euch hinführen wird, oder was Ihr als nächstes tun solltet, doch Ihr seid nie allein, daran müsst Ihr glauben«, sprach Laventura weiter. Sie kam auf Sora zu, hob ihr Kinn mit den Fingern an und lächelte. »Vor Euch liegt noch so manch schwierige Aufgabe, doch Ihr besitzt einen Anker.« Ihr Blick glitt zu Tjara, dann zu Hunter. Ihm nickte sie verschwörerisch zu, ehe sie Sora losließ. »Vertraut auf ihn. Nun geht.«

»Ich danke Euch, Laventura.«

»Oh nein, Ihr geht nirgends hin.«

Alle auf einmal drehten sie sich herum. Elay stürmte auf sie zu, seine Augen wütend auf Tjara gerichtet. Ohne nachzudenken, schmiss Hunter sich vor sie und schleuderte den Mistkerl von ihnen weg. In einer perfekten Drehung landete er auf den Füßen.

»Genug, Krieger!«, mischte Laventura sich ein.

»Vor Euch fürchte ich mich nicht, Hexe!«

Hunter hörte die Klinge, bevor der Mistkerl sie losließ. Dieses Mal hatte er es auf Sora abgesehen. Hunter warf sich sofort vor sie.

»Nein!« Laventuras Stimme hallte durch den Raum, genauso wie Mirons Aufschrei, als ein grelles, weißes Licht den Club flutete. Hunter schloss die Augen, um nicht daran zu erblinden.

Plötzlich herrschte um ihn herum Stille. Langsam öffnete er die Augen. Sie waren nicht mehr in dem Club.

Nachdem er sich kurz umgeschaut hatte, erkannte er, dass sie sich in Henat befanden. Die Hüterin hatte sie mittels Magie dorthin transportiert.

Sofort versicherte Hunter sich, dass es Sora gut ging. Zum Glück hatte Laventura sie da rausgeholt, bevor der Dolch sie erreicht hatte. Es war verdammt knapp gewesen.

»Nein!«, brüllte Miron auf. Sora und Hunter drehten sich zu ihm um. Tjara lag in seinen Armen, stöhnend vor Schmerzen.

»Nein, nein, nein!« Sora rannte sofort zu ihnen und ließ sich auf den Boden fallen. Hunter verschwendete keine Zeit damit, zu verharren. Der Dolch steckte seitlich in ihrem Bauch. »Das bekommen wir wieder hin!«, schluchzte Sora, unwissend, was sie mit ihren Händen anstellen sollte. Besorgt strich sie Tjara durch die Haare.

»Ich spüre kaum etwas«, erwiderte diese keuchend.

»Wir müssen sofort zu einem Arzt!« Panisch schaute Sora zu Hunter auf.

Hier in Henat kannte sich keiner von ihnen gut genug aus, um zu wissen, wohin sie gehen mussten, und Tjara lief die Zeit davon. Hunter spürte, wie ihre Lebenszeit ablief.

27.

Sie durften den Dolch nicht herausnehmen, sonst würde Tjara auf der Stelle verbluten, andererseits konnten sie ihn auch nicht zu lange drin lassen. Vielleicht hatte er wichtige Organe verletzt und ihr innere Blutungen verschafft. Wenn ein Arzt sie nicht schnell genug heilte, würde sie sterben.

Völlig verzweifelt suchte Sora nach einer Möglichkeit, Tjara zu retten. Das hatte jetzt oberste Priorität.

»Wir werden sie zuerst hinlegen müssen. Miron, könnt Ihr uns nach Areya bringen?«

»Das ist keine Option. Eine Teleportation wird sie nicht überleben.«

Oh Gott. Sora spürte, dass ihr die Zeit davonlief. Henat war ein unabhängiges Land. Es hielt sich nicht an die Regeln der anderen. König Ikarus und Königin Melruna lebten nach ihren eigenen Vorstellungen und regierten ihr Land mit mehr Weisheit als jedes andere Herrscherpaar. Hierher flüchteten die Menschen, wenn es keinen Ausweg mehr gab. Alle waren willkommen und ihre Vorgeschichte interessierte hier niemanden.

»Wir müssen sie sofort in einer Taverne unterbringen. Miron, könnt Ihr Euch darum kümmern und an ihrer Seite bleiben? Wir werden in der Zeit einen Heiler suchen.«

Sie spürte, wie das Blut ihres Chevaliers kochte, was einer der Gründe war, weshalb sie den Magier, und nicht ihn darum bat. Was zwischen Hunter und Tjara geschehen war, brachte sie zu nah aneinander und verleitete ihn womöglich dazu, seinen Schwur zu brechen. Das kam nicht in Frage. In all den Jahren hatte er nie gewagt, sie zu hintergehen, und sie würde nicht zulassen, dass er jetzt damit begann.

Miron erwiderte ihre Worte mit einem Nicken, hob Tjara auf seine Arme und spazierte davon. Hunter schaute ihnen mürrisch hinterher.

»Wir werden dem Königspaar unsere Aufwartung machen.«

»Ihr sagtet, wir würden ...«

»Einen Heiler finden, und ich stehe zu meinem Wort. Doch zuerst müssen wir uns dem König und seiner Königin präsentieren.«

Hunter folgte ihr.

»Henat ist unabhängig. Warum bittet Ihr um Erlaubnis?«

Früher hatte er ihre Entscheidungen nie hinterfragt, selbst dann nicht, wenn es allen Grund dazu gab. Hunter veränderte sich und das zu bemerken, war nicht schwer.

»Weil ich die zukünftige Königin Tiratheas bin, und ich ihnen Respekt zollen möchte. So können wir uns frei bewegen und niemand wird sich uns in den Weg stellen.«

Sora befürchtete, dass das Königspaar sich gekränkt fühlen könnte, wenn es erfuhr, dass sie ihr Land besuchte, ohne Ihnen die Ehre zu erweisen.

Schließlich waren sie, neben anderen, die engsten Verbündeten ihrer Mutter gewesen und auch jetzt noch ein Teil der Familie.

Die Stadt war wunderschön. Obwohl die Häuser hier dicht aneinandergereiht waren, wirkte es durch die weiße Farbe nicht gequetscht. Enge Gassen führten den Weg zum Palast entlang.

Die Sonne erhellte die gepflasterte Straße. Überall standen Menschen und begrüßten sie liebevoll, doch blieb keine Zeit dafür, länger bei ihnen zu verweilen. Sie mussten so schnell wie möglich zum Schloss gelangen, Tiaras Leben hing davon ab.

Der Weg zum Palasteingang wurde breiter. Die riesige Brücke führte von der Stadt direkt vor das Eingangstor, wo zwei Wachen in blau weißer Rüstung sie empfingen.

»Mein Name ist Sora Tirathea, Prinzessin und zukünftige Königin Tiratheas. Ich bitte um Audienz bei König Ikarus und Königin Melruna. Mein Beschützer, Hunter, wird mich begleiten.«

Die Wache nickte, dann trat er vor das Tor und öffnete es. Sie folgten dem Mann bis in die Eingangshalle, wo sie von einer weiteren Wache in Empfang genommen wurden.

Sora war als Kind einige Male in Henat gewesen, immer, wenn ihre Mutter sie mitgenommen hatte. Sie erinnerte sich an die verschnörkelten blauweißen Verzierungen, die im ganzen Schloss zu finden waren. Dennoch kam sie beim Anblick der ganzen Pracht aus dem Staunen nicht mehr heraus.

Sie liefen die Treppen hinauf, welche mit blau goldenen Teppichen überzogen waren. Das Land war berühmt für seine Farben und die verschnörkelten Muster. Es war atemberaubend. Hier fühlte man sich sofort eingeladen.

Mittlerweile mussten die Wachen dem König Bescheid gegeben haben, dass um seine Audienz gebeten wurde, und als Hunter und Sora vor dem Thronsaal stehen blieben, öffneten die Wachen die drei Meter hohe Tür.

»Prinzessin Sora, Prinzessin und zukünftige Königin Tiratheas, und ihr Beschützer, Hunter«, kündigte die Wache sie an.

Sora und Hunter betraten den Saal. König und Königin saßen auf ihrem Thron. Sora lief langsam und als sie vor den beiden stehen blieb, senkte sie ehrerbietig den Kopf.

»König Ikarus, Königin Melruna. Mein Name ist Sora, das ist Hunter, mein Chevalier«, stellte sie sich aus Höflichkeit vor. Als sie den Blick auf das Königspaar richtete, lächelte die Königin.

Sie stand auf, ihr himmelblaues Kleid reichte bis auf den Boden, goldene Pailletten schmückten es. Melruna strotzte vor Anmut und Schönheit. Ihre braunen Haare lagen ihr geflochten über der Schulter, und ihre warmen, grauen Augen wiegten Sora in Geborgenheit. Zwar war sie gealtert, seit sie sie das letzte Mal gesehen hatte, aber dennoch wunderschön.

Sie erinnerte sich sofort daran, wie lieb sie zu ihr gewesen war, wann immer sie mit ihrer Mutter den Palast besucht hatte. Als diese beerdigt worden war, und sie ihr die Ehre erwiesen hatte, dem Begräbnis beizuwohnen, war sie immer um Soras Wohlergehen bedacht.

»Prinzessin Sora, du musst dich nicht vorstellen, wir kennen dich bereits. Du bist wunderschön und erwachsen geworden«, sagte sie erfreut und schloss Sora in ihre Arme.

Diese erwiderte die Umarmung. Als sie die Prinzessin wieder losließ, strich Melruna ihr durch die schwarzen Haare. »Es ist so lange her, seit ich dich das letzte Mal zu Gesicht bekommen habe. Wie geht es dir und deinem Bruder?«

»Vielen Dank, Mylady, Aris geht es wundervoll und auch ich kann mich nicht beklagen.«

»Dennoch sehe ich, dass du an Schlaflosigkeit leidest«, sanft rieb sie über Soras Wangen. Die Sorge in ihrem Gesicht war nicht zu übersehen, auch der König schien sich ernsthaft zu wundern. Wie auch seine Königin schon zuvor, stand er auf und schloss Sora in eine herzliche Umarmung.

»Seit der Beisetzung deiner Mutter haben wir nichts mehr von dir gehört. Wie geht es dir?« Wie früher schon, gingen sie vertraut mit ihr um. Sora lächelte, als er seine Hand auf ihre Wange legte. Es war rührend, wie sie sich um sie sorgten, obwohl sie schon so lange ohne Kontakt zueinander lebten. Erinnerungen daran, wie das Paar mit ihr als kleines Kind gespielt hatte, füllten ihre Gedanken. Sie waren wie Eltern zu ihr gewesen.

»Ich möchte nicht lügen, zurzeit plagen mich einige Bedenken und Ängste, doch nichts, worüber Ihr Euch sorgen müsst.«

»Erzähl uns davon, bitte. Wir werden einen Tisch anrichten lassen mit all deinen Lieblingsspeisen«, bot die Königin an. Zu gern hätte sie mehr Zeit mit ihnen verbracht und sie neu kennengelernt, doch ihr Anliegen konnte nicht warten.

»Bitte entschuldigt meine Unhöflichkeit, Mylady, aber das ist nicht der Grund meines Besuches.«

Das Paar schaute sich an.

»Was brauchst du?«

»Euch dies jetzt alles zu schildern, würde zu lange dauern, ich werde Euch noch einmal besuchen und Euch dann gerne alles in Ruhe erklären, Ihr habt mein Wort. Doch eine Freundin von mir wurde tödlich verwundet, wir benötigen dringendst einen Arzt.«

»Wo befindet sich diese Freundin jetzt?«, wollte der König wissen.

»Sie wurde in eine Taverne gebracht, damit sie ruhen kann.«

»Papperlapapp!«, winkte er ab. »Ihr werdet sie hierherbringen. Wir lassen ein Zimmer herrichten, so kann sie ungestört genesen.«

»Darum kann ich Euch nicht bitten.«

»Aber du bittest uns nicht.« Melruna nahm Soras Hand in ihre, legte den Kopf schief und lächelte. »Wir sind doch eine Familie. Wir bieten es an, und nun bring deine Freundin zu uns.«

Auch wenn sie ihnen dankbar war, wusste Sora, dass sie Fragen stellen würden, sobald sie Tjara zu Gesicht bekamen.

Laventura hatte zwar bestätigt, dass sie Soras Schwester war, doch es fühlte sich immer noch surreal an. Wie sollte sie das dem Königspaar erklären, wenn sie es selbst kaum verstand? Aber sie musste es versuchen, denn das war nur fair.

»Zuvor muss ich Euch etwas erzählen.« Sie betete, dass sie ihr Angebot nicht zurückzogen, denn ihre Hilfe war das Beste, was sie bekommen konnten.

Sobald Sora mit ihrem Bericht geendet hatte, nippte sie an ihrem Glas Wasser. Das Königspaar starrte sie an. Sie schienen beide nichts darüber gewusst zu haben, was Sora auf seltsame Art beruhigte. So schlossen sich der langen Liste von Menschen, die sie belogen hatten, wenigstens nicht noch zwei Namen an.

»Und sie ist wirklich deine Schwester?«, fragte der König fassungslos.

»So ist es. Die Hüterin selbst hat es bestätigt.«

»Die Hüterin«, erwiderte Melruna. »Wie habt ihr sie gefunden? Es hieß, sie sei ein Mythos?«

»Auf meiner Flucht sind wir nach Areya gelangt, dort sind wir auf den Großmeister Orion und seinen Sohn Miron gestoßen. Miron bestätigte uns ihre Existenz und führte uns zu ihr«, erkläre Sora weiter. »Verzeiht meine Unhöflichkeit, doch die Zeit drängt, meine Schwester braucht schnellstens Hilfe.«

»Aber natürlich, bring sie her, wir werden uns um alles weitere kümmern.«

Sora stand sofort auf und bedankte sich, dann wurde sie todernst, schaute Ihnen nacheinander in die Augen. Henat und Tirathea hatten sich nie vereint, jeder Ort lebte für sich. Ihre Mutter hatte Melruna oft besucht, dennoch waren beides eigenständige Königreiche und wenn sie einander brauchten, würden sie füreinander einstehen. Aris hatte ihre Hilfe jedoch nie beansprucht, er war dem Königspaar nur ein einziges Mal begegnet, am Tag seiner Krönung. »Ich bitte Euch, meinem Bruder nichts zu sagen. Sobald er erfährt, wo ich mich aufhalte, würde er in die Stadt vordringen.«

»Sorge dich nicht, mein Kind«, beruhigte König Ikarus sie. »Innerhalb unserer Mauern bist du sicher.«

Erneut verbeugte sie sich, ehe sie schnell Richtung Ausgang lief.

28.

Tjara

Um sie herum herrschte Dunkelheit. Ihr Körper bewegte sich, doch sie sah nichts.

Der Geruch von Nelken breitete sich in ihrer Nase aus.

Eine Tür öffnete sich, sie erkannte es an dem leisen Knarzen, und hörte, wie sie kurz danach ins Schloss fiel.

Tageslicht traf auf ihre Augen. Seufzend drehte sie sich davon weg.

»Mylady, es wird Zeit, aufzustehen, sonst kommt Ihr zu spät zum Frühstück.« Die Stimme kam ihr fremd und gleichzeitig vertraut vor. Tjara drehte sich auf den Rücken und betrachtete den weißen Baldachin. »Soll ich Euch aufhelfen?«

Ihr Kopf drehte sich zu der Frau. Sie trug ein beige-weißes Kleid, ihre Haare waren zu einem Dutt gebunden. Tjara erkannte sie nicht und dennoch bewegten sich ihre Lippen, ohne ihr Zutun.

»Nicht nötig.«

Die Stimme gehörte nicht zu ihr. Diese war weicher, sanfter. Etwas stimmte hier nicht. Tjara richtete sich in dem Himmelbett auf.

Obwohl sich jede Berührung wie ihre eigene anfühlte, sie ihre eigenen Gedanken hörte, kam sie nicht gegen das an, was ihr Körper tat oder ihre Lippen sagten. Als wäre sie von fremder Hand gesteuert.

Das Dienstmädchen öffnete nacheinander die Fenster, während Tjara sich streckte. »Gwen, würdest du mir bitte das weinrote Kleid, das mit den goldenen Verzierungen, aus dem Schrank holen?«

»Natürlich.«

Das Kleid, dass sie ihr nur Sekunden später präsentierte, war wunderschön. Sie stieg hinein und band den goldenen Gürtel so, dass sie genug Luft zum Atmen hatte und als sie vor den Spiegel trat, hielt Tjara den Atem an.

Wen sie da vor sich sah, war sie selbst, doch etwas war anders. Sanft strichen ihre Hände über den weinroten Baumwollstoff. Um den Ausschnitt sowie an den Armen und den unteren Abschluss des Kleides war eine Borte genäht, die ihm eine gewisse Eleganz verlieh und dennoch nicht zu protzig wirkte.

Das seitliche Schnürmieder umschmeichelte sanft die Figur, passte sich ihren Kurven an. Die Puffärmel sowie die angebrachten, geknöpften Ärmel, rundeten das Outfit ab. Ein Kleid, das einer Prinzessin würdig war. Es war atemberaubend und gleichzeitig verwirrend, denn Tjara erkannte schnell, dass es sich bei der Frau im Spiegel eben doch nicht um sie selbst handelte. Wer war sie und was ging hier vor sich? Sora?

»Mylady, Eure Eltern warten bereits.«

»Danke, Gwen, das wäre dann alles.«

»Ich werde noch Euer Bett richten, und mich um das Satteln Eures Pferdes kümmern.«

Nach einem zustimmenden Nicken verließ sie das riesige Zimmer. Sie schritt durch einen langen Flur, an den Wänden hingen Bilder von Menschen, die Tjara nicht erkannte, doch sie lief weiter. Anmutig schritt sie durch die langen, mit Gold verzierten Flure, begrüßte die Wachen mit einem Lächeln, dass diese nur flüchtig erwiderten, bis sie vor einer Tür stehen blieb.

Die beiden Männer mit den Schwertern begrüßten sie mit einer Verbeugung, ehe sie die Türen öffneten. Zum Vorschein kam ein atemberaubender Saal. Ein ellenlanger Tisch war darin aufgebaut, voll gedeckt mit Speisen, die Tjara das Wasser im Mund zusammenlaufen ließen.

Doch statt sich auf das Mahl zu stürzen, lief sie zu den Menschen an dem Tisch. Dort saßen zwei Männer und eine Frau, alle wirkten königlich.
»*Guten Morgen, meine Tochter.*«
»*Guten Morgen, Vater.*« *Sie beugte sich zu dem Mann mit der Krone herunter, offensichtlich der König, und begrüßte ihm mit einem Kuss auf die Wange. Dasselbe wiederholte sie bei dem anderen Mann und der Königin. Befand sie sich in Soras Körper?*
Aber wie war das möglich und warum?
Sie nahm Platz, obwohl sie eigentlich davonlaufen wollte. Ihr Körper gehorchte ihr nicht. Sie war ein unbeteiligter Zuschauer. Hatte Miron etwas getan? Oder verdankte sie das Laventura?
»*Mir ist zu Ohren gekommen, dass du dich an der Jagd beteiligen möchtest?*«, *gab der König überrascht von sich.*
»*Wenn Ihr es erlaubt. Ich kenne meine Pflichten, dennoch langweilt es mich, jeden Tag vor meinen Büchern zu sitzen. gebt mir die Chance, zu beweisen, dass auch ich die Jagd erlernen kann.*«
»*Dass ich dich nicht mit den Rittern reiten lassen, liegt nicht daran, dass ich glaube, du seist unqualifiziert. Du bist eine Prinzessin. Es ziemt sich nicht für dich, mit einer Waffe zu hantieren.*«
»*Dann glaubt Ihr nicht, dass es gut ist, wenn ich mich selbst zu verteidigen weiß, sollte einer der Ritter sich nicht in meiner Nähe befinden?*«
Sie hörte jemanden lachen. Sofort schaute sie zu dem jungen Mann, der den Kopf auf sein Essen gesenkt hatte. Er bemühte sich, nicht laut zu lachen. Der König biss sich auf die Unterlippe.
»*Deine Argumente waren schon immer eine deiner Stärken. Nun gut, du wirst die Ritter begleiten. Doch in der Zwischenzeit werde ich einen geeigneten Beschützer für dich finden.*«
»*Vater ...*«
»*Tochter*«, *erwiderte er und legte das Besteck beiseite.* »*Auch wenn ich es gutheiße, dass du dich um*

Selbstverteidigung bemühst, bist du dennoch eine Frau. Du wirst die Kunst der Jagd und dem Umgang mit dem Schwert erlernen, wenn du mir erlaubst, jemanden an deine Seite zu stellen.«

Sie wusste, dass er nicht aufgeben würde. Dafür war er zu stur, selbst wenn er lächelte. Sie seufzte, ihre Lippen verzogen sich ebenfalls.

»In Ordnung.«

Sich über seinen kleinen Sieg freuend, hob der König das Besteck auf und wünschte ihr einen angenehmen Appetit.

Nachdem sie das Frühstück beendet hatten, kehrte Tjara in das Zimmer zurück. Ihr bleib keine Zeit, die Umgebung zu bewundern. Gwen wartete vor ihren Gemächern, half ihr, ein Kleid für die Jagd zu wählen und schnürte es am Rücken zu. Es war ein schlichtes, blaues Kleid, weit genug, um sich gut darin zu bewegen.

»Ich werde zum Abend zurück sein. Mein Vater möchte einen Beschützer für mich erwählen.«

»Er macht sich Sorgen um Euch«, erwiderte Gwen, die ihr die Haare flechtete und zu einem Dutt drehte. Tjara kam nicht umhin, die Frau anzustarren. Ein Teil von ihr war sich sicher, dass es sich bei diesem Körper um Sora handelte.

Sie war ihr so vertraut, und obwohl sie darin gefangen war, fühlte es sich an, als gehörte ihr dieses Leben. Alles kam ihr fremd und gleichzeitig bekannt vor. Gwen befestigte die letzten Haarspangen, dann begleitete sie Tjara hinaus.

Vor dem Schloss warteten bereits einige Ritter und verbeugten sich, als sie herauskam.

»Prinzessin«, begrüßte ein junger Mann sie und lächelte.

Bevor sie auf den schwarzen Hengst stieg, streckte sie die Hand nach ihm aus. Er roch daran, dann stieß er seine Nase dagegen. Langsam streichelte sie ihm darüber, weiter über die Kinngrube.

Es war, als spüre sie seine Seele, hörte seine Gedanken. Sein Kopf bewegte sich, sie lief um ihn herum und stieg auf. Seine Stärke floss in jede Faser ihres Körpers. In diesem Moment waren sie unzertrennlich. Lächelnd lehnte sie sich vor, sodass sie ihn an der Wange berührte.

»Lust, auszureiten, mein Süßer?«

Der Hengst wieherte.

Sie wartete nicht, bis die Ritter auf ihre Pferde gestiegen waren. Stattdessen nahm sie von Gwen ihren Bogen entgegen und lenkte die Zügel. Sekunden später flogen sie davon.

Tjara erkannte die Gegend sofort. Sie ritten geradewegs auf die Montiara-Berge zu. Bei diesem Körper musste es sich um Sora handeln, aber warum sah hier alles so alt aus? Die Landschaft war längst noch nicht befahrbar. Nirgends war ein Auto zu sehen, überall liefen Pferde und zogen Kutschen.

Wenn man einen Umweg um die Berge machte, schaffte man es in die Wälder, ohne ihn zu besteigen. Der Hengst packte mühelos den Weg bis nach oben.

Die Pferde liefen jetzt langsamer und die Ritter verteilten sich rechts und links von ihr.

Um sie herum knackte und raschelte es.

Tjara selbst war mit Waffen nicht geübt, trotzdem wusste sie den Bogen einzusetzen, welchen sie bei sich trug. Oder die Prinzessin hatte eine Ahnung davon.

Während die Ritter von ihren Pferden stiegen und sie langsam mit sich führten, blieb die Prinzessin sitzen und nahm ihren Bogen zur Hilfe. Den Pfeil in der Hand, wartete sie darauf, ihre erste Beute ins Auge zu fassen.

Es dauerte nur etwa weitere zehn Minuten, bis sie etwas erblickte. Ein schwarzer Körper schlich durch die Sträucher. Das Tier hielt sich gebückt, bemüht, nicht gesehen zu werden und die Ritter liefen weiter.

Tjara stieg von ihrem Pferd. Während sie es für eine schlechte Idee hielt, der Kreatur näher zu kommen, lief die Prinzessin weiter.

Was immer sie gefunden hatte, es war nicht nur schnell, sondern flink und geschmeidig wie eine Katze.

So leise und langsam, wie es ihr möglich war, spannte sie den Pfeil, die Augen konzentriert auf das Wesen gerichtet.

Es hatte sie ohne Zweifel bemerkt. Der schwarze Körper bewegte sich nicht mehr und sie hätte schwören können, dass die goldenen Augen sie jetzt direkt anstarrten. Obwohl sie Angst verspürte, rannte sie nicht weg. Etwas sagte ihr, dass diese Kreatur nicht gefährlich war. Sie senkte den Bogen wieder. Langsam bewegte sich das Tier vorwärts, machte Anstalten, aus seinem Versteck herauszukommen, da schoss plötzlich jemand an ihr vorbei. Es passierte alles zu schnell.

Die Ritter stürmten in die Büsche und Sträucher, die Kreatur trat ihren Rücktritt an. Tjaras Herz pumpte so laut, dass sie es in ihren Ohren hörte und plötzlich zerriss ein Knurren die Luft.

Ihre Augen öffneten sich. Schmerz flutete ihren Körper. Fest biss sie sich auf die Lippen.

Verdammt nochmal, was war hier los?

Stöhnend schaute sie sich um. Vor ihren Augen war alles verschwommen, ihre Sicht klärte sich nur langsam. Stimmen drangen an ihre Ohren.

»Hey.«

Diese sanfte Stimme erkannte sie sofort. Sora. Fest presste sie die Augen zusammen und als sie sie dieses Mal öffnete, sah sie mehr.

Zum Beispiel Sora, die über sie gebeugt stand, das Gesicht besorgt. Sie lächelte. Tjara versuchte, sich aufzusetzen, wurde aber sofort sanft von ihrer Schwester wieder heruntergedrückt.

»Du kannst noch nicht aufstehen. Die nächsten Tage wirst du noch im Bett bleiben müssen.«

»Wo bin ich?« Ihre Kehle war ausgetrocknet.

Hatte sie nur geträumt? Plötzlich konnte sie ihren Körper wieder bewegen, Worte ihres eigenen Willens verließen ihre Lippen.

»Wir sind in Henat. Erinnerst du dich noch an irgendwas von dem, das geschehen ist?«

Abgesehen von dem abgefahrenen Traum, erinnerte sie sich daran, wie sie in Laventuras Club angekommen waren. Es hatte ein Kampf stattgefunden, Sora und sie hatten die übrig gebliebenen Club-Besucher nach draußen begleitet.

Danach erinnerte sie sich nur noch verschwommen daran, wie sich die Trümmer des Clubs wieder zusammengeschlossen hatten, als wäre nie etwas passiert.

»Teilweise. Aber ich erinnere mich, dass Laventura Magie benutzt hat, um ihren Club wieder aufzubauen.« In diesem Moment waren so viele Fragen in ihrem Kopf entstanden.

»Erinnerst du dich auch an das, was danach passiert ist?«

»Nicht wirklich.«

Seufzend nahm Sora neben Tjara Platz. Sie wirkte bedrückt.

»Alle dachten, Elay hätte es auf mich abgesehen, als er den Dolch losließ. Wir dachten, wir hätten es rechtzeitig da rausgeschafft, aber als wir hier ankamen, hatte er dich bereits getroffen.«

Beide senkten sie die Augen auf den Verband um Tjaras unteren Bauch. Sora wischte sich die Tränen von den Wangen. Womöglich gab sie sich für alles die Schuld, was doch Unsinn war.

»Mir geht es gut«, versuchte sie Sora zu beruhigen, doch diese war auch jetzt noch sichtlich erschüttert.

»Wenn er dich nur weiter oben getroffen hätte ... Du hattest so ein Glück!«

»Es ist egal, warum ich noch lebe, denn ich tue es. Also Kopf hoch«, erwiderte sie grinsend. Ja, der Schmerz war allgegenwärtig und es brannte, aber das war nichts im Gegenzug zu dem Schmerz, den sie verspürte, angelogen worden zu sein. Diese Sache stand immer noch zwischen ihnen, sie hatten bisher nicht darüber gesprochen, es wurde Zeit. Tjara schaute sich um. »Wo sind wir hier eigentlich?«

Endlich leuchteten Soras Gesichtszüge auf.

»Wir befinden uns im Schloss von Henat. König Ikarus und Königin Melruna haben uns freundlicherweise Unterkunft gewährt.«

Langsam setzte sie sich auf. Wenn sie sich bewegte, schoss der Schmerz jedoch wie Lava durch ihren Körper. Also rutschte sie vorsichtig wieder runter und atmete tief durch. Das Lächeln verschwand direkt aus Soras Miene und machte erneuter Besorgnis Platz.

»Wo sind Miron und Hunter?«

»Sie stehen vor der Tür. Du brauchst so viel Ruhe, wie du bekommen kannst. Nochmal, Tjara, es tut mir so unglaublich ...«

»Hör auf, dich für etwas zu entschuldigen, an dem du keine Schuld trägst.«

»Okay.«

Stumm saß Sora neben ihr, pulte nervös an ihrer Nagelhaut. Zwischen ihnen gab es so viel Ungeklärtes. Ein Teil von Tjara wollte nicht wahrhaben, dass sie selbst ebenfalls zur Königsfamilie gehörte.

Wie hatten ihre Eltern ihr das nur all die Jahre verschweigen können?

Schmerzte sie die Wahrheit oder hatten sie nur Angst gehabt, Tjara könne sich von Ihnen abwenden?

Es gab so viele Möglichkeiten, doch Gewissheit bekam sie nur, wenn sie mit ihrer Mutter darüber sprach.

»Sora ...«

»Tjara ...«

Augenblicklich verstummten sie beide und grinsten.

»Du zuerst«, gewährte Sora ihr den Vortritt.

»Danke. Ich weiß, dass Laventura uns bestätigt hat, Geschwister zu sein, aber ich würde gern mit meiner Mutter sprechen. Das alles kommt mir immer noch so unrealistisch vor.«

»Ich empfinde dasselbe. Doch jetzt verstehe ich, warum ich mich schon mein ganzes Leben lang fühle, als würde ein Teil von mir fehlen. Wäre es denn wirklich so schlimm für dich?«

»Zu wissen, dass meine Eltern mich all die Jahre belogen haben, während wir auf glückliche Familie gemacht haben? Irgendwie schon. Aber das Schlimmste daran ist, dass ich nicht weiß, wieso dem so ist. Ich muss einfach den Grund erfahren, dann kann ich es vielleicht akzeptieren.«

»In Ordnung. Ich werde deine Mutter kontaktieren.«

»Danke schön.«

Ein Klopfen brachte ihr Gespräch zu einem viel zu schnellen Ende. Miron steckte den Kopf zur Tür rein und betrat das Zimmer, nachdem Sora ihn dazu aufforderte. Sie lächelte Tjara zu, dann verließ sie den Raum.

»Du siehst gut aus.«, war das Erste, was er sagte.

»Für jemanden, der einen Dolch im Bauch hatte?«, scherzte sie und unterließ den Versuch, sich erneut aufzusetzen. Er fand es weniger witzig. Seine Mimik war zu ernst. Er sorgte sich um sie. »Die Wunde verheilt bereits, kein Grund, ein langes Gesicht zu machen.«

»Du hattest unendlich viel Glück, Tjara. Hätte die Klinge dich nur etwas weiter oben erwischt, wäre jede Hilfe zu spät gekommen.«

Sora hatte dasselbe erwähnt, aber Tatsache war, dass sie lebte. Egal, welchen Umständen sie das zu verdanken hatte. Was zählte, war das hier und jetzt.

»Aber das hat sie nicht, also lächle bitte wieder, das steht dir nämlich viel besser.«

Gesagt, getan. Auf Mirons Lippen legte sich ein Lächeln. Sie klopfte neben sich auf die freie Stelle, welche er sofort in Anspruch nahm. Sanft schob er seine Finger zwischen ihre. Er wirkte zu ernst. Sie hätte ihn gern in den Arm genommen, um ihn zu beruhigen, doch das bedeutete neue Schmerzen, also beließ sie es dabei, seine Hand zu streicheln.

Drei Wochen vergingen, in denen Tjara sich jeden Tag mit Miron unterhielt. Er war ein angenehmer Zeitgenosse und wenn er bei ihr war, vergaß sie oft, dass ihr Leben eigentlich ein Scherbenhaufen war, den es aufzusammeln galt.

Sora hatte ihre Mutter benachrichtigt. Diese hatte sofort anreisen wollen, doch Tjara brauchte Zeit, sich zu erholen. Erst, als sie es schaffte, sich aufzusetzen, ohne dass die Schmerzen ihr den Atem raubten, erwartete sie ihre Gesellschaft.

Sora kam ebenfalls jeden Tag ins Zimmer und unterhielt sich mit ihr. Das schlechte Gewissen war ihr anzusehen, doch Tjara beschwerte sich nicht.

Hunter dagegen hielt sich von ihr fern. Sie wusste nicht, wieso, und danach zu fragen war sinnlos. Sora vermied das Thema, wo es nur ging, demnach hatte sie irgendwann aufgehört zu fragen.

König Ikarus und Königin Melruna war sie bisher nicht begegnet. Sora hatte ihr erzählt, dass sie mit einem Besuch warten wollten, bis Tjara weitgehend genesen war.

Mithilfe von Miron stieg sie aus dem Bett. Er hielt sie an den Händen fest. In den letzten Wochen war er ihr eine große Hilfe gewesen. Sorgsam kümmerte er sich um ihre Genesung, brachte ihr zu essen und etwas zu trinken, bot ihr Unterhaltung. Es war schön mit ihm. Er war Welt- und redegewandt, dazu immer darauf bedacht, sie zum Lachen zu bringen, was ihn so von Hunter unterschied.

»Bist du bereit, heute deiner Mutter zu begegnen?«, fragte er und verschaffte sich Zutritt zu ihrem Kleiderschrank.

Obwohl es nicht seine Aufgabe war, ließ er sie nicht allein. Seine Fürsorge war zu hinreißend, als dass sie diese hätte ablehnen können. Zudem war Sora zunehmend damit beschäftigt, das Chaos in ihrer Familie zu bereinigen. Aris wusste inzwischen, wo sie sich befand, doch weil Henat neutraler Boden war, wagte er es nicht, hier aufzutauchen.

Die Ritter hielten sich zurück.

Sie glaubte jedoch nicht daran, dass Elay, der Krieger mit der Narbe im Gesicht, die Füße lange stillhalten würde. Tjara fürchtete sich davor, was er ihr oder den anderen antun konnte.

Im Gegensatz zu den restlichen Rittern, scherte es ihn nicht, ob er jemanden verletzte. Sie war der glücklicherweise noch lebende Beweis.

»Sie hat mich mein ganzes Leben lang belogen und keine Ahnung, worum es in dem Gespräch gehen wird, also werde ich sie eiskalt erwischen.«

»Hat Sora denn nicht mit ihr gesprochen? Dann weiß sie vielleicht, dass es um deine Herkunft gehen wird?«

»Nein, sie hat meine Mutter per Brief herbeordert, also weiß sie nichts.«

Miron drehte sich mit einem dunkelroten Kleid im Arm zu ihr herum.

»Was hältst du davon?«

Sie lachte, als er es sich vor den Körper hielt und damit hin und her schwang. Ihre Wunde war noch nicht vollständig verhält, weshalb es beim Lachen schmerzte.

»Das ist nicht wirklich deine Farbe.«

»Echt nicht? Ich finde es wunderschön.« Da er seine Haare heute offen trug, fegte er sie zurück und seufzte, was Tjara kichern ließ. Als sie ihm anfangs begegnet war, hätte sie nicht erwartet, dass sie sich einmal problemlos verstehen würden.

Das verdankte sie Sora.

Sie sang dauernd Loblieder auf Miron und erlaubte es ihm, sich um Tjara zu kümmern, wie es ihm beliebte. Ob es daran lag, dass sie sich besser verstanden oder weil sie ein schlechtes Gewissen wegen seiner Mutter plagte, konnte sie nicht genau sagen. Aber es war wohltuend, wie er ihr Komplimente machte, obwohl sie wusste, dass sie aussah wie eine Leiche.

Ein Teil von ihr wünschte sich dennoch, dass es Hunter wäre, der sie umsorgte. Doch das würde nie geschehen. Er mied sie wie die Pest und womöglich war genau das das Beste für sie beide.

»Ich sollte noch einmal unter die Dusche steigen, bevor ich mich ankleide.«

Miron biss sich auf die Lippen, legte das Kleid über den Bettkasten und stemmte die Hände in die Hüften.

»Soll ich Sora rufen?«

»Das bekomme ich schon hin.«

Tief atmete sie durch, dann streckte sie die Beine aus dem Bett. Außer, um ab und zu ein Bad zu nehmen oder zur Toilette zu gehen, hatte sie es bisher nicht verlassen. Trotz seiner Bedenken ließ Miron sie allein aufstehen. Stumm folgte er ihr, darauf bedacht, sie sofort aufzufangen, wenn sie es brauchte. Sobald sie im Bad war, seufzte sie. Laut dem Arzt heilte ihre Wunde ausgezeichnet.

»Wenn du mich brauchst, ich stehe vor der Tür.«
»Danke schön.«

Der Wasserstrahl war wohltuend. Da sie es nicht schaffte, allzu lange zu stehen, saß sie in der riesigen Badewanne und hielt den Duschkopf über sich. Es war herrlich. Sanft wanderten ihre Hände die Narbe entlang und sie zuckte zusammen. Fest biss Tjara sich auf die untere Lippe. Die Erinnerungen an das, was geschehen war, kehrten jeden Tag mehr zurück.

Vor ihrem inneren Auge sah sie, was in dem Club vor sich ging. Hunter und Elay, die sich bekämpften wie Erzfeinde. Brutal und blutig kämpften sie gegeneinander. Dann schwenkten die Erinnerungen zu dem Zeitpunkt, in dem Tjara den Club betreten hatte, und schaute Laventura zu, die den zerstörten Teil des Gebäudes mittels Magie wieder aufbaute, bis er aussah, als wäre nichts geschehen, während die Sirenen immer näherkamen.

Ihre Welt hatte schon vorher Kopf gestanden. Sora hatte ihr einiges erzählt und sie selbst vieles erlebt. Doch von Magie zu hören und über sie zu reden, oder sie dann wahrhaftig zu erleben, war etwas völlig anderes.

Langsam kehrte sie in die Gegenwart zurück. Ihr Körper zitterte. Tjara drehte das Wasser ab, stieg aus der Badewanne und trocknete sich ab. Sora hatte ihr Unterwäsche und Kleidung besorgt. Darunter einige Kleider, die zwar überwältigend aussahen, aber nicht ihr Stil waren. Sora war die Prinzessin, nicht sie.

Sobald sie in einen weiten Pullover und eine bequeme Hose gestiegen war, verließ sie das Bad. Miron war nirgends zu sehen.

Verwundert lief sie zur Tür, doch bevor sie dort ankam, wurde sie geöffnet. Augenblicklich hielt sie den Atem an.

Ihr Herz pochte so schnell, dass es sich anfühlte, als hätte es die ganze Zeit stillgestanden.

Hunter stand ihr gegenüber. Heiß lag sein Blick auf ihr.

»Wo ist Miron?«, fragte sie, denn irgendetwas musste sie ja sagen. Es war zu lange her, seit sie beide allein gewesen waren.

»Der König hat ihn gebeten, zu erscheinen. Braucht Ihr etwas?«

Das hatte ihr Abstand bewirkt? Dass er sie wieder behandelte wie eine Fremde, nach allem, was zwischen ihnen gewesen war?

In dem Augenblick, in dem Hunter durch die Tür getreten war, war es, als hätte erst sein Anblick sie wieder zum Leben erweckt.

»Nein«, erwiderte sie verletzt. Plötzlich schmerzte die Wunde wieder stärker.

Tjara lief langsam zum Bett, bemüht, gleichmäßig zu atmen. Gott, ihr war, als würde sie jeden Moment umkippen.

»Dann werde ich vor der Tür warten.«

Darauf antwortete sie nur mit einem Nicken. Schon verließ er das Zimmer. Sie war nicht sicher, woran es lag, an seiner eiskalten Art, daran, dass sie sich wieder wie Unbekannte begegneten oder an ihren Schmerzen, doch als die Tür hinter ihm ins Schloss fiel, brannten ihre Augen. Innerhalb weniger Minuten saß sie schluchzend auf dem Bett.

29.

Tjara

Als die Tür zwanzig Minuten später geöffnet wurde, hatten ihre Augen das Tränen endlich eingestellt. Tjara saß seelenruhig auf dem Bett und belächelte Miron, der auf sie zukam und ihr die Hände reichte. Er schien sofort zu merken, dass sie geweint hatte, dennoch sagte er nichts dazu und half ihr. Sie hatte das Gefühl, erneut in Tränen ausbrechen zu müssen, wenn sie Hunter ihre Aufmerksamkeit schenkte. Sora forderte sie dazu auf, sich an ihr abzustützen.

Während sie auf dem Weg zum Thronsaal waren, bestaunte Tjara den geschmückten Flur. Die blauweißen Verzierungen an den Wänden lenkten sie von ihrem Schmerz ab, bis sie schließlich vor zwei riesigen Türen stehen blieben. Sora hatte sie auf dem Weg hierher darüber aufgeklärt, um wen es sich bei dem Königspaar handelte.

Königin Melruna und König Ikarus waren Freunde des Königshauses Tiratheas und für Sora wie eine zweite Familie. Unter dem Volk, ob in Henat oder in anderen Ländern, galten die beiden als Lieblinge. Jeder verehrte und liebte sie.

Tjara selbst hatte nur einmal etwas darüber gelesen. Was in den Königshäusern vor sich ging, hatte sie nur selten interessiert. Doch jetzt würde es zu ihrer Geschichte werden, war womöglich schon immer ein Teil von ihr gewesen.

Die Türen öffneten sich und etwas veränderte die Atmosphäre. Sie konnte nicht sagen, was es war, doch ein Gefühl der Zugehörigkeit breitete sich in ihrem Magen aus. Ihr wurde warm ums Herz und als Sora sie in den riesigen Saal führte, fühlte sie sich nicht fehl am Platz, obwohl sie in Hose und Pullover durch die Gegend lief, statt in einem pompösen Kleid.

Jemand zog scharf die Luft ein.

Tjara beendete ihre Begutachtung der Räumlichkeiten und senkte die Augen auf das Paar vor sich. Die Königin hatte sich die Hand vor den Mund geschlagen und die Augen weit aufgerissen. Der König sah ebenfalls erschrocken aus. Sora hatte Tjara erzählt, dass sie die beiden schon vorgewarnt hatte, doch scheinbar war die Tatsache, sie leibhaftig zu sehen, etwas völlig anderes.

Trotz der Schmerzen senkte Tjara den Kopf, doch so schnell, wie sie ihn gebeugt hatte, wurde er wieder angehoben. Die wunderschöne Lady Melruna stand genau vor ihr, ein Finger unter ihrem Kinn und hob ihren Kopf weiter an.

Tjara glaubte, Schmerz in ihren Augen zu erkennen, sie begannen zu glänzen und ehe sie wusste, was geschah, weinte sie. Sie schlug sich die Hand vor den Mund, die andere strich hauchzart über Tjaras Wange. Ihr war, als sei sie dieser Frau schon einmal begegnet. Ihre Wärme und Gutherzigkeit kamen ihr so vertraut vor.

Der König ließ sich nicht davon abhalten, zu ihr zu kommen. Seine Frau schaute zu ihm und er nickte. Beide standen sie vor ihr, berührten sie, als befürchteten sie, einem Trugbild gegenüberzustehen.

Königin Melruna wischte sich über die Wange und lächelte.

»Unverkennbar, Ihr seid die Tochter meiner geliebten Freundin«, wisperte sie ergriffen.

Tjaras Hände lagen in denen der Königin, die nicht aufhörte, darüber zu streichen. »Ihr seid verletzt, bitte, setzt Euch.« Eilig und doch auf Vorsicht bedacht, zog sie Tjara hinter sich her und bettete sie auf einen der Stühle. Ihr wurde Essen und Trinken gereicht. Sora und die anderen nahmen ebenfalls Platz, doch das Paar beachtete sie erst gar nicht.

»Bitte, sagt mir ...«

»Tjara«, stellte sie sich vor.

»... Tjara, wo habt Ihr all die Jahre gelebt?«

»In Tirathea.«

Mitleid breitete sich in Melrunas Gesicht aus. Fassungslos schüttelte sie den Kopf und schaute zu Sora.

»Wie ist das möglich, dass Ihr Euch nie begegnet seid?«

»Womöglich ist es meine Schuld. Ich war noch nie gern außerhalb meiner vier Wände unterwegs«, erklärte Tjara, ehe Sora dazu kam.

»Eure Mutter hat Euch nie etwas gesagt?«, wollte König Ikarus jetzt wissen und Tjara schüttelte den Kopf. Nie hatte sie geahnt, dass ihre Mutter dazu fähig wäre, sie anzulügen. Doch heute würde sich alles aufklären.

»Bis Eure Mutter erscheint, könnt Ihr uns gern etwas über Euch erzählen. Ich möchte Euch kennenlernen«, wechselte Melruna das Thema.

»Über mich gibt es nichts zu erzählen. Ich führe einen Antiquitätenladen.«

Sich zuzuhören verdeutlichte ihr klar, wie langweilig ihr Leben war. Sie hatte, bis auf die Eröffnung ihres Ladens, nichts erreicht. Das Haus gehörte ihren Eltern und einen Freund hatte sie auch nicht. Tjara wurde klar, dass sie nichts vorzuweisen hatte.

Das schienen die anderen genauso zu sehen, denn niemand sagte etwas dazu. Die Stille zog sich in die Länge und je länger sie anhielt, desto unangenehmer wurde es. Tjara schielte zu Hunter hinüber und erstarrte. Seine Augen waren auf sie gerichtet.

Sie räusperte sich und wandte den Blick ab. Das hatte sie nicht erwartet. Nach allem, was er gesagt hatte, war sie sich sicher gewesen, dass er sie keines Blickes mehr würdigte, außer es wäre unbedingt nötig.

Ihr Herz pumpte kräftig gegen den Brustkorb. Sein Blick brannte sich heiß in ihren Körper.

Ihre Tempcratur stieg. Himmelherrgott, warum kümmerte er sich nicht um Sora?

»Tjara, ist alles in Ordnung?«, fragte Königin Melruna nun auch noch besorgt.

»Mir ist nur plötzlich so heiß, entschuldigt.« Sie versuchte sich an einem aufgesetzten Lächeln, gleichzeitig schob sie den Saum ihres Shirts kaum merklich hoch, in der Hoffnung, dass die Luft sie ein wenig herunterkühlte. Doch es half nicht.

»Vielleicht hat sich Eure Wunde entzündet, Ihr solltet sie sofort ...«

»Nein, bitte, sorgen Sie sich nicht um mich. Ich möchte nur kurz an die frische Luft«, murmelte sie. Schnell schob sie den Stuhl zurück und stürzte aus dem Saal. Es war, als stünde sie in Flammen.

Während sie die Treppen hinunter Richtung Ausgang rannte, dachte sie nur an Hunter und wie er sie angeschaut hatte. Es war zum Verrücktwerden. Hatte er etwa Spaß daran, ihr das anzutun? Ihr zu sagen, dass er Sora gehörte und sich dennoch nach ihr zu verzehren, sodass sie es sogar durch seinen eiskalten Blick hindurch erkannte?

»Tjara.«

Sie schaute auf, die Hand fest gegen ihr Herz gepresst. Ihre Mutter stand keine zwei Meter von ihr entfernt, voller Sorge sah sie ihre Tochter an.

»Mum«, erwiderte sie seltsam entspannt.

»Tjara!«, erklang ihr Name ein weiteres Mal und die Stimme ließ ihre Mutter heftig zusammenfahren. Sora stand oberhalb der Treppen und nahm Amari ins Visier. Ohne sie anzusehen, sprach die Prinzessin weiter. »Möchtest du uns nicht miteinander bekanntmachen?«

»Mum, darf ich vorstellen ... Sora Tirathea. Das ist Amariela, meine Mutter.«

Leichtfüßig nahm sie die letzten Treppen und reichte ihr die Hand, doch Amari war wie versteinert. Ihre Augen klebten an Sora, als könne sie nicht wegschauen.

Dann verbeugte sie sich und ergriff Soras Hand. »Sehr erfreut, Euch kennenzulernen, Prinzessin.«

»Folgt mir, wir haben einiges zu bereden.« Ihre Kaltherzigkeit war neu für Tjara.

Im Saal herrschte eine unangenehme Stille. Die Hände ineinander verschränkt, hielt Tjara ihren Blick auf den Boden gerichtet. Heute würde sich alles aufklären. Was, wenn die Wahrheit ihrer Mutter eine völlig andere war, als sie glaubte?

Das war Blödsinn!

König Ikarus und seine Gemahlin hatten sich zurückgezogen und ihnen den Raum freundlicherweise überlassen. Dafür konnte Tjara nicht dankbar genug sein. Miron blieb an ihrer Seite, seine Hand ruhte auf der ihren, als spüre er ihre innere Unruhe. Hunter stand an der Tür und bewachte diese.

Sora lief den Saal auf und ab, als überlege sie, wo sie anfangen sollte. Endlich blieb sie stehen.

»Mein Anblick dürfte Euch verraten, warum Ihr herbeordert wurdet«, fing sie an.

»Ich weiß nicht, wovon Ihr sprecht.«, entgegnete Amariela.

»Dann werde ich Euch auf die Sprünge helfen!«

»Sora«, unterbrach Tjara sie.

Heute entschied sich, wie ihr restliches Leben aussehen würde. Amari hatte sie großgezogen, sie behandelt wie ihr eigen Fleisch und Blut, und ein Teil von ihr flehte, dass es sich hierbei um ein riesiges Missverständnis handelte. Obwohl Tjara zugeben musste, dass sie sich nie dazugehörig gefühlt hatte. Sie war schlecht darin, sich anzupassen. Obwohl ihre Familie immer alles für sie getan hatte, hielt sie sich fern von ihnen, obwohl dazu nie Grund bestanden hatte. Sie verstanden sich, liebten sich. War es dem Tod ihres Bruders geschuldet, dass sie sich so von ihnen abgewandt hatte?

»Mutter, ich bin dir für jeden Augenblick dankbar, den du für mich da bist und warst. Es gab keine Sekunde, in der du dich nicht gekümmert hast. Ich vertraue dir, das habe ich immer. Vor allem aber glaube ich, dass du mich nie belügen würdest und wenn, dann gewiss nicht ohne triftigen Grund.«

Ihre Worte zeigten ihre Wirkung, doch was sie nun sah, war das Gegenteil von dem, was sie sich gewünscht hatte.

Sie sah Schuld. »Sag es geradeheraus, belüg mich nicht. Wurde ich adoptiert?«

Sie hasste es, um den heißen Brei zu reden, zudem stand Amari die Antwort ins Gesicht geschrieben.

»Es tut mir so leid«, wisperte sie. Sie hatte geglaubt, dass eine Welt für sie zusammenbrechen würde, wenn ihre Mutter die Worte laut aussprach, doch es regte sich nichts. Stattdessen war sie erleichtert. Darüber, nicht weiter grübeln beziehungsweise nachdenken zu müssen, ob Sora recht hatte oder nicht.

Seit die Rede davon war, dass die Prinzessin und sie Geschwister waren, hatte sie sich vor dieser Antwort gefürchtet. Doch jetzt fiel ihr ein Stein vom Herzen.

»Ich hatte gehofft, es dir niemals sagen zu müssen, gebetet, dass dieser Tag nicht eintrifft«, erklärte Ihre Mutter jetzt.

»Die Wahrheit kommt immer ans Licht. Waren das nicht deine Worte?«, wiederholte Tjara, was sie sich all die Jahre immer wieder hatte anhören dürfen.

»Sagt mir sofort, was geschehen ist! Warum wurden wir getrennt?« Soras Hände knallten so hart auf den Tisch, dass Tjara erstaunt den Kopf hob. Obwohl es ihr gutes Recht war, wütend zu sein, blieb sie friedlich. Dafür regte sich Sora umso mehr auf.

»Das kann ich nicht.«

»Ich befehle es Euch.«

»Dennoch bin ich an das Versprechen gekettet, dass ich einst gab.«

Ein Versprechen?

»Wem hast du es gegeben?«, verlangte sie zu wissen.

»Es ist mir nicht erlaubt, auch nur ein Detail preiszugeben.«

Tjara schaffte es nicht, ihre Mutter nicht anzusehen. Die Enttäuschung legte sich schwer über sie.

»Ihr habt meiner Mutter diesen Schwur gegeben, liege ich richtig?« Sora gab nicht auf. Dringender noch als Tjara dürstete es sie nach der Wahrheit.

»Wenn sie das getan hat, wird sie auch nicht antworten«, überging Tjara Sora und erhob sich.

Amariela war loyal, selbst jetzt noch, Jahre, nachdem Soras Mutter und neuerdings auch ihre, gestorben war. Ihrem Schwur blieb sie treu. »Ich möchte, dass du jetzt gehst«, bat sie. Ihre Wunde schmerzte, sie brauchte Ruhe.

»Bitte, lass uns reden, komm mit nach Hause, ich ...«

»Nach Hause?« Sie drehte sich zu Amari und verschränkte die Arme vor der Brust. »Du bist nicht einmal bereit, mir zu erklären, was all das zu bedeuten hat. Verlange nicht von mir, dich zu begleiten, wenn ich nicht die gesamte Geschichte kenne.«

Es war das erste Mal, dass sie so miteinander sprachen. Aber was erwartete Amariela? Dass Tjara ihr heulend in die Arme fiel und ihr verzieh, obwohl so viel mehr dahintersteckte?

Sicher nicht.

Nicht, weil sie ein Teil der Tirathea Familie sein wollte, denn Prinzessin zu sein interessierte sie nicht. Ihr gesamtes Leben hatte sie ohne diese Aufmerksamkeit gelebt, und sie hatte nicht vor, daran etwas zu ändern.

»Dann werde ich warten, bis du mir verziehen hast.«

»Ohne die ganze Geschichte zu kennen, wirst du lange darauf warten müssen.« Sie wollte nicht mehr reden. Weder mit ihr noch mit Sora, die zunehmend wütender wurde.

Hunter hielt sie nicht auf, als sie den Saal verließ.

Sie verstand selbst nicht, was mit ihr geschah. Statt emotional zu werden, wie es normalerweise der Fall war, blieb sie abweisend. Die Wahrheit zu kennen, hatte sie verändert, sie wusste nur nicht, ob sich das positiv oder negativ auswirkte.

Regungslos saß sie auf ihrem Bett und schaute durch die riesigen Fenster hinaus. Die Bäume verloren bereits ihre Blätter und kündigten den Winter an. Nur wenige Wochen noch, dann bestieg Sora ihren Thron. Aber was würde aus ihr werden? Sie hatte kein Interesse daran, den Platz ihrer ...

Das Wort nur zu denken, jagte einen Schmerz durch ihre Brust, den sie bisher nicht kannte. Dass sie eine

Tirathea sein sollte, bereitete ihr kein Unbehagen, sondern die Tatsache, dass ihre Mutter es ihr verschwiegen hatte, wo sie doch sonst immer auf Ehrlichkeit beharrte.

Das Klopfen bekam sie nur halb mit. Als die Tür sich öffnete, wandte sie den Blick dorthin. Zum ersten Mal, seit sie ihn kannte, sah Miron aus, als wüsste er nicht weiter.

»Möchtest du deine Ruhe?«

»Nein, bitte. Setz dich zu mir. Etwas Ablenkung täte mir gut.«

Nickend schloss er die Tür und gesellte sich zu ihr auf das Bett. Er zog die Schuhe von den Füßen und breitete sich aus. Stumm schaute er ihr zu, wie sie mit den Händen durch ihre Haare kämmte.

Lange schwieg er.

»Woran denkst du, was fühlst du? Bitte rede mit mir.«

»Weder möchte ich das eine noch das andere. Ich habe das Gefühl, wenn ich mir jetzt erlaube, darüber zu reden, kann ich nicht mehr an mich halten.«

»Ich bin da, um dich aufzufangen.« Er richtete sich auf, nahm ihre Hände in seine und führte sie an seine Lippen. Den Blick weiterhin auf sie gerichtet, küsste er erst die eine Handfläche, dann die andere, drehte sie herum und wiederholte dasselbe mit ihrem Handrücken. »Lass mich für dich da sein.«

»Was würde das ändern?«

»Womöglich nähme es dir etwas von deiner Last. Du hast gerade erfahren, dass man dich belogen hat und dennoch sitzt du hier, als wäre alles wie immer. Dein Gesicht ist so ausdruckslos, wie ich es noch nie gesehen habe.«

»Wäre es dir lieber, ich würde weinen? Habe ich in den letzten Wochen nicht genug Tränen vergossen?«

Das überraschte ihn.

Natürlich, denn immer, wenn sie sich erlaubte zu weinen, war er lange weg. Miron wusste um ihre Gefühle, da war sie sich sicher. Genauso, wie sie seine kannte. Daraus machte er keinen Hehl.

»Ich möchte, dass du dich bei mir fallen lässt. Aber das kannst du nicht, nicht wahr? Weil ich nicht *er* bin.« Sein Gesicht verzog sich.

Über Hunter wollte sie genauso wenig nachdenken.

»Du bist einer meiner engsten Vertrauten.«

»Und wenn ich mehr wollte?«

Darauf wusste sie keine Antwort.

Mirons Attraktivität äußerte sich in seinen mittellangen, schwarzen Haaren, die er täglich zum Zopf band. Sogar die Narbe auf seiner Stirn bis hin zu seinem weißen Auge verstärkte seine Schönheit und sein Charakter formte das Schlussbild.

Er war hilfsbereit, liebevoll und immer für sie da. Kümmerte sich, wenn es ihr schlecht ging, liebte sie, obwohl sie diese Gefühle nicht erwiderte.

All das wusste sie schon lange, dennoch sagte sie nichts dazu, da er selbst es nicht laut aussprach.

Bis heute.

»Fragst du mich, weil du die Antwort noch nicht kennst, oder weil du sie von mir hören willst?«

Er rückte näher an sie heran, schob seine Hand über ihre Wange und streichelte die Haut hinter ihrem Ohr. Eine Gänsehaut breitet sich auf ihrem Körper aus, als er die freie Hand mit ihrer verschränkte.

»Weil ich hoffe, noch nicht verloren zu haben.«

»Was?«

»Dich.« Seine Augen wanderten zu ihren Lippen. Ihr Herzschlag beschleunigte sich. Mirons Nähe hatte sie zu Beginn immer nervös werden lassen. Er kannte seine Wirkung auf sie. »Gehörst du ihm?«, wisperte er dicht an ihren Lippen. Sie konnte Hunter nicht gehören, das hatte er ihr mehr als deutlich gesagt und gezeigt. Es änderte nur nichts an ihren Gefühlen für ihn.

»Wie könnte ich, wenn er doch längst an Sora gebunden ist.«

»Dann darf ich also?«

»Was?«

Die Hitze wurde unerträglich. Seine Hand streichelte sie. Tjara wusste, dass er sie nicht manipulierte. Er hatte geschworen, es nie wieder zu tun, und sie vertraute ihm. Selbst jetzt, wo er ihr so nahe war.

»Dich küssen.«

Sie hielt den Atem an. Bisher hatte sie nur einen Mann geküsst. Wenn sie Miron erlaubte, dasselbe zu machen, wäre er dazu fähig, Hunter aus ihren Gedanken zu löschen?

Ihn für immer zu vertreiben, sodass sie wieder frei war? Ein Teil von ihr bestand darauf, den Versuch zu wagen, der andere fühlte sich schuldig.

»Wie kannst du mir eine solche Frage stellen, wenn du weißt, wie ich empfinde«, seufzend schloss sie die Augen, lehnte ihre Stirn gegen seine und erzitterte, als die andere Hand über ihr Bein wanderte.

»Weil ich sehe, wie sehr es dich quält. Wie er dich leiden lässt!«

»Miron ...«

»Ich möchte der Mann an deiner Seite sein, dich glücklich machen.«

Sie öffnete die Augen und schloss ihn in die Arme. Miron verlor den Halt, gemeinsam fielen sie rückwärts in die Laken. Sie lag auf ihm, rührte sich jedoch nicht.

»Du machst mich glücklich, jeden Tag, den ich an deiner Seite verbringen darf.«

»Lass mich dir helfen, ihn zu vergessen.« Träge streichelte er ihr über den Rücken bis zu den Schultern und drückte sie sanft hoch, sodass sie gezwungen war, ihn anzuschauen. »Wenn auch nur für eine Sekunde.«

»Mi ...«

Hunter

Was sich ihm bot, war kein wohltuender Anblick, im Gegenteil, es ließ ihn rasend vor Wut werden. Innerlich kochten das Tier und das Monster, doch äußerlich sah man ihm nichts an.

Hunter hielt den Griff zur Tür des Zimmers in seiner Hand und schaute auf Miron und Tjara. Eng ineinander verschlungen lagen sie auf dem Bett. Er hatte nur einen kleinen Teil ihres Gesprächs mitangehört, doch das war mehr als ausreichend und beantwortete alle verbliebenen Fragen. Der Magier war in Tjara verliebt und offenbar teilte sie seine Gefühle, schließlich hätte sie sonst nicht zugelassen, dass er sie küsste.

»Prinzessin Sora bat mich, Euch zu rufen, das Essen steht nun bereit.«

»Danke«, erwiderte Miron. Tjara hielt den Kopf gesenkt. Als er seine Arme um ihren Körper schlang, wollte er sie ihm am liebsten brechen, stattdessen verbeugte er sich und verließ das Zimmer.

Sora merkte ihm nichts an, auch das Königspaar interessierte sich nicht sonderlich für ihn. Teilnahmslos stand er vor dem Eingang zum Thronsaal und beobachtete das Geschehen vor sich. Die Menschen speisten, während sie Geschichten austauschten. Miron wirkte völlig gelassen. Tjara dagegen verlor kaum ein Wort. Wurde sie etwas gefragt, antwortete sie, sonst blieb sie still und nippte an ihrem Glas.

Währenddessen brodelte in Hunter die heiße Wut. Er wollte etwas in Fetzen zerreißen. In diesem Moment war ihm egal, worum es sich handelte.

Seit dem Schauspiel konnte er nicht aufhören, daran zu denken. Hatte es ihr gefallen? Wollte sie Mirons Küsse? Waren sie besser als seine?

Fest biss er sich auf die Lippe. Wenn er nicht bald hier rauskam, würde er sich sicherlich vergessen.

»Prinzessin Sora, wenn Ihr erlaubt, würde ich mich für den Abend zurückziehen«, gab er bekannt und verbeugte sich tief.

»Was? Aber es ist doch noch früh.«

»Ich werde die Spur Eures Bruders aufnehmen und mich in Kenntnis setzen, wo er sich befindet. Nur so kann ich Euch Schutz gewährleisten.«

»Ich möchte noch heute einen Bericht.«

»Jawohl.«

Nachdem sie ihn entlassen hatte, verließ er den Saal und lief geradewegs zum Ausgang. Als Erstes würde er sich in die umliegenden Wälder zurückziehen und dort etwas reißen.

»Willst du deine Wut an den Menschen herauslassen, oder gleich dort, wo sie angebracht ist?«

Er musste hier raus, jetzt! Bevor er den nächsten Schritt tun konnte, hielt ihn eine unsichtbare Mauer davon ab. Dieser verdammte ...

»Lass mich hier raus!«

»Du hast uns gehört und gesehen. Somit weißt du, dass du ausgedient hast. Das muss dich doch rasend machen. Dennoch verziehst du keine Miene.«

»Wenn dir dein Leben lieb ist, lös diese Barriere!«

»Wirst du mich hier im Schloss töten? Ich glaube nicht, dass die beiden es mitbekommen würden.«

Hunter drehte sich nicht um. Wenn er zuließ, dass der Magier jetzt gewann, würden Sora und Tjara alles von ihm sehen. Die Bestie in ihm, wer er wirklich war.

»Was willst du?«

»Dass du mir sagst, wie es sich anfühlt, ersetzt worden zu sein.« Mirons Stimme befand sich direkt an seinem Ohr. Knurrend drehte er sich zu dem Mistkerl herum, doch er stand einige Meter entfernt und lächelte. »Du hast verloren.«

Seine Sicherungen brannten durch, ehe er die Bestie zurückdrängen konnte. Seine Fänge fuhren vollends aus. In übernatürlicher Geschwindigkeit rannte er auf Miron los, doch der wich geschickt aus. Sekunden später erschien er hinter ihm. »Sie will dich nicht mehr. Besser, du hältst dich von nun an von ihr fern.«

»Halts Maul!« Er bekam ihn zu fassen, doch seine Hand glitt durch ihn hindurch. Dieser Mistkerl spielte mit ihm. Er setzte seine Kräfte ein. »Verrecke.«

»Wird es dich umbringen, jetzt wo du weißt, dass du sie nie wieder berühren kannst?«

»Fresse!«

»Ich erinnere dich an deinen Schwur: Du gehörst Sora. Tjara gehört mir.«

Das brauchte er sich von ihm nicht sagen zu lassen, darüber war er sich durchaus im Klaren. Alles, was sie bisher getan hatten, konnte ihm den Tod bringen, sollte Sora es herausfinden und der Magier wusste es. Doch das hinderte ihn nicht daran, diesen Scheißkerl mit in den Abgrund zu ziehen.

»Tu, was du willst.« Er erhob sich, klopfte die Kleidung aus und lief an dem Hologramm vorbei, das Miron von sich erzeugte.

»Es ist besser, wenn du aufgibst.«

»Und doch bist du hier, um es mir zu sagen.« Ein letztes Mal drehte er sich zu ihm herum. »Weil du unschlüssig bist.«

Er hatte ins Schwarze getroffen, was wiederum die Frage in den Raum stellte, ob er sie wirklich hatte küssen dürfen. Ohne ein weiteres Wort verließ er das Schloss.

Selbst wenn er sich nicht sicher sein konnte, ob Tjara sich von dem Mistkerl hatte küssen lassen, ließen ihm dessen Worte keine Ruhe.

»*Ich erinnere dich an deinen Schwur: Du gehörst Sora. Tjara gehört mir.*«

Der Kerl hatte recht und das machte ihn nur noch um einiges wütender. Schneller lief er durch die feuchte Erde, der Regen prasselte auf ihn nieder. Wasser tropfte von dem schwarzen Fell. In Windeseile lief er einige Meilen, ohne zu pausieren, vor seinen Augen das Bild von Miron und Tjara, wie sie sich in den Armen gelegen hatten. Der Drang, sie zu markieren, beherrschte seine Gedanken und lenkte die Kreatur in Richtung Schloss. Hunter konnte nichts gegen den überwältigenden Drang ausrichten.

Ehe er die Kontrolle über seinen Körper zurückerlangte, lief er bereits, ihrem Geruch folgend, um das Gebäude herum. Sobald er vor dem richtigen Zimmer stand, suchte er einen Weg hinein. Man hatte ihr eines im untersten Stockwerk gegeben, aufgrund ihrer schweren Verletzung waren weite Wege nicht gut für sie. So war sie nicht gezwungen, Treppen zu laufen und ihm wäre es ein Leichtes, einzudringen.

Die Wachen vor dem Palast hinderten ihn daran, den Vordereingang zu nutzen, da er seine Wandlergestalt beibehielt. Sobald sie ihn erblickten, würden sie Alarm schlagen.

Auf allen vieren lief er um das Schloss herum und traf auf offene Fenster. Ohne Mühe schaffte er es hindurch und landete lautlos in einem Kaminzimmer. Sie hatten die Tür zum Lüften geöffnet und vergessen, sie wieder zu schließen. Es war ihm egal.

Das Tier schlich leichtfüßig durch die Gänge, bis es an Tjaras Zimmer angelangt war. Bis auf die Wachen schliefen schon alle.

Mit seinen Pfoten war es etwas schwieriger, die Tür aufzubekommen, aber nicht unmöglich. Sobald er hindurchgelaufen war, schloss er sie und näherte sich dem Bett.

Tjara schlief tief und fest. Zwar wälzte sie sich herum, dabei strampelte sie die Decke von sich, doch sie erwachte nicht. Hunter blieb dicht neben ihr stehen, betrachtete ihr schönes Gesicht. Der Mond erhellte es, doch auch ohne ihn wusste er, wie attraktiv sie war. Seine Augen sahen in der Dunkelheit um einiges besser. Er wollte sie, auf jede Art, auf die er sie haben konnte.

Der Drang, sie zu zeichnen, schlief nicht. Doch wenn er sie jetzt berührte, würde sie aufwachen und angesichts seiner Gestalt eine Panikattacke bekommen, womit sie das gesamte Schloss weckte.

»Nein«, stöhnte sie, dabei rollte ihr Kopf auf dem Kissen hin und her. Hatte sie einen Albtraum?

Er rückte näher an sie heran. »Nicht, bitte!«

Hunter konnte ihr keinen Trost spenden. Nicht nur, weil er in dem Körper des Gestaltwandlers gefangen war, sie verweigerte seine Nähe.

Wimmernd schaute er ihr zu, wie sie sich wälzte. Sie schien kaum Luft zu bekommen, zudem bog sie den Rücken durch. Keuchend schob sie die Beine auseinander. »Warte.«

Was zum Teufel träumte sie? Etwa von dem verdammten Magier?

Hunter wurde wütend. Erneut wurde der Drang, sie zu kennzeichnen, zu seinem primären Ziel. Seine Knochen begannen sich wieder zu verschieben, als sie die Lippen teilte. »Hunter, mehr ...«, gab sie erstickt von sich.

Die Verwandlung war ein schmerzhafter Prozess, doch in diesem Augenblick spürte er nichts. Das Tier verschwand in seinem Inneren. Splitterfasernackt stand er vor ihr, sah zu, wie sie sich dem Hunter in ihrem Traum entgegen reckte und ihre Hände nach ihm zu greifen versuchten. Doch es war nur eine Illusion. Aber was immer er mit ihr in ihrem Traum anstellte, es gefiel ihr offensichtlich.

Seine Augen färbten sich in schimmerndes Silber, als sie erneut seinen Namen rief.

»Ich bin hier«, flüsterte er, seine Hand strich hauchzart über ihre Wange, was sie augenblicklich zu beruhigen schien. Als spüre sie seine Gegenwart, öffneten sich ihre Augen. Gleich würde sie ihn zum Teufel jagen. Er musste gehen.

Als er aufstehen wollte, griff sie nach seiner Hand und führte sie zurück an ihre Wange. »Hör nicht auf, bitte.«

»Ich bin nicht gut für dich«, erwiderte er. Ihr trauriger Blick brach ihm das Herz. Allem und jedem gegenüber schaffte er es, ohne Emotionen gegenüberzutreten, doch bei ihr verwandelte er sich in einen anderen Mann. Sie war Soras Schwester. Eine Prinzessin. Er hatte ihr Respekt zu zollen und sie glücklich werden zu lassen, selbst wenn das hieß, sie aufzugeben.

»Bitte, geh nicht«, wisperte sie. Eine Träne kullerte aus ihrem Augenwinkel. »Bitte.«

Hunter schaffte es nicht, sie jetzt zu verlassen. Sein Kodex riet ihm zwar zur Vernunft, doch sein Verlangen nach ihr überwältigte ihn.

Binnen Sekunden befand er sich über ihr, seine Lippen fest auf ihre gepresst.

Ihre Nägel krallten sich in sein Fleisch, als wolle sie ihn so davon abhalten, wieder zu verschwinden. Morgen Früh würde sie all das für einen Traum halten und das war ihm nur recht.

Sie hielt sich nicht damit auf, sich nur berühren zu lassen. Ihre Hände wanderten über seine Schultern zu seiner Brust. Fiel ihr auf, dass er keine Kleidung trug?

Er beließ es nicht bei einem Kuss. Ihre Hände auf seinem Körper machten ihn wahnsinnig. Knurrend griff er danach und hob sie über ihren Kopf. Sie bog den Rücken durch, sodass er sich ihren Brüsten direkt gegenübersah.

Er nahm die zartrosa Knospe in den Mund, spielte damit. Tjara keuchte. Ihre Reaktionen gefielen ihm, er wollte mehr davon, mehr von ihr. Während er ihre Hände mit einer Hand festhielt, schob er die andere von ihrem Hals bis zu ihren bebenden Brüsten. Träge zog er mit den Fingern sanfte Kreise über die Knospen, ehe er ihren Bauch streichelte.

Ihr Körper erzitterte und stockte, als er an ihrem Lustzentrum ankam. Sie floss über vor Lust. Hunter knurrte und kehrte zu ihren Lippen zurück. Jetzt küsste er sie hart, schob seine Zunge in ihren Mund und nahm sie gänzlich ein. Seine erhitzte Haut traf auf ihre, was ein Feuer zwischen ihnen beiden entzündete. Er strich mit den Händen über ihre Seiten und sie erbebte unter seinen Berührungen.

»Wie weit erlaubst du mir zu gehen, Tjara?«

Beim Klang ihres Namens schlang sie die Beine um seine Hüfte und presste ihn an sich. Er stieß gegen sie, bereit, in sie einzudringen. Und Gott, wie er das wollte. Sie so nah an sich zu spüren verstärkte noch seinen Drang, sie zu markieren. Er dürstete danach, sie mit Haut und Haar zu verschlingen. Das Tier in ihm schnurrte.

»Sag es.«

»Nimm mich«, wimmerte sie.

Beide Hände in ihren Haaren vergraben, küsste er sie, während sein Unterleib gegen ihren stieß. Nichts hätte ihn jetzt noch aufhalten können, sie zu nehmen. Außer der Tatsache, dass sie all das für einen Traum hielt. Wenn er sie jetzt nahm, würde sie es mit Sicherheit am nächsten Morgen bereuen, sobald sie bemerkte, dass alles echt gewesen war.

Den Gedanken ertrug er nicht. Wenn er sie endlich ausfüllte, sollte sie genau wissen, was sie von ihm verlangte.

Hunter liebkoste sie. Er verehrte jede Stelle ihres Körpers, rutschte tiefer. An ihren Brüsten hielt er an. Sie hatte Sora ihr Mal gezeigt, jenes, dass sie als ihre Schwester auswies. Von ihm aus strömte der Duft nach Rosen und Meer durch ihren gesamten Körper. Er begutachtete es, seine Augen erlaubten ihm, es in voller Pracht zu erleben. Sanft küsste er es, dann wanderte er weiter zu ihrem weiblichen Zentrum.

Sie wusste, was als Nächstes geschehen würde, und hielt ihn nicht davon ab.

Sobald er sie schmeckte, schoss ein Blitz durch seinen Körper. Hemmungslos keuchend schob sie die Hände in seine Haare und zog daran. Sie hielt sich nicht zurück, obwohl es besser gewesen wäre, wollte er sie hören.

»Mehr!«, wimmerte sie. Sie zitterte, ihr Körper gehorchte ihr nicht. Er ergriff ihre Hand, die sich in die Laken krallte und verschränkte sie mit seiner. Sie schmeckte nach Rosen, ihr Geruch strömte aus allen Poren und nahm Hunter vollkommen ein. Es kostete ihn einiges an Kraft, nicht sofort in sie zu stoßen, stattdessen leckte er sie härter. Sie schrie seinen Namen heraus. Womöglich weckte sie damit das gesamte Schloss, doch es interessierte ihn nicht, alles, was zählte, war sie.

Der Hunger nach ihr war genauso enorm wie das Verlangen, sie ranzunehmen und als seine Zunge ein weiteres Mal über ihre Lustperle strich, explodierte sie unter ihm.

Sie zitterte ohne Unterlass, zog ihn zu sich heran, küsste ihn, dabei schlang sie die Beine erneut um seine Hüfte, drängte ihn an sich, bis sie die Welle der Lust überschritten hatte und kraftlos in sich zusammensackte. Ihre Arme glitten von seiner Schulter.

Er blieb an ihrer Seite, bis ihr Atem sich beruhigt hatte. Wortlos küsste er sie. »Ich brauche dich«, flüsterte sie.

Er brauchte sie genauso dringend. Jede Faser seines Körpers verzehrte sich nach ihr. Nicht nur danach, sie anzufassen, sondern bei ihr zu sein. Es reichte allein ihre Nähe, um ihn zu beruhigen. »Was machst du nur mit mir?« Lächelnd schob sie die losen Strähnen seiner Haare zurück und hauchte einen Kuss auf seine Lippen.

»Du veränderst mich«, erwiderte er.

Es dauerte nur Sekunden, ehe sie in einen tiefen Schlaf fiel. Ihr Herz schlug in angenehmen Rhythmus, sie war fort.

Sobald er sie losließ und ihre Wärme verschwand, fühlte er sich leer. Er hatte sie gerade erst berührt, ihr Geschmack ruhte noch auf seinen Lippen, doch es reichte nicht.

Schweigend verließ er das Zimmer und lehnte sich gegen die Tür. Sein Gehör erweiterte sich. Überall war es still, niemand zu hören. Sein Blick glitt an sich herunter. Wütend griff er nach seinem Glied. Verdammtes Teil. Dieses Ding war daran schuld, dass er solch ein Verlangen nach ihr verspürte, danach, in sie zu stoßen, bis sie kaum mehr stehen konnte. Seit er sie kannte, bereitete es ihm Probleme.

»Shit!«, brummte er.

Es war besser, sich schnell anzukleiden, ehe jemand wach wurde und ihn so entdeckte. Fluchend verließ er das Schloss auf demselben Weg, auf dem er es betreten hatte.

30.

Hunter

Tjara schien sich nicht an die letzte Nacht zu erinnern. Sie sah Hunter nicht mal an, sondern kümmerte sich nur um Miron.

Der verdammte Magier wusste, was er tun musste, um ihn so richtig auf die Palme zu bringen, und nach gestern Nacht konnte er sich nicht mehr von ihr fernhalten. Sein Körper lechzte nach ihr. Er schmeckte sie noch immer auf seiner Zunge.

»Hunter?«

Soras Stimme riss ihn aus seinen Gedanken. Verdammt.

»Prinzessin?«

»Wir werden nach Hause reisen«, eröffnete sie ihm. Früher hätte er es abgesegnet, ohne zu hinterfragen, was sie damit bezweckte.

Heute nicht. Sie hatten all diese Strapazen nur auf sich genommen, weil sie aus dem Palast geflohen war. Sie wurden verfolgt, bekämpft und landeten schließlich hier. Und jetzt wollte sie plötzlich zurück?

»Warum nach all dem?«, erlaubte Miron sich die Frage.

»Wenn uns diese Frau keine Antworten gibt, müssen wir jemanden finden, der es kann. Mein Bruder wird die Geschichte kennen.«

»Und du glaubst, er wird es dir erzählen, ohne etwas dafür zu verlangen?«, mischte Tjara sich ein. Hunters Augen wanderten sofort zu ihr.

»Nein. Aber ich glaube nicht, dass er erwarten wird, dass wir gemeinsam zurückkehren. Wir können ihn stellen.«

»Glaubst du, dass er dir erlaubt, auf den Thron zu verzichten?«

»Aris hält an alten Bräuchen fest. Es wird nicht zulassen, dass ich mich dagegen wehre. Früher oder später werde ich den Thron besteigen.« Sora schaute Hunter an. »Du hast Johan ein Versprechen gegeben und es ist meine Aufgabe, es zu halten.«

Er erinnerte sich daran, dem Krieger gesagt zu haben, dass er Sora nach Hause bringen würde, bereit, den Thron zu besteigen und ihre Pflichten zu erfüllen. Aber Tjaras Existenz änderte alles. Nun gab es zwei Nachfolgerinnen. Das hatte es noch nie gegeben.

»Ihr wisst, was geschieht, wenn Ihr den Thron besteigt.«

»Das werde ich in Kauf nehmen.«

»Glaubt Ihr das wirklich?« Hunter wusste, wie viel Angst sie davor hatte.

Sora war aufbrausend und zu emotional. Aber wenn sie etwas tat, dann niemals ohne Grund und jetzt wollte sie, nur weil sie erfahren hatte, dass Tjara ihre Schwester war, ihre Prinzipien über Bord werfen, um Königin zu werden?

Dahinter steckte doch mehr.

»Es geht nicht nur um mich. Ich habe jetzt eine Schwester und damit eine Verantwortung.«

Er seufzte. Menschen waren kompliziert.

»Ihr seid Tiratheas zukünftige Erbin, mehr Verantwortung dürftet Ihr nie gehabt haben.«

»Hunter...«

»Hättet Ihr von Anfang an auf mich vertraut, würdet Ihr nicht in dieser Situation stecken. Was glaubt Ihr, geschieht, sobald Ihr durch die Tore tretet oder die Ritter vorher erfahren, dass Ihr zurückgekehrt seid?« Sein eiskalter Blick traf auf ihre Augen. Sie zuckte kaum merklich zusammen.

»Mein Bruder wird mich anhören!«

»Mag sein, aber uns anderen wird er wegsperren lassen. Ihr kennt die Gerüchte, die über uns kursieren. Ich habe Hochverrat begangen. Zudem bringt Ihr einen Magier mit, und Eure Schwester.«

»Ich verbitte mir diesen Ton! Ich bin deine ...«

»Prinzessin«, beendete er und lehnte sich zu ihr. »Und damit befehligt, über mein Leben zu richten. Doch wie sieht es mit Euren Begleitern aus?«

Sie schluckte. Sora hatte tatsächlich keine Sekunde darüber nachgedacht, was das für Miron oder Tjara bedeutete. Den Magier würden sie sofort hängen lassen, denn keinem einzigen von ihnen war es erlaubt, jemals Tirathea zu betreten. Und Tjara würde dasselbe Schicksal ereilen. Warum sonst hatte man sie als Kind weggegeben? Ihre Existenz war unerwünscht und man wurde sie loswerden, bevor das Volk davon erfuhr. »Hört auf, nur an Euch zu denken.«

»Wie kannst du es wagen?!« Rasch erhob sie sich, ihr Gesicht vor Wut verzerrt. »Alles, was ich tue, ist zum Wohle aller!«

»Nicht, wenn es das Leben anderer gefährdet.«

»Dann werde ich eben allein ...«

»Ihr wisst, dass ich das nicht zulassen kann.«

Ihr war anzusehen, dass sie ihm am liebsten eine Ohrfeige verpasst hätte, und seinetwegen konnte sie das tun. An der Tatsache selbst änderte es nichts. Aris war ein gerechter König, doch Sora hatte das Schloss ohne ein Wort hinter sich gelassen. Ihr Verrat traf ihn härter, als ihr überhaupt klar war.

»Was sollen wir denn dann tun?«, genervt ließ sie sich auf den Stuhl zurückfallen. Hunter befürchtete ein Blutbad, sobald sie zurückkehrten. Vor allem um Elay sorgte er sich. Der Vampir wartete nur auf seine Rückkehr, davon war er überzeugt.

»Wenn du so unbedingt zurückwillst, stell deinem Bruder vorher ein paar Bedingungen«, schaltete Tjara sich ein. »Sag ihm, was ihn erwarten wird und dass wir dich begleiten. Wenn du wirklich bereit bist, deinen Thron zu akzeptieren, wird er dich bestimmt anhören.«

Das war womöglich die einzige Möglichkeit, um an den König heranzutreten. Wie um sich zu vergewissern, dass Tjaras Idee die Beste war, hob Sora den Kopf und schaute Hunter an. Er nickte.

»Dann werde ich mich augenblicklich darum kümmern. Sobald wir eine Antwort bekommen haben, reisen wir ab.« Damit erhob sie sich und verschwand.

Miron lehnte sich zurück. Tjara schien sich ebenfalls zu entspannen.

»Ist es dir überhaupt erlaubt, dich gegen deine Prinzessin aufzulehnen?«, fragte er Hunter, der an Ort und Stelle verharrte.

»Wollt Ihr etwa den Tod Unschuldiger riskieren?«, stellte er die Gegenfrage. »Denn darauf wird es hinauslaufen.«

»Dann stelle ich die Frage anders: Wird sie dich dafür nicht hinrichten lassen?«

Würde sie nicht. Sie konnte es, doch ohne ihn war sie hilflos und das wusste sie. Jedenfalls so lange, bis man sie krönte. Denn danach stand ein ganzes Bataillon Ritter hinter ihr, die sie mit ihrem Leben beschützen würden.

Nach ihrer Krönung wäre ihre Verbindung zueinander eh geschwächt, sollte es Sora so ergehen wie ihren Vorgängerinnen und darauf lief es hinaus.

Hunter erwiderte nichts auf die Frage, stattdessen verließ er den Saal.

Er ließ seine Bindung Sora suchen und fand sie hinter dem Schloss, im Garten der Königin. Dort hatte diese unendlich viele Blumen angebaut. Sora stand inmitten dieser Pracht. Sie roch an einer Rose, als Hunter zu ihr stieß.

»Prinzes ...«

»Wage es nicht, mir eine Entschuldigung aufzudrücken«, kam sie ihm zuvor und lief weiter. Er folgte ihr.

»Dennoch hatte ich kein Recht, Eure Entscheidung anzuzweifeln.« Dass er sich entschuldigte, hatte nichts damit zu tun, dass es ihm leidtat. Denn dem war nicht so. Ehe er unnötige Tode riskierte, wollte er sie aufhalten.

Nein. Es ging nicht um das Leben anderer, sondern um Tjaras Leben.

»Du bist ein selbständiger Mensch, dazu gehört auch, dass du eine eigene Meinung hast. Entschuldige dich nicht dafür, sie zu äußern.«

Er beobachtete sie, während sie die Blumen nacheinander bewunderte und ihren Duft aufsaugte. Nicht nur er hatte sich verändert. Sora war reifer geworden, auch wenn man es ihr nicht direkt ansah, spiegelte es sich in ihrem Verhalten wider. Bevor sie das Schloss verlassen hatte, hätte sie ihm für diese Frechheit eine verpasst. Die Frau, zu der sie herangewachsen war, gefiel ihm.

Tjara

Ihr Körper beruhigte sich allmählich wieder. Sobald Sora ihrem Bruder die Bedingungen erklärt hatte, würden sie aufbrechen. Seit diesem Gespräch fragte sie sich, wie er wohl auf sie reagieren würde. Hatte Sora recht und er wusste tatsächlich über alles Bescheid?

Das ewige Grübeln brachte nichts, dennoch konnte sie es nicht abstellen. In ihr brodelte die Angst, dass Hunter recht behielt, und sie eingesperrt würde, vielleicht sogar getötet.

Hunter.

Auf einmal erhitzte sich ihr Körper. Heute Nacht hatte sie von ihm geträumt. So intensiv, dass sie nicht sicher war, ob es sich wirklich nur um einen Traum gehandelt hatte. Aber er käme nicht einfach in ihr Zimmer und berührte sie. Nein, sie begehrte ihn über alles und hatte ihre Fantasie spielen lassen.

»Tjara?«, riss die helle Stimme sie aus ihren Gedanken. Augenblicklich drehte sie sich von den Fenstern weg und sah Sora an, die in diesem Moment ihr Zimmer betrat.

»Hey.«

»Alles okay?«

»Ja. Kann ich dir behilflich sein?«

»Die Nachricht an meinen Bruder ist nun auf dem Weg. Innerhalb weniger Tage sollte eine Antwort eintreffen.«

»Das ist gut.«

Sora schloss die Tür hinter sich und nahm auf dem Bett Platz.

»Bei meiner Planung habe ich deine Gefühle außer Acht gelassen, dafür bitte ich dich um Verzeihung. Nachdem Amariela bestätigt hat, dass du meine Schwester bist, wollte ich alles erfahren. Ich habe aufgehört, nachzudenken und war bereit, zu handeln.«

»Dafür bin ich dir nicht böse.«

»Solltest du aber, denn Hunter hatte recht. Wären wir einfach so nach Tirathea zurückgekehrt, hätte es deinen Tod bedeuten können.«

»Hör auf, dir darüber Gedanken zu machen, wir haben eine Lösung gefunden und nur darauf kommt es an.«

Sie schaute zu Boden, als bedrücke sie noch mehr. Tjara setzte sich ihr gegenüber. »Aber das war noch nicht alles, oder?«

»Sobald ich den Thron besteige, werde ich mich für einen Gatten entscheiden.«

Sora hatte ihr zwar erzählt, was auf sie zukam, sobald man sie krönte, aber das war ihr neu.

»Weißt du denn schon, wen du möchtest?«

»Ich habe keine Ahnung von Liebe oder ähnlichen Gefühlen.« Sie wirkte so ernst, dass es Tjara ängstigte. »Bisher habe ich mich nie verliebt oder etwas in dieser Art verspürt.«

»Was geschieht, wenn du dich nicht entscheidest?«

»Dann ist es das Recht meines Bruders, jemanden zu erwählen.«

Sie verstand Soras Sorgen. Sich den Mann seines Lebens von dem Bruder aussuchen zu lassen, war nichts, was eine Frau wollte.

Es fiel Tjara nicht schwer, zu glauben, dass Sora sich bisher nie verliebt hatte. Bis vor kurzem war es ihr genauso ergangen.

»Woran merke ich, dass ich jemanden liebe?«

Die Frage traf Tjara unvorbereitet, obwohl sie mit ihr hätte rechnen müssen. Da sie dieses Gefühl selbst zum ersten Mal erlebte, fiel es ihr schwer, zu beschreiben, was sie dabei fühlte.

»Ich denke, wenn es so weit ist, wirst du dich nicht mehr fragen, ob du jemanden liebst, du weißt es sofort.«

»So wie du?«

Wusste sie etwas von ihren Gefühlen für Hunter? Sie war sich sicher, diese vor ihr versteckt gehalten zu haben.

»Was meinst du?«

»Ich spreche von Miron. Es ist nicht schwer zu erkennen, dass er dich mehr als nur mag und du ebenfalls nicht abgeneigt bist.«

Natürlich lief es auf ihn hinaus. Sora sprach in Tjaras Nähe dauernd von ihm und wie gut er zu ihr war. Dass er sich veränderte und sie süß zusammen aussähen. Bisher war es ihr nicht bewusst gewesen, doch Sora gab sich wirklich die größte Mühe, sie mit Miron zusammenzubringen.

»Ich liebe ihn nicht.«

»Was? Aber ich dachte ...«

»Er ist ein wundervoller Mann. Liebenswürdig, verständnisvoll und fürsorglich, aber wir sind kein Paar.«

»Warum? Er ist immer bei dir.«

Dass er sie liebte, band sie Sora jedoch nicht auf die Nase.

»Deswegen sind wir aber noch lange nicht in einer Liebesbeziehung. Ich mag Miron, aber mehr ist da nicht.«

31.

Wie hatte sie sich nur so täuschen können? Sora war sich sicher gewesen, dass Miron und Tjara längst ein Paar waren. Das war mehr als peinlich.

»Bitte entschuldige, mein Fehler!«

»Nicht doch. Wir verbringen jeden Tag zusammen, mir hätte klar sein müssen, dass du die falschen Schlüsse ziehst.«

»Das ist mir so peinlich.«

»Das braucht es nicht. Das nächste Mal fragst du mich einfach und ich kläre das Missverständnis auf.«

Sora erstarrte, als es klopfte und die Tür aufglitt. Besagter Mann stand vor ihr und schaute sie beide abwechselnd an.

»Komme ich ungelegen?«, fragte er. Sora schoss die Röte ins Gesicht. Schnell rutschte sie vom Bett und verließ das Zimmer. Hoffentlich hatte er sie nicht angesehen.

Sie verbrachte die Zeit bis zum Abend in der Bibliothek und las sich durch alte Geschichten. Es beeindruckte sie immer wieder, wie viele Bücher es auf dieser Welt gab. Menschen, die ihre Erlebnisse aufschrieben oder ihre Fantasie spielen ließen.

So etwas erforderte Talent.

Sora hob den Kopf erst, als sie das Buch beendet hatte. Draußen war die Nacht angebrochen.

Morgen oder übermorgen würde sie Aris' Antwort erhalten. Sie fragte sich, wie es weiterging. Wie sie ihren Bruder einschätzte, würde er auf ihre Bedingungen eingehen, denn mehr als alles andere hoffte er darauf, dass Sora den Thron akzeptierte, obwohl sie es nicht wollte.

Er war ein toller König, das Volk liebte seinen Herrscher, doch die Zeit hatte ihn altern lassen.

Sora hatte ihn genauso bewundert, bis sie die Wahrheit erfahren hatte. Seit sie denken konnte, fühlte es sich so an, als fehle ihr ein Teil.

Etwas, dass sie nicht zu fassen bekam. Nie hätte sie geglaubt, dass es sich dabei um eine Schwester handeln könne.

Ihre Augen brannten. Schnell wischte sie darüber, doch die Tränen liefen längst. Sie hatte nie für möglich gehalten, dass ihre Mutter oder Aris sie jemals anlügen könnten. Doch sie hatten es getan. Sie in dem Glauben gelassen, allein an ihr Schicksal gebunden zu sein.

Schluchzend zog sie die Beine heran und bettete den Kopf an ihren Knien, als die Tür aufglitt. Gerade ihn brauchte sie nun am allerwenigsten.

»Geht es Euch gut?«

»Was interessiert es Euch?« Mist, ihre Stimme klang zu weinerlich. Die Tür schloss sich wieder. War er gegangen? Leicht hob sie den Kopf und erschrak. Mirons Gesicht befand sich direkt vor ihrem. Sora hielt den Atem an.

»Ihr weint. Warum?«

Musste er ihr so nahekommen?

»Das geht Euch nichts an.« Sie trocknete ihr Gesicht und stand auf. Miron hielt sie zurück, bevor sie einen weiteren Schritt gehen konnte. »Was?«

»Ich danke Euch.«

»Für was?«

»Dass Ihr Euch solche Mühe gegeben habt, mich Tjara näherzubringen.«

Oh nein, auf dieses Thema hatte sie keine allzu große Lust. Ihr Einmischen hatte nichts gebracht.

»Dafür braucht Ihr ...«

»Auch wenn ich ihr Herz letztendlich nicht für mich gewinnen konnte.« Er ließ sie los und nahm den Platz ein, welcher zuvor ihr gehörte. Demnach war er sich im Klaren darüber, dass Tjara ihn nicht mit den gleichen Augen betrachtete, wie er sie.

»Ihr gebt schon auf?«

»Ich habe meinen letzten Schritt getan und wurde abgewiesen. Ein jeder muss wissen, wann es besser ist, aufzugeben.«

Sie drehte sich zu ihm herum und verschränkte die Arme vor der Brust.

»Obwohl Ihr sie liebt?«

»Erst recht aus diesem Grund. Die Zeit hat uns zu guten Freunden werden lassen, das möchte ich nicht zerstören, indem ich sie dazu zwinge, mehr für mich zu empfinden, als sie kann.«

Das verstand sie nicht. Vielleicht lag es an ihrer mangelnden Kenntnis über Liebe, aber kämpfte man nicht für das, was man begehrte? »Also, warum habt Ihr geweint?«, wechselte er das Thema.

»Das muss Euch nicht interessieren«, brummte sie.

»Ich möchte es aber wissen.«

»Damit ihr Euch über mich lustig machen könnt? Wir mögen uns nicht mehr hassen, aber Freunde sind wir deshalb noch lange nicht!«

Seufzend erhob er sich und blieb neben ihr stehen.

»Wenn Ihr die Menschen, die für Euch da sein wollen, ein Leben lang von Euch stoßt, werdet Ihr eines Tages ganz alleine sein. Ist das Euer Wunsch?« Damit verließ er die Bibliothek.

Was wusste er schon?!

Ihre Trauer war wie weggeblasen. Dieser Mistkerl bildete sich etwas ein, wenn er glaubte, sie durchschaut zu haben!

Aris' Antwort kam zwei Tage später. Sora rief die anderen zusammen. Sobald alle erschienen waren, öffnete sie den Brief und las.

Geliebte Schwester,

Ich freue mich, von dir zu hören. Natürlich werde ich deine Bedingungen akzeptieren, solltest du das Versprechen halten, Tirathea fortan zu regieren. Sofern du auch meiner Forderung nachkommst, dass wir deine Krönung auf den Anfang der nächsten Woche vorverlegen.
In Liebe, Aris.

Die Worte rissen ihr den Boden unter den Füßen weg, sie stürzte in endlose Tiefen. Nächste Woche?
Wie konnte er von ihr verlangen, dass sie sich innerhalb von fünf Tagen darauf vorbereitete?
»Ist das denn zulässig? Sagtest du nicht, dass du erst zu deinem achtundzwanzigsten Lebensjahr gekrönt wirst?«, wollte Tjara wissen, doch Sora schaffte es nicht, zu antworten. Das passierte, wenn man Aris in die Enge trieb.
Er drehte den Spieß um, sodass sich einem keine andere Wahl mehr bot, als zu tun, was er verlangte. Wie hatte sie nur annehmen können, am längeren Hebel zu sitzen? Aris hatte ihre eigenen Worte gegen sie verwendet und schlug das Beste für sich und sein Königreich heraus.
»Ein König, wie er im Buche steht«, witzelte Miron, doch das war lange nicht mehr lustig.
»Sora, was wirst du unternehmen?«
»Ihm zusagen«, entgegnete sie und hob den Blick. All die Jahre hatte sie sich gegen ihr Schicksal gewehrt, gehofft, dass sie ihm irgendwie entkommen könne. Selbst, als Laventura und Orion bestätigten, was sie längst wusste, hatte sie daran festgehalten. Doch dieses Gebilde brach nun in sich zusammen.
»Was? Aber ich dachte, du willst ...«
»Wichtiger als alles andere ist es, die Wahrheit über uns zu erfahren, findest du nicht? Dass ich Königin werde, stand seit Anfang meiner Geburt fest. Nur deswegen wurde ich mit dem entsprechenden Wissen über alles, was eine zukünftige Königin brauchen könnte

erzogen, alleine aus diesem Grund erlernte ich die Kunst des Kämpfens. Weil ich Thronfolgerin bin, befindet sich Hunter an meiner Seite«, unterbrach sie Tjara. »Das waren keine Privilegien, damit ich ein schönes Leben führen kann, sondern Vorbereitungen auf meine Herrschaft.«

»Und jetzt willst du das einfach so akzeptieren, nach allem, was du durchgemacht hast?«

»Nicht ich, du«, berichtigte sie. »Aus dem Schloss zu flüchten, war meine Entscheidung. Alles, was ich durchmachte, habe ich mir so ausgesucht. Im Gegensatz zu dir.«

»Um mich brauchst du dir keine Sorgen zu machen.«

»Aber du wurdest aus deinem Leben gerissen, meinetwegen. Konfrontiert mit Kämpfen und dabei verletzt. Und jetzt hast du auch noch erfahren, dass deine Familie nicht deine leibliche ist. Seit Hunter und ich in dein Leben getreten sind, ist es völlig aus den Fugen geraten.«

»Sora.«

»Du hast all das trotzdem akzeptiert und bist hier. Dafür bin ich dir dankbar und gleichzeitig fühle ich mich dazu verpflichtet, mein Schicksal zu akzeptieren.«

»Wenn du Königin wirst, dann tu es um deinetwillen, nicht meinetwegen.«

Tjara sah wenig erfreut aus über Soras Worte. Sie hatte recht, aber trotzdem tat es ein Teil von ihr für sie, ihre Schwester. Nicht ohne Grund hatte man sie als Geschwister voneinander getrennt. Aris würde Tjara nicht ohne weiteres im Schloss herumlaufen lassen.

»In Ordnung. Wir werden bei Tagesanbruch aufbrechen. Ich werde meinem Bruder eine Bestätigung zukommen lassen.« Sie machte sofort kehrt und lief los.

Seit jeher war ihre Zukunft vorherbestimmt. Alles, was sie bis heute erlebt hatte, war vom Universum geplant. Auch wenn sie dafür nicht unbedingt dankbar war, gab es doch etwas, auf das sie nicht mehr verzichten wollte. Sie hatte eine Schwester.

32.

Tjara

Sora stand hinter ihrer Entscheidung, jedenfalls ließ sie es nach außen hin so wirken, doch Tjara wusste, dass sie am liebsten erneut die Flucht ergriffen hätte.

Dafür bewunderte sie Sora. Als Prinzessin aufgewachsen, hatte sie gegen ihr Schicksal angekämpft und nicht akzeptiert, wie es war. Auch wenn ihre Versuche letztlich keine Erfolge auszeichneten, hatte sie bis zum Schluss nicht aufgegeben. Nicht viele brachten diesen Mut auf.

Seufzend packte sie ihre Tasche.

Wie ging es weiter?

Für Tjara gab es kein Zurück, jetzt, wo sie ihrer wahren Identität sicher war. Aber eine Prinzessin wollte sie nicht sein. Sie schaffte es nicht einmal, so zu sprechen wie Sora, geschweige denn, sich so zu verhalten. So wie sie zu leben, war ihr unmöglich.

»Soll ich dir helfen?«

Sie zuckte derart zusammen, dass ihre Wunde schmerzte. Seit ihrer Ankunft in Henat war sie seine Anwesenheit eigentlich gewohnt. Irgendetwas hatte sich verändert.

Tjara schüttelte den Kopf. Miron nahm neben ihr Platz und als wüsste er, dass sie sich unbehaglich fühlte, ließ er einen gewissen Abstand zwischen ihnen. »Mein Geständnis hat unsere Freundschaft zerstört, nicht wahr?«

»Nein«, sagte sie zwar, dennoch schaffte sie es nicht, ihn anzusehen. Verdammt!

Er hielt ihre Hände auf, die weiterhin Kleidung in den Koffer stopften. »Zwar kann ich es nicht zurücknehmen, das möchte ich auch nicht, doch du sollst wissen, dass ich zu dir eine tiefe Verbundenheit empfinde. Ich will dich nicht verlieren und wenn das bedeutet, dass wir nur Freunde sein können, habe ich keine Einwände.«

Seine Worte ließen sie aufschauen. Sie erinnerte sich an ihre ersten Sekunden miteinander, der Moment, in dem sie sich begegnet waren und für wie arrogant sie ihn gehalten hatte. Wenn man ihn nicht kannte, wirkte er wie das größte Arschloch. Doch Tjara konnte mit absoluter Sicherheit bestätigen, dass er einer der herzlichsten Menschen war, denen sie jemals begegnen durfte. Das machte ihn umso wertvoller für sie, die sie, von Mara abgesehen, selbst nie Freunde gehabt hatte.

Tränen schossen ihr in die Augen. Miron erwiderte ihre stürmische Umarmung mit einem Lachen. Vermutlich wusste er, für wen ihr Herz schlug.

»Danke, dass ich dich meinen Freund nennen darf.«

»Nicht doch, ich muss dir danken.« Er strich ihr die Strähnen hinter die Ohren. Grinsend erhob er sich und half ihr mit dem Koffer.

Vor den Fenstern wütete ein Sturm, der den Ast des Baumes dagegen stoßen ließ. Tjara bekam kein Auge zu.

Tirathea war ihr Zuhause, doch morgen würde es sich anders anfühlen, dorthin zurückzukehren.

Stöhnend drehte sie sich auf den Bauch, doch egal wie sie lag, jede Position war ungemütlich und forderte ihren Schlaf ein. Frustriert strampelte sie die Decke von ihren Füßen und setzte sich auf.

Ihre Gedanken krochen in unterschiedliche Richtungen, doch jetzt gerade musste sie an Hunter denken. Daran, wie er sie in ihrem Traum berührt hatte, wie er ...

Ihr Blick fiel zu ihren Beinen und blieb dazwischen hängen. Langsam strich sie mit den Fingern darüber. Es hatte sich so echt angefühlt. Ihr verlangte es nach dem Gefühl, wie er sie küsste.

»Komm schon!«, knurrte sie wütend auf sich selbst. In fünf Tagen wurde Sora gekrönt. Hunter gehörte an ihre Seite. Seufzend ließ sie sich zurück in die Laken fallen.

Dass sie eingeschlafen war, merkte sie erst, als sie zwei Hände berührten. Sie öffnete die Augen. Schemenhaft erkannte sie die Gestalt, welche über sie gebeugt stand. Hunter. Seine Lippen legten sich auf ihre.

Ah, sie träumte wieder.

Lächelnd schloss sie die Augen. Wenn sie ihn schon nicht haben konnte, dann würde sie zumindest in ihren Träumen ihm gehören.

Weiche Hände wanderten über ihre Seiten, kitzelten sie. Kichernd schloss sie die Arme um seinen Hals, bis er ihr Shirt nach oben zog und eine ihrer Knospen zwischen die Zähne nahm. Wimmernd schob sie die Beine auseinander. Ihr Körper brannte lichterloh. Hunter gab ihr, wonach sie verlangte. Während sein Mund ihre Brüste verwöhnte, wanderten seine Finger zu ihrer intimsten Stelle, streichelten sie.

Vor Lust stieß sie einen erstickten Laut aus, den er mit einem Kuss schluckte. Ihr Orgasmus baute sich viel zu schnell auf. Sie wollte mehr von ihm, brauchte mehr.

»Ich will dich«, keuchte sie an seinem Ohr.

Er würde sie nicht nehmen, so sehr sie auch danach verlangte, Traum hin oder her. Hunter küsste sich den Weg bis zu ihrer Mitte hinunter. Sobald er an ihrem weiblichen Zentrum angekommen war, konnte sie nicht mehr an sich halten.

Schnell strich seine Zunge über sie. Obwohl er es schon einmal gemacht hatte, fühlte es sich ungewohnt an und dennoch unglaublich gut. Die Welle riss sie mit sich. Gefangen zwischen dem Verlangen nach ihm und ihrem schlechten Gewissen, zog sie ihn zu sich hoch. Seine Lippen prallten hart auf ihre. Fest schlang sie die Arme um seinen Hals.

»Bitte verzeih mir«, murmelte sie in die Nacht hinein und schloss die Augen. Sie hatte sich dazu zwingen wollen, ihn aufzugeben, und nach allem, was er und Sora gesagt hatten, war es das Beste für sie. Doch ihr Herz entschied sich nun mal dagegen. Tränen rannen über ihre Wangen, während sie dafür betete, dass Sora es nie herausfinden würde.

Hunter

Er wünschte sich, ihr den Schmerz zu nehmen, doch dazu war er nicht fähig. Selbst wenn er sich mit ihr verbunden hätte, wäre es ihm nicht möglich, ihr zu helfen. Hunter wusste, warum sie litt, denn ihm erging es nicht anders.

Sie sehnte sich danach, dass er sie am Tage berührte, sie küsste, gleichzeitig hasste sie sich dafür, es Sora zu verschweigen.

Ihm selbst fiel es schwer, seiner Prinzessin in dem Wissen unter die Augen zu treten, dass er sie verriet, dennoch konnte er nichts dagegen ausrichten. Er brauchte Tjara.

Erst als sich ihr Atem wieder beruhigt hatte und sie fest schlief, löste Hunter sich von ihr und verließ eilig das Zimmer. In dieser Nacht stand er rastlos vor Soras Gemächern, völlig in Gedanken versunken.

Stunden später hob er den Blick, als die Sonne bereits am Zenit erschienen war. Die Türen öffneten sich. Sora stand entschlossen vor ihm, in der Hand einen Koffer, den Hunter sofort an sich nahm.

»Machen wir uns auf den Weg.«

Nickend folgte er ihr. Der Magier und Tjara standen vor den Toren des Schlosses und warteten auf sie. »Hast du alles mitgenommen?«, fragte Sora.

»Es ist mir immer noch etwas unangenehm«, entgegnete Tjara mit einem Blick auf den Koffer.

Tjara und sie hatten von Königin Melruna Kleider geschenkt bekommen.

»Das braucht es nicht«, kam die Hausherrin Sora zuvor und trat hinaus. »Ich möchte, dass Ihr sie tragt. Das würde mich glücklich machen.«

Tjaras Wangen röteten sich, schnell senkte sie den Blick.

»Wenn Ihr doch nicht schon gehen müsstet, ich würde so gern mehr über Euch erfahren.«

»Wir werden wieder kommen, versprochen. Sobald ich gekrönt wurde, werde ich Euch kontaktieren.«

»Ihr seid die Töchter meiner geliebten Freundin, ich wünsche Euch alles Glück dieser Welt und wann immer Ihr etwas benötigt, wendet Euch an mich.«

»Vielen Dank«, erwiderten Sora und Tjara synchron. Melruna schloss zuerst die Prinzessin in den Arm. So verweilten sie lange, flüsterten sich etwas zu, bis sie voneinander abließen und Tjara in eine Umarmung gezogen wurde.

Der König verabschiedete sich ebenfalls herzlich und wünschte ihnen eine gute Heimreise.

Da Tjaras Verletzung noch nicht ganz ausgeheilt war, fuhren sie mit dem Auto, statt die Macht der Teleportation des Magiers zu benutzen.

Jeder war angespannt. Niemand sprach ein Wort. Hunter konzentrierte sich auf die Straße, während die anderen, die Natur beobachtend, ihren Gedanken nachhingen. Nur noch wenige Minuten, dann hatten sie das Schloss erreicht. Es befand sich schon in Sichtweite.

»Werden wir einfach durch die Vordertür gehen?«, beendete Tjara das Schweigen.

»Zuerst werden wir uns ankündigen und dann gehen wir zu meinem Bruder. Also lass deinen Koffer noch im Auto.«

Die Anspannung stieg, je näher sie kamen und als sie hielten, schlugen Soras und Tjaras Herzen rasend schnell. Sie waren beide nervös.

Die Prinzessin stieg zuerst aus und beschritt den langen Weg bis vor die Tore, Hunter an ihrer Seite. Die anderen liefen hinter ihnen.

»Prinzessin!«, rief eine der Wachen, verharrte jedoch an ihrem Posten. »Hunter«, begrüßte der Mann ihn mit einem Nicken.

»Trevor, benachrichtigt meinen Bruder, dass ich zurück bin. Wir werden erwartet.« »Natürlich!«

Die andere Wache öffnete die Tore und ließ sie hindurch.

33.

Hier sah alles genauso aus wie zu dem Zeitpunkt, als sie geflohen war. Nicht dass sie eine Veränderung erwartet hätte, schließlich war sie keine zwei Monate weggewesen.

Sie schaute zurück und beobachtete, wie Tjara ihr staunend folgte.

Königin Melrunas Schloss war wunderschön, doch Tirathea hielt mühelos mit. Es zeichnete sich durch seine rotgoldenen Farben und die geschlängelten Verzierungen aus. Zudem waren die Wände hier höher und Bilder zierten die einzelnen Räume. Ihre Mutter hatte das Schloss so hergerichtet, nachdem Sora geboren war.

Ihre Nervosität stieg an, als sie vor dem Thronsaal hielten. Das war nur Aris. Sie hatte ihn schon in den unterschiedlichsten Situationen erlebt. Vor ihm brauchte sie keine Angst zu haben. Trevor kündigte sie zuerst an.

»Lasst sie herein«, erklang Aris Stimme und ließ Sora erzittern. Er war wütend.

Ihr Blick haftete sich sofort auf ihren Bruder. Seine Augen weiteten sich, demnach hatte er Tjara erblickt. Langsam erhob er sich von seinem Thron und kam auf sie zu. »Alle raus!«, befahl er mit eisiger Stimme. Die Bediensteten und Wachen verschwanden ohne einen Ton und schlossen die Türen hinter sich.

Mit jedem Schritt, den er auf sie zumachte, schien er wütender zu werden. Sora wusste nicht, was er vorhatte, doch als er sie in die Arme schloss, war sie überrascht.

»Den Göttern sei Dank, du bist wohlauf!«, murmelte er und presste sie fest an sich.
»Aris?« Sie wusste nicht, wie sie reagieren sollte. Er hatte sie schon lange nicht mehr umarmt.
Fest schob er sie von sich weg.
»Tu so etwas nie wieder! Ich bin beinahe gestorben vor Sorge um dich! Wie konntest du mir das antun?«
Darauf erwiderte sie nichts, stattdessen trat sie beiseite und präsentierte Tjara.
»Darf ich dir Tjara vorstellen? Unsere Schwester.«
Sein Pokerface war gut, aber Sora kannte sein Gesicht zu Genüge. Sie war ihm nicht fremd.
»Wir sollten uns setzen«, erwiderte er, ohne näher darauf einzugehen, machte kehrt und lief zu dem langen Tisch am Fenster. Sora hielt Tjaras Hand und zog sie hinter sich her. Nur Hunter blieb stehen.
Ihr Bruder stand mit den Rücken zu ihnen, beobachtete die Stadt.
»Bru ...«
»Ich wünschte, du würdest mich nicht nach der Wahrheit fragen«, unterbrach er sie und wandte sich ihr zu.
In seinem Gesicht erschienen viele Emotionen gleichzeitig, doch vor allem sah sie Trauer.
»Du wusstest es die ganze Zeit, nicht wahr?«
Seufzend setzte er sich Tjara gegenüber. Seine Aufmerksamkeit galt vollkommen ihr.
»Aus dir ist eine wunderschöne junge Frau geworden.«
Tjara antwortete nicht. Sie starrte den König fassungslos an und zog die Hände weg, als er danach griff.
»Was ist passiert? Warum darf uns Amariela nichts erzählen? Wem hat sie den Schwur gegeben?«, stocherte Sora weiter. Sie hatten genug Zeit verschwendet. Aris blickte zu ihr.
»Sie gab ihn unseren Eltern.«
Das war nicht verwunderlich. Er lehnte sich zurück. »Nach Mutters Tod habe ich ihr schwören müssen, dass die Wahrheit niemals ans Licht käme.«

»Bis heute hast du dein Versprechen gehalten. Wir haben sie selbst herausgefunden. Ich flehe dich an, Bruder, schließ die Lücken. Sag uns, was passiert ist.«

»Nach eurer Geburt stellten wir uns alle dieselbe Frage: Wie konnte das geschehen? Ich suchte überall nach Antworten, wagte mich sogar bis Alt Tirathea vor, um mehr darüber zu erfahren. Doch ich wurde abgewiesen. Lange Zeit schlugen wir uns mit unzähligen Fragen herum. Das Volk wusste nicht, dass Zwillinge geboren worden waren, und das durfte es auch nicht wissen.«

»Weil Ihr eine von uns weggegeben habt!« Aris nickte Sora zu und richtete seine Augen wieder auf Tjara.

»Ich habe dich auf den Armen gehalten. Du warst so winzig klein, ihr beide, doch ich wusste, dass eine von euch gehen musste.«

»Warum?«, traute Tjara sich zu fragen.

»Weil in der Tirathea Blutlinie nie weibliche Zwillinge geboren wurden. Niemand wusste damit umzugehen, doch feststand, dass nur eine von euch den Thron besteigen konnte. Es wurde sich beraten und man fragte sich, ob ihr wohl eines Tages um den Anspruch kämpfen würdet. Das Volk war auf seine Herrscherinnen noch nie gut zu sprechen, und wenn plötzlich gleich zwei existierten, konnte das einen Krieg entfachen. Also beschlossen die Berater und unsere Eltern, einen der Säuglinge wegzugeben.« Er schaute Sora an. »Mutter weinte bitterlich, doch die Entscheidung war getroffen und unwiderruflich. Es dauerte lange, bis wir eine geeignete Familie fanden, doch letztlich übergaben wir den Mondfortés eine Königstochter und ließen sie schwören, niemals mit jemandem darüber zu sprechen.«

»Wie habt ihr entschieden, welche von uns ihr gehen lasst?«

»Mutter und Vater haben es mir nie gesagt. Ich erinnere mich nur an den Moment, in dem mir meine Schwester aus den Händen entrissen wurde. Sie weinte bitterlich.«

Vor Soras innerem Auge spielte sich der Moment ab. Tränen rannen ihr über die Wangen. Tjara saß regungslos vor Aris. »Ich habe dich nie aus den Augen gelassen. Von Anfang an hatte ich in dir meine Schwester gesehen, ein kleines Wunder. Als unsere Eltern schließlich verstarben, wollte ich dich zurück ins Schloss holen, aber du warst inzwischen groß, hattest ein eigenes Leben. Es wäre unfair dir gegenüber gewesen.«

Sora rückte näher an ihre Schwester.

»Tjara.«

»Tut mir leid, das ist mir einfach zu viel«, murmelte sie. Aris rückte näher an den Tisch heran.

»Die Vergangenheit kann ich nicht rückgängig machen, aber wir können die Zukunft bestimmen. Sobald Sora den Thron bestiegen hat, werden wir bekanntmachen, dass du zurückgekehrt bist und ...«

»Eine Lüge erfinden, warum ich verschwunden bin?«, beendete sie den Satz. Ihr Gesicht war vollkommen ausdruckslos. »Weitere Lügen in diesem verworrenen Netz spinnen? Nein. Ich bin hier, weil ich die Wahrheit wissen wollte, nicht, um ein Leben als eine von euch zu führen.«

»Dein Auftauchen hier hat womöglich schon die Runde gemacht. Jetzt zu gehen, wird dich nicht wieder zu Tjara de Mondforté machen. Du bist eine Tirathea und das Volk wird es erfahren.«

»Ihr könnt mich nicht an Euch ketten, wie Ihr es mit Sora tut«, widersprach sie.

»Keine von euch lässt sich anketten. Ihr sollt frei sein, doch ich möchte meine Schwestern zurück. Ein für alle Mal.« Er erhob sich. »Lass es dir bis zur Krönung durch den Kopf gehen. Wenn du dann immer noch gehen willst, werde ich dich nicht aufhalten.«

Soras Augen weiteten sich. Aris verbeugte sich. Zum ersten Mal, seit sie ihren Bruder kannte, senkte er sein Haupt.

34.

Tjara

Ihre Gedanken rotierten im Kreis. Wie ein Sturm fegten sie durch ihren Kopf.

»*Dein Auftauchen hier hat womöglich schon die Runde gemacht. Jetzt zu gehen, wird dich nicht wieder zu Tjara de Mondforté machen. Du bist eine Tirathea und das Volk wird es erfahren.*«

Seit dem Gespräch gestern Morgen befand sie sich in dem ihr zugewiesenen Zimmer. Die Bediensteten rannten durch das Schloss, ab und zu hörte sie Stimmen. Die Vorbereitungen für Soras Krönung liefen auf Hochtouren. Nur drei Tage, dann war es so weit.

Seufzend drehte sie sich auf den Rücken und starrte die Decke an. Jetzt, wo die Wahrheit raus war, fühlte sie sich anders, aber nicht besser. Warum hatte sie nicht entführt worden sein können? Zu wissen, dass man sie freiwillig weggegeben hatte, zerriss ihr fast das Herz. Doch sie weigerte sich, Tränen zu vergießen, denn sie befürchtete, wenn sie jetzt anfing, hörte sie womöglich nicht mehr auf zu weinen.

Im Laufe des Tages schlief sie immer wieder ein. Sogar in ihren Träumen verfolgten sie die Worte des Königs, ihres Bruders, und als sich ihre Augen das nächste Mal öffneten, war es Nacht.

Schwermütig erhob sie sich. Das Zimmer war ein Traum. An den großen Fenstern hingen weiße Gardinen. Wie im restlichen Schloss zierten auch hier Gold und

Rottöne die Wände. Zudem gab es einen riesigen Kleiderschrank und einen Schreibtisch.

Sie nahm auf dem dunkelbraunen Stuhl Platz. Davon ausgehend, dass man ihr ein bisher unbenutztes Zimmer gegeben hatte, öffnete sie die Schublade und hielt den Atem an.

Es befanden sich Gegenstände darin, unter anderem ein Kamm und ein Füllfederhalter. Diesen nahm sie in die Hand und bewunderte ihn.

Warum hatte man ihr ein Zimmer gegeben, das in Gebrauch war?

Verwirrt schob sie die Gegenstände weiter in der Schublade herum. Es ließ sich kein Anhaltspunkt dafür finden, wem die Gemächer gehörten, also schloss sie sie und öffnete den Schrank neben dem Schreibtisch. Sie wurde fündig.

»Tagebuch von Vienna«, las sie laut.

Wer war das? Eine Bedienstete?

Sie öffnete es vorsichtig und wich zurück, als Bilder aus dem Buch heraus segelten. Fluchend hockte sie sich und stellte fest, dass es sich dabei um Babyfotos handelte.

Das war niemals das Zimmer eines Dienstmädchens.

Obwohl es sich nicht gehörte, betrachtete sie die Bilder. Bei dem Letzten handelte es sich um eine atemberaubend schöne junge Frau. Sie trug ein goldweißes Kleid und ihr Haar war zu einem seitengeflochtenen Zopf gebunden. Ihr Lächeln war schlicht, trotzdem ließ es sie erstrahlen.

War das Vienna?

Entgegen ihren Versuchen, sich zur Vernunft zu rufen, öffnete sie das Tagebuch und begann zu lesen. Die ersten beiden Sätze ließen sie den Atem anhalten.

Ich wünschte, ich könnte sie behalten. Meine Tochter, mein Wunder.

Aber dann würde ich mich gegen das Urteil der Berater stellen. Mir bleibt nur, sie zu verlassen. Werde ich es eines Tages bereuen? Gewiss. Doch zu wissen, dass sie bei einer liebenden und wohlhabenden Familie aufwächst, beruhigt mich ein wenig.

Tjara schlug das Tagebuch zu und las den Namen erneut. Vienna. Handelte es sich hierbei um ihre leibliche Mutter?

Dass sie dieses Zimmer bekommen hatte, war kein Zufall. Der König hatte gehofft, dass sie das Tagebuch fand. Hatte er die Gemächer sogar womöglich vorher absichtlich so eingerichtet?

Grübeln brachte sie nicht weiter.

Ratlos hielt sie das kleine Buch in der Hand. Sollte sie weiterlesen?

Die Entscheidung wurde ihr abgenommen, als es klopfte. Schnell legte sie es zurück in den Schrank und stand auf.

»Ja?«

Sora kam ins Zimmer. »Hey, kann ich bei dir schlafen?«

»Wenn du möchtest. Kannst du nicht schlafen?« Sie kehrte zu ihrem Bett zurück.

»All das zu erfahren, hat mich verwirrt. Gleichzeitig bin ich unheimlich wütend. Aber ein Teil von mir ist auch froh darüber. Ich habe eine Schwester.«

Tjara lächelte. Bei all dem, was sie durchmachen mussten und erfahren hatten, hatte sich doch auch etwas Gutes daraus ergeben.

»Mir geht es ähnlich.«

»Kannst du auch nicht ruhen?«

»Nein. Immer wenn ich die Augen schließe, schlagen meine Gedanken Purzelbäume. Ich versuche, all das zu verstehen, gleichzeitig wünschte ich, nie davon erfahren zu haben.«

»Es tut mir leid.« Sora saß neben ihr an der freien Stelle, den Blick zu Boden gesenkt.

»Wofür entschuldigst du dich?«

»Mir ist klar, dass ich nichts dafür kann, doch es tut mir leid, dass du diejenige von uns beiden warst, die weggegeben wurde.«

Lachend stieß sie Sora mit der Schulter an.

»Dafür kannst du nun wirklich nichts. Gleiches hätte dir passieren können und dann müsste ich mich bei dir entschuldigen. Die Vergangenheit lässt sich nicht mehr ändern. Wir müssen damit leben.«

Sora zog noch immer ein Gesicht, also ließ sie sich in die Laken fallen. »Mein Leben war schön. Ich hatte keine Probleme und Eltern, die immer für mich da waren. Du musst dich nicht sorgen.«

»Trotzdem...«

»Hör auf damit. Schließlich bist du diejenige, die etwas tun muss, dass sie nicht möchte. Bemitleide mich nicht.«

»Erinnere mich nicht daran.« Neben ihr fiel sie zurück. »Alle tun so, als handle es sich dabei um einen Freudentag. Sie beeilen sich, lachen und sind glücklich. Ich könnte kotzen.«

»Du sagtest, dass du wegen dem, was danach passieren wird, keine Königin werden willst.«

»Wie meine ... unsere Mutter, ... werde ich mich verändern. Das Volk verabscheut mich jetzt, doch danach wird es noch schlimmer werden.«

»Was wäre, wenn du nicht so wirst?«

»Ausgeschlossen. Jeder Königin erging es so.«

»Aber du hast etwas, dass keine von ihnen nachweisen kann.«

»Was denn?«

Tjara drehte sich zu ihr und lächelte.

»Mich.«

Sora tat es ihr nach. »Ich werde nicht zulassen, dass dir etwas passiert. Wann immer du eine falsche Entscheidung triffst, werde ich dein Schatten sein und dich darauf hinweisen. Solltest du ungerecht sein, sage ich es dir und wenn du dich ins Negative veränderst, werde ich dich wieder auf den rechten Weg führen.«

»Das heißt, du bleibst?«

»Nur für dich. All die Jahre hatte ich ebenso wie du das Gefühl, etwas würde in meinem Leben fehlen. Seit ich dir begegnet bin, hat sich alles gefügt. Plötzlich fühle ich mich vollkommen.«

»So geht es auch mir.«

Sie mussten beide lachen. Als sie sich begegnet waren, hatte Sora ihr Leben bedroht und nun lagen sie als

Schwestern nebeneinander, bereit, sich gegenseitig zu beschützen. »Dein altes Leben kann ich dir zwar nicht zurückgeben, aber ich verspreche dir, dass ich als Königin alles daransetzen werde, deine Zukunft schön zu gestalten. Du sollst alles bekommen, was du dir wünschst.«

Tjara schloss die Augen. Das, was sie sich am meisten wünschte, konnte Sora ihr leider nicht geben.

Tjara beteiligte sich an den Vorbereitungen zur Krönung. Sora ließ sich ebenfalls dazu überreden. Gemeinsam halfen sie den Bediensteten, den Thronsaal zu gestalten.

Seit sie vor zwei Nächten miteinander gesprochen hatten, wirkte Sora weniger ängstlich. Tjaras Worte hatten ihr neue Kraft gegeben. Wahrscheinlich wohl etwas zu viel, denn plötzlich wollte sie es pompöser. Es brachte Tjara zum Lachen. Morgen war es so weit. Gegen Vormittag würde Soras persönliche Zofe sie für die Krönung ankleiden. So etwas gab es sonst nur in Filmen, dass sie es jetzt in der Realität erleben sollte, kam Tjara unwirklich vor.

»Alles in Ordnung?«

Miron stieß gegen ihre Hüfte und grinste.

»Sie hat Spaß«, sagte sie und nickte in Richtung Sora.

»So erlebe ich sie zum ersten Mal. Es ist, als hätte sie überhaupt keine Angst mehr vor dem Thron.«

»Sora brauchte nur etwas Zuspruch. Ich bin mir sicher, dass sie eine gute Königin wird.« Und wenn nicht, hatte sie immer noch Tjara.

Am Abend waren auch die letzten Besorgungen gemacht. Das Schloss war geschmückt und der Thron vorbereitet.

»Jetzt werde ich doch ein bisschen nervös«, meinte Sora und strich sich die schwarzen Locken hinter die Ohren.

Hunter und Miron waren unterwegs.

»Fast achtundzwanzig Jahre, die du dich darauf vorbereitet hast und du wirst nervös?«

»Bisher war es nur Theorie, aber morgen ist es so weit. Ich werde Königin.«
»Wirst du.«
»Hoffentlich stolpere ich nicht auf dem Weg zum Thron.«
»Ich fange dich.«
»Letztendlich fällst du nur mit mir.«
»Dann haben wir uns wenigstens gemeinsam lächerlich gemacht.«
Sie lachten. Sora wurde zu schnell wieder ernst.
»Obwohl ich in dem Wissen aufgewachsen bin, dass es eines Tages hierzu kommt, habe ich mir nie Vorstellungen darüber gemacht, wie ich regieren will, was ich erreichen möchte.«
»Dir darüber Gedanken machen, kannst du ab morgen auch noch. Für heute gehörst du ins Bett.«
»Du hast recht. Evania wird sich morgen um dich kümmern.«
»Wer ist das?«
»Eine Zofe. Aris hat sie dir zur Seite gestellt, sie gehört ab heute zu dir.«
»Aber ich brauche niemanden!«
»Glaub mir, du wirst ihm dafür dankbar sein. Gute Nacht, Schwester.« In ihre Augen trat ein Strahlen, kaum dass sie die Worte ausgesprochen hatte.
»Gute Nacht, Schwester.«

Ein Poltern ließ sie aus dem Schlaf hochschrecken.
Etwas stimmte nicht.
Ihr Körper fühlte sich seltsam an.
Sie hob den Kopf und entdeckte eine junge Frau, die ihr bekannt vorkam.
»Bitte entschuldigt, Prinzessin, ich wollte euch nicht wecken.«
»Nicht schlimm. Hilfst du mir aus meinem Nachtkleid?«
Die Frau kam sofort zu ihr geeilt. Tjara spürte die Kälte des Bodens, als handle es sich dabei um ihren eigenen Körper, doch er gehörte nicht zu ihr. Das war

unmöglich. Träumte sie etwa wieder? Sie erinnerte sich, schon einmal einen solchen Traum erlebt zu haben.

Wortlos stieg sie in ein langes cremefarbenes Kleid. Die Zofe band es hinter dem Rücken zusammen.

»Ist mein Vater unterwegs?«

»Nein, Mylady. Er erwartet Euch.«

»Das dachte ich mir schon. Heute Mittag möchte ich wieder ausreiten, würdest du bitte Sephius vorbereiten?«

»Wie Ihr wünscht.«

»Danke schön.«

Sie strich das Kleid glatt und trat vor den Spiegel.

Da, schon wieder.

Tjara sah sich der gleichen Frau wie beim letzten Mal gegenüber und könnte schwören, dass es sich um Sora handelte. Aber warum sollte sie von ihr träumen und wieso war sie in deren Körper gefangen?

Die Fragen blieben, als sie die Gemächer verließ und in Richtung Thronsaal lief.

Dort erwartete der König sie. Während er sich unterhielt, inspizierte sie den Saal und schaute aus dem Fenster. Von hier aus konnte man über ganz Tirathea schauen.

»Du erinnerst dich an unser Gespräch, einige Wochen zuvor?«

»Natürlich. Ich hatte gehofft, Ihr hättet es vergessen«, gab sie zu und drehte sich zu dem König um.

Tjara versuchte zu schreien, aus dem Körper auszubrechen, in dem sie gefangen war, doch aus ihr kam kein Ton.

»Nun ja, ich habe jemanden gefunden.« Er nickte den Wachen zu. Als die Türen aufglitten, hielt sie die Augen weiter auf ihren Vater gerichtet.

»Glaubt ihr wirklich, ich benötige einen Beschützer, wenn ein ganzes Bataillon Ritter zugegen ist? Mit diesen Männern bin ich aufgewachsen.«

»Schau ihn dir doch erstmal an.«

»Auch ohne das zu tun, weiß ich, dass es Unfug ist. Johan könnte mich auf die Jagd begleiten.«

»Die Welt ist gefährlich und jemanden an deiner Seite zu wissen, der dich immer und überall beschützen kann, beruhigt mich. Tu deinem alten Herrn den Gefallen und schenke ihm wenigstens ein kleines bisschen Beachtung. Solltest du einen anderen wollen, werde ich mich auf die Suche begeben.«

Im Grunde wusste sie, dass er nur um sie besorgt war. Hierbei ging es nicht um Kontrolle. Als Erbin wurde für ihren Schutz gesorgt.

Sie zeigte Erbarmen und wandte sich zu dem Auserwählten um.

Tjara hielt den Atem an. Besser gesagt, sie hätte es getan, würde der Körper ihr gehorchen.

»Wo hast du ihn her?«, fragte sie und lief näher an den Krieger heran, der den Kopf gesenkt hielt.

»Ich habe mich ein wenig umgehört und erfahren, dass er der Beste sein soll.«

Sie lief weiter um ihn herum.

»Woher kommt Ihr?«

»Aus dem Süden.«

»Und Ihr glaubt, mich beschützen zu können?«

»Wenn Ihr mir erlaubt, würde ich es Euch gern beweisen. Ich werde Euch nicht enttäuschen, darauf habt Ihr mein Wort.«

»Hebt den Kopf«, befahl sie, sobald ihre Füße vor ihm stoppten.

Tjara war fassungslos. »Sagt mir Euren Namen.«

»Mein Name, ist Hunter, Mylady«, erwiderte er mit fester Stimme und stellte sich auf.

Epilog

Tjara

Wie Sora angekündigt hatte, klopfte es früh morgens an der Tür. Tjara richtete sich auf. Die Nacht war grausam zu ihr gewesen und sie hoffte, dass der Tag ein schnelles Ende fand.

Sie hatte keine Ahnung, was ihre Träume bedeuteten, aber es war sicher, dass Hunter eine große Rolle dabei spielte. Würde er eine Antwort kennen, wenn sie ihn fragte? Die letzten Tage war sie ihm aus dem Weg gegangen. Seit ihren wilden Träumen schaffte sie es nicht mehr, ihn anzusehen, zudem plagte sie ihr Gewissen. Nicht in seiner Nähe zu sein, milderte es etwas ab.

»Mylady, mein Name ist Evania, ich werde Euch beim Ankleiden helfen.«

Sie wirkte kaum älter als zwanzig.

»Das ist wirklich nicht nötig, ich kann mich allein anziehen.« Sie strich die Decke glatt.

»Bitte, lasst mich Euch zur Hand gehen.« Sie wartete erst gar nicht Tjaras Antwort ab, sondern kümmerte sich sofort um die Ordnung des Zimmers.

Evania ließ sich nicht davon abbringen, hinter ihr herzuräumen, selbst im Bad lauerte sie darauf, ihr zu helfen. Schließlich gab sie sich geschlagen.

»Mir wurde dieses Kleid für Euch gereicht.«

Tjara schnappte nach Luft. Das sollte sie tragen? Evania half ihr hinein und schloss den Reißverschluss, dann befestigte sie das silbern schimmernde Band um ihre

Hüfte. Tjara trat vor den Spiegel. So etwas hatte sie noch nie angehabt.

In dem dunkelblauen, fast grauen Kleid hatte sie genügend Beinfreiheit, um nicht zu fallen, außerdem wurde ihr Dekolletee von silberner Spitze überdeckt. Die Ärmel reichten bis zu ihren Handgelenken und öffneten sich, als wollten sie frische Luft hereinlassen. Am Saum des Kleides blinkte es, als hätte man eine Tube Glitzer darüber geschüttet.

Es war absolut nicht Tjaras Geschmack, trotzdem fand sie es wunderschön und sie fühlte sich geehrt, es tragen zu dürfen.

»Setzt Euch, dann werde ich mich um Eure Haare kümmern«, bat Evania.

Innerhalb einer Stunde war sie zurechtgemacht und erkannte sich nicht wieder. Ihr Make-up blieb schlicht. Die Haare hatte Evania gelockt und zur Hälfte hochgesteckt. Sie sah aus wie eine andere Person und so fühlte sie sich auch.

»Das ist ... wow!«

»Es freut mich, dass ich Euch eine Freude machen konnte. Ich werde mich für den Augenblick zurückziehen. Wenn Ihr so weit seid, werdet Ihr im Thronsaal erwartet.«

»Vielen, vielen Dank, Evania.«

Ein letztes Mal verbeugte sie sich, dann verließ sie das Zimmer.

Tjara lächelte. In ihrem ganzen Leben hatte sie noch nie so hübsch ausgesehen. Der Stoff des Kleides strich angenehm über ihre Haut. Ob Sora schon fertig war?

Da das Kleid zu lang war, hob sie es an und lief zur Tür. Beinahe wäre sie in jemanden hineingelaufen.

»Es tut mir ...« Sie stoppte.

Hunter schaute auf sie herunter. Versteinert betrachtete er sie. Sora hatte ihn bestimmt geschickt, um nachzufragen, ob sie schon fertig war. Sie wollten gemeinsam zum Thronsaal gehen. Aber Hunter rührte sich nicht und an ihm vorbei kam sie nicht. Er blockierte die Tür.

»Lässt du mich bitte raus?«, murmelte sie und schaute zu Boden. Ihr war heiß. Augenblicklich erinnerte sie sich an ihre Träume. Eine Zeit lang hatte sie geglaubt und gehofft, dass es keine waren, doch seine kalte Art sprach für sich. Hunter rührte sich weiterhin nicht. Diese Situation war ihr unangenehm.

»Seid Ihr fertig?«, brach er die Stille.

»Gerade geworden. Ist Sora noch in ihrem Zimmer?«

Erneut bekam sie keine Antwort. Da sie sich allmählich wie ein Kind vorkam, schaute sie auf und keuchte erschrocken.

Hunters Augen wechselten ihre Farbe. Es war keine Einbildung. Das dunkle Grau seiner Iris nahm ein strahlendes Silber an. »Hunter?«

Tjara war machtlos, als er sie zurück ins Zimmer schob und die Tür hinter sich zutrat. Sie fiel fast über ihr Kleid. Das Schimpfen lag ihr auf der Zunge, doch seine Lippen verschlossen ihre, bevor sie auch nur ein Wort herausbringen konnte.

Ihrem Herzen zum Trotz hätte sie sich wehren müssen, doch konnte sie es nicht. Jede Faser ihres Körpers begehrte ihn. Küssend liefen sie rückwärts. Tjara spürte den Balken des Bettes im Rücken. Hunters Hände wanderten in ihre Haare. Leicht zog er ihren Kopf zurück, sodass er ihren Hals ungehindert küssen konnte. Ein Knurren entrang sich seiner Kehle. Durch den dünnen Stoff des Kleides spürte sie, dass er hart war.

Waren ihre Träume etwa doch real gewesen? Aber wie hatte er dann immer so kaltherzig zu ihr sein können?

Die Fragen verloren an Bedeutung, als er sich fester an sie presste. Sein Mund liebkoste ihren Hals, wanderten hinunter. Er schob das Kleid ein Stück nach unten, sodass ihr Dekolleté entblößt war, und küsste sie dort.

»Hunter«, keuchte sie. Das hier war falsch. Heute war Soras Krönung. »Warte.«

Rasch brachte er seinen Mund an ihr Ohr.

»Willst du das wirklich?«, raunte er. Ihr Körper schüttelte sich. Binnen Sekunden breitete sich eine Gänsehaut aus. Stöhnend zog sie ihn an sich heran.

In dem Moment, in dem sie den Türknauf hörte, stieß sie ihn hart von sich weg.

»Tjara, bist du ...«

Die Kälte legte sich über sie wie ein Schleier. Keuchend sah sie Sora an. Sie wollte etwas sagen, sich erklären, doch die Worte blieben ihr im Hals stecken.

Sora starrte erst Tjara, dann Hunter an.

In ihrem Gesicht ließ sich nichts ablesen, doch Tjara wusste, dass in ihr die Wut brodelte. »Ich gehe schon vor.«

Ohne ein weiteres Wort verschwand Sora.

Außer Atem starrte sie die Tür an. Sie hatten es so lange vor ihr geheim gehalten, sie belogen, um ausgerechnet am Tag ihrer Krönung aufzufliegen. Das konnte nicht wahr sein.

Sobald ihr Körper wieder gehorchte, rannte sie los. Was jetzt zählte, war, Sora zu beruhigen, ehe man ihr die Krone auf den Kopf setzte. Ihre Regentschaft sollte sie nicht mit Hass beginnen.

Zum Glück holte Tjara sie ein, ehe sie den Saal erreicht hatte.

»Sora, warte!«

Entgegen ihrer Erwartung blieb sie stehen. »Bitte, lass es mich erklären.«

»Das wird kaum nötig sein. Ich habe gesehen, was ich sehen musste.« Sie wollte weiterlaufen, doch Tjara griff nach ihrer Hand.

»Bitte, lass uns darüber reden. Ich will ...«

»Mir eine Lüge erzählen?« Den Blick, welchen sie ihr zuwarf, kannte sie. So kalt war sie zuletzt Amariela gegenüber gewesen. »Verschone mich damit, wenigstens heute.«

»Geh da nicht so rein, ich flehe dich an.«

»Prinzessin.«

Tjara ließ Sora los, die ihre Aufmerksamkeit nun ebenfalls auf Hunter richtete. Er kniete vor ihnen.

»Darum werde ich mich ein anderes Mal kümmern. Heute ist meine Krönung.«

»Wir müssen aber darüber reden, jetzt!«

»Und ich habe mich noch gefreut, als du sagtest, du seist für mich da. Dadurch habe ich mich stark genug gefühlt, den Tag heute sowie den Hass des Volkes auf mich zu überstehen. Weil ich wusste, ich bin nicht allein. Da gibt es jemanden, dem ich vertrauen kann.«

»Das kannst du auch!«

»Ihr habt gerade bewiesen, dass keinem von euch zu trauen ist. Letztlich bin ich genauso auf mich allein gestellt, wie meine Mutter es war.«

Die Worte trafen Tjara mitten ins Herz. Gott, was hatte sie nur angestellt? Soras Vertrauen war in Fetzen gerissen worden.

»Sora …«

»Die Zeremonie beginnt in wenigen Sekunden«, unterbrach Hunter sie. Er stand auf, sein Gesicht genauso ausdruckslos wie damals, als sie ihm begegnet war. Als hätte er seine Gefühle ausgeschaltet. »Geht an Euren Platz.«

»Aber …«

»Jetzt!« Seine Worte duldeten keinen Widerspruch. Sora sagte nichts. Sie wirkte so gebrochen und verletzt, dass Tjara sich am liebsten geohrfeigt hätte. Wortlos betrat sie den Saal. Er war randvoll. Alle hatten ihren Platz eingenommen und starrten sie an. Aris hatte gesagt, dass er sich darum kümmere, die wichtigen Leute über sie in Kenntnis zu setzen.

Tjara stand vorne. Ihr Herz schmerzte.

Hunter lief an ihr vorbei und nahm seinen Platz neben den Rittern ein, den Blick stur geradeaus gerichtet. Sobald die Trompeten zu spielen begannen, glitten die Tore auf und Sora trat ein.

Anders als noch eben zuvor wirkte sie nun kein bisschen traurig oder entsetzt. Lächelnd lief sie geradeaus, bis sie vorne angekommen war, dann ging sie auf die Knie, den Kopf gebeugt. Aris stand auf. Es war nur unschwer zu erkennen, dass er stolz auf sie war.

»An diesem Tag übergebe ich mit Stolz meine Krone. Es war ein langer und beschwerlicher Weg, doch ich kann nun beruhigt abtreten.« Er nahm ein Schwert in die

Hand. »Sora Tirathea, versprecht Ihr feierlich, das Volk und das Königreich Tirathea nach seinen Gesetzen und Gebräuchen zu regieren?«

»Ich verspreche feierlich.«

»Und schwört Ihr, alles in Eurer Macht Stehende zu tun, um Recht und Gerechtigkeit in Gnade zu bewirken?«

»Ich schwöre feierlich.«

»Erhebt Euch.«

Sora stand auf, den Blick fest auf ihren Bruder gerichtet. Sie legte einen Eid ab, schwor, ihn niemals zu brechen, und Tjara hoffte, dass sie ihr dabei auch weiterhin eine Stütze sein konnte.

»Was ich soeben versprochen habe, werde ich ausführen und halten. So wahr mir Gott helfe!« Erneut kniete sie nieder. Aris ließ das Schwert erst auf ihre Schultern, dann auf ihren Kopf sinken, ehe er es an einen der Ritter weiterreichte. Als Nächstes nahm er Soras Diadem an sich, welches sie ab diesem Tag tragen würde.

»Erhebt euch, Sora Tirathea, Königin von Tirathea.«

Der Saal brach in Jubelschreie und Geklatsche aus, als Sora aus der Hocke hochkam. Aris führte sie zu ihrem Thron und blieb neben ihr stehen, als sie darauf Platz nahm. Alle feierten ihre neue Königin.

Tjara klatschte ebenfalls, insgeheim freute sie sich mit Sora, doch ein Blick auf ihre Schwester reichte, um zu wissen, dass sie einen schrecklichen Fehler begangen hatte, den Sora ihr niemals verzeihen würde.

Danksagung

Ich setze mich und warte. Mir ist heiß, obwohl hier drin eine angenehme Kühle herrscht. Verdammt, ich bin einfach zu nervös! Dass ich mich überhaupt getraut habe zu fragen, ohne zu schmelzen, wundert mich jetzt noch.

Mein Gesicht glüht, als die Türen aufgleiten und Sora hereinkommt. Sie sieht schon mal nicht genervt aus, das ist etwas Gutes, oder?

Nach allem, was sie gerade erfahren hat, hatte ich Angst, sie würde mich im hohen Bogen wieder rausschmeißen, weswegen ich das hier so kurz wie möglich halten werde.

Schnell stehe ich auf und verbeuge mich.

Oder wäre ein Hofknicks besser gewesen? Oder ein Kniefall? Scheiße!

»Königin Sora, vielen Dank, dass Sie sich die Zeit nehmen.«

»Erhebt Euch«, erwidert sie. Augenblicklich richte ich mich auf. »Setzt Euch.«

»N-natürlich.« Ich nehme Platz, ziehe den Stuhl heran und puhle an meiner Nagelhaut. Das war eine dumme Idee! Ich hätte mir etwas anderes einfallen lassen sollen, um ...

»Bitte, Ihr habt keinen Grund, nervös zu sein. Ein Schreiberling ist mir immer willkommen«, sagt sie plötzlich. Ich werde hochrot.

Was für eine Ehre!!

»Okay.«

»Beginnen wir. Wem möchtet Ihr danken, und aus welchen Gründen?«

Sie sagt zwar, dass ich nicht nervös sein muss, aber wenn sie mir Fragen stellt, fühle ich mich gleich wieder schlecht, weil ich ihre Zeit stehle. Aber an Hunter kann ich mich nicht wenden, er würde mir dabei wohl kaum helfen. Miron ist beschäftigt, und Tjara möchte ich für den zweiten Band befragen.

»Ich möchte mich heute vor allem bei meinen Schwestern Leench und Vivi bedanken. Weil sie die erste Rohfassung gelesen und für gut befunden haben, obwohl ich davon überzeugt war, dass ich nur Unsinn geschrieben habe.« Während ich rede, beruhige ich mich immer mehr. »Für den Teil habe ich lange gebraucht und dann nochmal eine Ewigkeit, um ihn zu überarbeiten.«

»War es denn so schwierig?«

»Nein, aber ich hatte unheimlich viel um die Ohren, weshalb ich nur sporadisch zum Schreiben gekommen bin. Ursprünglich war es ein Gemeinschaftsprojekt, letztlich habe ich aber allein weitergemacht. Es gab unheimlich viel zu beachten.«

»Und Eure Schwestern haben Euch Unterstützung geboten?«

»Ja. Wann immer ich nicht weiter wusste, haben sie das Skript gelesen und mir weitergeholfen. Vor allem Leench war eine große Hilfe. Dauernd hat sie von dem Buch geschwärmt, mich gebeten, weiterzuschreiben und mir gesagt, was ich besser machen könnte. Sie ist sehr ehrlich mit ihrer Kritik und als es ihr gefallen hat, wusste ich, dass aus dem Buch wirklich etwas werden kann.«

»Das klingt sehr schön. Was ist mit Eurem Cover? Habt Ihr es selbst gestaltet?«

Sie streicht über die Blume.

Ich wusste erst nicht, ob ich ihr wirklich ein Exemplar geben sollte, da sie dazu neigt, melancholisch zu werden.

»Nein, so gut bin ich nicht. Dafür hatte ich Hilfe von einer mittlerweile sehr guten Freundin. Ich habe Isa gesagt, was ich mir vorstelle, und sie hat es in die Tat umgesetzt. Dabei ist dieses wunderschöne Cover herausgekommen.«

»Eure Freundin hat es sehr gut getroffen.« Lächelnd schaut sie auf und legt das Buch aus den Händen. »Gibt es noch jemanden, dem ihr danken wollt?«

»Meiner Lektorin.«

»Lektorin?«

»Eine Lektorin kümmert sich, nachdem das Skript beendet ist, um die Korrekturen, und mein Buch hatte das auch dringend nötig. Sie hat Zeit darin investiert, es zu lesen und Fehler zu markieren. Ich habe es danach wieder überarbeitet und angepasst. Da ich ihre Änderungen immer annehme, weil sie wirklich gute Ideen hat, war ich schnell durch. Was ich an Britta vor allem mag, ist, dass sie nicht einfach nur durch das Skript geht und mich darauf hinweist, was besser sein könnte, sondern sie hinterlässt auch immer Kommentare. Die können hilfreich sein, aber meistens äußert sie nur ihre Gedanken. Da muss ich dann oft schmunzeln.«

»Ist sie auch eine Freundin?«

»Hoffentlich lehne ich mich nicht zu weit aus dem Fenster, wenn ich sage, dass sie mittlerweile mehr als nur meine Lektorin ist. Ich kann mich immer auf sie verlassen, wenn ich eine Frage habe. Wenn es möglich ist, würde ich sie gern als Freundin, als auch als Lektorin behalten.«

Wir lächeln beide.

Ich dachte, dass Gespräch würde ein Desaster werden, weil ich vor Nervosität nur stottere, aber es läuft besser als erwartet. Das freut mich.

Sora war die perfekte Wahl.

»Möchtet Ihr noch etwas sagen?«

»Ja, zu guter Letzt danke ich auch meinen Testleserinnen. Dazu gehören: Klara Chilla, Katrin Grotkopp-Saare (Bucheule), Bücher Liebhaberin, Sarah Pregla, Katja Jene und wie erwähnt meine Schwester Leene. Sie alle haben sich die Zeit genommen, die Endfassung zu lesen und mir ein Feedback zu geben. Davor hatte ich wirklich Angst, weil ich von meinen eigenen Werken nie überzeugt bin. Aber die Damen haben mir den Mut gegeben. Dafür danke ich Ihnen von Herzen.«

»Dann danke auch ich ihnen.«

»Auch Euch danke ich, dass Ihr trotz Euren Aufgaben die Zeit gefunden habt, mir hierbei zu helfen.«

»Nicht doch, Ihr seid jederzeit herzlichen Willkommen. Wollt Ihr noch jemandem danken?«

»Ja. Ich danke all meinen Leserinnen und Lesern, die sich sowohl für Tjara, als auch für die Me! Reihe interessieren und würde mich sehr über eine Rezension freuen. Damit haben wir das Ende der Danksagung erreicht. Ich sollte mich wieder auf den Weg machen, immerhin muss ich am zweiten Teil arbeiten.« Ich erhebe mich und richte meine Klamotten, obwohl nichts verrutscht ist.

Jetzt werde ich schon wieder nervös.

Soll ich mich wieder verbeugen? Oder eine der anderen Optionen wählen?

»Denkt nicht zu viel nach, verhaltet Euch wie immer. Ich mag eine Königin sein, doch zuerst bin ich ein Mensch«, sagt sie, als könne sie meine Gedanken lesen. Schon wieder laufe ich rot an. Sie ist wirklich gut!

»Entschuldigung. Dann wünsche ich noch einen schönen Tag.« Trotz ihrer Worte verbeuge ich mich, einfach weil ich ihr Respekt zollen will, ehe ich schnellen Schrittes verschwinde.

Lesen Sie weiter in:

Tjara
Gefangene des Schicksals

Sommer/Herbst 2023

Weitere Bücher von Faye Bilgett

Die "Me!" - Reihe

Part one: Kiss me!
Athan Taschenbuch:
10,99 € eBook: 2,99 €

Part two: Save me! Jessica
Taschenbuch: 11,99 €
eBook: 2,99 €

Part three: Love me! Zander & Rhage
Taschenbuch: 11,99 €
eBook: 3,99 €